Jedes Menschen Schicksal wird bestimmt von der Zeit, in die er hineingeboren ist.
Sie kann Verhängnis, Not und Schuld bringen, genauso aber Erfüllung, Freiheit und Wohlergehen. Nur das Kind kann sein Leben ahnungslos und darum glücklich beginnen, wenn es denn schon begreifen könnte, was Glück ist. Und erst am Ende seiner Tage kann ein Mensch sagen: die Zeit, in der ich lebte, war mein Feind.
Oder sie war mein Freund.
U.D.

Wie auf Wolken

Es war ein unbeschreibliches Glücksgefühl, wieder einmal in Berlin zu sein. Ich ging wie auf Wolken Unter den Linden dahin, die Friedrichstraße rauf und die Leipziger runter, ich stand am Gendarmenmarkt und bewunderte das Schauspielhaus und den Französischen Dom, als hätte ich sie nie gesehen. Oder ich landete beim Schloß, ging über die Brücke und himmelte den Großen Kurfürsten auf seinem stolzen Roß an, in ihn hatte ich mich schon als Kind verliebt.

An einem anderen Tag lief ich vom Nollendorfplatz über den Wittenbergplatz die Tauentzienstraße entlang, den ganzen Kurfürstendamm bis hinaus nach Halensee. War ich müde, fuhr ich mit der Straßenbahn, mit dem Bus oder der U-Bahn zurück und landete völlig erschöpft bei Tante Marina, sank in einen Sessel und sah ihr zu, wie sie den Tee bereitete.

An einem Tag hatte es heftig geregnet, und ich kam klitschnaß nach Hause.

«Kind, du übertreibst», sagte sie. «Jetzt hast du dich bestimmt zu allem Unglück noch erkältet.»

«Es ist so schön, so schön, so schön. Wieso Unglück? Ich bin glücklich. So glücklich bin ich seit hundert Jahren nicht mehr gewesen.»

«Ein komischer Ausspruch für eine verheiratete Frau mit drei niedlichen Kindern.» Sie sprach im typischen Marina-Ton, man wußte nie, ob sie es ernst meinte oder ob sie spottete.

Das Mädchen hatte währenddessen meinen nassen Mantel hinausgebracht, ich streifte die Schuhe von den Füßen, sie waren nicht wasserdicht, und ich hatte kalte Füße. War schon möglich, daß ich mich erkältet hatte. Na, wenn schon. In Berlin und bei Tante Marina fand ich alles wunderbar, selbst eine Erkältung. Ich rollte mich im Sessel zusammen und hätte am liebsten geschnurrt wie zu Hause unsere Mieze. Marina zapfte an ihrem Samowar den Tee, brachte die gefüllte Tasse und stellte sie auf das kleine Tischchen neben mich.

Der Tee war heiß und köstlich, sie hatte einen Schuß Rum hineingetan, wohl um der angekündigten Erkältung vorzubeugen. Ich trank in kleinen, genüßlichen Schlucken, bis die Tasse leer war. Dann langte ich nach der Keksdose.

«Du bist seit morgens elf Uhr unterwegs gewesen, du verrücktes Mädchen», sagte Marina. «Hast du denn wenigstens irgendwo eine Kleinigkeit gegessen?»

«Habe ich nicht. Ich hatte wenig Geld dabei. Es hat gerade für den Bus gereicht. Sonst hätte ich mir ja eine Taxe genommen, als es anfing zu regnen.»

«Du bist dümmer, als die Polizei erlaubt. Dann wäre der Taxifahrer eben mit heraufgekommen, und wir hätten ihn hier bezahlt.»

«Ich bin wirklich dumm», bestätigte ich zufrieden.

«Ich lasse dir eine Stulle zurechtmachen.»

«Nein, bitte nicht. Die Kekse schmecken wunderbar, ich esse mindestens fünf Stück davon. Keine Stulle. Ich will mir den Appetit auf das Abendessen nicht verderben. Du weißt, wie gut es mir bei dir schmeckt.»

Sie nickte, sie wußte es und hätte es nicht anders erwartet. «Wir werden ein paar kleine Schnittchen mit Kaviar essen», berichtete sie, «und dann eine in leicht gewürztem Sud gedünstete junge Ente mit Kartoffelpüree und dazu Erbsen und Möhrchen.»

«Die natürlich deine nicht hoch genug zu preisende Wanda selbst eingemacht hat. Ich habe mir die Vorratskammer angesehen. Enorm, was es da gibt. Wir haben auch eine Menge Eingemachtes zu Hause, aber bei uns wächst das Zeug ja vor der Tür. Für einen Stadthaushalt ist es fabelhaft, was Wanda alles hat.»

«Kommt noch dazu, sie hat das meiste selbst auf dem Land eingekauft. Wie ich sie kenne, wird sie heute abend auch ein Glas mit Spargelspitzen aufmachen, Spargel aus Beelitz, den holt sie sich dort auch immer selber. Der Professor kommt zum Essen, wie du weißt, und er sagt, für Wandas Spargelspitzen würde er von Schwerin nach Berlin zu Fuß laufen.»

«Warum gerade von Schwerin? Weil sich das reimt?»

«Er ist dort geboren.»

Ich holte mir eine zweite Tasse Tee und knabberte den vierten Keks.

«Allein schon die Idee, eine Ente in leicht gewürztem Sud zu dünsten», sagte ich träumerisch. «Unsere Mamsell kommt auf keinen anderen Einfall, als sie zu braten.»

«Nun, das ist die übliche Art, mit einer Ente zu verfahren, wir braten sie meistens auch. Aber dann wäre der Kaviar als Vorspeise unpassend, denn zur gebratenen Ente gehört nun mal Rotkraut und eine fette Sauce. Also das harmoniert nicht.»

«Harmoniert nicht», wiederholte ich, angenehm erwärmt, und verzichtete auf den fünften Keks im Gedanken an den Kaviar. Es gab ihn bestimmt meinetwegen, denn Marina wußte, wie gern ich ihn mochte.

«Der Ente wird die Haut abgezogen», klärte mich Marina weiter auf, «so ist sie leicht und bekömmlich.»

Sie bediente sich selbst noch einmal aus dem Samowar, ihr weißes Haar war wohlfrisiert wie immer, und ihr gut geschminktes Gesicht wirkte im weichen Kerzenlicht schön und jung. Im vorletzten Sommer hatte sie uns, auf meine dringende Einladung, endlich einmal auf dem Gut besucht, ich wollte ihr zeigen, wie und wo ich lebte, und ich brauchte ihren Trost und Zuspruch, denn ich war schon wieder schwanger.

Alle hatten sie bewundert, angefangen bei meiner Schwiegermutter bis zum Stallknecht. Zumal sie von Pferden etwas verstand und mit sicherer Hand einen Zweispänner fahren konnte. Damals trug sie das Haar noch hochgesteckt, wie ich es seit meiner Kindheit kannte, nur daß es früher blond gewesen war. Hochgesteckt trug sie es privat; ich kannte es auch als blonde Flut über ihre Schultern und ihren Rükken, als Sieglinde zum Beispiel oder als Isolde. Inzwischen hatte sie sich die Haare abschneiden lassen und trug einen Bubikopf.

«O nein», hatte ich gesagt, als ich vor einer Woche in Berlin eintraf. «Wie konntest du nur! Dein schönes Haar!»

«Sieht doch gut aus. Macht mich jünger.»

Seitdem kam ich mir altmodisch vor mit meinen langen aufgesteckten Haaren, denn rundherum in Berlin erblickte ich fast nur noch Bubiköpfe genauso wie kurze Röcke. Bei uns in der Provinz war das noch höchst ungewöhnlich. Auf meinen langen Spaziergängen durch die geliebte Stadt überlegte ich nicht nur, wie ich es anstellen könnte, wieder für immer hier zu leben, sondern ob ich mir vor meiner Heimreise nicht auch die Haare abschneiden lassen sollte.

«Ich habe seit Jahren keinen Kaviar mehr gegessen», murmelte ich vor mich hin. «Wir können uns das nicht leisten.»

«Willst du noch Tee?» fragte sie.

«Gern.»

«Zieh mal an der Klingel.»

Die Klingelschnur mit der roten Samtbommel hing neben der hohen breiten Tür des Salons, und auf dem Weg zum Samowar zog ich mit demselben Spaß daran, den ich schon als Kind bei dieser Betätigung empfunden hatte.

«Warum sind meine Zigaretten nicht hier?» monierte Marina, als das Mädchen erschien.

«Sie liegen im Ankleidezimmer, gnädige Frau. Ich bringe sie sofort.»

Es waren russische Zigaretten, ich mochte ihren Duft, aber ich durfte keine davon rauchen, obwohl ich es gern einmal probiert hätte.

«Das ist nicht gut für deine Lunge», war ich gleich am zweiten Tag beschieden worden. Marina liebte keine Phrasen, sie sprach immer klar und deutlich aus, was sie dachte und meinte. Die Zigaretten waren so neu wie der Bubikopf, früher hatte sie nicht geraucht.

«Du findest also, daß ich unglücklich bin», sagte ich und räkelte mich in meinem Sessel.

«Wieso? Vor ein paar Minuten hast du gesagt, du seist glücklich.»

«Bin ich auch. Aber du hast gesagt, ich soll mich zu allem Unglück nicht auch noch erkälten.»

«Na und? Was stimmt an diesem Satz nicht?»

«Ich bin blutarm, zu dünn, nervös und möglicherweise ist meine Lunge angegriffen», zählte ich befriedigt auf. «Wenn dem nicht so wäre, könnte ich nicht hier bei dir sein. Und weil ich bei dir bin und in Berlin, bin ich glücklich. Meiner Lunge kann ich höchstens dankbar sein, daß sie mir zu dieser Reise verholfen hat.»

«Versündige dich nicht, Kind. Dein Mann hat mir sehr genau in seinem Brief deinen Zustand geschildert. Und darin heißt es, euer Doktor da auf dem Land hätte den leisen Verdacht, es könnte mit deiner Lunge etwas nicht stimmen. Und darum hat dein Mann mich gebeten, mit dir in Berlin einen Spezialisten aufzusuchen.»

«Weiß ich alles. Ich kenne den Brief.»

«Wenn es mit deiner Lunge wirklich nicht stimmt, und das könntest du von deiner Mutter geerbt haben, mußt du nach Davos.»

«Das können wir uns nicht leisten. Wenn du mich nicht mehr haben willst, werde ich in Pommern still und langsam vor mich hinsterben.»

«So etwas macht sich nur auf der Bühne gut», sagte sie, und ich hörte ihrer Stimme an, daß sie verärgert war.

Das Mädchen brachte die Zigaretten und entschuldigte sich, daß es so lange gedauert hätte.

«Sie waren nicht im Ankleidezimmer, gnä Frau, sie waren im Bad.»

Marina wartete, bis wir wieder allein waren, dann sagte sie streng: «Julia, manchmal wundere ich mich, wie es dein Mann mit dir aushält.»

«Wundert mich auch. Rauchst du neuerdings in der Badewanne?»

«Du warst ein dummes Kind, als du ihn geheiratet hast. Ich sehe dich noch vor mir stehen, hier in diesem Zimmer, glühend vor Liebe und Begeisterung. Ich muß ihn haben, hast du geschrien. Ich will nur ihn. Nur ihn. Er ist des Kaisers schönster Leutnant.»

«War er ja auch. Damals. Aber da war eben Krieg. Heute ist er ein knickriger, sorgenbelasteter, meist schlechtgelaunter, von Schulden erdrückter Gutsbesitzer in Hinterpommern. So ist das!»

«Aber er liebt dich.»

«Sicher.»

«Und du? Liebst du ihn noch wie damals?»

«Ich weiß das nicht so genau. Manchmal. Manchmal nicht. Wenn ich nicht in dieser Einöde leben müßte. Wenn wir hier in Berlin sein könnten, ausgehen, ins Theater, in die Oper, kluge Menschen treffen, mit denen man reden kann. Solche wie du. Und wie der Professor.»

«Du warst ein dummes Kind, ich sage es. Du wußtest, daß er ein Gutsbesitzer aus Pommern ist. Und nicht auf ewige Zeit des Kaisers schönster Leutnant bleiben konnte.»

«Das habe ich damals nicht gewußt. Da lebte sein Vater noch, und der hatte das Gut. Und sein Bruder war auch noch da. Joachim hätte des Kaisers schönster General werden können.»

Marina lachte. «Du bist ein Kindskopf.»

«Und ich wußte nicht, daß ich ewig und drei Tage auf diesem Gut leben muß, bis ich alt und grau bin. Und daß meine Schwiegermutter erwartet, daß ich so werde wie sie. Wenn wir den Krieg gewonnen hätten...»

«Wir haben ihn aber nun einmal nicht gewonnen. Und deine Schwiegermutter ist eine sehr patente Frau.»

«Ja, sicher. Weiß ich ja.»

Marina zog behaglich an ihrer Zigarette, und als der süße Duft mich erreichte, weitete ich die Nüstern wie Melusine, meine Stute, wenn man ihr einen Leckerbissen brachte. Sie war das einzige Wesen, das ich in Berlin vermißte, nicht meinen Mann, nicht meine Kinder und schon gar nicht meine Schwiegermutter.

Aber Reiten hatte mir unser Doktor zuletzt auch verboten. Ruhe, hatte er gesagt, viel liegen, lange schlafen, gut und reichlich essen. Nur schmeckte mir meist nicht, was unsere Mamsell kochte, schließlich war ich im Haushalt von Tante Marina aufgewachsen.

«Joachim hat wunderbarerweise den Krieg überlebt. Darüber warst du sehr glücklich, nicht wahr?»

Ich nickte. Und ein Wunder war es wirklich, denn es kam einem damals vor, als sei man nur von Toten umgeben. Am schlimmsten traf mich der Tod von Onkel Ralph, Marinas und Mamas Bruder, den ich zärtlich liebte und der wie ein Vater für mich gewesen war. Mehr noch, großer Bruder und verständnisvoller Freund, Vertrauter in allen Lebenslagen, das war Onkel Ralph.

Meinen Vater hatte ich kaum gekannt, er starb, als ich vier war. Und Mama starb nach Kriegsende an der Spanischen Grippe, dieser furchtbaren Epidemie, die weltweit viele Menschenleben kostete. Manche sagten, sie hätte mehr Menschen umgebracht als der Krieg.

Aber vielleicht hätte Mama sowieso nicht mehr lange gelebt mit ihrer kranken Lunge.

Dafür hatte ich eine überaus tüchtige und rundherum gesunde Schwiegermutter bekommen, dazu noch eine tatkräftige und ebenfalls tüchtige Schwägerin, dagegen war ich ein Nichts und ein Niemand. Ich gab mir allerdings nicht viel Mühe, ein brauchbares Mitglied des Gutsbetriebs zu werden, ich war nur widerwillig aufs Land gezogen, vermißte Berlin und das anregende Leben dort, und das verschwieg ich nicht. Besonders beliebt machte ich mich mit meiner ständigen Meckerei nicht.

Nun hatte meine Schwägerin vor anderthalb Jahren endlich geheiratet. Sie hatte viele Jahre auf Friedrich warten müssen, mit dem sie schon seit Anfang des Krieges verlobt war, er kämpfte im Osten und geriet in die Wirren der russischen Revolution, jahrelang hörten wir nichts von ihm, er wurde für tot gehalten. Mehr tot als lebendig war er auch, als er schließlich heimkehrte.

Sie hatten beide schwere Jahre hinter sich, doch nun erwartete Margarete ihr erstes Kind, und meine Schwiegermutter hielt sich derzeit bei ihr auf, um ihr zu helfen, denn Friedrichs Gut war dreimal so groß wie unseres, es lag ziemlich weit entfernt von Cossin, nahe der Ostsee, bei Kolberg.

Ich wünschte Margarete alles Gute und hoffte, sie würde endlich glücklich sein, wenn sie ihr Kind bekam. Alles, alles Gute wünschte ich ihr, ich war so froh, daß sie weg war, sie hatte mich immer herumkommandiert und von oben herab behandelt. Und sie neidete mir meine Kinder, das hatte ich sehr genau gespürt.

Joachim und ich hatten mitten im Krieg geheiratet, im Herbst 1917, das kam für alle sehr überraschend, nicht zuletzt für mich, denn wir hatten uns bis dahin selten gesehen, was mich nicht daran hinderte, immer wieder zu verkünden, wie unbeschreiblich ich ihn liebte. Was wußte ich schon von Liebe? Ich kannte sie von der Bühne des Königlichen Opernhauses, wenn Tante Marina sang. Sonst war ich nichts als ein dummes, verwöhntes Kind. Und mein schöner Leutnant war schon ein anderer geworden, der Krieg hatte ihn gezeichnet, die entsetzliche Schlacht vor Verdun, die er von Anfang bis Ende mitmachte, hatte ihn das fröhliche Lachen gekostet. Aber daß er überlebte, war für mich das Wichtigste.

Nur wenige Tage gewährte man für eine Kriegstrauung. Wir heirateten ohne jedes Zeremoniell, immerhin kamen sein Vater aus Frankreich und seine Mutter aus Pommern, die ich beide bei dieser Gelegenheit kennenlernte.

Es war das einzige Mal, daß ich Joachims Vater sah, er war Oberst und starb noch im gleichen Jahr an einer schweren Verwundung, und fast zur gleichen Zeit fiel Joachims Bruder. Ich erfuhr das erst später, denn ich lebte nach wie vor bei Mama und Tante Marina in Berlin, denn was sollte ich ohne Joschi auf einem Gut in Pommern.

Joschi – diesen Namen hatte ich ihm in unserer Hochzeitsnacht gegeben, denn er weinte plötzlich im Schlaf, dann fuhr er mit einem Schrei hoch und zitterte am ganzen Körper. Vor ein paar Stunden hatte ich erlebt, wie es ist, eine Frau zu werden, und nun saß ich im Bett und tröstete den verstörten Mann, meinen schönen Leutnant, dessen Seele krank geworden war in diesem gräßlichen, sinnlosen Blutbad. Ich hielt ihn in den Armen, trocknete seine Tränen, streichelte über sein Haar.

Joschi, flüsterte ich, ist ja gut. Du bist hier, du bist bei mir.

«Du machst ja auf einmal so ein ernstes Gesicht», sagte Tante Marina.

«Ach, es ist alles anders geworden.»

«Anders? Was heißt das? Was ist anders geworden?»

«Na, mein Leben. Es ist nicht so geworden, wie ich es mir vorgestellt habe.»

«Das geht den meisten Menschen so.»

«Man weiß es eben vorher nicht», murmelte ich.

«Worüber beklagst du dich?»

«Eigentlich über alles. Nicht, wenn ich hier bei dir bin. Hier ist mein Zuhause. Auf Cossin bin ich noch immer eine Fremde.»

«Das liegt an dir. Du mußt endlich erwachsen werden, Julia. Dies ist das Heim deiner Kindheit, und du bist hier zu Besuch. Aber du gehörst zu deinem Mann und deinen Kindern, dort liegt deine Aufgabe und deine Verantwortung.»

«Aber wenn ich doch krank bin...»

«Verkriech dich jetzt nicht in eingebildete Krankheit, das hilft dir nichts. Unsinn war es allerdings, so rasch hintereinander drei Kinder zu bekommen. Das hat dich so mitgenommen. Besonders kräftig warst du nie, aber lebhaft und beweglich, eine leichtfüßige Tänzerin durch dein Leben.»

«Ich tanze überhaupt nicht mehr.»

«Das kommt schon wieder», sagte sie tröstend. Doch gleich darauf schüttelte sie den Kopf. «Drei Kinder in fünf Jahren. Total meschugge!»

Wem sagte sie das! Wenn sie mir nur auch sagen würde, wie ich das hätte verhindern können.

Das ewige Kinderkriegen hatte mich überfahren wie ein D-Zug. Jetzt wich ich Joachims Umarmungen aus, und er hatte Verständnis dafür, er sah ja selber, was aus mir geworden war. Das hatte unser Verhältnis geändert, belastete unser gemeinsames Leben, mehr noch als die wirtschaftlichen Schwierigkeiten. Vielleicht war ich auch darum so froh, eine Zeitlang nicht auf Cossin zu sein, um nicht unter diesen täglichen Lügen zu leiden, ein Kuß auf die Wange oder auf die Stirn, meine Hand auf seinem Arm. Gute Nacht, Liebling. Mußt du noch lange arbeiten? Kann ich dir nicht helfen?

Nein, Julia, geh schlafen.

Als wenn ich ihm je hätte helfen können bei all den Abrechnungen und Buchungen, Bestellungen, Ankäufen und Verkäufen, Krediten und Wechseln und den ständig anwachsenden Schulden. Ich hörte, wenn er mit meiner Schwiegermutter darüber sprach, gab mir Mühe zu verstehen, aber ich verstand nicht. Es war eine andere Welt als die, in der ich aufgewachsen war, und vermutlich war ich eben doch dumm.

Dann lag ich im Bett und konnte nicht schlafen, viel später kam er sehr leise, ich rührte mich nicht, wagte nicht, ihn zu streicheln oder ein tröstendes Wort zu sagen, denn dann würde er mich in die Arme nehmen, und es würde wieder passieren. Ich wußte, daß er mich gern lieben wollte, und ich wollte gern an ihn geschmiegt liegen, aber ich wollte nicht schon wieder ein Kind bekommen.

Er lag still, seine Hand griff nach mir, wir lauschten auf unsere Atemzüge, es war ein zermürbender Zustand für uns beide. Aber sicher hatte unser Doktor ihn gewarnt, hatte gesagt, daß eine vierte Schwangerschaft gefährlich für mich sein könnte.

Warum konnte man sich nicht liebhaben, ohne daß *das* immer gleich geschah?

«Nun mach nicht so ein gequältes Gesicht», sagte Marina. «Vorhin als du kamst, naß wie eine gebadete Katze, hast du gestrahlt und hast gesagt, du seist glücklich.»

«Aber ich bin es ja. Jetzt und hier, und solange ich bei dir bleiben kann.»

Sie seufzte ein wenig, möglicherweise verstand sie meine Gefühle sehr gut.

«Wir werden den Professor heute abend nach einem guten Arzt fragen, er weiß da Bescheid. Und sollte wirklich etwas mit deiner Lunge sein, gehst du nach Davos.»

«Das könnten wir uns nicht...»

«Nicht leisten, ich weiß. Sollte es notwendig sein, werde ich das schon machen.»

Der Professor war ein Professor für Musikgeschichte und Marinas ältester und treuester Freund, er spielte wunderbar Klavier, und manchmal sang sie dazu, Lieder von Schubert oder von Brahms. Hoffentlich hatten sie heute abend Lust dazu. Falls sie nicht zuviel gegessen hatten.

«Vielleicht bringt er den Jungen mit.»

«Was für einen Jungen?» fragte ich.

«Sein Schüler. Sehr begabter Junge. Er ist ein Wunder auf der Geige. Es ist eine reine Wonne, wenn die beiden zusammen spielen.»

«Was gibt es zum Nachtisch?» wollte ich wissen.

«Nicht mehr allzuviel. Vermutlich Kompott.»

«Erdbeeren», schlug ich vor und leckte mir die Lippen. «Wanda hat mindestens zwanzig Gläser mit eingemachten Erdbeeren da stehen.»

«Sie geht sehr sparsam damit um. Es ist immerhin erst März, und es dauert noch eine ganze Weile, bis die neuen Erdbeeren reif sind. Nun geh, zieh dich aus, nimm ein Bad und leg dich ein bißchen hin. Abendessen um acht. Zieh ein hübsches Kleid an.»

«Als ob ich so was noch hätte.»

«Wir werden in den nächsten Tagen für dich ein wenig einkaufen. Schließlich willst du ja auch mal in die Oper gehen.»

«Und ob!» rief ich. «Ich träume seit Jahren davon.»

Marina war Mamas ältere Schwester, sie und Onkel Ralph waren die beherrschenden Personen meiner Jugend gewesen. Mama war immer kränklich, es fehlte ihr an Temperament, an Lebensfreude und Lebensmut, das besaßen ihre Schwester und ihr Bruder ausreichend.

Onkel Ralph war Anwalt, aber leider war er Reserveoffizier, und so verschlang der Krieg auch ihn.

Marina, eigentlich Marie, war sehr viel älter als ihre Geschwister, Marina Delmonte, die berühmte Sängerin, die Primadonna des Königlichen Opernhauses Unter den Linden.

Ob ich in die Oper gehen wollte, fragte sie. Es kam mir vor, ich sei in der Oper gewesen, ehe ich laufen konnte. Ich kannte all die großen Verdipartien auswendig, die Marina gesungen hatte. Am meisten faszinierte mich als Kind die Aida, denn da hatte sie auf einmal schwarze Haare und ein bräunlich getöntes Gesicht. Sie sang die Agathe, die Martha, beide Marthas, die von Flotow und die aus ‹Tiefland›, eine ihrer berühmtesten Rollen. Und wie sie tanzen konnte! Geschmeidig bis in die Fingerspitzen. Sie betrachtete allerdings die Isolde als den Höhepunkt ihrer Laufbahn, ich hatte mich, zugegeben, im ‹Tristan› immer ein wenig gelangweilt. Aber ich war einfach noch zu jung dafür gewesen. Dagegen liebte ich sie als Mimi, ich weinte bitterlich im dritten Akt und am Ende des vierten, denn sie konnte nicht nur singen, sie war auch eine großartige Schauspielerin. Während des Krieges hatte sie sich vom Theater verabschiedet, sie gab noch Liederabende, sang in Oratorien, dann hörte sie ganz auf.

«Man soll mich in Erinnerung behalten, wie ich war. Meistens sehr gut. Mit einer alten Stimme herumzuwimmern, würde alles verderben, auch die Erinnerung.»

Sie kümmerte sich um Mama, um Onkel Ralph, der in einer schlechten Ehe lebte, und hauptsächlich kümmerte sie sich um mich. Sie war nie verheiratet gewesen, hatte keine Kinder, wir waren ihre Familie. Und sie hegte die Hoffnung, ich könnte ebenfalls als Sängerin Karriere machen, ich war nicht unmusikalisch, hatte eine hübsche kleine Stimme, spielte ganz nett Klavier, und sie hatte schon begonnen, mir Gesangsunterricht zu geben, und dann mußte ich unbedingt des Kaisers schönsten Leutnant heiraten, durch den ich auf die Klitsche nach Hinterpommern kam. Drei Kinder in fünf Jahren. Liebte ich meine Kinder denn nicht?

Doch, natürlich, ganz wahnsinnig liebte ich sie. Aber sie hatten mir alle Kraft geraubt, hatten mir das Mark aus den Knochen gesogen. So nannte es unser Doktor. «Kein Mark in den Knochen, die junge Frau. Keine Kraft im Körper.»

Ich hatte es zufällig gehört, als er das zu meiner Schwiegermutter sagte. Und sie darauf: «Eine Großstadtpflanze.» Was wußte sie schon von Berlin, vom Zauber, vom Glanz dieser herrlichen Stadt. Vielleicht zur Grünen Woche war sie mal hergekommen. Ob sie jemals in der Oper war? Komisch, ich hatte sie das nie gefragt. Natürlich wußte sie, wer Marina Delmonte war, das wußten sie sogar in Hinterpommern. Es konnte Joachim sehr verärgern, wenn ich von Hinterpommern sprach.

«Wir sind hier in Pommern, und es ist das schönste Land, das ich kenne.»

Gewiß, das Land war schön. Aber was kannte er eigentlich von der Welt? Die Schlachtfelder von Elsaß-Lothringen, die Schützengräben in Frankreich.

Übrigens hieß der östliche Teil von Pommern nun mal Hinterpommern, das stand auf jeder Landkarte.

Davos also, die Schweiz, träumte ich vor mich hin, als ich in der Wanne lag, das Wasser reichlich mit Marinas Badesalz parfümiert. Ich konnte meiner Lunge nur dankbar sein, wenn sie Sperenzchen machte und mich eine Weile aus Cossin fortholte. Darum liebte ich Joschi und meine Kinder trotzdem, sehr sogar. Sie waren bei meiner Schwiegermutter gut aufgehoben, ein Kindermädchen hatten wir auch, und überhaupt jede Menge Personal auf dem Gut, ich konnte beruhigt eine Weile fortbleiben.

Ich trocknete mich behaglich mit dem weichen flauschigen Badetuch ab und sang dabei: «Man nennt mich jetzt nur Mimi...» Ich fand meine Stimme sehr hübsch. Klar und süß. Ja, süß, das konnte man ruhig so nennen. Angenommen, ich hätte nicht geheiratet, und Marina hätte mir Unterricht gegeben, dann könnte ich heute auf der Bühne stehen, mit Kraft im Körper und Mark in den Knochen. Für die Isolde würde es nicht reichen, aber für die Mimi und die Gilda allemal.

Des Kaisers schönster Leutnant!

«Der Teufel soll ihn holen!» das sagte ich laut in den Spiegel hinein, und gleich darauf schämte ich mich so, daß mir die Tränen kamen. Was war ich für ein schlechter Mensch! Was für eine üble Frau für einen so guten Mann. Der liebe Gott würde mich strafen, ich würde die Schwindsucht haben, oder Joachim würde sterben oder eins der Kinder.

Ich ließ vor Schreck das Badetuch fallen und starrte tränenblind in den Spiegel.

Dünn war ich wirklich. Nicht schlank, dünn. Manche Frauen wurden dicker, wenn sie Kinder bekommen hatten, ich war mit jedem

Kind dünner geworden. Mein Busen war mickrig und meine Hüften wie aus Porzellan, schmal wie die eines Knaben. Was sollte Joschi eigentlich an mir noch gefallen? So eine Frau konnte kein Mann begehren. Darum schlief er auch nicht mehr mit mir. Doch das war sicher besser für ihn, falls ich wirklich schwindsüchtig war.

Ich versuchte zu husten wie Mimi oder Violetta. Eigentlich hustete ich nie, nur wenn ich mal erkältet war. Davos also. War bestimmt gräßlich langweilig, und eine Oper gab es da auch nicht.

Marina würde es bezahlen, das konnte sie ohne weiteres. Sie hatte immer Geld gehabt, ich kannte es seit meiner Kindheit nicht anders. Nach dem Tod meines Vaters waren Mama und ich in diese Beletage in der Meinekestraße gezogen, eine Wohnung mit zehn riesigen Zimmern, nicht gerechnet Küche, Kammern, die Räume für die Dienstboten und selbstverständlich die Berliner Spezialität: mehrere Hängeböden. Mama führte ihrer berühmten Schwester den Haushalt, so nannte sie es selbst, doch es war mit keinerlei Arbeit verbunden, denn Personal gab es ausreichend, zwei Dienstmädchen, die Köchin, den Chauffeur, die Putzfrau, die Waschfrau und, falls benötigt, ein oder zwei Lohndiener. Die wichtigste Person in diesem Haushalt war Antoinette, Marinas Zofe, auf deren Kommando alle hörten. Sie hieß wirklich so und ließ jeden wissen, daß sie von Hugenotten abstammte, und jedermann in dieser Stadt wisse wohl, was Berlin den Hugenotten zu verdanken habe, ohne Hugenotten gäbe es keine Kultur in Preußen.

Eine amüsante und abwechslungsreiche Kindheit hatte ich in dieser Wohnung erlebt, überhaupt nachdem ich in ein Alter kam, in dem Tante Marina Interesse für mich zeigte. Für kleine Kinder hatte sie nicht allzuviel übrig, die empfand sie eher als lästig.

Es kamen immer viele Gäste ins Haus, Künstler, Wissenschaftler, Offiziere und Damen und Herren von Adel, denn Marina wurde geliebt und verehrt, nicht nur weil sie so schön singen konnte, ihre Klugheit und ihre gelassene Heiterkeit wirkten auf jeden Menschen anziehend. Fast auf jeden. Die anderen wurden von ihr kühl als Banausen abgetan, ein Ausdruck, den ich seit frühester Kindheit kannte. Schon in der Schule, es war selbstverständlich eine teure Privatschule, konnte ich ein Mädchen, das ich nicht leiden mochte, verächtlich damit abfertigen: «Du bist ja 'n Banause.»

War es ein Wunder, daß ich mich glücklich fühlte, wieder einmal in diesen Räumen zu sein, und war es ebensowenig ein Wunder, daß ich mich langweilte auf dem Land? Und war es nicht zu verstehen, daß ich es genoß, wenigstens vorübergehend in einem Haushalt zu leben, in dem nicht immerzu von dem Geld gesprochen wurde, das man nicht hatte? Marina Delmonte hatte viel Geld verdient, doch das größte Wunder geschah vor anderthalb Jahren: Die Inflation hatte ihr Vermögen nicht aufgefressen, sie war nach dem November 1923 nicht arm wie die meisten Menschen, sie war reicher als zuvor. Das verdankte sie ihrem Bruder Ralph, der schon immer mit Dollar und Schweizer Franken spekuliert hatte, er mußte ein Genie an der Börse gewesen sein, da konnte des abgedankten Kaisers Goldmark ruhig dahinsiechen. Sie konnte wirklich mühelos einen Aufenthalt in Davos für mich bezahlen, falls ich wirklich dorthin mußte. Und ich hatte auch keinerlei Hemmungen, wenn sie nächster Tage mit mir einkaufen ging, wie sie angekündigt hatte.

Nur, was zog ich an diesem Abend an? Ich öffnete den tiefen, breiten Kleiderschrank in meinem komfortablen Gastzimmer, die paar Plünnen, die ich mitgebracht hatte, wirkten recht kümmerlich darin, und altmodisch waren sie auch. Hier in Berlin waren die Frauen anders angezogen als in Hinterpommern. Jetzt dachte ich Hinterpommern, ich dachte es trotzig, und dann sprach ich laut: «Hinterpommern, Joschi, ob dir das nun paßt oder nicht. Und wenn du mal überlegst, wie ich gelebt habe hier in dieser Wohnung, in diesem Haus, in dieser Straße, in dieser Stadt, dann geht es vielleicht in deinen pommerschen Dickschädel hinein, daß ich dort, hinter dem letzten Dorf der Welt, nicht glücklich sein kann.»

Ich weinte nicht mehr, ich war wütend und blickte erbost in den großen Spiegel, den es in diesem Zimmer selbstverständlich auch gab. Es war nicht mein ehemaliges Kinderzimmer, es war das Zimmer für besonders geschätzte Gäste. So!

Erst Anfang des Sommers 1919 war ich von Berlin nach Pommern gezogen, längst ungeduldig ermahnt, den mir zustehenden Platz als Herrin des Gutes einzunehmen. Aber Mamas Krankheit, dann ihr Tod, hatten meinen Umzug verhindert, und als ich dann schließlich auf das Gut kam, war ich trübselig, ich trauerte um Mama, ich fühlte mich ausgestoßen und fremd, daran konnte auch Joschis Liebe nichts ändern. Und was hieß schon Herrin des Gutes! Das war und blieb meine Schwiegermutter. Was mir nicht das Geringste ausmachte. Und dann war ich sowieso unentwegt mit Kinderkriegen beschäftigt.

Schon halb acht. Ich mußte mich beeilen. Sicher gab es vor dem Essen ein Glas Champagner, das durfte ich nicht versäumen. Auf Cossin war auch daran nicht im Traum zu denken. «Das können wir uns nicht leisten, nicht wahr, Joachim?»

Ob ich das zartgrüne Seidenkleid anzog? Auch wenn der Professor ein älterer Herr war, gefallen wollte ich ihm trotzdem. Er hatte mich seit einigen Jahren nicht gesehen, ich durfte ihn nicht enttäuschen. Das Grüne hatte einen weiten Rock und ein Spitzenjabot um den Ausschnitt, das machte mich ein bißchen voller, ich mußte ja nicht gerade aussehen wie vor dem letzten Zug nach Davos. Ich bürstete mein Haar und steckte es neu auf. Ob ich nun nach Davos reiste oder zurück nach Cossin, die Haare würde ich mir ganz bestimmt abschneiden lassen. Wenn ich sonst schon nichts vom Leben hatte, dann wollte ich wenigstens einen Bubikopf haben.

Ich betrachtete mich sorgfältig im Spiegel in dem grünen Kleid, und fand mich eigentlich ganz hübsch.

Natürlich liebe ich dich, Joschi, ich habe immer nur dich geliebt, und ich will dir eine gute Frau sein. Und es gefällt mir in Cossin, wirklich, jeden Tag ein bißchen mehr. Und es kommen auch wieder bessere Zeiten, das sagt jeder. Der Krieg ist nun schon so lange vorbei, und die Inflation haben wir auch überstanden, und das mit dem Versailler Vertrag wird sich schon zurechtschaukeln, das sagt doch immer unser Nachbar, der Herr von Crantz. Die können uns ja hier mitten in Europa nicht verrecken lassen, sagt er. Und vielleicht bekommen wir in diesem Jahr eine gute Ernte. Nur mußte ich mich mal erkundigen, wie man es macht, sich liebzuhaben und trotzdem nicht immerzu Kinder zu kriegen. In Berlin wußten sie das bestimmt. Oder ich frage einfach Marina, sie *muß* es wissen, schließlich hat sie keine bekommen.

«Mon dieu, Julia, Verehrer hatte sie die Menge, von der Garde bis ins diplomatische Korps. Höchster Adel dabei», soweit Mama. «Sie hätte einen Prinzen heiraten können. Aber sie nahm die Männer immer nur so», hier schnippte Mama mit den Fingern, «nur so zum Spaß. Ihre Kunst war für sie das Wichtigste im Leben.»

Mama, dünn und blaß wie ich, kränklich, immer mit etwas nölender Stimme, bewunderte ihre große Schwester schrankenlos. Aber das tat ich schließlich auch.

Hoffentlich würden die beiden musizieren heute abend. Und was war das für ein Junge, der dabei sein sollte, ein Schüler vom Professor? Na egal, Hauptsache war erst mal das Essen, Kaviar, die seltsame Ente, mir lief jetzt schon das Wasser im Munde zusammen. Wenn ich bei Marina bleiben durfte, lange, möglichst lange, das würde mir besser bekommen als dreimal Davos.

Am nächsten Tag traf ich Elaine.

Elaine

Am nächsten Tag regnete es nicht mehr, die Sonne schien leuchtend von einem klarblauen Himmel, es sah schon richtig nach Frühling aus. In Berlin kam der Frühling ja immer sehr plötzlich, geradezu über Nacht.

Ich frühstückte mit bestem Appetit, auch am Abend zuvor hatte es mir großartig geschmeckt, den anderen ebenfalls. Der Professor hatte mir die Hand geküßt und ein paar Komplimente gemacht, der Junge war ein junger Mann von Anfang Zwanzig, ein bißchen schüchtern, aber gegessen hatte er viel und mit Hingabe. Als er die Geige in die Hand nahm, war er nicht mehr schüchtern, sondern ein Herrscher in seinem ureigensten Königreich.

Sie spielten die Kreutzer-Sonate und dann auf meinen Wunsch die F-Dur-Romanze von Beethoven, kein sehr origineller Wunsch, aber ich hörte sie nun einmal gern. Anschließend sang Marina drei Lieder von Hugo Wolf aus dem Spanischen Liederbuch. Ich schwebte wieder einmal wie auf Wolken.

Einkaufen würden wir erst morgen, erfuhr ich beim Frühstück, denn heute kamen die Masseuse, die Fußpflegerin, die Friseuse, am Abend war Marina eingeladen bei einer Gräfin Soundso. «Ich kann dich leider nicht mitnehmen, erstens hast du nichts anzuziehen, zweitens macht sie immer eine präzise Tischordnung, und drittens würdest du dich langweilen, es geht da immer ziemlich steif zu. Ein paar alte Stabsoffiziere sind auch da, die führen den Krieg noch einmal. Kenne ich auswendig.»

«Und warum gehst du dann hin?»

«Man hat ein paar Verpflichtungen. Außerdem werd' ich in diesem

Kreis sehr verehrt, das gefällt mir», sagte sie in schöner Aufrichtigkeit. «Sie kennen mich alle noch von der Bühne. Junge Leute wissen manchmal nicht, wer ich bin, da komme ich mir alt vor.»
«Du bist nicht alt. Du bist lebendiger als alle Leute, die ich kenne.»
«Ich bin alt. Aber lebendig trotzdem. Was wirst du denn machen heute abend?«
«Ich werde lesen. Die ‹Woche› ist neu, und die ‹Berliner Illustrirte›. Bis wir sie kriegen, ist sie mindestens vierzehn Tage alt.»
«Wanda wird dir ein Schnitzel braten, und du darfst aussuchen, was du dazu haben willst.»
«Am liebsten Bratkartoffeln, die macht sie einmalig.»
«Ein wenig Gemüse auch, und vorher ein Täßchen Suppe. Morgen gehen wir in aller Ruhe einkaufen, überleg dir schon immer mal, was du brauchst. Für Sonnabend habe ich Opernkarten bestellt. Tiefland.»
«Was kann ‹Tiefland› schon sein ohne dich.»
«Hm», machte sie, es klang zustimmend. «Wir werden sehen beziehungsweise hören. Es ist schönes Wetter heute, du könntest mit der S-Bahn ein bißchen hinausfahren in den Grunewald und spazierengehen. Frische Luft ist gut für dich.»
Frische Luft und Wald hatte ich in Pommern ausreichend, der Kurfürstendamm bekam mir viel besser.
Kein Gewaltmarsch heute, ich schlenderte bis zum Olivaer Platz und bummelte auf der anderen Seite des Kurfürstendamms gemächlich zurück, besah sorgfältig alle Schaufenster, um ein paar Anregungen für den nächsten Tag zu bekommen. Was für wundervolle Schuhe es gab! Zierlich und hochhackig, wie für Aschenbrödels Füße geschaffen. Bei uns auf dem Lande würde ich so etwas nie tragen können, da würden sich sogar die Kühe darüber wundern.
Als ich mich mit einem Seufzer, unsere Schwarzbunten vor dem inneren Auge, von dem Schaufenster abwandte, sah ich sie. Ich erkannte sie sofort, wie sie da auf dem breiten Trottoir daherspazierte, noch ein Stück von mir entfernt. Hübsch war sie immer gewesen,

jetzt, als erwachsene Frau, war sie noch viel hübscher, sie trug ein rostrotes Kostüm mit einem reichlich kurzen Rock, ein gleichfarbiges Hütchen, über der rechten Schulter hing ein Fuchs. Und die Schuhe, wirklich und wahrhaftig, die Schuhe waren auch rostrot.

Ich stand und starrte, streckte ihr unwillkürlich den Arm entgegen, als sie näher kam. Sie sah es, stutzte, blieb stehen. «Elaine!» rief ich.

Sie kam die paar Schritte auf mich zu, die uns trennten, und ich merkte, daß sie mich keineswegs auf den ersten Blick erkannte, wie ich sie erkannt hatte. Sie blickte mich fragend an, ich spitzte die Lippen und flötete geziert: «Ah, bonjour, Mademoiselle Elaine. Comment allez-vous aujourd'hui?»

Da lachte sie hellauf. Ich hatte genau den Ton von Madame Legrand getroffen, der Leiterin des Pensionats in Lausanne, wo wir uns kennengelernt hatten, Elaine und ich.

«Das kann nur Julia sein!» sagte sie.

Wir gaben uns die Hand, dann küßte sie mich auf die Wange. «Ich muß ganz schön alt geworden sein, wenn du mich nicht auf den ersten Blick erkennst.»

«Du siehst aus wie ein junges Mädchen», sagte sie. «Eigentlich wie früher auch. Ich war in Gedanken, weißt du. Laß dich anschaun.»

Sie legte den behandschuhten Finger unter mein Kinn. «Blaß und schmal, das allerdings. Aber die blauen Kinderaugen hast du immer noch. Ach, Julia, wie nett, dich zu treffen.»

Sie legte den Arm um mich und zog mich an sich. Sie war ein wenig größer als ich, ich spürte ihren vollen Busen, als sie mich an sich drückte. Dann blickten wir uns gegenseitig prüfend an.

Sie war immer viel hübscher gewesen als ich, das erkannte ich auch jetzt neidlos an. Ihr Gesicht war dezent geschminkt, die Augen groß und dunkel mit herrlichen langen Wimpern, das Hütchen ließ genug von ihrem dunklen Haar sehen, das mich als Mädchen schon entzückt hatte. Wenn sie es löste, reichte es ihr bis auf die Hüften, schwer wie glänzende Seide.

Es fiel mir denn auch als nächstes nichts anderes ein, als zu sagen: «Du hast dir die Haare auch nicht abschneiden lassen.»

«Ich kann mich nicht dazu entschließen. Wenn sie ab sind, sind sie ab, nicht wahr?»

«Um deine Haare wäre es ja auch besonders schade.»

«Ich weiß, für eine moderne Frau ist es unmöglich, noch mit langem Haar herumzulaufen. Na ja, eines Tages werde ich genug Mut gesammelt haben. Aber du hast auch noch langes Haar.»

«Ach, ich! Ich lebe doch in der Verbannung. Den Kühen ist es egal, wie mein Kopf ausschaut.»

Seit ich die Schuhe betrachtet hatte, waren die Kühe offenbar in meinen Gedanken präsent geblieben. «Aber ich habe mir geschworen, ehe ich heimfahre, lasse ich mir einen ganz kurzen Bubikopf schneiden. Was ich dann allerdings in Hinterpommern damit anfangen soll, weiß ich nicht, einen Friseur haben wir nicht in erreichbarer Nähe.»

Und den können wir uns auch nicht leisten, fügte ich in Gedanken hinzu.

«Hinterpommern?» fragte sie.

«Da lebe ich.»

«Aber du hast doch deinen flotten Leutnant geheiratet. Und du warst so verliebt. Warte, wir haben uns im Oktober siebzehn gesehen, ihr hattet gerade geheiratet. Mein Gott, ist er denn... sag bloß nicht, daß...»

Sie schaute mich mit erschrockenen Augen an, und ich schüttelte den Kopf.

«Nein, nein, er ist nicht gefallen. Aber sein Vater und sein Bruder, und darum sitzen wir jetzt auf dem Gut. Er muß das machen, verstehst du? Das Gut ist da, und von irgendwas müssen wir ja leben. Aus dem Krieg ist er zwar als Rittmeister heimgekommen, aber damit war Schluß mit der Karriere. Da sind wir eben jetzt in Hinterpommern. Das Leben ist dort ziemlich schwierig heutzutage, Joachim kann sich nicht mal einen Verwalter leisten, er muß alles allein machen.»

«Und du, so eine echte Berlinerin, das ist nicht ganz einfach, ich kann es mir denken. Mußt du denn auch viel arbeiten?»

«Nee, das ist nicht so schlimm. Ich verstehe sowieso nichts von Landwirtschaft. Meine Schwiegermutter ist ja da, die macht das schon. Aber ich habe drei Kinder, deswegen sehe ich so vermickert aus.»

«Drei Kinder! Das ist ja allerhand. Das mußt du mir genau erzählen. Komm, wir gehen eine Tasse Kaffee trinken.»

«Au ja», sagte ich. Mit einer Freundin in einem Café am Kurfürstendamm sitzen, das hatte mir noch gefehlt zu meinem Glück.

«Wir könnten zu ‹Möhring› gehen», schlug ich vor.

Sie schob ihren Arm unter meinen.

«Ach nein, laß uns ins ‹Romanische Café› gehen, da sind immer so interessante Leute. Lauter berühmte Männer und solche, die es werden wollen.»

«Aha, ich sehe schon, für interessante Männer schwärmst du immer noch.»

Sie lachte. «Ununterbrochen.»

Wir gingen nebeneinander in Richtung Gedächtniskirche und redeten, meist gleichzeitig, aufeinander ein.

Ich war selig. Berlin, Tante Marina, und nun noch Elaine, das Leben konnte gar nicht schöner sein.

Leider hatte sie nur eine Stunde Zeit, für den frühen Nachmittag habe sie etwas vor, sagte sie. Aber sicher könnten wir uns in den nächsten Tagen wieder treffen.

Da hatte ich eine glorreiche Idee.

«Heute! Heute abend. Tante Marina ist eingeladen, und ich bin ganz allein. Du kommst zu mir, wir können zusammen essen, Schnitzel und Bratkartoffeln. Und Gemüse natürlich. Und vorher ein Täßchen Suppe. Ja? Kommst du?»

«Heute abend?» Sie überlegte. «Ja, das ließe sich machen. Aber wird es Madame Delmonte recht sein, wenn ich so einfach komme und sie ist nicht da?»

«Bestimmt ist ihr das recht. Du kennst sie nicht. Sie ist einfach fabelhaft.»

Ich mußte mich beherrschen, um nicht wie ein Kind von einem

Bein auf das andere zu hüpfen, als ich in die Meinekestraße zurückkehrte. Das mußte ich sofort Marina erzählen. Und Wanda mußte ich sagen, daß ein Gast zum Abendessen kommen würde. Wir könnten eine Flasche Wein trinken zu dem Schnitzel, und ich würde Elaine alles von meinem Leben berichten. Viel blieb zwar nicht mehr übrig, das meiste hatte ich schon in der vergangenen Stunde erzählt. Aber meine Gefühle und meine Gedanken, meine Wünsche und meine Träume, die mußte ich noch loswerden.

Ich war nur ein halbes Jahr in dem Pensionat in der Schweiz gewesen, dann begann der Krieg.

Es war Marinas Wunsch gewesen, daß ich für ein Jahr oder besser noch für zwei Jahre ein Schweizer Pensionat besuchte, wegen der Sprache, wegen des Auftretens und vor allem der feinen Lebensart wegen. Ich war ein Kind, das tun durfte, was es wollte, am liebsten spielte ich mit den Jungen vom Hinterhof, und dort hatte ich mir einige nicht sehr passende Ausdrücke angewöhnt; der Bühnenjargon, von dem ich auch allerhand aufgeschnappt hatte, kam hinzu. Mama seufzte öfter darüber und fand Marinas Vorschlag ganz fabelhaft, ich weniger.

Ich war bockig, ich wollte da nicht hin.

Elaine, fast zwei Jahre älter, war schon eine richtige junge Dame und schon länger im Institut von Madame Legrand, denn sie war Waise, ein Vormund bezahlte den Aufenthalt in dem teuren Pensionat. Französisch sprach sie perfekt, denn, das erwähnte sie bei jeder Gelegenheit, ihre Mutter sei schließlich Französin gewesen, Pariserin dazu.

Mein Französisch war miserabel trotz der Zofe Antoinette, die von den Hugenotten abstammte. Antoinette sprach leider die Sprache ihrer im siebzehnten Jahrhundert eingewanderten Vorfahren nicht, sie konnte dafür fließend berlinern, und das konnte ich auch.

Ich bewunderte Elaine vom ersten Tag an schrankenlos, ihr Aussehen, ihr Auftreten, ihre Gewandtheit, sich auszudrücken. Und da ich in eine ganz fremde Welt gekommen war, unter teilweise sehr hochnäsige oder auch naseweise junge Mädchen, die keinesfalls sehr freundlich zu mir waren, schloß ich mich eng an Elaine an.

Ich war von zu Hause aus verwöhnt und vielleicht etwas vorlaut, das einzige Kind unter lauter Erwachsenen, aber dort war ich scheu und fühlte mich schlecht behandelt. Wenn ich mir das heute so überlege, begreife ich die Haltung der anderen Mädchen viel besser. Wir hatten hauptsächlich Französinnen und Engländerinnen in dem Pensionat, und sie standen, von zu Hause aus beeinflußt, dem Deutschen Reich sehr kritisch gegenüber. Ich war eine Deutsche, noch dazu aus Berlin, aus der Reichshauptstadt, und unser Kaiser war natürlich für mich der Höhepunkt, soweit es irdische Wesen betraf. Nicht zu vergessen, daß er meist in den Premieren war, wenn Marina sang, das sprach für ihn.

Äußerungen dieser Art stießen auf Spott und Bosheit, das war für mich eine ganz neue Erfahrung, außerdem war es noch nie geschehen, daß man nicht in Begeisterung ausbrach, wenn der Name Marina Delmonte erwähnt wurde.

Mama brachte mich kurz nach Weihnachten in das Institut von Madame Legrand, im August 1914 begann der Krieg, dieser schreckliche endlose Krieg, der so viele Menschen töten oder zu Krüppeln machen, den Kaiser vertreiben und das Deutsche Reich zugrunde richten sollte.

In meiner Vorstellungswelt gab es weder Krieg noch Feindschaft zwischen den Völkern, doch nun, da ich das ganze Unheil miterlebt hatte, glaube ich, daß die Neigung zu Mord und Krieg in der Luft lag, wenn es sogar unter jungen Mädchen, halben Kindern noch, zu erspüren war.

Es verwirrte mich, es ärgerte mich, abfällige Bemerkungen über mein Land, meine Heimat, meinen Kaiser zu hören, es machte mich noch bockiger, alles in allem fand ich das Pensionat gräßlich. Wenn Elaine nicht gewesen wäre. Madame Legrand und die anderen Lehrerinnen, das muß man gerechterweise zugeben, beteiligten sich nicht an dieser im Untergrund schwelenden Feindseligkeit, sie haben es vermutlich nicht einmal bemerkt. Sie waren freundlich und gerecht, behandelten alle Mädchen gleich, und wenn sie tadelten, geschah es wegen mangelnder Leistung, Ungezogenheit oder schlechtem Benehmen. Ich war nicht ungezogen, nur unglücklich. Und daran gewöhnt, zu reden, wie mir der Schnabel gewachsen war, nur eben nicht gerade auf französisch. Doch ich versuchte mein Bestes, und Elaine half mir dabei. Dafür wußte ich sehr viel über Musik, besonders über Opern, ich spielte ganz nett Klavier, Elaine allerdings noch viel besser, sie hatte eine hübsche Stimme, und sie wußte, wer Marina Delmonte war. Elaine war immerhin eine halbe Deutsche, der Vater war Balte gewesen.

Das Mädchen, das mir offen feindselig gegenüberstand, war seltsamerweise auch eine Deutsche, eine Hamburgerin, ein kühles blondes Geschöpf, recht hübsch, ein Jahr älter als ich, und sie grenzte sich von Anfang an sehr bewußt von mir ab.

«Du bist eine Preußin», teilte sie mir mit.

«Ja, schon. Aber ich bin Deutsche wie du auch.»

«Wir sind Hanseaten», war die verblüffende Antwort, worunter ich mir nicht viel vorstellen konnte. Getreu diesem Ausspruch verkehrte sie am liebsten mit den Engländerinnen, denn sie sprach, eine Seltenheit, perfekt englisch. Dafür war ihr Französisch sehr mangelhaft, glücklicherweise.

Sie mochte auch Elaine nicht und erklärte mir eines Tages: «Sie heißt nicht Elaine, sie heißt Helene. Und das Baltikum hat sie nie gesehen. Wir kennen uns da nämlich aus, wir treiben Handel mit Riga. Das ist auch eine Hansestadt.»

«Dann nennt sie sich eben Elaine», erwiderte ich wütend. «Ist doch egal, wie sie sich nennt.»

Tatsache war, daß Elaine über ihre Herkunft und ihre Familie nicht sprach, oder nur sehr knapp, und manchmal widersprach sie sich. Von der Hanseatin in die Enge getrieben, gab sie zu, nur als Kind in Riga gewesen zu sein, ein andermal sprach sie von Reval und von einem großen Rittergut an der Ostsee, wo sie aufgewachsen war. Außerdem hatte sie ihre Eltern früh verloren. Geheimnisvoll fügte sie hinzu, ihr Vater sei in einem Duell gefallen. Das fanden die Mädchen interessant, denn in unserer aufgeklärten Zeit war es längst verboten, sich zu duellieren, man kannnte das nur aus Romanen.

«Und deine Mutter?» forschte die Hanseatin.

«Sie starb an gebrochenem Herzen», sagte Elaine mit einem gewissen Pathos. «Sie war der Anlaß für das Duell. Ganz unschuldig natürlich.»

«Woher willst du das denn wissen, wenn du noch so klein warst», sagte daraufhin die Hanseatin. «Außerdem stirbt man nicht an gebrochenem Herzen.»

«Woher willst *du* denn das wissen», war die kühle Antwort von Elaine, «du hast ja keins.»

Junge Mädchen können bösartig und gehässig sein, auch das war für mich eine neue Erfahrung. Die Briefe, die ich nach Hause schrieb, klangen wohl ziemlich deprimiert. Mama schrieb einmal, ich solle versuchen, es wenigstens ein Jahr auszuhalten, dann wäre mein Französisch sicher perfekt.

Im Mai kam Onkel Ralph mich besuchen, und das hob mein Renommee beträchtlich, ein gutaussehender und charmanter Onkel, das war schon etwas, womit man den Mädchen imponieren konnte. Er fand Elaine sehr reizvoll und lud uns beide in das beste Restaurant von Lausanne zum Essen ein. Elaine flirtete ein wenig mit ihm, das konnte sie sehr gut, und er ging in seiner liebenswürdigen Art darauf ein. Ich war eifersüchtig.

Das verschwieg ich ihm nicht, als ich ihn am nächsten Tag zum Bahnhof brachte. Er lachte mich aus und schloß mich in die Arme, nachdem ich gesagt habe: «Ich sehe schon, sie ist viel hübscher als ich, und jetzt ist sie dein Liebling.»

«Du bist mein einziger Liebling auf dieser Welt, das weißt du doch. Ich freue mich schon, wenn du nächstes Jahr wieder da bist, dann werden wir ganz groß ausgehen, wir beide ganz allein. Denn dann bist du schon eine junge Dame.»

Er hatte keine Kinder, seine Ehe war ziemlich verkorkst, das wußten wir alle, Marina sprach in aller Offenheit darüber.

«Immer hat er meinen Rat befolgt, und es war zu seinem Besten. Und dann geht er hin und heiratet diese Zimtzicke. Ich hatte ihn gewarnt.»

Ich kannte seine Frau kaum, sie kam nie zu uns ins Haus. In die Oper ging sie überhaupt nicht, und sie war, wie Mama mir einmal mitgeteilt hatte, ein «Banause».

Das schlimmste Schimpfwort in unserer Familie.

Für Onkel Ralph war ich wie eine Tochter, und mehr noch, wie ich an jenem Tag auf dem Bahnhof von Lausanne erfuhr, sein einziger Liebling. Das gefiel mir.

Er fügte dann noch hinzu: «Sieh mal, mein kleines Mädchen, es ist für dich ganz gut, mal ein Jahr lang in anderer Umgebung zu sein. Du mußt lernen, auch mit anderen Menschen auszukommen, und ihr habt ja da so ein wenig internationale Atmosphäre in eurem Pensionat, das ist auch ganz lehrreich. So in zwei, drei Jahren, wenn du dann eine wirklich erwachsene junge Dame bist, werden wir beide eine Reise nach Paris machen. Und vielleicht auch zwei Wochen an der Riviera verbringen. Es ist also wichtig, daß du gut französisch sprichst. Und diese Elaine ist doch sehr nett. Muß dir doch Spaß machen, mal eine Freundin zu haben.»

Da war ich gerade sechzehn geworden, im Mai 1914. Elaine war achtzehn. Zwei Jahre machen in diesem Alter viel aus, sie war schon eine junge Dame.

Helles Entsetzen erregte ich im Pensionat, als es wärmer wurde, und ich den Wunsch äußerte, im Genfer See zu schwimmen. Man wollte mir das glatt verbieten, aber in diesem Fall setzte ich meinen Willen durch, denn Schwimmen war meine große Leidenschaft. Ich hatte es bei Onkel Ralph gelernt, als ich sieben war, Seen gab es ja um Berlin herum genug. Ich schwamm ausdauernd und sicher, genau wie er.

Das war mal etwas, das ich konnte und Elaine nicht. Sie konnte nicht schwimmen, hatte auch nicht die Absicht, es zu lernen, war nicht einmal zu bewegen, wenigstens ein Stück ins Wasser hineinzuwaten.

«Das ist mir viel zu kalt», meinte sie und schüttelte sich. Die Hanseatin machte mit und eine von den Engländerinnen. Wir erregten großes Aufsehen bei den Leuten, die uns vom Ufer aus zusahen.

Onkel Ralph hatte großen Eindruck auf Elaine gemacht, sie sagte einmal: «So einen Mann wie deinen Onkel möchte ich heiraten.»

«Klar», sagte ich. «Den würde ich auch nehmen. Aber er hat schon eine Frau. Und er ist ja mein Onkel. Ist auch nicht schlecht.»

Sie seufzte. «Ich wünschte, mein Onkel würde mich auch einmal besuchen.»

«Du meinst deinen Vormund?»

«Ja.»

«Ist er denn dein Onkel? Da hast du noch nie von erzählt.»

«Ein Bruder meiner Mutter.»

«Aber dann ist er ja Franzose.»

Sie überlegte eine Weile. «Nicht so ganz. Seine Mutter war Russin.»

«Russin!» staunte ich. «Dann war deine Großmutter Russin?»

«Ja. So kam die Verbindung zum Baltikum. Du weißt ja, daß es zum Russischen Reich gehört.»

Ich hatte es nicht gewußt, aber nun wieder einmal etwas dazugelernt.

Elaine wurde immer interessanter. Mit ihren großen dunklen Augen blickte sie melancholisch über den Genfer See, es war an einem Abend Mitte Juni, und ich fand, sie sah genauso aus, wie ich mir eine Mischung aus Russin und Französin vorstellte. «Ich wünschte, Onkel Fedor würde mich auch einmal besuchen.»

«Und warum tut er es nicht?»

«Er will mich nicht sehen. Er ist ein sehr leidenschaftlicher Mann, und er hat meinem Vater nie vergeben, daß er schuld ist am Tod meiner Mutter. Dabei hatte sie nichts Unrechtes getan. Sie war sehr schön, und sie hatte viele Verehrer. Mein Vater muß rasend eifersüchtig gewesen sein.»

Das war wie in einem Roman, und ich sagte nachdenklich: «Vielleicht hat deine Mutter zuviel kokettiert mit den Männern, die sie umschwärmten.»

«Wie meinst du das?» fuhr sie auf.

«Könnte doch sein. Wenn sie war, wie du bist.»

«Wie bin ich denn?»

«Na, auch sehr schön. Und kokettieren kannst du gut, das habe ich bei Onkel Ralph gesehen. Er war ja ganz hin und weg von dir.»

Nun lächelte sie. «Das hört sich an, als seist du eifersüchtig.»

«Ach wo», sagte ich großmütig. «Onkel Ralph liebt mich am meisten. Aber da sieht man, wie es geht mit solchen Gefühlen. Wenn du mal an deinen Vater denkst. Vielleicht hat er wirklich keinen Grund gehabt, eifersüchtig zu sein. Aber er war es nun mal, falls deine Mutter einen Mann so angesehen hat wie du Onkel Ralph.»

«Erzähl mir von seiner Frau!»

«Nicht der Rede wert. Tante Marina nennt sie eine Zimtzicke. Und ein Banause ist sie auch. Wir können sie alle nicht leiden. Erzähl von deiner Mutter!»

«Da kann ich leider nicht viel erzählen. Es gibt ein wunderschönes Gemälde von ihr, aber das hat Onkel Fedor behalten.»

«Warum will er denn nun wirklich nichts von dir wissen? Du kannst doch nichts dafür, daß es so gekommen ist.»

«Er kann es nicht verzeihen, daß ich die Tochter meines Vaters bin», sagte sie düster.

«Aber er bezahlt doch für dich.»

«Ja, er bezahlt alles, was ich brauche. Aber er will mich nicht sehen.»

Ich legte den Arm um ihre Schultern.

«Das ist eine Gemeinheit. Was macht er denn?»

«Wieso, was soll er machen?»

«Ich meine, was hat er für einen Beruf?»

«Beruf?» fragte sie erstaunt. «Er braucht keinen. Er hat Geld genug.»

Das war höchst eindrucksvoll, bei mir zu Hause verdienten sie ihr Geld durch einen Beruf, Tante Marina, Onkel Ralph. Mama nicht, aber mein Vater hatte einen Beruf gehabt, er war kaiserlicher Beamter gewesen. So nannte es Mama, und ich konnte mir nichts Genaues darunter vorstellen. Jetzt dachte ich darüber nach und nahm mir vor, mir das erklären zu lassen, wenn ich wieder in Berlin sein würde.

Vierzehn Tage später fielen die Schüsse von Sarajewo. Aus der Reise nach Frankreich mit Onkel Ralph wurde nichts.

Der Abschied von Lausanne ging überaus schnell. Elaine blieb in der Schweiz, doch dann traf ich sie überraschend im Oktober 1917 während der Pause im Theater. Joachim und ich waren seit wenigen Tagen verheiratet, wir hatten eine kurze Hochzeitsreise gemacht, zwei Tage davon verbrachten wir in Dresden und zwei weitere in Bad Schandau im Elbsandsteingebirge.

In Hotel Bellevue in Dresden erfuhr ich, was Liebe war, und es bedeutete eine große Überraschung für mich, denn bis dahin hatte ich nicht die geringste Vorstellung gehabt, wie diese Sache in der Praxis aussah. Trotz der vielen Opern, die ich gesehen hatte, in denen ewig von Liebe gesungen, aus Liebe gekämpft, gelitten und gestorben wurde. Das war eben nur Theorie. Weder Mama noch Tante Marina hatten es für nötig gehalten, mir wenigstens ein paar Andeutungen zu machen. Ich wurde ins Wasser geschmissen wie ein junger Hund und konnte schwimmen, es machte mir nicht einmal allzuviel Mühe.

Joachims Körper war angenehm, seine Haut, sein Mund, und was er mit mir tat, erstaunte mich zwar, aber es stieß mich nicht ab. Was er vorher für Erfahrungen gemacht hatte, wußte ich nicht, und wir sprachen auch später nicht darüber. Besonders raffinierte Erlebnisse konnten es nicht gewesen sein, keine große Leidenschaft, er war sehr zärtlich, sehr behutsam, und als wir uns trennen mußten, liebte ich ihn genauso wie zuvor. An meinem Leben änderte sich nicht viel, ich blieb bei Tante Marina und Mama, verwunderlich war es höchstens, daß ich nicht gleich schwanger geworden war. Nun wartete ich, daß der Krieg ein Ende haben würde, und betete um das Leben meines Mannes, wie so viele Frauen in dieser Zeit, und ich tat es nicht vergebens.

Den letzten Tag verbrachten wir in Berlin, am Abend gingen wir ins Theater, und dort trafen wir Elaine.

Sie war sehr elegant und schien sich zu freuen, mich zu sehen.

«Quelle surprise! Ma petite Julia», sagte sie, und Joachim runzelte die Stirn, man sprach damals nicht französisch in Deutschland.

Sie war in Begleitung eines älteren Hern, und ich dachte sofort, es könne vielleicht Onkel Fedor sein, aber sie sagte, es sei ein Freund ihres Vaters, den sie als Monsieur Garbanow vorstellte. Herr Garbanow machte eine leichte Verbeugung und schwieg. Er spreche nicht deutsch, erklärte Elaine, und dann sprach sie von der Revolution in Rußland und wie schrecklich das alles sei, aber dieser Freund ihres Vaters habe sich retten können und sei nun in Sicherheit. Er werde mit ihr in die Schweiz reisen. Von einer Revolution hatte ich gehört, aber Näheres wußte ich nicht darüber.

Ob sie denn noch in der Schweiz lebe, fragte ich, und sie erwiderte, ja, nach wie vor in Lausanne. Ich hätte ja nun fragen können, wieso sie sich in Berlin aufhielt, denn wir hatten immerhin seit dreieinhalb Jahren Krieg, und so ungeniert konnte man nicht mehr über Grenzen ein- und ausreisen, doch darauf kam ich gar nicht, ich mußte ja erzählen, was sich neuerdings in meinem Leben ereignet hatte. Es erstaunte sie, daß ich geheiratet hatte.

«So ein Baby wie du», sagte sie lachend.

Sie ihrerseits war verlobt, wie sie berichtete, ihr Verlobter sei Franzose, und ganz demnächst werde sie versuchen, nach Paris zu gelangen. «Ich hoffe, er kann mir dazu verhelfen. Er ist Capitaine.»

«Er ist im Feld?» fragte Joachim.

Sie nickte. «Ja. Leider.»

Dann war die Pause zu Ende, wir verabschiedeten uns, sie bedauerte, daß wir uns nicht mehr treffen könnten, aber sie mußte Berlin schon am übernächsten Tag wieder verlassen. Als wir zu unseren Plätzen gingen, sagte Joachim, es sei doch ein merkwürdiges Gefühl, eine Frau kennengelernt zu haben, deren Verlobter an der Front war, auf der anderen Seite, und auf den er vielleicht schon in der nächsten Woche schießen müsse.

«Oder er auf dich», sagte ich. «Ach, dieser gräßliche Krieg! Wie lange wird es denn noch dauern?»

Er gab keine Antwort, und ich sah wieder die harte, bittere Linie um seinen Mund, die des Kaisers schönster Leutnant früher nicht gehabt hatte.

«Wie gefällt sie dir denn?» fragte ich.
«Wer?» fragte er abwesend.
«Na, Elaine.»
«Eine hübsche Person. Etwas verwirrend.»
«Wie meinst du das?»
«Sie reist einfach so durch die Gegend. Und nach Paris will sie auch.»
«Von der Schweiz aus geht das vielleicht.»
«Vielleicht ist sie eine Spionin.»
«Du bist verrückt», sagte ich.
Die Spionagefurcht ging damals um, man wurde ständig gewarnt, wachsam und vorsichtig zu sein.

An diesem Tag im März des Jahres 1925 mußte ich daran denken. Von Spionen sprach heute kein Mensch mehr, aber was die Revolution in Rußland bedeutete, wußten wir inzwischen sehr genau. Ich mußte Elaine fragen, wie es Monsieur Garbanow ging und was aus Onkel Fedor geworden war und aus dem französischen Capitaine. Im ‹Romanischen Café› hatte ich nur von mir und meinem Leben erzählt und nebenbei registriert, wie viele der berühmten Männer, oder jene, die es werden wollten und die in diesem Café saßen, kamen oder gingen, Elaine kannten und grüßten.

Schon vorbei

Mein Leben schien perfekt zu sein; Berlin, Tante Marina, Elaine, neue Kleider, Frühling, Theater, ich steckte voller Pläne für die nächste Zeit. Es war ein kurzer Traum, er dauerte gerade noch eine Woche, dann kamen ein Telegramm und ein Brief.

Es war der Tag, an dem das Diner stattfand, das Tante Marina mir zu Ehren gab.

Die Woche war randvoll ausgefüllt gewesen. Nach meinem Abendessen mit Elaine ging Marina mit mir einkaufen, bei ihrer Schneiderin wurde ein Kostüm für mich angemessen, zwei Kleider kauften wir am Kurfürstendamm, gleich um die Ecke. Es war nicht schwer, für mich etwas Passendes zu finden.

«Ich bin viel zu dünn», klagte ich, als ich vor dem Spiegel stand.

«Gnädige Frau haben eine wundervolle Figur», lobte die Verkäuferin, und Marina sagte: «Ganz zeitgemäß. Die Garçonne ist die Frau der Gegenwart.»

Na, auch gut. In Hinterpommern wußten wir bloß wieder nicht, was modern war.

Ich erzählte Marina im Detail, wie der Abend mit Elaine verlaufen war.

«Wir haben sogar zwei Flaschen Wein getrunken», verkündete ich stolz.

«Beachtlich. Ich hatte den Eindruck, du warst ein wenig beschwipst, als ich heimkam.»

Ich nickte begeistert. «Das war ich. Ach, das war ich seit damals nicht mehr.»

«Wann war damals?»

«Im Pensionat.»
«Willst du behaupten, ihr hättet euch in Lausanne betrunken?»
«Manchmal. Wir schmuggelten Wein in unser Zimmer. Oder Cognac.»
«Bitte, was?»
«Cognac», wiederholte ich triumphierend.
«Wer hätte so etwas gedacht», murmelte sie.
«Die Hanseatin war der Meinung, man müsse das üben. Damit man mit solchen Getränken umgehen könne. Später mal, falls man damit zu tun bekäme.»

Ich berichtete, worüber ich mich mit Elaine unterhalten hatte, und Marina stellte fest: «Von ihr weißt du so gut wie gar nichts, wie ich höre. Was macht sie in Berlin? Ist sie verheiratet?»

«Sicher nicht. Das hätte sie mir erzählt. Der Capitaine ist gefallen. Das ist der Franzose, mit dem sie verlobt war. Sie hat ihn sehr geliebt, sagt sie.»

«So», war alles, was Marina dazu äußerte, und dann fand sie: «Ich möchte sie kennenlernen. Wann triffst du sie wieder?»

«Morgen. Im ‹Romanischen›.»

«Da warst du nun schon. Bring sie mit zum Tee.»

Wie nicht anders zu erwarten, konnte Elaine sich sehen lassen, diesmal in einem grauen Kostüm, was sehr seriös wirkte. Marina unterhielt sich gut mit ihr und schien Gefallen an ihr zu finden, forschte jedoch ohne große Umwege nach ihrem derzeitigen Leben.

Der Capitaine kam nochmals zur Sprache, und Elaine erzählte, er sei gegen Ende des Krieges noch gefallen, sie habe es allerdings erst sehr viel später erfahren, von seiner Mutter. «Sie mochte mich sowieso nicht leiden», fügte sie hinzu.

«Warum?»

«Ist das bei Müttern von Söhnen nicht meist so? Sie kannte mich nicht, und sicher gefiel es ihr nicht, daß ich keine Eltern mehr hatte und kein richtiges Heim. Franzosen sind ja Familienmenschen. Ich habe mehrmals an sie geschrieben, denn ich kannte ihre Adresse durch Camille, doch ich bekam keine Antwort. Da befürchtete ich natürlich schon das Schlimmste. Denn Camille hätte bestimmt von sich hören lassen, als der Krieg zu Ende war. Aber er konnte ja verwundet sein. Oder in Gefangenschaft.» Ihr schönes Gesicht war von Traurigkeit überschattet.

«Und dann?» fragte ich mitleidig.

«Ich schrieb, daß ich demnächst nach Paris kommen werde. Es war für mich nicht so einfach, ich hatte damals sehr wenig Geld.»

«Und wo lebten Sie?» fragte Marina.

«Immer noch in Lausanne.»

«Und dann antwortete sie dir endlich?» fragte ich.

«Ja. Sehr knapp und kühl. Die Reise erübrige sich, ihr Sohn sei gefallen.»

«Die muß ein herzloses Biest sein», fand ich.

«Und was machten Sie in Lausanne?» fragte Marina.

«Madame Legrand ließ mich im Pensionat wohnen, und ich half ein bißchen im Haus, kümmerte mich auch um die Schülerinnen. Viele waren es ja nicht mehr.»

«Was macht eigentlich Onkel Fedor?»

«Wer?»

«Onkel Fedor, dein Vormund.»

«Ach so, Onkel Fedor», sagte sie in schwermütigem Ton. «Er ist schon lange tot. Er starb gegen Ende des Krieges, ebenfalls in Paris. Aber das wußte ich damals noch nicht. Ich erfuhr es so ziemlich zur gleichen Zeit, als ich hörte, daß mein Verlobter gefallen war.»

«Und dann?» fragte ich.

«Dann fuhr ich doch nach Paris, denn Onkel Fedor hatte mir einen Teil seines Vermögens vermacht. Nur einen kleinen Teil. Er hatte eine Freundin, die erbte das meiste. Aber für mich reicht es. Für ein bescheidenes Leben.»

Das klang nun alles in allem etwas larmoyant, es paßte nicht zu Elaine, und an Marinas Gesicht sah ich, daß ihr Elaines Ton auch nicht gefiel. Außerdem drückte ihre Miene eine gewisse Skepsis aus.

Wir bekamen noch einmal Tee, dann wollte Marina etwas mehr über das bescheidene Leben wissen, und Elaine gab bereitwillig Auskunft. Sie habe eine kleine Wohnung, nur drei Zimmer, aber sehr hübsch gelegen, draußen in Zehlendorf.

«Na und?» fragte Marina.

Elaine blickte sie fragend aus großen dunklen Augen an.

Marina, die ein arbeitsreiches Leben hinter sich hatte, sagte ein wenig ungeduldig: «Sie sind eine gesunde junge Frau, Sie müssen doch irgend etwas tun, außer auf dem Kurfürstendamm spazierenzugehen und im ‹Romanischen Café› zu sitzen.»

Elaine errötete, ich merkte ihr an, daß sie sich ärgerte. Sie war es sicher nicht gewöhnt, examiniert zu werden.

«Wieso denn?» kam ich ihr zu Hilfe. «Das ist doch ein sehr angenehmes Leben. Ich wünschte, ich könnte es haben.»

Marina hob ihr Lorgnon und musterte uns alle beide prüfend. «Du bist eine dumme Göre, Julia», sagte sie in freundlichstem Ton. «Eines Tages wirst du ja wohl erwachsen genug sein, um dich in dem Leben, das du dir ausgesucht hast, zu bewähren. Zugegeben, du hast nicht gewußt, was du tust. Und ein wenig Schuld daran hatte wohl auch der Krieg. Aber nun kannst du nicht davonlaufen.»

Das stimmte sicher. Wer konnte einen Mann wie Joachim, einer Schwiegermutter wie meiner, einem Gut in Pommern und drei Kindern davonlaufen? Ich begriff das plötzlich und verstummte. Ich sprach ziemlich lange kein einziges Wort mehr.

Dafür redete Elaine jetzt sehr unbefangen.

«Ich war dann also in Paris. Aber ich war sehr unglücklich, so ganz allein und verlassen. Bei Madame Legrand hatte ich doch in einer gewissen Geborgenheit gelebt. Ich schrieb noch einmal an Camilles Mutter, aber sie forderte mich nicht auf, sie zu besuchen, also war es klar, daß sie mich nicht sehen wollte. Als die Angelegenheit mit der Erbschaft geregelt war, kehrte ich zurück in die Schweiz.»

«Und was haben Sie da gemacht?»

«Gar nichts. Ich lebte in einem kleinen Hotel, Geld hatte ich ja nun, doch es war schrecklich langweilig. Madame Legrand meinte, ich könnte ja bei ihr im Institut ernstlich tätig sein, junge Mädchen in Französisch unterrichten. Aber als Lehrerin fühlte ich mich zu jung.»

«Eine gewisse Vorbildung gehört ja wohl auch zu diesem Beruf», meinte Marina trocken.

«Gewiß. Und die hatte ich ja nicht.»

«Und wie kamen Sie nach Berlin?»

«Eigentlich ohne einen bestimmten Grund. Nach dem Ende der Inflation hörte man fabelhafte Dinge über Berlin. Es sei soviel los in dieser Stadt. Und die Theater seien herrlich. Da fuhr ich einfach mal her, um mich umzusehen.»

«Und es gefällt Ihnen in Berlin?»

«Es gefällt mir ausgezeichnet, gnädige Frau. Und ein wenig nützlich mache ich mich auch. Ich gehe jeden Nachmittag zu einer alten Dame, der Fürstin Alexandrowna. Sie konnte sich in letzter Minute aus St. Petersburg retten. Sie lebt hier allein, ganz in meiner Nähe. Und sie spricht kaum deutsch.»

«Wie damals Monsieur Garbanow», warf ich angeregt ein. Was es alles für interessante Begegnungen in Elaines Leben gab! Sie blickte mich fragend an, und ich erinnerte sie: «Weißt du nicht, als wir uns im Theater trafen, damals, als ich gerade geheiratet hatte, und du hattest diesen älteren Herrn dabei, ein Freund deines Vaters. Weißt du nicht mehr? Monsieur Garbanow.»

Sie lächelte mich an.

«Das hatte ich ganz vergessen. Stimmt, ja. Wir trafen uns in der Pause. Ach, der gute Iwanowich! Was mag bloß aus ihm geworden sein?»

«Hast du ihn später nicht mehr gesehen?»

«Nein. Aber du hast recht, ich sollte einmal nachfragen. Die Fürstin kennt immerhin einige Russen in Berlin.»

«Und es gibt ein russisches Restaurant am Kurfürstendamm», sagte ich eifrig. «Dort kennt man sicher einige Landsleute von früher. Was meinst du?»

«Das ist eine gute Idee, Julia. Du bist ein kluges Mädchen.»

Ich blickte Tante Marina stolz an, was sie wohl von meiner endlich mal bewiesenen Intelligenz hielt. Außerdem war ich froh, wieder am Gespräch beteiligt zu sein.

Doch Tante Marina nahm wenig Notiz von mir, sie fragte statt dessen: «Und was machen Sie bei dieser Fürstin?»

«Oh, ich lese ihr vor. Französische Bücher. Ich übersetze auch, was in deutschen Zeitungen steht. Und ich mache auch hier und da kleine Besorgungen für sie.»

«Und Sie werden dafür bezahlt?»

«O nein», rief Elaine entrüstet. «Die Fürstin hat es schwer genug, sie verkauft ein Stück nach dem anderen von ihrem Schmuck, den sie gerettet hat. Das ist gar nicht so einfach heutzutage. Ich tue das nur so... nur so...»

«Aus Nächstenliebe», vollendete Marina freundlich. «Das ist übrigens eine schöne Brosche, die Sie da haben, Fräulein von Janck.»

Elaine legte die Hand an die prachtvolle Brosche am Kragen ihrer Bluse.

«Sie haben das richtig erkannt, gnädige Frau. Es ist ein Geschenk der Fürstin. Ich wollte die Brosche auf keinen Fall nehmen, aber sie sagte, dann wolle sie mich nie wiedersehen. Man darf ihren Stolz nicht verletzen. Wenn man bedenkt, wie reich sie einmal war, was für einen wundervollen Palast sie in St. Petersburg hatte, ganz zu schweigen von den Gütern, dann ist das schon ein hartes Los für eine alte Dame. Ihr Mann ist schon lange tot. Einer ihrer Söhne ist im Krieg gefallen, der andere in dem Durcheinander der Revolution verschollen. Sie will manchmal auch darüber sprechen.»

«Verständlich», sagte Marina. «Aber es ist kein erheiterndes Thema für eine junge Frau.»

«Sicher nicht. Aber wir leben nun einmal in einer schweren Zeit. Und mein Leben war ja auch ziemlich schwierig, also habe ich Verständnis dafür.»

Mein Gott, worüber beklagte ich mich eigentlich? Ich hatte einen Mann und Kinder und eine Schwiegermutter und ein Gut, ganz zu schweigen von Tante Marina. Ich war undankbar. Wie bitter konnte das Leben für manche Menschen sein. Wie froh konnte ich sein, daß Joschi am Leben geblieben war, jetzt durfte ich auch noch ein paar Wochen in Berlin verbringen, und davon würde ich jeden Tag genießen.

«Und heute haben Sie die Fürstin versetzt», hörte ich Tante Marina sagen.

«Ja, ich war ja mit Julia verabredet. Und nun ist es ein ganz besonderer Tag für mich, weil ich hier sein darf. Ich bin sehr dankbar für diese Einladung zum Tee. Ich möchte Julia so oft wie möglich sehen, solange sie hier ist.»

«Ich bin noch lange hier», rief ich emphatisch, und das stimmte leider nicht.

Nachdem Elaine gegangen war, sagte Marina: «Eine merkwürdige Person. Aber sehr ravissante. Was mich betrifft, ich habe nichts gegen ein abenteuerliches Leben. Falls man damit umgehen kann. Und heutzutage ist das ja auch ganz en vogue. Es wird sich vielleicht mal die Gelegenheit ergeben, daß du sie besuchst in ihrer Wohnung in Zehlendorf.»

Doch dazu kam es nicht. Am Abend in der Oper, es gab wirklich ‹Tiefland›, und natürlich war die Martha nicht mit jener zu vergleichen, die Marina Delmonte einst gesungen hatte, trafen wir einen ehemaligen Kollegen von Tante Marina, einen früher sehr berühmten Tenor, mit dem sie oft zusammen gespielt hatte. Ich erinnerte mich gut an seinen Siegmund und an seinen Stolzing, den Pedro in ‹Tiefland› hatte er natürlich auch gesungen. Und wie sehr ich ihn in all diesen Rollen bewundert hätte, geschwärmt hatte ich für ihn, das sprudelte ich gleich heraus. Er lachte geschmeichelt und meinte, wie wohltuend es sei, so etwas von einer hübschen jungen Dame wieder einmal zu hören. Heute sei es leider damit vorbei.

«Ja», sagte seine Frau, «er vermißt das sehr.»

«Ich kann mich gut an die kleine Julia erinnern», sagte der Tenor. «Warum haben wir Sie so lange nicht gesehen, mein Kind?»

«Weil Julia ihren Romeo gefunden hat», sagte Tante Marina trokken, «und in Berlin nur ein kurzes Gastspiel gibt.»

Das wollten die beiden genauer wissen, aber dazu war die Pause zu kurz. Doch da war wie ein Blitz in Marinas Kopf der Gedanke zu dem Diner aufgetaucht.

«Haltet euch den nächsten Donnerstag frei», sagte sie. «Ihr seid hiermit bei mir eingeladen. Ein kleines Fest zu Ehren meiner Nichte. Stimmt die Adresse noch? Die schriftliche Einladung folgt auf dem Fuße.»

Später am Abend, als wir zu Hause waren, fragte ich sie: «Warum hast du das gesagt? Daß die Julia ihren Romeo gefunden hat.»

«Nun, es bot sich an. Theaterleuten gegenüber kann man so eine Bemerkung machen.»

«Es ist eine sehr traurige Geschichte. Sie haben sich gefunden, und dann waren sie beide tot.»

Sie blickte mich eine Weile ernst an, dann strich sie mir leicht über die Wange.

«Du hast recht, meine Kleine. Es war keine sehr passende Bemerkung. Ihr seid beide am Leben und glücklich miteinander, nicht wahr?»

Ich nickte heftig mit dem Kopf. «Ja, wir sind sehr glücklich. Und ich liebe Joachim wirklich. Genau wie am ersten Tag. Und weißt du was? Ich freue mich ganz schrecklich auf das Diner. Wen wirst du noch einladen?»

«Wir werden gleich die Liste zusammenstellen. Möglichst Leute, die du kennst und die dich kennen.»

«Der andere! Der den Sebastiano gesungen hat. Dieser herrliche Bariton. Richard Roth, so heißt er.»

«Richtig. Hast du für ihn auch geschwärmt?»

«Ja. Für beide. Ich fand es immer sehr schwierig für dich, zwischen den beiden zu entscheiden.»

«Da hast du nicht ganz unrecht. Roth war groß und schlank und sah auch besser aus als Begmann. Aber das Libretto war geschrieben, und Begmann war der Tenor.» Sie lachte vergnügt, ich merkte, daß es ihr Spaß machte, ein kleines Fest zu geben. «Den Professor werden wir einladen, und sein junger Mann darf auch wieder mitkommen. Und du darfst deine Freundin Elaine einladen. Morgen früh werde ich gleich mit Wanda besprechen, was es zu essen gibt.»

«Und kommt auch ein Lohndiener, so wie früher?»

«Selbstverständlich. Ich werde morgen Antoinette verständigen.

Antoinette, Marinas unübertreffliche Zofe mit den hugenottischen Vorfahren, hatte den Dienst quittiert, um zu heiraten, nachdem Marina die Bühne verlassen hatte. Das war ein gelungener Coup, er überraschte uns alle.

Nun werde sie ja nicht mehr so dringend gebraucht, erklärte Antoinette, außerdem werde es Zeit, unter die Haube zu kommen. Sie war damals immerhin schon Anfang Vierzig.

Sie war auch im Theater immer an Marinas Seite gewesen, obwohl dort eine bewährte Garderobiere waltete, was zwischen diesen beiden oft zu Mißstimmungen führte. Aber das konnte Antoinette nicht beirren, wo Marina Delmonte auftrat, war sie dabei.

Ihre Ehe war so perfekt wie ihre Tätigkeit als Zofe, denn sie hatte genau den richtigen Mann geheiratet, mit dem sie, wie wir erkannten, wohl schon seit einiger Zeit in Verbindung gestanden hatte. Um es mal vornehm auszudrücken.

Tante Marina sagte damals: «Sieh an! Ich habe mir manchmal schon gedacht, wo sie mit ihrem Temperament bleibt.»

Fritz Lehmann, so hieß Antoinettes Mann, betrieb eine Vermittlung für Hauspersonal, er hatte seine Kunden in allerersten Kreisen. Besagte Lohndiener zum Beispiel, die bei größeren Feten benötigt wurden, kamen durch sein Büro ins Haus, und da Antoinette diese wichtigen Helfer immer selbst aussuchte, war sie mit Herrn Lehmann gut bekannt, und wie sich gezeigt hatte, sogar sehr gut. Diener für feine Häuser, Zofen, Kutscher, Chauffeure, Köche und Köchinnen, Kindermädchen, sogar Gouvernanten standen in Herrn Lehmanns Kartei. Dienstmädchen nur der sehr gehobenen Klasse.

Nach dem Krieg und während der Inflation stagnierte das Geschäft, aber nun, da Berlin wieder viele Feste feierte, ging es recht gut. Ohne Zweifel würde Antoinette am Abend des Diners höchstpersönlich bei Marina Delmonte erscheinen, um zu kontrollieren, ob auch alles in gewohnter Perfektion ablief. Ich freute mich schon darauf, sie wiederzusehen.

Wie ich mich überhaupt ganz ungeheuer auf diesen Abend freute. Ich ahnte ja nicht, daß es mein letzter Abend in Berlin sein würde.

Am Vormittag ging ich klammheimlich zu Marinas Friseur und ließ mir die Haare abschneiden. Der kannte mich auch noch von früher und machte: «Ja, ja, ja!» nachdem ich mein Anliegen vorgebracht hatte. «Ich habe schon gehört, daß Sie hier sind, Frau Baronin. Und ich habe schon auf Sie gewartet.»

«Wieso das?»

«Babette, die neulich bei Ihrer Frau Tante war, sagte mir, das Fräulein Julia ist wieder da, und sie hat noch langes Haar.»

«Ich komme mir auch schon ganz altmodisch vor.»

«Ja, ja, ja!» wiederholte er. «Die Mode! Die Herren haben sich die Bärte abrasieren lassen, und die Damen lassen sich die Haare abschneiden, es gibt immer mehr Autos auf den Straßen, und die Luft wird immer schlechter.»

Ich blickte ihn erstaunt an. «Die Luft?»

«Ja, ja, ja, die Luft auch. Es sind eben andere Zeiten heute. Vor dem Krieg – na, schweigen wir davon. Vorbei ist vorbei. Als die Gräfin Morowitz hier erschien und einen modernen Bubikopf verlangte, brach mir bald das Herz. Sie war eine der ersten. Eine Dame der alten Gesellschaft, wenn ich mal so sagen darf. Schneiden Sie mir die Haare ab, Berthold, sagte sie, ganz kurz bitte, sagte sie, und ich sagte, Frau Gräfin, ich flehe Sie an, das dürfen Sie nicht tun. Sie hatte die schönsten Haare, die ich je gesehen habe, rotblond, und sie reichten ihr bis zu... also ich meine...» Er überlegte, wie er sich vornehm ausdrücken sollte, und legte unwillkürlich die Hand auf sein Hinterteil.

Ich kicherte und sagte: «Sie wollen sagen, bis zum Po.»

Er blickte mich strafend an. «So wollte ich es eigentlich nicht ausdrücken.»

«Jedenfalls haben Sie ihr die schönen rotblonden Haare abgeschnitten.»

«Ungern, höchst ungern. Wissen Sie, Frau Baronin, was sie sagte? Unsere Zeit ist vorbei, sagte sie. Mein Mann ist gefallen, unsere Güter in Oberschlesien haben die Polen, der Kaiser ist weg, den Hof gibt es nicht mehr. Es ist alles anders geworden, und darum will ich auch anders aussehen. Ich bleibe jetzt für immer in Berlin.»

Ich kannte die Gräfin Morowitz nicht, aber was ich über sie hörte, imponierte mir.

«Die Frau Gräfin hat sich auch schon früher viel in Berlin aufgehalten, sie residierte im ‹Bristol› und hatte ihre Zofe und ihren eigenen Kutscher dabei. Nun, sie ist auch mit der neuen Zeit sehr gut fertig geworden. Zuerst hat sie ihre Tochter mit einem reichen Amerikaner verheiratet, denn sie war der Meinung, man brauche Dollars in dieser Zeit, und während der Inflation war das sehr wichtig. Ja, ja, ja!»

Herr Berthold blickte entzückt zum Plafond hinauf. «Sie zahlte dann immer mit Dollars, wenn sie meinen Salon beehrte.»

Ich schwieg beeindruckt. So spielte sich ein Besuch beim Friseur in Berlin ab! Was man da alles erfuhr! Davon hatten sie in Hinterpommern wieder mal keine Ahnung.

«Inzwischen hat die Frau Gräfin selbst wieder geheiratet», setzte Herr Berthold befriedigt seine Geschichte fort.

«Nein!» staunte ich. «Auch einen Amerikaner?»

«Nein, einen Industriellen aus dem Ruhrgebiet. Auch ein sehr wohlhabender Herr. Allerdings nicht von Adel.»

Ich nickte bekümmert und sagte: «Na, so wichtig ist das ja heutzutage nicht mehr.»

Herr Berthold schüttelte nicht ganz überzeugt den Kopf. «Es gibt ja dort immer Schwierigkeiten mit der Ruhrbesetzung durch die Franzosen. Darum ist die Frau Gräfin auch die meiste Zeit wieder in Berlin.»

«Das freut mich für Sie. Und für die Gräfin. Und nun sagen Sie mir bloß noch, wie sie aussieht mit dem kurzen Haar.»

«Apart, höchst apart. Sie kann alles tragen. Aber schade um ihr Haar war es doch. Inzwischen habe ich mich daran gewöhnt, daß die Damen ihr Haar auf dem Altar der Mode opfern. Ja, ja, ja!»

Mittlerweile hatte er meine Haare gelöst und über meine Schultern gebreitet, sie waren nur dunkelblond und lange nicht so prächtig wie die der Gräfin, sie reichten mir nur gerade bis zu den Schulterblättern, sehr weich waren sie auch. Mamas Haare waren auch nicht sehr üppig gewesen. Ganz im Gegenteil zu Marinas Haar, und da kam es auch schon. «Madame Delmonte hatte auch wundervolles Haar. Ja, ja, ja. Sie kam zwei Jahre später als die Frau Gräfin, aber sie kam. Und nun sind Sie da, Fräulein Julia. Eh, entschuldigen Sie, Frau Baronin.»

Ich lehnte mich zurück und betrachtete mich im Spiegel, mich und mein bescheidenes dunkelblondes Haar.

«Sie können ruhig Fräulein Julia zu mir sagen, Herr Berthold. Da komme ich mir wieder vor wie ein junges Mädchen.»

«So sehen Sie noch aus, Frau Baronin.»

«Ich habe drei Kinder.»

«Nein!» rief er aus, ließ mein Haar fallen und faltete die Hände über seinem rundlich gewordenen Bäuchlein. «Ist es die Möglichkeit! Sie sehn genau noch so aus wie damals, Frau Baronin.»

Sicher wußte er alles ganz genau, Babette war nun schon lange in seinen Diensten, und wenn irgend jemand genau Bescheid wußte über die Verhältnisse in den Häusern, in denen sie arbeiteten, so waren es die Friseusen und Masseusen.

«Ja, ja, ja», machte ich. «Drei Kinder. Und ich lebe auf einem Gut in Pommern.»

«Das ist eine schwere Aufgabe für eine so junge Frau. Wenn Sie mir erlauben, das zu sagen, Fräulein Julia, eh, Entschuldigung, ich meine Frau Baronin.»

Frau Baronin! Hier sagte das niemand zu mir, nicht einmal Wanda, unsere Köchin. Antoinette würde es sagen, sie hatte es gesagt, gleich nachdem ich verheiratet war.

«Sie sagen es, Herr Berthold. Ich bin nur zu einem Besuch bei meiner Tante. Aber ich bleibe noch eine Weile. Sie ahnen ja nicht, was es für mich bedeutet, wieder einmal in Berlin zu sein.»

Er nickte, er ahnte es, er konnte es sich sogar ganz genau vorstellen.

Das war auch so etwas. Das würden sie in Hinterpommern nie begreifen, was das für eine Beziehung war, die man in Berlin zu Leuten wie dem Friseur, der Schneiderin, der Köchin hatte, auch wenn sie einem mit allem Respekt begegneten. Es war eine andere Art von Respekt, es war mehr und in mancher Beziehung weniger. Man blieb unangefochten, unbelästigt, wurde nicht so eingesperrt in eine feste Ordnung, wie es auf dem Gut geschah. Wo sie mich notfalls respektierten, aber nicht richtig für voll nahmen. Wer war ich denn neben meiner Schwiegermutter, neben Margarete? Eine Fremde, eine Großstadtpflanze. Hier gehörte ich dazu, noch immer.

Ich starrte erbittert in den Spiegel und sagte: «Nun schneiden Sie die Haare endlich ab, ehe ich es mir anders überlege.»

Er murmelte: «Wie Sie wollen, Frau Baronin.»

Halb entsetzt, halb entzückt betrachtete ich dann meinen Bubikopf. Er hatte mit der Brennschere eine flotte Welle hineingezaubert, ich kam mir fremd vor.

«Knorke», sagte ich trotzig und zitierte die Gräfin: «Ich komme mir vor wie ein anderer Mensch.»

Herr Berthold sagte darauf, und es klang direkt weise: «Ein anderer Mensch wird man nicht durch eine andere Frisur.»

Ich ging zögernd um die zwei Ecken zur Meinekestraße und fuhr mir einige Male über den leeren Nacken, denn ich hatte keinen Hut aufgesetzt, um die fesche Welle nicht zu zerstören. Einen Hut mußte ich mir unbedingt auch noch kaufen, der auf diese Frisur paßte. Heute abend jedenfalls würde ich das neue schwarze Kleid anziehen, das schwarze Kleid mit der silbernen Borte um den Hals und der gleichfalls silbernen Borte in Kniehöhe. Ich würde aussehen wie eine echte Berlinerin. Ob ich mit dem Kammersänger Roth ein wenig flirten konnte?

Marina lachte, als ich heimkam und meinen Kopf präsentierte. Doch dann machte sie ein ernstes Gesicht.

«Ich habe leider keine gute Nachricht für dich.»

Es war ein Telegramm von Joachim. «Komm sofort zurück. Kinder haben Masern. Brief folgt.»

Der Brief war ein Expreßbrief, und er kam am Abend kurz vor den Gästen. Ossi – das war der Älteste, er hieß Otto nach Fürst Bismarck, aber ich nannte ihn Ossi – hatte die Masern und sein kleiner Bruder Jürgen auch. Katharina, meine Tochter, die zwischen den beiden gekommen war, noch nicht, aber das sei sicher nur eine Frage der Zeit.

Da war ich nicht so sicher, Katharina war aus hartem Holz. «Du hast doch die Masern gehabt?» fragte Marina besorgt.

«Ja, sicher. Weißt du es nicht mehr? Ich war elf. War herrlich, ich brauchte wochenlang nicht in die Schule zu gehen.»

«Für den Kleinen ist es etwas früh. Er ist erst anderthalb, nicht?»

«Knapp», sagte ich bekümmert. «Du hast recht, er ist zu klein für die Masern.»

Das war aber noch nicht alles, was in dem Expreßbrief stand. Margarete hatte eine Fehlgeburt gehabt, es ging ihr nicht gut, meine Schwiegermutter war bei ihr und würde auch noch für einige Zeit dort bleiben. Und das Schlimmste von allem: Trudi hatte auch die Masern.

«Man sollte nie ein Kindermädchen engagieren, das nicht alle Kinderkrankheiten gehabt hat», sagte Marina tadelnd.

«Dann muß ich morgen nach Hause fahren.»

«Das mußt du wohl.»

Am Abend bei der Tafel wurde ich sehr bedauert, erstens wegen der kranken Kinder und zweitens, weil ich Berlin so rasch wieder verlassen mußte.

«Nee, so 'n Pech, so 'n Pech», hatte Antoinette gleich gesagt, und während des Essens spürte ich ihren mitleidigen Blick, und wenn ich zu ihr hinsah, nickte sie mir tröstend zu. Sie stand meist neben der Tür oder an der Anrichte und beobachtete mit scharfem Auge, ob das ganze Ritual des Servierens und Abservierens auch reibungslos klappte. Es waren zwei Lohndiener da, und da das Mädchen auch half, war das für zwölf Gäste mehr als genug Personal. Aber Antoinette hatte bestimmt, es müßten zwei Lohndiener sein, damit alles perfekt abliefe, denn das Dienstmädchen sei sicher ein Trampel. Was nicht stimmte, Else war zwar noch jung, doch sie machte ihre Sache gut. Wanda hatte sie selbst ausgesucht und eingestellt, und darum war es auch ein fleißiges und ordentliches Mädchen.

Kammersänger Roth war mein Tischherr, er war immer noch groß und schlank, sein Haar war grau geworden, was außerordentlich dekorativ wirkte. Zu meiner Rechten saß Rainer, der Schüler vom Professor. Kammersänger Begmann und seine Frau waren da, natürlich auch die Frau von Herrn Roth, dann eine alte Freundin Marinas, eine Freundin aus der Jugendzeit, mit der sie ein etwas kabbeliges, aber haltbares Verhältnis verband. Marina war eingerahmt vom Professor und einem stattlichen älteren Herrn, ehemals im diplomatischen Dienst, den ich auch von früher her kannte, und der hatte seinen ziemlich faden Sohn mitgebracht. Der war etwa Ende Dreißig, hatte ein langes Gesicht und eine schon ziemlich fortgeschrittene Glatze.

Auf einmal dann sprachen sie über den Reichspräsidenten Ebert, der im vergangenen Monat gestorben war, die Frage wurde erörtert, wer wohl der nächste Präsident der Republik werden könnte, denn die Wahl stand bevor. Der Diplomat äußerte sich lobend über den Außenminister Stresemann, der sei, so sagte er, einer der besten Männer, die diese sogenannte Weimarer Republik bisher vorzeigen könne.

Er sagte «sogenannte Weimarer Republik», und eine gewisse Verachtung klang in seinem Ton mit. Das kannte ich bereits von Pommern her.

«Diese Zeit beschert uns manche dubiose Figur auf der politischen Bühne», fügte er hinzu. «Deswegen muß man die anständigen Leute, die sich bewährt haben, würdigen.»

«Ebert war ein guter Mann», sagte Richard Roth.

«Gewiß», gab der Diplomat zu. «Er hat sein Bestes getan. Es war eine schwere Zeit für ihn. Vor allem muß man gefährlichen Hasardeuren das Handwerk legen.» Überraschend wandte er sich an mich. «Sie haben ja sicher von dem Putsch in München gehört, Baronin? Von diesem Hitler. Man hat ihn leider schon wieder aus der Haft entlassen. Er soll ein Buch geschrieben haben.»

Da er mich fragend ansah, schüttelte ich den Kopf. «Keine Ahnung.»

Nun schüttelte der Diplomat den Kopf, sichtlich enttäuscht über meine Dämlichkeit. Dann schilderte er ausführlich, was sich in Bayern zugetragen hatte, ich hörte nur mit halbem Ohr zu, die Sache im fernen München interessierte mich wirklich nicht, ich dachte an meine kranken Kinder und wie sie zu Hause wohl mit allem fertig wurden.

«Ach so, im vorigen November», sagte ich, um mein Interesse zu bekunden. «Na ja, bis so was bei uns in Pommern landet.»

«Es geschah vor anderthalb Jahren, im November 1923. Ich bin sicher, Ihr Herr Gemahl ist über die üble Affäre informiert.»

«Ja, sicher», äußerte ich unsicher. Ich konnte Joschi ja mal fragen, ob er etwas von der Sache in München wußte mit diesem... «Wie hieß der Mann doch gleich?» fragte ich.

«Er heißt Hitler. Adolf Hitler.»

Ich nickte. Bis ich zu Hause war, hatte ich den Namen bestimmt vergessen.

Trotz meines Kummers schmeckte es mir ausgezeichnet, ich aß so viel wie noch nie in meinem Leben, wer weiß, wann ich wieder an Marinas Tisch sitzen würde.

Enttäuscht war ich, daß keiner von meinem Bubikopf Notiz nahm. Nicht einmal Antoinette. Aber vermutlich hielt sie meine Frisur für ganz normal.

Nur Elaine hatte gesagt: «O lala, du siehst ja reizend aus.»

Elaine und Marinas Jugendfreundin, eine junge und eine ältere Dame, waren die einzigen Frauen am Tisch, die noch langes Haar hatten. Alle anderen hatten ihr Haar auf dem Altar der Mode geopfert, ja, ja, ja.

Den kürzesten Bubikopf hatte die Frau des Kammersängers Roth, ihr Nacken war ausrasiert wie bei einem Mann, ihr brünettes Haar hob sich mit natürlichem Schwung über ihrer steilen Stirn. Die Schönste von allen war selbstverständlich Elaine. Sie trug ein Kleid aus roséfarbener Seide, tief dekolletiert, und in diesem Dekolleté ruhte eine Perlenkette, die ebenfalls leicht rosa schimmerte. Also die mußte mindestens – na, auf jeden Fall mußte sie sehr teuer sein. Solche Perlen hatte ich noch nie im Leben gesehen und würde ich vermutlich in diesem Leben auch nie besitzen. Ob die Perlen auch ein Geschenk der Fürstin waren?

Ich bemerkte, daß alle Männer immer wieder Elaine ansahen, sogar der alte Diplomat bekam einen verträumten Glanz in den Augen, und sein fader Sohn tupfte sich einigemal nervös mit der Serviette über die Lippen, wenn ihr Blick ihn streifte. Ganz und gar hingerissen schien Rainer, der Schüler des Professors, zu sein. Es gelang mir nicht, ihm mehr als ein Ja oder Nein danke zu entlocken, und was er aß, wußte er vermutlich auch nicht. Was höchst bedauerlich war, denn wie nicht anders zu erwarten, hatte Wanda sich wieder einmal selbst übertroffen.

Lästig fand ich es daher, daß das Gespräch sich an der Politik festgebissen hatte.

Meine Schwiegermutter sagte immer: «Bitte keine politischen Themen bei Tisch und kein Gespräch über den Krieg.»

Denn manchmal hatten wir ja Gäste von einem der Nachbargüter, und die Herren sprachen dann über Politik erst nach Tisch, und vermutlich war das der Grund, daß ich so wenig über das politische Geschehen wußte. Immerhin wußte ich, daß demnächst die Wahl des neuen Reichspräsidenten stattfinden würde, denn, so hatte Joachim mir erklärt, die Weimarer Verfassung schrieb vor, daß spätestens sechs Wochen nach dem Hinscheiden eines Präsidenten ein neuer gewählt werden müsse. Ebert war am 28. Februar dieses Jahres gestorben.

Joschi hatte noch gesagt: «Du mußt zum Termin der Wahl wieder zurück sein.»

Und ich hatte gedacht: Wird nicht so wichtig sein, ob ich mich an der Wahl beteilige oder nicht.

Doch nun sorgten die Masern der Kinder dafür, daß ich wählen mußte. Joachim würde mir schon sagen, wen.

Eben sagte der Diplomatensohn und zog verächtlich den Mundwinkel herunter: «Diesem Ebert muß man keine Träne nachweinen. Ein Sozialdemokrat! Ein Sattlermeister! Und so was als Reichspräsident in unserem deutschen Land.»

Ich sah, daß Tanta Marina ihr Kinn vorstreckte, in ihren Augen blitzte es, doch Frau Roth kam ihr zuvor.

Ihre Stimme klang scharf, als sie sagte: «Das ist eine törichte Bemerkung, Herr von Wallner. Friedrich Ebert war ein guter Mann, wie Richard schon sagte. Er hat dieses Amt voll Würde und mit Verstand ausgeübt. Und wir haben allen Grund, ihm dankbar zu sein. Er hat die Wirren der Räterepublik rasch beendet, er hat uns eine Revolution erspart. Er ist mit dem Kapp-Putsch fertig geworden und mit diesem Putsch in München, von dem Ihr Vater sprach, ebenso. Aber übel war die Pressehetze gewisser Kreise gegen Ebert. Man hat diesen Mann, der zwei Söhne im Krieg verloren hat, zu Tode gequält.»

«Mon dieu, gnädige Frau», sagte der Diplomatensohn und grinste dümmlich. «Was für Worte! Zu Tode gequält.»

«Das ist meine Ansicht. Wir leben auf sehr schwankendem Boden in dieser Republik. Die Angst vor dem, was kommen wird, erfüllt uns doch alle. Haben Sie keine Angst, wie es weitergeht in unserem deutschen Land, wie Sie es nannten?»

Ich saß ihr schräg gegenüber und blickte bewundernd in ihr ausdrucksvolles Gesicht unter dem kurzen Haar. Dann sah ich Tante Marina an, ihr Mund war schmal geworden, was selten bei ihr vorkam. Sie nickte zu dem, was Frau Roth sagte.

«Er war ein guter Reiter», warf der alte Diplomat begütigend ein.

«Reiter!» wiederholte sein Sohn giftig. «Der!»

Marinas Freundin lachte albern. «Für einen Sattlermeister doch eine sehr naheliegende Fertigkeit. Warum sollte der denn nicht reiten können? Er muß die Sättel doch mal ausprobieren, die er herstellt. Aber sonst natürlich...» Ein Blick von Marina ließ sie verstummen.

Ich kannte diesen Blick bei ihr. Und ich wußte, daß das Thema für sie noch nicht beendet war. Immerhin waren wir inzwischen beim Dessert angelangt.

Das Wort vom Sattlermeister, der unfähig und unwürdig sei, unser Staatsoberhaupt zu sein, kannte ich von zu Hause. Einer unserer Nachbarn, Herr von Ruebensen, pflegte es auch zu gebrauchen, und in dem gleichen verächtlichen Ton wie der Diplomatensohn.

Tante Marina hob die Tafel auf, wir gingen in den Salon, wo Mokka, Cognac und Likör serviert wurden.

Die Gäste saßen an kleinen Tischen, doch Marina setzte sich nicht, sie ging quer durch den Raum, lächelte ein wenig abwesend, sie trug den Kopf sehr hoch, das lange Kleid aus schwarzer Seide betonte ihre immer noch gute Figur, ihr weißes Haar glänzte im Licht der Kerzen. Sie war das, was ich immer in ihr gesehen hatte: die Primadonna, die Beherrscherin der Bühne.

Auch ihr Salon war ihre Bühne, daran hatte sich nichts geändert. Elaine, die neben mir saß, flüsterte: «Deine Tante ist fabelhaft.» Ich nickte, und da ging es auch schon los. Sie blieb stehen neben dem Vertiko, auf dem die Bilder ihrer berühmtesten Rollen standen, die Auszeichnungen, die sie vom Kaiser, die Orden, der goldene Lorbeerkranz, und auch die Orden, die sie vom Zaren nach ihren Gastspielen in St. Petersburg erhalten hatte.

Sie legte den Ellenbogen auf das Vertiko, und Antoinette kam und stellte das Mokkatäßchen und die Cognacschale direkt neben den Lorbeerkranz, denn sie wußte so gut wie ich, wenn Marina Delmonte dort stand, in dieser Haltung, mit diesem Gesicht, dann hatte sie etwas zu sagen.

Ihre Stimme klang leicht und locker, als sie den Diplomatensohn fragte: «Wen hätten Sie denn gern als Staatsoberhaupt, Herr von Wallner?»

So dumm war der nun auch nicht, er merkte, daß er herausgefordert wurde.

«Ich bin der Meinung, dieser Staat hat ein Oberhaupt, unseren Kaiser.»

«Der abgedankt hat und außer Landes gegangen ist.»

«Außer Landes getrieben wurde, sollte man besser sagen. Immerhin ist der Kronprinz da. Beim Volk sehr beliebt, wie Sie wohl nicht bestreiten werden.»

Marina lächelte liebenswürdig. «Gewiß, das war er. Aber Sie wissen, er war ein Gefangener der Alliierten. Er stand nicht zur Verfügung.»

«Aber er steht wieder zur Verfügung. Und ich denke, daß er ein würdiges Oberhaupt unseres Landes wäre. Weitaus geeigneter als ein Sattlermeister.»

Da war es also wieder, dieses Wort, das als Schimpfwort gedacht war.

Keiner sonst mischte sich ein, alle Augen hingen an Marina. Es war ihre Szene, und sie würde sie spielen.

«Ein Sattlermeister übt ein sehr ehrenwertes Handwerk aus», sagte sie gelassen und in freundlichem Ton. «Das Automobil ist ein relativ junges Fortbewegungsmittel. Viele Jahrhunderte lang benötigten die Menschen das Pferd, um von einem Ort zum anderen zu gelangen, sei es um zu reiten oder in einem Wagen zu fahren. Der Sattler war genauso wie der Schmied für die Menschen unentbehrlich. Und wenn er sein Handwerk verstand, und das muß man wohl in diesem Fall annehmen, sonst wäre der Mann nicht Meister geworden, konnte man auf ihn nicht verzichten. Ebensowenig wie auf die Pferde. Wobei ich nur kurz erwähnen möchte, daß nicht nur Millionen Menschen, sondern auch Millionen Pferde in diesem Krieg ihr Leben verloren haben. Und sie waren unschuldige Wesen, die an der Torheit der Menschen keinen Anteil hatten.»

«Ja, das ist wohl wahr», sagte der Diplomat begütigend. «Wie eh und je haben sie mit den Menschen gelitten und sind mit ihnen gestorben.»

Marina trank gemächlich ihren Mokka, nippte dann an dem Cognacglas.

«Wie die Menschen starben die Pferde in diesem sinnlosen Krieg. Es wird heute viel von der Kriegsschuld geredet. Kein Mensch kann mir einreden, daß die Ermordung des österreichischen Thronfolgers der Grund für diesen Krieg war. Bestenfalls ein willkommener Anlaß. Wir alle wissen, daß Kaiser Franz Joseph nicht den geringsten Wert auf diesen Thronfolger legte. Erzherzöge gab es in Österreich genug, es hätte sich ein anderer gefunden. Ich will das Attentat von Sarajewo nicht entschuldigen. Aber daß es Europa in den Abgrund gestürzt, eine Epoche beendet hat und Millionen Menschen das Leben und noch mehr Millionen die Gesundheit kostete, diese Bedeutung hatte es nicht. Nein», und nun hob sich ihre Stimme dramatisch, «der Krieg lag in der Luft, er war in den Gedanken und Gefühlen längst ge-

genwärtig, er war ein leichtsinniges Planspiel. Ein Spiel, ich wiederhole es, und es wurde bitterer Ernst daraus. Wenn er *ein* Gutes gehabt hat, dann das: die Menschheit hat gelernt. Es wird nie wieder Krieg geben auf dieser Erde. Und eine Garantie hab ich in einem Mann wie Friedrich Ebert gesehen. Diesem Sattlermeister.»

Sie sprach das ominöse Wort sehr prononciert aus, ihr Blick glitt rundum, alle lauschten und waren beeindruckt. Elaine griff nach meiner Hand und drückte sie.

Doch Marina war noch nicht fertig.

«Ich halte es wie gesagt für ein ehrenwertes Handwerk. Abgesehen davon war Ebert schon lange nicht mehr in diesem Beruf tätig, er war Mitglied des Parlaments, er war Vorsitzender der Sozialdemokratischen Partei.»

«Nun eben», konterte der Diplomatensohn, «und er hat auf diesem Posten in dem Streik der Munitionsarbeiter im Jahr 1917 dem Deutschen Reich großen Schaden zugefügt.»

«Das ist nicht erwiesen. Soviel ich weiß, hat er den Streik geschlichtet. Sie spielen auf den sogenannten Magdeburger Prozeß an. Auch wenn Ebert nun tot ist, zu Tode gequält, wie Lydia vorhin sagte, so ist meiner Ansicht nach das Urteil noch nicht gesprochen. Es wird eine Zeit kommen, in der Ebert Gerechtigkeit widerfährt.»

Die Augen von Lydia Roth hingen mit Bewunderung und Liebe an Marina, und als mein Blick weiterwanderte, sah ich Antoinette an der Tür stehen, Anbetung im Blick, und einer der Lohndiener stand auch da, und in seinem Gesicht las ich dasselbe. Ach, Joschi, dachte ich, warum bist du nicht hier? Warum kannst du das nicht hören und sehen? Vielleicht würdest du mich dann besser verstehen.

«Aber liebe Freundin», sagte der Tenor Begmann, «alterieren Sie sich nicht.»

«Ach», sagte Marina, «das macht mir nichts. Das tue ich von Zeit zu Zeit ganz gern.» Sie wies mit einer leichten Handbewegung auf ihr leeres Mokkatäßchen, der Lohndiener kam mit der Kanne und füllte es nach.

«Um auf den Sattlermeister zurückzukommen», sie sprach das

Wort jetzt geradezu genußvoll aus, «wie ihr alle wißt, habe ich sehr oft das Evchen gesungen, früher, als ich jünger war. Wagner hat in den ‹Meistersingern› sehr deutlich dargestellt, welche Bedeutung das Handwerk für die deutsche Kultur hatte. Die Blüte der deutschen Städte im Mittelalter und noch lange danach war ein Ergebnis des hohen Ranges, den das deutsche Handwerk einnahm. Ehrt eure deutschen Meister, läßt Wagner den Hans Sachs singen. Hätten Sie dagegen etwas vorzubringen, lieber Herr von Wallner?»

Der Diplomatensohn sah noch dümmlicher aus als zuvor, und dennoch stand in seinem Gesicht jetzt Bewunderung, Marina hatte auch ihn in ihren Bann geschlagen.

«Nun denn», sprach Marina und nippte an ihrem Täßchen, blickte in ihr Cognacglas, das leer war, und diesmal kam Antoinette persönlich mit der Karaffe.

Marina war noch immer nicht am Ende. Sie schaute sich im Kreis um, sah, daß sie ihr Publikum fest im Griff hatte, und fuhr fort: «Mein Vater war Bäckermeister.»

Sie machte eine Pause, ließ dem Publikum Zeit, diese Neuigkeit zu verdauen.

Ich sah den Professor an, der mit an meinem kleinen Tisch saß, und ich hatte den Eindruck, es fehlte nicht viel, und er hätte laut gelacht.

«Bäckermeister in Friedenau, hier am Rande von Berlin. Meine Mutter war die Tochter eines Kantors in Prenzlau. Sie kam nach Berlin, um eine Stellung als Gouvernante anzutreten, und mein Vater lieferte die Brötchen in das Haus, in dem sie eine Stellung gefunden hatte, später wurde sie seine Frau. Ich bin das einzige Kind dieser Ehe, die nicht lange dauerte, denn mein Vater kam durch einen Unfall ums Leben, als ich acht Jahre alt war. Ich kann mich ganz gut an ihn erinnern, er war groß und kräftig, er war gutmütig und sehr, sehr zärtlich. Es war immer warm in seinem Haus, und es roch gut. Nach seinem Tod kehrte meine Mutter nach Prenzlau zurück, und sie heiratete zwei Jahre später einen Lehrer. Er war etwas jünger als sie, wir hatten es nicht mehr so warm und heimelig, ein Lehrer verdient nicht viel, es war oft kalt in unserer Wohnung. Doch es war eine gute Ehe, und mein Stiefvater war ein herzensguter Mensch. Meine Mutter bekam noch zwei Kinder, meine Schwester Auguste und meinen Bruder Ralph. Ihr wißt, daß beide nicht mehr am Leben sind. Meine Schwester starb an der Spanischen Grippe und nicht zuletzt an ihrer kranken Lunge, die sie von meiner Mutter geerbt hatte, denn sie starb auch früh. Mein Bruder fiel in diesem sinnlosen Krieg.»

O Gott, meine Lunge! Ich hatte sie wohl doch geerbt. Ich legte die Hand an meinen Hals und hatte das Gefühl, ich müsse husten. Auguste, Gusti genannt, das war meine Mutter. Hatte ich das eigentlich alles so genau gewußt? Eigentlich nicht. Ich wußte nur, daß sie Halbgeschwister waren. Der Bäckermeister war neu für mich.

«Seht ihr», sagte Marina und lächelte friedlich über die gebannte Runde ihrer Gäste, «so war das. Meine Mutter spielte sehr gut Klavier, auch die Orgel, und das tat der Lehrer ebenfalls. Ich lernte selbstverständlich Klavierspielen und hatte ein waches Ohr für jede Art von Musik. Später sang ich dann im Kirchenchor, den leitete nicht mehr mein Großvater, sondern ein junger Kantor, der meine erste Liebe wurde. Er ließ mich Soli singen und stellte fest, daß meine Stimme ausgebildet werden müßte. Das geschah dann auch, und die Kosten, die es verursachte, waren für meinen Stiefvater eine große Belastung. Mein Vater, der Bäckermeister, hat mir Gott sei Dank die Statur und die gesunde Lunge vererbt. ‹Ehrt eure deutschen Meister›, das wiederhole ich noch einmal.»

Sie hatte ihren Auftritt gehabt, und sie hatte ihn genossen. Der Kammersänger Roth stand auf, trat zu ihr und küßte ihr die Hand.

«Meine Liebe!» sagte er emphatisch mit seiner sonoren Stimme. Seine Frau lächelte. Der Diplomatensohn sagte nicht mehr piep. Tante Marina löste sich von dem Vertiko.

«Was für eine Frau!» flüsterte Elaine neben mir.

«Na ja, sicher», sagte ich. Schließlich kannte ich Tante Marina lang genug.

Wie immer gelang es Tante Marina mühelos, die Situation zu beherrschen, das heißt, die ernste Stimmung zu verscheuchen und das Gespräch in harmlose und sogar heitere Bahnen zu lenken.

Auch das kannte ich. Wann immer es Ärger oder eine Auseinandersetzung gegeben hatte, sobald sie gesagt hatte, was sie sagen wollte, kam ihr Lächeln, kam die Harmonie. So nannte sie es. «Das ist wie in einem guten Theaterstück», so hatte sie mir das einmal erklärt. «Ständig Tragödie wird langweilig. Man muß die Spannung lockern, man muß die Menschen wieder auf den Boden bringen. Dafür haben wir das Buffopaar. Jede große Musik kennt das Scherzo. Wenn du geweint hast, mußt du bald darauf wieder lächeln können, nur so gibt es Harmonie in deinem Leben.»

Mir war das nie schwergefallen. Anders Mama, die gern länger herumnölte, wenn sie sich geärgert hatte. Bei Marina kam sie damit nicht weit.

«Gusti», sagte Marina beispielsweise, «dieses blaue Kleid steht dir ganz besonders gut. Wo hast du es nur aufgetrieben?» Oder: «Gusti, dieser Kuchen schmeckt hervorragend. Wie immer, wenn du ihn gebacken hast.»

Dann mußte Mama schlucken, dann lächelte sie und sagte artig: «Danke, Marina.»

Dabei war Marinas Bewunderung ganz echt, sie nähte sich nicht einmal einen Knopf an, und die Küche betrat sie nie. Und Mama war wirklich perfekt als Kuchenbäckerin, obwohl ihr Vater *nicht* der Bäckermeister gewesen war.

Das dachte ich in diesem Augenblick, und ich kicherte vor mich hin.

Marina, die eben an unseren Tisch trat, legte die Hand auf meine Schulter. «Ich freue mich, daß du guter Laune bist, Julia.»

«Na ja, heute noch», erwiderte ich und lächelte tapfer zu ihr auf. «Wenn ich daran denke, was alles für Arbeit auf mich wartet, vergeht mir die gute Laune.»

«Du wirst der Situation gewachsen sein», sagte sie mit Nachdruck. Ich nickte, in diesem Moment glaubte ich selber daran. Ich würde ganz großartig mit allem fertig werden, und dazu würde ich noch Harmonie um mich verbreiten, genauso wie ich es von Marina gelernt hatte. Und vor allem würde ich sehr, sehr lieb zu Joschi sein.

Ich lächelte Elaine an. «Ist nur sehr schade wegen uns beiden. Wir wollten noch so viel unternehmen. Und deine Fürstin hätte ich gern mal besucht. Und wir wollten ins Theater gehen. Und mal nach Potsdam fahren. Ich gehe so schrecklich gern im Park von Sanssouci spazieren.»

«Das hast du von Ralph übernommen», sagte Marina. «Er wußte sich auch nichts Besseres, als in Sanssouci herumzuspazieren, wenn er mal Zeit hatte.»

«Es wird Jahre dauern, bis ich wieder einmal nach Berlin komme. Und meine schönen neuen Kleider! Wann und wo soll ich die denn bloß anziehen.»

«Sobald die Kinder gesund sind, kommst du wieder», tröstete mich Marina.

«Masern dauern wochenlang. Bis sie alle wieder gesund sind, ist es Mai. Wenn nicht Juni. Und dann ist es nicht mehr weit bis zur Ernte. Wenn meine Schwiegermutter nicht da ist, kann ich sowieso nicht weg. Dann muß ich alles machen, einfach alles. Und Trudi, daß die auch noch krank ist, das setzt allem die Krone auf.»

Trudi war eine zuverlässige Person, die Kinder liebten sie. «Masern bei Erwachsenen, das kann sehr böse sein», sagte der Professor. Direkt ein Trost war es gerade nicht.

«Und wo ich selber nicht gesund bin», fuhr ich fort, die Harmonie war futsch, meine Stimme klang so weinerlich, wie Mamas Stimme oft geklungen hatte.

«Ja, das ärgert mich am meisten», sagte Marina. «Daß wir mit dir nicht beim Arzt waren. Ich dachte, das hat noch Zeit, bis du dich ein wenig akklimatisiert hast. Allerdings finde ich, du siehst schon viel besser aus.»

«Es geht mir auch viel besser. Jedenfalls bis heute ging es mir besser.»

Der Professor streichelte meine Hand, und ich war den Tränen nahe, da half der Bubikopf nicht und nicht das schicke schwarze Kleid mit der Silberborte.

Rainer, der junge Geiger, der bei uns saß, beteiligte sich an meinem

Kummer überhaupt nicht, er hatte nur Augen für Elaine. Das war mir den ganzen Abend lang schon aufgefallen. Elaine jedoch beachtete ihn gar nicht; ich wußte ja, welche Art von Männern ihr gefiel. Berühmt war Rainer noch nicht, aber er konnte es werden. Ich nahm mir vor, ihr das später am Abend mitzuteilen.

Auf einmal sagte Elaine: «Julia, meinst du, ich könnte dir eine kleine Hilfe sein, wenn ich dich begleite?»

Ich war sprachlos. Alle blickten Elaine an, und ich brachte schließlich hervor: «Du?»

«Du wirst eine Menge Arbeit haben, sagtest du. Ich könnte mich um die Kinder kümmern. Ich kann gut mit Kindern umgehen. Und ich kann auch eure Trudi pflegen.» Sie blickte zu Marina auf und lächelte. «Ich habe die Masern gehabt.»

Marina betrachtete sie nachdenklich. «Gar keine schlechte Idee. Julia könnte ein wenig Hilfe gebrauchen. Und vor allem ein wenig Ermutigung.»

Elaine sagte ruhig und sehr ernst: «Ich bin mutig. Ich mußte es sein.»

Marina nickte. «Sie haben das, was Julia fehlt.»

Ich fragte nicht, was das sei. Ich war auf einmal auch mutig. Und ganz ohne Angst. Wenn Elaine an meiner Seite war, konnte ich allem standhalten, dem mißmutigen Joschi, den kranken Kindern, der sicher sehr ungeduldigen Trudi – und Hinterpommern. Und daß meine Schwiegermutter nicht dasein würde, war das Beste von allem.

«Aber Elaine... Elaine... das ist fabelhaft. Meinst du das im Ernst? Also, das wäre wunderbar. Aber du bist dort mitten auf dem Land, dort gibt es gar nichts, kein Theater und... und kein Romanisches Café, überhaupt nichts, einfach gar nichts.»

«Du bist doch da», sagte Elaine, und es klang sehr lieb.

«Und außerdem würde es mir Freude machen, etwas Nützliches zu tun.» Sie blickte wieder zu Marina auf. «Sie haben ja neulich gesagt, gnädige Frau, daß ich ein unnützes Leben führe.»

«Mit diesen Worten habe ich es nicht gesagt», erwiderte Tante Marina mit ernstem Gesicht.

«Aber Sie haben es gemeint. Und Sie haben recht.»

«Und deine Fürstin?» fragte ich.

«Ich kenne eine ältere Dame, die in meiner Nähe wohnt, die sehr gut französisch spricht. Ich werde ihr heute abend noch einen kleinen Brief schreiben.»

«Ja, heute. Denn morgen müssen wir fahren.»

«Ich weiß», sagte Elaine. «Darum werde ich mich jetzt verabschieden, um meinen Koffer zu packen. Falls du mit meinem Vorschlag einverstanden bist.»

«Du kannst fragen! Oh, Elaine, ich bin... ich kann gar nicht sagen, was ich empfinde.» Ich beugte mich zu ihr und küßte sie auf die Wange. Der Professor nahm behutsam ihre Hand und hauchte einen Kuß darauf.

«Wenn eine schöne Frau bereit ist, etwas Gutes zu tun, wird sie in meinen Augen noch viel schöner», sagte er mit Pathos.

Elaine sah zu Marina auf. «Ich habe Ihr Einverständnis, gnädige Frau?»

Marina nickte. «Dann fahrt ihr beiden mal. Und ich erbitte ausführlich Bericht.»

Mein Blick streifte Rainer. Er sagte gar nichts. Er sah nur immer Elaine an. Auf seiner jungen glatten Stirn stand eine steile Falte.

Die erste Heimkehr

Es war meine erste Reise gewesen, seit ich auf Cossin lebte, denn Urlaub brauchten wir nicht zu machen, wir lebten ja immer auf dem Land. Und ich war entweder schwanger gewesen oder hatte gerade ein Baby zu versorgen. Ich hatte mich so sehr auf einen langen Aufenthalt in Berlin gefreut, doch nun kehrte ich heim. Aber ich hatte nicht das Gefühl, in meine Heimat zu kommen, dieses Gefühl hatte ich gehabt, als ich nach Berlin fuhr. Jetzt war mir zumute, als kehrte ich nach einem kurzen, allzu kurzen Urlaub zu meiner Arbeit zurück. Es waren sehr zwiespältige Gefühle, die mich auf dieser Reise erfüllten, und in jeder Minute war ich froh und dankbar, daß Elaine mich begleitete.

Die Strecke war nicht sehr weit, die wir zurücklegen mußten, aber es war dennoch eine lange und umständliche Fahrt, wir mußten zweimal umsteigen, und es dunkelte schon, als wir uns dem Bahnhof näherten, der unserem Gut am nächsten lag.

Ich gab mir unterwegs alle Mühe, um Elaine darauf vorzubereiten, was sie erwartete.

«Wir liegen im südöstlichen Zipfel von Pommern, nahe dem Polnischen Korridor. Du weißt doch, was das ist?»

«Wer wüßte es nicht», antwortete sie und seufzte.

Ich seufzte auch. «Ein heißes Thema in unserer Gegend. Man spricht am besten nicht davon, denn sonst ist es ein Thema ohne Ende.»

Sie sprachen wirklich selten davon, weder bei Tisch noch nach Tisch. Es war wie eine Wunde, die schmerzte und schmerzte und nicht heilen konnte.

«Es ist schon wirklich eine Gemeinheit mitten durch deutsches Land einen solchen Abgrund zu schaffen. Es erzeugt viel Haß.»

«Deutschland hat den Krieg verloren», sagte Elaine. «Der Besiegte zahlt immer die Zeche, ob er nun schuldig oder unschuldig ist. Und was heißt in solch einem Fall schuldig. Du hast ja gehört, was deine Tante gestern gesagt hat. Der Krieg lag in der Luft. Ein Spiel an den Kartentischen, an dem sie sich alle beteiligt haben. Aber der Versailler Vertrag ist ein großes Unrecht, vom Haß der Franzosen diktiert. Und wie du eben gesagt hast, Haß erzeugt Haß.»

«Du weißt gut Bescheid», sagte ich bewundernd.

Sie lächelte. «Ich kenne einige kluge Leute in Berlin, mit denen man sich auch über diese Themen unterhalten kann. Und es wird nun einmal viel davon gesprochen. Diese Wahnsinnssummen an Reparationen, die Deutschland bezahlen muß, zerstören seine Wirtschaft. Ich glaube, die Amerikaner haben das als erste begriffen. Denk nur an den Dawes-Plan.»

Ich nickte mit ernster Miene. Vom Dawes-Plan hatte ich zwar reden gehört, aber was er genau bedeutete, wußte ich wieder mal nicht. Ich nahm mir fest vor, mich in Zukunft besser zu informieren. Wenn Joachim schon eine kranke Frau hatte, brauchte sie nicht auch noch dumm zu sein.

Ich hätte ja nun Elaine um Aufklärung bitten können, aber ich genierte mich, meine Unwissenheit einzugestehen. Gelegentlich konnte ich sie ja mal fragen.

«Du mußt nicht denken, daß es nicht schön bei uns ist. Das Gutshaus ist groß und auch ganz hübsch eingerichtet. Altmodisch halt. Aber in manchen Räumen auch ziemlich pompös. Mein Schwiegervater führte ein großes Haus, heißt es immer. Das war vor dem Krieg, da war das noch anders. Ich habe ihn nur einmal im Leben gesehen, bei der Hochzeit. Er war sehr nett zu mir. Ich glaube, ich gefiel ihm ganz gut.»

«Nur ihm?» fragte Elaine.

«Na ja, für die anderen bin ich eine Großstadtpflanze.»

Ich sprach dieses abfällig gemeine Wort mit einer gewissen Genugtuung aus. Sollten sie das ruhig von mir sagen, in Hinterpommern, ich bekannte mich dazu.

«Er ist gefallen?»

«Ja. Ende siebzehn. In Frankreich. Er war zuletzt Oberst in seinem Regiment. Er verabscheute den Krieg, sagt meine Schwiegermutter. Und er war auch nicht gern Soldat. Im Gegensatz zu Joachim. Für ihn war sein Offiziersleben alles. Und als Gutsbesitzer hat er es schwer.»

«Sein Bruder ist auch gefallen?»

«Ja, Edward fiel fast zur gleichen Zeit wie sein Vater. Der hat von seinem Tod gar nichts mehr erfahren. Meine Schwiegermutter sagt, sie ist froh darüber, daß er es nicht wußte. Verstehst du das?»

Elaine nickte. «Doch. Das verstehe ich gut. Sie meint damit wohl, daß er dieses Leid um den Tod seines ältesten Sohnes nicht mehr erleben mußte. All diese toten Männer! Ist es nicht schrecklich, Julia?»

«Du denkst an Camille, nicht wahr?»

«An wen?»

«Na, an deinen Verlobten.»

«Ja. Natürlich. Es ist seltsam, aber die Erinnerung an ihn entgleitet mir immer mehr. Sehr gut haben wir uns ja auch nicht gekannt, weißt du. Es war nur eine kurze Zeit, die wir zusammen verbrachten. Dann kam der Krieg.»

«Hast du ihn denn schon vor dem Krieg gekannt?»

«Flüchtig.»

«Du hast nie von ihm gesprochen.»

Sie blickte zum Fenster hinaus. «Du warst ja noch so ein Küken.»

Ich blickte auch aus dem Fenster.

«All dieses sinnlose Sterben, auf beiden Seiten. Und in Rußland. Und in Italien. Und auf dem Meer. Mußte das denn sein?»

«Die Weltgeschichte ist voll vom Sterben in unzähligen Kriegen. Ob es sein muß? Sicher nicht. Deine Tante hat ja gestern gesagt, daß es damit nun für alle Zeit vorbei sein wird.»

«Weil dieser Krieg so schrecklich war. Mit riesigen Kanonen. Und mit Bomben aus der Luft. Und mit Gas. Stell dir vor, mit Gas. Das ist doch kein ehrlicher Kampf mehr.»

«Was ist ein ehrlicher Kampf, wenn Männer in ihn geschickt werden und selber nicht wissen, warum. Was ist ein Feind? Ein Mensch wie jeder andere. Ein Mensch, der dieses eine Leben hat. Und wenn er getötet wird, weiß er nicht, warum er sterben muß.»

Ich hätte sie gern gefragt, wie und wo Camille gefallen war, aber sie wußte es sicher nicht, und ich wollte sie nicht unnötig quälen. Wenn doch nicht einmal seine Mutter mit ihr hatte sprechen wollen. Und so leicht waren die meisten nicht gestorben, oft lange, langsam, so daß Zeit blieb, um nachzudenken, über den eigenen Tod. Und vielleicht war da auch noch die Hoffnung, doch am Leben zu bleiben.

Manches hatte ich darüber gehört und gelesen, und wenn der Krieg nun auch seit sieben Jahren vorbei war, so war er doch immer noch sehr nahe, und die toten Männer waren nicht vergessen. Nicht in Joachims Familie, nicht von mir. Ich brauchte nur an Onkel Ralph zu denken.

Wir schwiegen eine Weile, dann fragte Elaine: «Er hieß Edward, dein Schwager? Ein ungewöhnlicher Name für einen Mann aus Pommern.»

«Er hieß so nach dem Sohn der Königin Victoria. Der dann König wurde. Mein Schwiegervater war anglophil, er war oft in England, er mochte die Engländer, und er hatte Freunde dort. Edward war auch nicht sehr gern Offizier. Er wußte alles über Landwirtschaft, auch so ganz moderne Sachen. Joachim hat das nie gelernt. Und darum hat er es auch so schwer. Es ist für ihn ein ganz ungewohntes Leben.»

«Du willst sagen, er ist nicht zufrieden mit dem Leben, das er führt?»

«Ja, das will ich sagen. Er ist nicht zufrieden, er ist nicht glücklich, er hat Sorgen, und wir haben Schulden, und das alles macht unser Leben schwierig.»

Daraufhin blickten wir wieder eine Weile schweigend aus dem Fenster. Wie eine Last lag vor mir das Leben, das mich erwartete, und ich hatte schon jetzt Angst davor und wäre am liebsten aus dem Zug gestiegen und geflohen, fortgelaufen, so schnell ich nur konnte. Das dachte ich, und gleichzeitig schämte ich mich, daß ich so ein Schwächling war, so feige und mutlos. Warum konnte ich nicht meinem Mann zur Seite stehen, ihm helfen, ihn verstehen, ihm die Frau sein, die er brauchte? Des Kaisers schönster Leutnant war eben nun ein Gutsbesitzer in Hinterpommern, auf dessen Schultern eine Menge Verantwortung lastete, und ich war seine Frau. Genausogut konnte er tot sein wie sein Vater und sein Bruder. Er lebte, worüber beklagte ich mich denn?

Und dann dieser böse, häßliche Gedanke in meinem Kopf: Wenn er tot wäre, dann wäre ich eine junge Witwe, die bei Tante Marina in Berlin leben und tun könnte, was sie wollte.

Oh, wie gemein ich war! Wie böse und gemein. Der liebe Gott würde mich strafen. Bis ich heimkam, würden meine Kinder tot sein.

Ich starrte hinaus in die flache Landschaft, keine Sonne heute, es war grau und trüb, vom Frühling war nichts mehr zu sehen und zu spüren, Tränen verdunkelten meinen Blick, ich haßte mich selber, und ich haßte mein Leben.

Elaine beugte sich zu mir herüber und nahm meine Hände.

«Wein doch nicht, Julia. Warum weinst du denn? Dein Mann lebt, und er wird schon lernen, das Gut zu bewirtschaften. Du wirst ihm helfen. Und ich werde dir helfen.»

Ich rutschte hinüber auf den Sitz neben sie und schlang beide Arme um ihren Hals. «Ich bin so froh, daß du mitkommst. Allein könnte ich es nicht schaffen.»

Dann aßen wir zwei von den Stullen, die Wanda uns eingepackt hatte, und sie schmeckten ganz prima, wie alles, was Wanda zubereitete.

«Das ist vom Poulet von gestern abend», stellte Elaine fest, nachdem sie die Stulle aufgeklappt und den Belag gemustert hatte. «Und sie hat ein paar Gurkenscheiben dazwischengelegt.»

«Ja, und hier ist etwas Wildpastete drauf. Und etwas hartes Ei.»

Unsere Laune besserte sich, nun sprachen wir von Wanda, das war ein viel besseres Thema.

«Dieses Essen gestern abend», schwärmte Elaine, «es war einfach köstlich. Wo hat deine Tante sie her?»

«Na, woher wohl. Von Antoinette. Die vorige Köchin kündigte im Frühling siebzehn. Da hatten wir den ersten Hungerwinter hinter uns, und Anna sagte, so hieß sie, Anna sagte, das könne sie nicht mehr mitmachen, sie ginge zurück nach Schlesien, ihre Eltern hatten da einen Bauernhof, und da würde es wohl noch mehr zu essen geben.»

«Und dann kam Wanda.»

«Antoinette brachte sie ins Haus. Wanda stammt aus dem Spreewald, ihr Vater hat eine Gastwirtschaft in Lübbenau. Weißt du, da, wo die guten Gurken herkommen. Ihr Vater muß ein ganz gescheiter Mann sein, da hinten im Spreewald. Wanda hatte bei ihm schon kochen gelernt, aber die Gastwirtschaft konnte sie nicht übernehmen, sie hat zwei ältere Brüder, und ihr Vater sagte, wenn aus dir etwas werden soll, mußt du anständig kochen können, das lernst du hier nicht. Er brachte sie nach Prag, und sie wurde Kochlehrling im Hotel Ambassador. Und später besorgte er ihr eine Stellung im ‹Sacher› in Wien. Stell dir so was vor, das brachte der Gastwirt aus dem Spreewald fertig. Wanda spricht ja nicht viel, aber Tante Marina bringt jeden zum Reden, und darum wissen wir das. Anfang des Krieges kam Wanda wieder zu ihren Eltern, sie hatte in Wien geheiratet, auch einen Koch, und sie erwartete ein Kind.»

«Und wo ist der Mann? Wo ist das Kind?»

«Sie sind beide tot. Der Mann fiel gleich Anfang des Krieges im Osten. Und das Kind wurde tot geboren. Ihr Vater schickte sie nach Berlin, und Herr Lehmann, das ist der Mann von Antoinette, vermittelte uns Wanda. Nachdem sie da war, mußten wir nie wieder hungern. Wie sie das gemacht hat, weiß ich nicht. Sie fuhr immer selbst aufs Land, das tut sie heute noch. Wir hatten genug zu essen. Nicht so raffiniert wie heute natürlich, aber genug, um satt zu werden. Sie ist in ihrer Art ein Genie.»

«Und sie paßt so gut zu deiner Tante. Mein Gott, Julia, wie ich dich beneide.»

«Mich?» fragte ich erstaunt. «Du beneidest *mich*? Eine so schöne Frau wie du.»

«Julia, du bist und bleibst eine Törin. Du hast einen Mann, du hast Kinder, und du hast diese wundervolle Tante. Und dazu noch Wanda. Was willst du eigentlich noch?»

Ja, was wollte ich eigentlich noch?

«Tante Marina ist in Berlin. Und Wanda habe ich auf Cossin nicht. Dort haben wir unsere Mamsell. Na, du wirst schon sehn.»

Es dämmerte, als der Zug in den kleinen Bahnhof hineinkeuchte, aber es war noch hell genug, um zu erkennen, daß unsere älteste Kutsche mit den beiden Braunen davorstand, Joachim daneben.

Mein erster Gedanke war: Aha, das Auto ist wieder mal zusammengebrochen, und vermutlich hat der Kutscher nun auch die Masern.

Doch ich hielt meinen Mund, ließ mich von Joachim aus dem Zug heben und schmiegte mich einen Moment lang an ihn. «Gott sei Dank, daß du da bist», sagte er und küßte mich leicht auf die Lippen. Ich faßte es nicht als Liebeserklärung auf, sondern als Eingeständnis, daß ich gebraucht wurde.

Hinter mir kletterte Elaine die hohen Trittbretter hinab, und dann brachte der Schaffner unser Gepäck. Es war eine ganze Menge, denn Elaine hatte reichlich eingepackt, und ich brachte auch einen Koffer mehr mit, schließlich wollte ich meine neuen Kleider nicht einsam in Berlin hängen lassen. Vielleicht konnte ich das eine oder andere hier doch einmal anziehen.

«Das ist Elaine», sagte ich und begann die Gepäckstücke zu zählen.

Joachim neigte kurz den Kopf und nahm dem Schaffner die restlichen Koffer und Taschen ab. Uns zu Ehren ging auf unserem popligen Bahnhof nun eine trübe Lampe an.

Da standen wir, Elaine, mein Mann, ich und die Koffer, der Schaffner ging den Zug entlang, wohl um zu kontrollieren, ob wir unterwegs bei dem Gerüttel kein Rad verloren hatten. Außer uns war niemand ausgestiegen.

Joachim sah Elaine an, dann mich.

«Du hast telegraphiert, daß du eine Freundin mitbringst», sagte er etwas hilflos.

«Das ist Elaine», wiederholte ich. «Du kennst sie doch.»
Ich merkte, daß er keine Ahnung hatte, also machte ich es formeller. «Elaine von Janck. Wir waren zusammen im Pensionat in Lausanne. Und du hast sie kennengelernt, als wir uns in Berlin im Theater trafen. Während des Krieges.»
«Ah, ja, natürlich», sagte er zögernd.
Er neigte den Kopf, und Elaine reichte ihm die Hand.
«Es ist ein Überfall, Baron», sagte sie, «verzeihen Sie. Aber wir dachten, Julias Tante und ich, Julia könnte vielleicht ein wenig Hilfe brauchen mit den kranken Kindern. Gestern abend bei Madame Delmonte haben wir davon gesprochen, es ging alles sehr schnell, aber nun, voilá, da bin ich. Wie geht es den Kindern?»
«Danke, den Umständen entsprechend. Es ist sehr freundlich, daß Sie meiner Fau helfen wollen. Vielen Dank.»
«Ja, gestern abend, stell dir vor», sagte ich, «haben wir diese Idee geboren. Tante Marina hatte Gäste zum Essen, es war ein hübscher Abend. Und ich gestehe, ich war sehr betrübt, daß ich Berlin schon so schnell wieder verlassen mußte. Es war fabelhaft bei Marina. Und ich war so glücklich, daß ich Elaine getroffen habe.»
«Aha», machte er.
«Wir trafen uns zufällig auf dem Kurfürstendamm», erläuterte Elaine. «Es war wirklich eine Freude, daß wir uns nach so langen Jahren wiedergesehen haben.»
«Aha», sagte er noch einmal, er wirkte nicht gerade sehr geistreich.
«Ich hätte dir das geschrieben, ich wollte dir einen langen Brief schreiben, aber nun bin ich hier, da kann ich dir alles erzählen. Komm, gehen wir, es zieht gräßlich auf diesem Bahnhof.»
Der Schaffner war mit der Kontrolle seiner wackligen Wagen fertig, kam wieder bei uns vorbei, blickte auf das Gepäck und sagte: «Ich kann Ihnen leider nicht helfen, wir müssen weiter. Wir haben sowieso Verspätung.»
«Wann haben Sie die nicht», sagte ich, und das war eine der Bemerkungen, womit ich mich in Hinterpommern immer unbeliebt machte.

«Guten Abend», wünschte er, pfiff durchdringend und erkletterte seinen Expreß. Der Bahnhofsvorsteher war auch erschienen, hob seine Kelle und rief: «Fertig!»

Es war auch keiner eingestiegen. Na ja, Hinterpommern! Wer wollte da schon hin. Wenn ich da an den Betrieb auf einem Berliner Bahnhof dachte.

Nachdem der Zug abgefahren war, half uns der Bahnhofsvorsteher, unser Gepäck zum Wagen zu bringen. Die Braunen standen wie aus Erz, und ich klopfte ihnen zur Begrüßung die Hälse.

Als alles verstaut war, setzten wir uns hinten rein, Elaine und ich, Joachim stieg auf den Bock, die Braunen zogen an. Gesprochen hatte er kein Wort mehr. Daß ich jemand mitbrachte, paßte ihm nicht, und daß ich jemand gern hatte außer ihm, paßte ihm zweimal nicht.

Die Mamsell hatte ein kaltes Abendbrot vorbereitet und fragte, während ihre Augen neugierig an der schönen Elaine hingen: «Soll ich denn Tee kochen?»

«Ja, bitte», sagte ich.

Dann stieß sie einen Kiekser aus, denn ich hatte den Hut abgenommen, und sie sah meinen Bubikopf. Das besserte meine Laune. Darüber würden alle staunen.

Zuerst ging ich zu den Kindern. Der Kleine schlief, er hatte Fieber und bewegte sich unruhig im Schlaf. Ossi jedoch sah mich mit seinen blauen Augen an und schlang beide Arme um meinen Hals.

«Mami, Mami, mir geht es gut. Ich bin gar nicht richtig krank. Aber es ist so dunkel hier.»

Die Lampen waren bis auf einen Schimmer abgedunkelt, Kinder mit Masern mußten in verdunkelten Zimmern liegen, sonst nahmen ihre Augen Schaden. Das wußte ich noch von meinen Masern her. Ich setzte mich zu ihm auf den Bettrand.

«Wie ist denn das bloß gekommen? So plötzlich?»

«Weil du nicht da warst», erklärte er mir.

«Kann ich denn nicht mal verreisen?»

«Nö. Liest du mir vor?»

«Jetzt nicht. Ich bin müde. Morgen.»

«Nö, jetzt», beharrte er.

«Also hör zu. Wenn du jetzt still liegst, komm' ich nachher und erzähle dir eine Geschichte, ja? Erst möchte ich ein bißchen was essen, ich hab' Hunger nach der langen Reise.»

Das leuchtete ihm ein. Er legte sich zurück und sah befriedigt zu mir auf.

«Aber komm bald.»

Ich versuchte, mich zu erinnern, wie das damals war mit den Masern. Sehr krank war ich nicht gewesen, man mußte nur lange im Bett bleiben, und im Zimmer war es dunkel. Langweilig war es. Ich konnte zwar lesen, durfte aber nicht. Tante Marina sah ich selten, sie ging kranken Menschen gern aus dem Weg. Mama war da, und Onkel Ralph kam oft, er konnte wunderschöne Geschichten erzählen.

Ich küßte Ossi auf die Stirn, sagte: «Bis gleich», und ging. Von Elaine hatte ich ihm nichts erzählt, er würde sie am nächsten Tag kennenlernen.

Als ich in das große, etwas kahle Eßzimmer kam, nachdem ich mir die Hände gewaschen und meinen Bubikopf mit dem Kamm aufgelockert hatte, fand ich Elaine in ein eifriges Gespräch mit Kathrinchen vertieft. Die Mamsell stand dabei, die Hände über der Schürze gefaltet, sie fand offensichtlich alles höchst interessant.

Nach einem Blick auf meinen Kopf allerdings schüttelte sie mißbilligend den ihren. Und als ich Elaines volles dunkles Haar sah, glänzend im Licht der Lampe, die über dem Tisch hing, kam ich mir ziemlich reizlos vor mit meinen blonden Fransen. Die weiche Welle, die Herr Berthold hineingezauber hatte, war dahin.

«Wo kommst du denn her?» fragte ich meine Tochter. «Warum schläfst du denn nicht?»

Sie war ausquartiert aus ihrem Zimmer, erfuhr ich, damit sie sich nicht anstecken sollte. Derzeit schlief sie in meinem Ankleidezimmer, das direkt neben unserem Schlafzimmer lag. Das gefalle Katharinchen zwar sehr gut, sagte die Mamsell, aber sie halte es für Unsinn, denn es sei viel besser, Katharinchen bekomme die Masern auch gleich mit, dann ginge das in einem Aufwaschen.

Die Mamsell war natürlich viel länger im Haus als ich, sie hatte Joachim und seine Geschwister aufwachsen sehen, ihre Zuneigung zu Margarete hielt sich in Grenzen, am meisten hatte sie Edward geliebt. Über seinen Tod weinte sie heute noch, wenn die Rede darauf kam.

Sie durfte sich viel herausnehmen, sie konnte und durfte bei allem und jedem mitreden, und wenn meine Schwiegermutter es duldete, stand es mir nicht zu, sie aus dem Zimmer zu schicken.

Meine Tochter begrüßte mich ohne großes Zeremoniell, bemerkte immerhin meine veränderte Frisur, zog an meinen kurzen Haaren und machte ablehnend: «Puh!» Ansonsten fand sie Elaine viel interessanter und wandte sich ihr wieder zu.

«Frau Baronin müssen auch noch nach Trudi sehen», ermahnte mich die Mamsell. «Sie kann es kaum erwarten, bis Frau Baronin wieder da sind. Sagt sie, man ist nachlässig mit die Kinder. Kann so nicht sein, Lotte war den ganzen Tag, war sie von früh bis spät bei die Kinder. Und in die Nacht auch. Habe ich sie jetzt schlafen geschickt.»

Lotte war erst fünfzehn, sie war die Tochter unseres Großknechts und seit einem halben Jahr in der Küche, um der Mamsell zur Hand zu gehen und nebenbei kochen zu lernen. Denn, so hatte die Mamsell gesagt, ich bin alt, man muß denken an später. Muß jemand kennen feine Küche für die Herrschaften.

Die Mamsell war etwa Mitte Sechzig, aber keineswegs alt, sondern voller Schwung, und die feine Küche würde Lotte bei ihr bestimmt nicht lernen. Ich setzte mich an meinen Platz am Tisch, auf einmal war ich schrecklich müde, die Reise war anstrengend gewesen, und der Abschied von Berlin machte mir das Herz schwer.

Ein Glück, daß Elaine da war. Ich warf ihr über den Tisch einen dankbaren Blick zu, sie lächelte, und Katharinchen, immer begierig, Neues zu erleben, legte ihren Kopf an Elaines Schulter. Sie war ein zutrauliches Kind, fremdelte nie und ging geradewegs auf Mensch und Tier zu, ohne Scheu, ohne Angst. Tiere liebte sie möglicherweise noch mehr als Menschen, sie kroch unter den Pferden herum, und sie lag neben Tell, dem großen Jagdhund, zusammengeringelt vor dem Kamin, und eine der Katzen hatte sie meist in ihrem Bett.

«Wo ist eigentlich Tell?» unterbrach ich den Redefluß der Mamsell. «Hat er vielleicht auch die Masern?»

«Ich habe ihn in die alte Scheune gesperrt. Er will immer hinein zu die Kinder.»

«Bring ihn sofort hierher», sagte ich ärgerlich. «Warum soll er denn die Kinder nicht besuchen? Sie langweilen sich gerade genug.»

«Die Frau Baronin erlaubt nicht, daß der Hund in die Schlafzimmer geht.»

In diesem Fall war meine Schwiegermutter gemeint. Sie hatte so verschiedene Gebote, die eisern eingehalten werden mußten.

«Er soll nicht in die Schlafzimmer, er soll zu mir. Und zwar sofort.»

Wir wechselten nicht sehr freundliche Blicke, die Mamsell und ich. Sie sagte: «Frau Baronin müssen nach Trudi sehen.»

«Ja, nachher. Ich muß erst eine Tasse Tee trinken, ich bin halbtot.»

Elaine war es, die mir den Tee einschenkte, er war nicht annähernd so gut wie der aus Tante Marinas Samowar.

Dann kam endlich Joachim und brachte Tell mit. Also stand ich noch einmal auf, um Tells Begrüßung entsprechend zu erwidern. Ich war wirklich sehr müde, ich fühlte mich so schlapp und lustlos wie vor meiner Reise. Appetit hatte ich auch nicht, ich aß nur ein paar Bissen und sprach kaum ein paar Sätze. Elaine und Joachim machten höflich Konversation, und da ich nicht die geringste Lust hatte, von meinen Erlebnissen in Berlin zu erzählen, übernahm es Elaine und schilderte anschaulich, was wir zusammen unternommen hatten, und besonders ausführlich sprach sie von dem vergangenen Abend.

Ich seufzte und dachte an das schwarze Kleid mit der Silberborte. Nie mehr in diesem Leben würde ich es anziehen können. Wie ich Joschi darin wohl gefallen würde?

Ich sah ihn an, er erwiderte meinen Blick nicht, er war so ernst und hatte Falten in seinem Gesicht, die des Kaisers schönster Leutnant nicht gehabt hatte. Ich wußte auf einmal ganz genau, wie sehr ich ihn liebte. Warum hatte er eigentlich keine einzige Bemerkung zu meinem Bubikopf gemacht?

Plötzlich, während ich das dachte, blieb mir das Wort im Hals stecken. Bubikopf – was für ein alberner Ausdruck. In Berlin hatte ich ihn ganz normal gefunden, hier fand ich ihn geradezu idiotisch. Bubi – was war das denn?

Dann brachte ich Katharinchen ins Bett, ihr fielen schon die Augen zu, und schließlich besuchte ich Trudi in ihrer Kammer. Sie war ziemlich krank, sie fieberte und sprach hektisch auf mich ein, verteidigte sich gewissermaßen dafür, daß die Kinder während meiner Abwesenheit krank geworden waren.

«Du kannst doch nichts dafür, Trudi. Das kommt eben vor», tröstete ich sie. «Seien wir froh, daß es nicht Scharlach ist, das wäre viel schlimmer. Wann kommt denn der Doktor wieder?»

«Morgen. Er kommt jeden Tag. Auch zu mir. Er ist ein guter Mann, unser Herr Doktor.»

«Das ist er. Und nun schlaf schön, damit du bald wieder gesund wirst.»

Ich strich ihr über die Wange, sie nahm meine Hand und küßte sie.

Vor ihrer Tür blieb ich stehen und dachte nach. Ob Lotte wohl die Masern gehabt hatte? War nun auch egal. Morgen mußte ich mit dem Doktor sprechen, er mußte mir sagen, was ich tun sollte und was nicht. Er würde schimpfen, daß ich in Berlin nicht bei einem Spezialisten war.

Plötzlich mußte ich lachen. Und, bitte, was wäre, wenn ich derzeit in Davos wäre? Beispielsweise. Und wenn ich es auf der Lunge hätte, wäre ich für meine Kinder viel gefährlicher als alle Masern der Welt. Und wenn ich es auf der Lunge hätte, dann hätte ich meine Ruhe und könnte machen, was ich wollte.

Was für abscheuliche Gedanken! Der liebe Gott würde mich bestrafen. Hatte ich das nicht schon ein paarmal gedacht? Zum Beispiel vor dem Spiegel in Tante Marinas Badezimmer. Und nun war die Strafe schon da, meine Kinder waren krank und würden es noch lange sein, mit den Masern war nicht zu spaßen. Es hieß, Kinder konnten blind werden als Folge dieser Krankheit.

Ich strich mir über die Augen, schon wieder stiegen Tränen hinein, zu albern, ich weinte doch sonst nicht bei jeder Gelegenheit. Was war bloß los mit mir? Alle Kinder hatten mal die Masern, ich hatte sie auch gehabt. Warum kam ich bloß mit mir und meinem Leben nicht mehr zurecht?

Ich dachte ganz fest an Tante Marina. In ihrer Gegenwart hatte ich mich so stark gefühlt, so frei. Wie sie da gestern abend stand und ihre große Szene spielte, das machte ihr keiner nach. Ich mußte mit Joachim über Friedrich Ebert sprechen. Und über die Wahl für den nächsten Reichspräsidenten. Und wie hatte bloß dieser Mensch in München geheißen, der so eine Art Revolution gemacht hatte, Hiller oder so ähnlich. Nein, es war keine Revolution gewesen, sondern ein Putsch. Was, zum Teufel, war ein Putsch? Blödes Wort. Genauso blöd wie Bubikopf. Diese Berliner!

Ich sah nach Jürgen, er schlief fest, seine Stirn war feucht, das feine blonde Haar klebte an seinen Schläfen. Aber das bewies, daß das Fieber zurückgegangen war. Er war so klein, ein Jahr und vier Monate, Masern bei einem so kleinen Kind. Warum kam der Doktor nicht heute noch? Und wie konnte ich einfach wegfahren und dieses Jungchen allein lassen. Lieber Gott, wie konnte ich das nur? Lieber Gott, verzeih mir, ich will es nie wieder tun, laß ihn bloß gesund werden. Ganz gesund. Und lieber Gott, laß ihn nicht meine kranke Lunge geerbt haben.

Dann ging ich zu Ossi, der weit davon entfernt war zu schlafen, er hatte auf mich gewartet.

«Warum weinst du, Mami?» fragte er.

«Ich weine nicht; das kommt noch vom Zug, weißt du.»

«Der dampft so, nicht?» sagte er begeistert.

«Ja, der dampft schrecklich. Da tun mir immer hinterher die Augen weh.»

Das machte ihm wenig Eindruck. «Verreisen wir auch mal?» fragte er.

«Wo möchtest du denn hinfahren?»

«Da, wo du warst. Nach Berlin.»

Also erzählte ich ihm von Berlin.

«Unter den Linden heißt eine große breite Straße mit Bäumen auf beiden Seiten.»

«Linden», murmelte er.

«Ja, richtig.» Wer hatte die Linden eigentlich gepflanzt, und seit wann gab es sie? Eine Schande, aber ich wußte es nicht.

«Und am Ende ist ein großes Tor mit hohen Säulen, das heißt Brandenburger Tor. Und obenauf ist die Siegesgöttin mit der Quadriga.»

«Was 'n das?»

«Das sind vier Pferde.»

«Richtige Pferde?»

«Nein. Richtige Pferde können ja nicht oben auf den Säulen sein. Das sind Pferde aus Bronze.»

Hier stockte ich wieder. Waren sie aus Bronze? Ich dachte an Onkel Ralph, er hatte mir das sicher mal genau erzählt. Also ich glaube, es war Bronze.

Bronze oder nicht Bronze, das spielte für Ossi keine Rolle.

«Das sind nicht solche Pferde wie unsere Pferde?»

«Unsere Pferde sind lebendige Pferde. Das sind nachgemachte Pferde.»

Er richtete sich im Bett auf und sah mich fassungslos an.

«Nachgemachte Pferde?»

Ich war ratlos. Wie soll man einem Kind, das in Hinterpommern aufwächst, klarmachen, was ein Kunstwerk ist. Nachgemachte Pferde. Wer hatte eigentlich die Pferde auf dem Brandenburger Tor geschaffen? Schinkel? Schadow? Onkel Ralph, bitte wer?

«Die hat ein Bildhauer gemacht, verstehst du, Ossi? Er hieß, ja, er hieß Schadow. Die Quadriga, und überhaupt das Brandenburger Tor, das ist ein Wahrzeichen von Berlin. Dahinter ist dann der Tiergarten. Da kann man spazierenreiten. Mit richtigen Pferden. Und dann...»

Die Augen fielen ihm zu. «Da möchte ich auch mal hin», murmelte er. Dann schlief er ein.

Eine kleine Weile noch blieb ich an seinem Bett sitzen und mußte nachdenken. Eines Tages würde er groß sein, erwachsen. Kann sein, er wollte dann in Berlin leben. Könnte auch sein, er wollte das Gut übernehmen. Könnte auch sein, er wollte Offizier werden wie sein Vater. Nein, das war vorbei. Hunderttausend Mann erlaubte der Versailler Vertrag der Reichswehr, das bot wenig Chancen zu einer Karriere. Eigentlich war mir das ziemlich egal. Hauptsache, es gab keinen Krieg mehr. Nie wieder. Tante Marina hatte es gestern abend auch gesagt. Das war für alle Zeit vorbei. Der letzte Krieg war zu schrecklich gewesen. Ich brauchte um das Leben meiner Söhne nicht zu bangen, was bedeuteten schon die Masern! Nie wieder Krieg.

Nun hatte ich für diesen Abend doch noch etwas gefunden, was meine Laune besserte. Jetzt würde ich mir eine ordentliche Stulle mit Schinken machen.

Unser Schinken war hervorragend.

Beschwingt kam ich ins Eßzimmer zurück, Elaine und Joachim saßen noch am Tisch und unterhielten sich ganz angeregt. Worüber? Na, ich hörte wohl nicht recht, über den Versailler Vertrag, über den Dawes-Plan, der im vergangenen Jahr alle Gemüter erregt hatte, und von dem ich immer noch nicht wußte, was er eigentlich darstellte.

Elaine wußte gut Bescheid, sie war ein kluges Mädchen und sie lebte in Berlin, da war man eben besser informiert. Ich hörte zu, ich nickte, aß mit Appetit mein Schinkenbrot und tat so, als ob ich alles verstünde. Wieder fiel mir das Gespräch vom Abend zuvor ein, diese Unruhen in München, bei denen es sogar Tote gegeben hatte. Aber jetzt hatte ich total vergessen, wie dieser Mann hieß. Na egal, war sicher nicht weiter wichtig.

Nicht zu spät gingen wir schlafen. Minka, die Hausmagd, hatte unter der strengen Aufsicht der Mamsell für Elaine das Gastzimmer hergerichtet. Sie hatte sogar Feuer im Ofen gemacht, denn es war im März noch kühl hierzulande, und die Räume in diesem alten Gemäuer waren es sowieso. Die Betten waren immer klamm, und wir bekamen mindestens bis zum April eine Wärmflasche ins Bett. Ach, Tante Marinas leichte luftige Daunendecken! Hier würde man vermutlich darunter erfrieren.

Joachim und ich brachten Elaine in ihr Zimmer, ich sah mich um und bemühte mich um eine sorgende Hausfrauenmiene.

«Hast du alles, was du brauchst?»

«Aber ja. Mehr als das. Ich weiß jetzt schon, daß ich prächtig schlafen werde. Das Feuer wäre wirklich nicht notwendig gewesen. Viel lieber würde ich das kleine Fenster ein wenig aufmachen. Darf ich? Eure Luft ist herrlich. Davon kann man in Berlin nur träumen.»

Na so was!

«Die Berliner Luft ist berühmt», sagte ich beleidigt.

Joachim lachte, er schien mit dem Besuch versöhnt.

Er küßte Elaine die Hand und sagte: «Schlafen Sie gut, gnädiges Fräulein. Wir sehen uns dann beim Frühstück.»

«Gute Nacht, Baron. Und vielen Dank.» Sie lächelte ihn an, auf die unwiderstehliche Elaine-Art, und ich war sehr froh, daß es mit den beiden so gut klappte.

Tell, der uns begleitet hatte, wedelte abschiednehmend mit dem Schwanz, er fand den Besuch offenbar auch unterhaltsam. Wir gingen den Gang zurück zu unserem Schlafzimmer, und ich sagte: «Ich bin gemein.»

«Warum?»

«Ich habe nicht einmal Melusine besucht.»

«Es geht ihr gut. Ich habe sie manchmal geritten, und sie hatte weiter keine Einwände. Nur einmal hat sie gesagt, deine Hand wäre leichter.»

Ich legte meinen Kopf an seine Schulter. «Das ist es ja eben.»

«Was?» fragte er, blieb stehen und legte seinen Arm um mich.

«Mein gespaltenes Herz. Du hast gehört, was Elaine erzählt hat. Es war einfach wundervoll in Berlin. Tante Marina ist... na, ich weiß gar nicht, wie ich das ausdrücken soll, sie ist einfach knorke. Verstehst du?»

«Ich bemühe mich», sagte er und sah mich zärtlich an.

«Aber ich habe Melusine nicht. Und Tell nicht. Und die Kinder nicht. Und wenn ich nur ein paar Tage weg bin, kriegen sie die Masern.»

«Es waren mehr als ein paar Tage. Und du könntest vielleicht noch sagen, du hast mich nicht.»

«Das meine ich ja.»
Er nahm mich in die Arme und küßte mich, wie er mich lange nicht mehr geküßt hatte.
Ach, Joschi!
«Gefalle ich dir denn noch?» fragte ich, als ich wieder Luft bekam.
«Du meinst wegen deiner komischen Zippelfrisur?»
Das war hart. Wenn Herr Berthold das gehört hätte!
«Ich habe mein Haar auf dem Altar der Mode geopfert», sagte ich. «In Berlin kann man einfach nicht mehr mit langen Haaren herumlaufen.»
«Und deine Freundin Elaine?»
«Na, die ist sowieso eine Nummer für sich. Und sie hat sehr schönes Haar. Aber sie wird sie auch noch abschneiden lassen. Jede Wette?»
«Wie hoch?»
Ich überlegte. «Melusine nicht. Tell nicht. Mein schwarzes Kleid nicht. Ich kann höchstens mich selber einsetzen.»
«Ist das der höchste Preis, Julia?»
«Für mich schon.»
«Für mich auch. Und jetzt komm.»
«Gleich. Ich sehe nur noch mal nach den Jungen.»
Sie schliefen beide fest und sahen eigentlich auch nicht sehr krank aus. Ich war gespannt, was unser Doktor morgen sagen würde.
In dieser Nacht schlief Joschi mit mir, es war seit langer Zeit das erste Mal, und ich kann nicht behaupten, daß es mir nicht gefiel. Ich liebte ihn ja, ich liebte ihn aus tiefstem Herzen, und was sonst außer dem Herzen noch dazugehörte. Aber ich lag dann doch noch lange wach. Joschi schlief, den Kopf auf meiner Schulter.
Jetzt hatte ich die Bescherung. Es war Ende März, um Weihnachten herum würde ich dann wohl wieder ein Kind bekommen.

Ich möchte dich warnen

Elaine war keine kleine Hilfe für mich, Elaine war die Hilfe in Person. Es war eine große Überraschung, daß diese elegante junge Dame, die mir auf dem Kurfürstendamm begegnet war, sich von heute auf morgen in eine praktische umsichtige Hausfrau verwandelte, die ohne Zögern jede Arbeit anpackte, im Haus, in der Küche, in den Kinderzimmern. Sie, die nie auf dem Lande gelebt hatte, benahm sich, als wäre sie auf einem Gutshof groß geworden. Wie sich erwies, hatte sie auch die passende Garderobe mitgebracht. Während ich noch immer meinen in Berlin gekauften Roben nachtrauerte, hatte sie ihre feschen Kleider und Kostüme im Schrank verschwinden lassen, sie trug jetzt einfache Baumwollkleider, weite Röcke, luftige Blusen, als es wärmer wurde, die ihr genausogut standen wie die Sachen, in denen ich sie zuvor gesehen hatte.

«Wo hast du denn die Fummel her?» fragte ich sie einmal.

«So etwas ziehe ich an, wenn ich in Urlaub fahre.»

«Aber du fährst doch sicher nicht in ein Dorf, sondern in ein schickes Kurbad oder so.»

Sie küßte mich leicht auf die Wange.

«Schäfchen», sagte sie. «Der Reiz liegt immer in einer gewissen Abwechslung. Und über sehr viel Geld verfüge ich nicht, das habe ich dir doch schon erzählt. Im vorigen Sommer war ich in einem kleinen Ort in Österreich, im Salzkammergut. Da ziehe ich mich eben so an. Und im Jahr davor, als es mit der Inflation immer schlimmer wurde, konnte man eigentlich gar nicht verreisen, da war ich ganz in der Nähe von Berlin, in der Mark Brandenburg. In Treuenbrietzen. Eine junge Frau, die in meiner Nachbarschaft wohnt, fährt immer dorthin.

Ihre Eltern leben da. Sie ist Kriegerwitwe und hat zwei Kinder, und sie meinte, ich solle doch für eine Weile mitfahren. Mit dem Geld sei es nicht so schlimm, zu essen würden wir schon was kriegen, und man könne da sehr schön spazierengehen.»

«Das hast du mir gar nicht erzählt.»

«Aber Julia, wann sollte ich dir das denn erzählen? Soviel Gelegenheit hatten wir ja noch gar nicht. Ich erzähle es jetzt. Und dieses Kleid hier», sie drehte sich einmal um sich selbst, daß der weite Rock ihres grünen Baumwollkleides schwang, »habe ich mir selber genäht. Eben dort. Da paßte es hin. Und hierher paßt es auch.»

«Du hast dir dieses Kleid selbst gemacht? So etwas kannst du auch?» Ich kam aus dem Staunen nicht heraus.

«Das müßtest du doch noch von Lausanne her wissen, daß ich in Handarbeit immer sehr gut war.»

«Stimmt. Ich erinnere mich. Ich bin schrecklich ungeschickt mit der Nadel. Genau wie Tante Marina. Und Mama auch. Die konnten beide nicht nähen.»

«Und darum hast du es nicht gelernt. Siehst du!»

Sie lachte mich fröhlich an, sie sah jung und gesund aus, hübscher denn je. Sie machte um keine Art von Arbeit einen Bogen. Dies und die Tatsache, daß sie rundherum alles großartig fand, gewann ihr die Herzen aller Leute auf dem Gut. Gegen sie war ich noch immer ein Fremdling hier.

Es begann mit der Mamsell, die ihr anfängliches Mißtrauen bald ablegte, als sie Elaines eifriges Wirken beobachtete, ja es ging soweit, daß die Mamsell ihre geheiligten Töpfe an Elaine auslieferte, denn kochen konnte sie auch. Die Mamsell sah mit gerunzelter Stirn, aber voll Interesse zu, wenn Elaine irgendeine fremdländische Delikatesse zubereitete, Menu française oder à la Suisse.

«Schmeckt man gar nicht so übel», meinte die Mamsell, und ich schlug tief bewegt die Augen zum Himmel auf.

«Wie findest du das?» fragte ich Joschi, und er sagte: «Erstaunlich.»

Unser Verhältnis war wieder gespannt. Noch einmal hatte er mit mir geschlafen, und dabei hatte ich räsoniert: «Na, ist ja jetzt schon egal, ich bin ja doch wieder schwanger. Verdammt noch mal, kannst du denn nicht aufpassen? Wenn ich schon wieder ein Kind bekomme, wird es mein Tod sein.»

«Versündige dich nicht, Julia», sagte er darauf ärgerlich, «denk an Margarete.»

«Was hat das denn damit zu tun?» fuhr ich ihn an. «Wenn Margarete kein Kind bekommen kann, heißt das ja nicht, daß ich eins nach dem anderen bekommen muß. Ich bin doch keine Zuchtsau.»

Diesen Ausspruch nahm er mir sehr übel, seit dieser Nacht hatte er mich nicht mehr angerührt.

Es war übrigens noch einmal gutgegangen, zehn Tage später wußte ich, daß ich nicht schwanger war. Ich war sehr erleichtert, und es fiel mir nicht schwer, auf weitere Umarmungen zu verzichten. Ich sprach sogar darüber mit Elaine, mit wem sonst hätte ich denn über dieses heikle Thema sprechen können.

Sie blickte mich nachdenklich an.

«Ich weiß nicht, ob das klug von dir ist.»

«Was heißt hier klug! Möchtest du ein Kind nach dem anderen kriegen?»

Es war gegen Abend, Elaine fütterte die Hühner, die sich emsig pikkend um sie und ihren Korb scharten. Ich stand dabei und sah zu.

«Ich würde ganz gern ein Kind haben», sagte sie und blickte an mir vorbei in den blauen Himmel.

«Na ja, eins. Ich habe drei. Das langt, finde ich.»

Ich sah in ihr schönes Gesicht, das vom Abendrot zart überglüht wurde.

«Warum heiratest du denn nicht? Da kannst du Kinder kriegen, soviel du willst.»

«Dazu müßte ich ja erst mal den passenden Mann haben.»

«Kann für dich doch nicht schwer sein, so wie du aussiehst, einen Mann zu finden. Ich hab' doch im ‹Romanischen› gesehn, wie viele Männer du kennst.»

«Ach, die! Das sind keine Männer zum Heiraten.»

Ich überdachte das eine Weile, dann kam ich auf eine gute Idee. «Weißt du was? Wir werden hier einen für dich finden. Nachdem dir das Landleben gefällt, kannst du doch auf ein Gut einheiraten.» Sie lachte. «Du stellst dir das sehr einfach vor.»
«Laß mich mal machen. Sobald die Kinder gesund sind, geben wir ein Frühlingsfest. Und dann laden wir alle Nachbarn ein. Ich muß mal nachdenken, wo es einen heiratsfähigen Sohn gibt. Im Juni beginnt dann die Jagdsaison auf Rehe, da kommen wir auch viel mit Nachbarn zusammen. Da muß doch irgendwo...» Ich begann in Gedanken die Nachbarn zu sondieren. Das Traurige war nur, daß es in unserer Zeit überall Frauen und Mädchen gab, die jungen Männer fehlten sehr oft, die hatte der Krieg behalten.

«Ha!» rief ich. Wieder ein Geistesblitz. «Ich gehe mal an einem Sonntag in die Kirche. Ist sowieso längst fällig. Das Gut hat ja das Patronat, und der Pastor ärgert sich, wenn wir nicht kommen. Das letzte Mal waren wir bei Jürgens Taufe in der Kirche. Joachim ist in dieser Beziehung sehr starrsinnig. Er sagt, ein Gott, der es zuläßt, daß so viele Menschen elend zugrunde gehen, an so einen Gott kann er nicht mehr glauben. Er hat sogar mal zum Pastor gesagt: Wo war er denn, Ihr Gott, in diesen furchtbaren Jahren?»

«Und was hat der Pastor darauf gesagt?»

«Er sagte, diese Frage haben sich wohl Menschen zu aller Zeit auf dieser Erde gestellt. Wo bist du, Gott? Warum hilfst du nicht?»

«Und dein Mann, was sagte er?»

«Er zuckte die Achseln und sagte: Ja, das meine ich. Und weißt du, was unser Pastor darauf sagte? Ich stelle mir diese Frage auch manchmal. Daraufhin war Joachim still.»

Elaine streute den Rest der Körner unter die Hühner.

»Und nun willst du den Pastor fragen, ob er keinen Mann für mich weiß?» In ihrer Stimme klang Spott, sie sah mich lächelnd an, klemmte sich den leeren Korb unter den Arm, und wir gingen zum Haus zurück.

«Du mußt mich nicht für so dämlich halten. Ich fange das ganz diplomatisch an.»

«Aha, und wie?»

«Ich werde ganz einfach ein bißchen über die Gegend und die Leute hier reden. Das wird ihn sowieso sehr verwundern, den Pastor, meine ich. Weil ich mich sonst eigentlich gar nicht um die Leute hier gekümmert habe.»

Du mußt mich nicht für dämlich halten, hatte ich gesagt? Ich war dämlicher, als die Polizei erlaubt. Aber nicht mehr lange. Die Kinder liebten Elaine. Sie verbrachte viel Zeit bei Ossi, erzählte ihm Geschichten, las ihm vor, dachte sich Spiele aus, und er vergaß zeitweise sein Eingesperrtsein. Jürgen war noch zu klein, um Elaine zu genießen, er blieb meist mir überlassen. Aber Kathrinchen folgte ihr wie ein Schatten, bis sie schließlich doch die Masern bekam, was unsere Quarantäne wesentlich verlängerte und meinen Besuch in der Kirche und beim Pastor verschob.

Elaine verstand es nicht nur, mit den Kindern umzugehen, auch mit meinem Mann. Und das hätte ich mir eigentlich denken können.

Joachim veränderte sich ebenfalls, er war so heiter, so aufgeschlossen, wie ich ihn seit langem nicht erlebt hatte. Die beiden unterhielten sich an manchen Abenden sehr anregend, und es kam vor, daß ich mich, von heftiger Müdigkeit überfallen, zurückzog und sie allein sitzen ließ, was auf keinerlei Widerspruch stieß. Sie tranken dann meist eine Flasche Wein, was bisher selten bei uns vorgekommen war. Aber mit Elaine trank er Wein, so wie er es aus seiner Zeit als Offizier gewöhnt war. Unser Weinkeller war recht gut bestückt, noch von meinem Schwiegervater her.

Elaine interessierte sich auch für die finanziellen Belange des Guts, und eines Abends beobachtete ich mit Staunen, wie Joachim seine Geschäftsbücher anbrachte und ausführlich darüber referierte. Hatte er das je mit mir getan? Nie.

Warum, verdammt noch mal, nicht? Hielt er mich für zu dumm? Nein, es war meine Schuld. Immer und ewig hatte ich an dem Leben auf dem Gut, an Hinterpommern, herumgenölt, und für Zahlen hatte ich sowieso keinen Kopf.

Ich schrieb an Tante Marina: Eigentlich bin ich hier ganz überflüssig. Elaine macht das alles viel besser als ich. Wenn ich bei dir in Berlin geblieben wäre und hätte sie allein nach Cossin geschickt, wäre es genausogut. Aber nächste Woche kommt meine Schwiegermutter, mal sehen, wie sie das alles findet.

Zweifellos klang in diesem Brief schon ein Ton von Eifersucht mit, dessen war ich mir bewußt.

Meine Schwiegermutter ließ sich nicht so leicht von Elaine einfangen. Sie war skeptisch und zurückhaltend, doch die Stimmung im Haus war offenbar ansteckend. Sie gingen durch das Haus, Küche, Keller und Stall, Elaine fragte, meine Schwiegermutter gab Auskunft. Elaine zeigte, wie eifrig sie dabei war zu lernen.

So war das bei mir nie gewesen. Das wurde mir klar, ich sah es ein, und es bedrückte mich.

Ossi und Trudi waren schon wieder gesund. Jürgen hatte es am schwersten erwischt, eine Zeitlang bangten wir um sein Leben. Er war, wie Marina ganz richtig erkannt hatte, für die Masern noch zu klein.

Bei Kathrinchen verlief die Krankheit rasch und ohne Komplikationen, dafür beanspruchte sie Elaine ununterbrochen zu ihrer Unterhaltung. Unser Doktor kam fast jeden Tag, hauptsächlich wegen Jürgen, und nach einiger Zeit war es so, daß er seine Anweisungen Elaine erteilte, nicht mir, der Mutter der Kinder.

«Eine tüchtige Frau, Ihre Freundin», sagte er.

«Na ja, eben», erwiderte ich.

«Was macht sie eigentlich sonst?»

«Nichts. Sie lebt in Berlin und tut nur, was ihr Spaß macht. Sie müßten sie dort sehen. Sie würden sie nicht wiedererkennen.»

Er blickte mich prüfend aus seinen hellen Augen an, denn in meiner Stimme war wohl so ein kleiner Unterton von Gehässigkeit gewesen.

«Wie meinen Sie das, Baronin?»

«Na, ich meine, daß sie dort elegante Kleider trägt und auf dem Kurfürstendamm spazierengeht.»

«Und?»

«Nichts und. Das ist alles.»

Doktor Werner kannte Berlin sehr gut, er hatte dort studiert und lange Zeit an der Charité als Assistent gearbeitet. Er war, und dieser Gedanke war wieder einmal typisch für mich, als Landarzt in Hinterpommern eigentlich viel zu schade.

«Sie ist nicht verheiratet?»

«Ihr Verlobter war Franzose und ist gefallen.»

Daß wir uns aus dem Pensionat in Lausanne kannten, wußte er schon, und nun wollte er wissen, ob wir uns in den Jahren dazwischen nie getroffen hatten.

«Einmal während des Krieges. Im Theater. Und jetzt eben, als ich bei meiner Tante war, auf dem Kurfürstendamm.»

«Wenn man Ihrer Freundin zusieht, könnte man meinen, sie habe immer einem großen Haushalt vorgestanden.»

«Diesem Haushalt hier stehe ich vor», sagte ich scharf.

Wieder ein prüfender Blick, aber es kam keine Entschuldigung, sondern die Frage: «Warum waren Sie in Berlin nicht bei einem Spezialisten?»

«Weil ich von heute auf morgen zurückkommen mußte. Die Kinder hatten Masern, wie Ihnen ja wohl bekannt ist, Herr Doktor. Außerdem fühle ich mich sehr gut.» Trotzig erwiderte ich den Blick der hellen Augen. «Und sobald die Kinder gesund sind, fahre ich zurück nach Berlin.»

«Warum?»

«Weil es mir dort besser gefällt», sagte ich patzig.

Es war schon Mitte Mai, warm und sonnig, der Frühling kam mit Vehemenz, und es gefiel mir jetzt auch in Pommern ganz gut. Nicht mehr lange, und ich konnte wieder in unserem See schwimmen, darauf freute ich mich schon. Auch mit Melusine ritt ich täglich aus, ich fühlte mich nicht krank, und das Reiten tat mir gut.

An einem dieser Frühlingstage saß ich auf dem Steg am See, das war ungefähr eine Viertelstunde zu Fuß vom Gutshaus entfernt. Tell saß bei mir, wir ließen uns die Sonne auf das Fell scheinen, und eigentlich war ich ganz zufrieden.

Tell stellte die Ohren waagerecht, dann stand er auf und wedelte mit dem Schwanz. Ich wandte mich träge um. Es war meine Schwiegermutter.

Ich stand auch auf und wunderte mich, denn ich hatte sie noch nie an unserem See getroffen. Sie mußte mir nachgegangen sein.

«So», sagte sie, «du bist an deinem geliebten See. Wie ich dich kenne, freust du dich schon aufs Schwimmen.»

Das klang unerwartet freundlich, ich wunderte mich weiter und nickte. An mein Schwimmen hatten sie sich inzwischen alle gewöhnt. Was hatte es für einen Aufstand gegeben, als ich während der Schwangerschaft darauf bestand, zu schwimmen. Da war mir aber Doktor Werner zur Seite gestanden, Schwimmen sei sehr gesund, hatte er erklärt, und schade dem Kind keineswegs.

«Ich verlasse euch wieder», sagte Johanna Baronin Cossin.

«Oh, schon?» fragte ich höflich bedauernd.

«Margarete braucht mich. Sie ist ziemlich elend. Und sehr unglücklich.»

«Das verstehe ich», sagte ich und erntete einen prüfenden Blick.

«Ich bin nicht so sicher, ob du es verstehst. Du hast jung geheiratet, vielleicht zu jung, aber da du danach noch bei deiner Mutter und deiner Tante gelebt hast, bist du eigentlich weiterhin ein junges Mädchen geblieben. Und in gewisser Weise bist du es heute noch.»

Ich schluckte, ich nickte und wartete, was weiter kam. Bestimmt hatte sie wieder viel an mir auszusetzen. Wie immer. «Joachim war da, als der Krieg zu Ende war. Für dich war er da. Und es sah so aus, als würdet ihr gut zusammen leben können. Und du hast die Kinder.»

Ich nickte wieder, das wußte ich schließlich selber.

«Margarete hat es dagegen schwer gehabt. Sie hat lange warten müssen auf Friedrich, er war lange Zeit krank, als er zurückkam. Aber dann schien doch alles gut zu werden. Sie hat sich so sehr Kinder gewünscht. Und nun dies.»

Sie schwieg bekümmert.

«Ja, es ist arg», sagte ich. «Aber sie wird sich erholen, und dann wird sie...»

«Der Arzt befürchtet, daß sie nie mehr Kinder bekommen kann.»

Das war natürlich sehr schlimm, für Margarete, für Friedrich, für sein schönes großes Gut.

«Ach, um Gottes willen», sagte ich hilflos.

«Ja, so ist das. Du wirst verstehen, daß ich mir große Sorgen um meine Tochter mache. Darum fahre ich auch wieder zu ihr, sie braucht mich. Sie hat schwere Depressionen. Und Friedrich – er ist ein guter Mensch, aber der Krieg hat ihn seelisch und nervlich zerstört. Es geht ja vielen Männern so in dieser Zeit. Friedrich hat noch nicht überwunden, was er erlebt hat, und vielleicht wird er nie damit fertig werden. Wären Kinder da, würde es ihnen beiden sicher helfen.»

Ich streckte ihr unwillkürlich die Hand hin.

«Das tut mir schrecklich leid. Was kann man da bloß tun?»

Sie nahm meine Hand und hielt sie fest.

«Das weiß ich auch nicht, Julia. Ich kann nichts anderes tun, als bei ihnen sein. Ich muß mich auch um die Wirtschaft kümmern, Margarete ist immer noch krank und total uninteressiert an allem, was um sie vorgeht. Das ist auch für mich ein deprimierender Zustand. Du kennst sie ja, und du weißt, wie fleißig sie hier gearbeitet hat. Aber sie will von nichts etwas wissen. Sie vergräbt sich in ihren Kummer. Sie will krank sein. Und auf diese Weise kann es auch nicht besser werden mit ihr.»

Ich schwieg. Was sollte ich dazu auch noch sagen?

«Also ich fahre morgen wieder zu den beiden. Den Kindern geht es besser. Und du hast ja an deiner Freundin eine große Hilfe. Sie macht das alles sehr gut, das muß ich zugeben. Doch ich möchte dich warnen.»

Wir blickten uns in die Augen. Die Sonne stand schräg über dem See, der verführerisch glitzerte. Tell schnappte nach einer ersten Fliege.

Ich wußte sofort, was sie meinte. Ich mochte dumm sein, aber nicht *so* dumm.

«Deine Freundin ist sehr tüchtig, sie arbeitet fleißig, und sie ist –

nun, sagen wir, sehr geschickt, sie hat sich bei allen Leuten beliebt gemacht, sie hat die Kinder erobert, und nun...», sie stockte.

Ich vollendete: «Und nun ist sie dabei, Joachim zu erobern, willst du sagen.»

«Du hast es bemerkt?»

«Das ist nicht so schwer. Ich weiß, welch großen Eindruck Elaine auf Männer macht. Und ich – na ja, ich bin lange nicht so hübsch wie sie.»

Meine Schwiegermutter lächelte. «Du bist in diesem Fall zu bescheiden. Ich will nicht behaupten, daß ich sehr beglückt war über eure überstürzte Heirat mitten im Krieg, doch du warst ein sehr anmutiges Mädchen, du warst graziös, lebhaft und warmherzig. Ein halbes Kind noch, und nun bist du eine Frau, eine sehr hübsche Frau, wie ich finde.»

Ich spürte, wie ich rot wurde.

«Das hast du noch nie zu mir gesagt... Mutter», flüsterte ich.

«Das ist wahr. Wir sind alle ein wenig spröde hierzulande. Aber nach einiger Zeit fand ich es ganz gut, daß Joachim dich geheiratet hat. Zugegeben, du paßt nicht hier auf das Land, du hast ja auch nie einen Hehl daraus gemacht, daß wir dich langweilen.»

«Nein, o nein, so darfst du es nicht ausdrücken«, protestierte ich.

«Ich will ja gar nicht sagen, daß ich es nicht verstehe. Du warst immer so etwas wie... wie eine kleine Künstlerin.»

«Eine Künstlerin? Ich? Nie im Leben.»

«Doch. Ich nehme an, es kam durch das Leben mit deiner berühmten Tante. Oper, Konzert, Theater, das gehörte für dich zum täglichen Leben, für uns hier ist es so gut wie nicht vorhanden. Schön, ich war auch mal in der Oper, wenn wir in Berlin waren. Aber es war für mich eine fremde Welt, von der ich nichts verstand. Ich habe einmal in Berlin ein Ballett gesehen, und nachdem du dann hier warst, dachte ich manchmal, du hast etwas von einer Tänzerin an dir.»

«Das hast du von mir gedacht?» fragte ich verwirrt. Ob sie wußte, daß es mein größter Traum gewesen war, Tänzerin zu werden? Ich hatte auch einige Zeit Ballettunterricht gehabt, als Kind noch, und

Marina war es, die dagegen Einspruch erhob. Vermutlich, so erkannte ich heute, weil sie befürchtete, meine Lunge sei eben doch erblich belastet. «Ich habe dich einmal beobachtet», sagte die Baronin Cossin und blickte dabei lächelnd über den See, «hier auf dieser Wiese. Du bist wie eine Elfe darüber hingetanzt, mit wehendem Haar, und dann bist du mit einem glücklichen Schrei ins Wasser gesprungen. So etwas war fremd für mich. Aber es war ein hübsches Bild.»

Ich wußte nun wirklich nicht mehr, was ich sagen sollte. Ich versuchte mich nur an diese Szene zu erinnern. Hatte ich eigentlich einen Badeanzug angehabt? Denn manchmal, wenn ich allein war, schwamm ich ohne Badeanzug im See, das war ein herrliches Gefühl. Und sie hatte mich beobachtet, meine strenge Schwiegermutter, und hatte gefunden, es sei ein hübsches Bild.

Ich fuhr mir verwirrt durchs Haar, und sie sagte: «Übrigens steht dir das kurze Haar sehr gut.»

Ich war nahe daran, jetzt auch in den See zu springen, so kalt er auch noch sein mochte. Nie zuvor hatte ich mit dieser Frau, die ich fürchtete und nicht besonders mochte, so geredet. Oder besser gesagt, sie hatte nie mit mir so geredet. Margaretes Unglück hatte offenbar auch sie verwandelt, oder wie man das sonst nennen wollte.

Sie schien nun auch etwas verlegen zu sein, denn sie spürte wohl, wie ungewöhnlich ihr Verhalten war.

«Vielleicht hätte ich dir längst einmal sagen sollen», sprach sie nach einer Weile weiter, «daß ich es ganz gut fand, dich hier zu haben. Joachim ist ein wenig schwerblütig. Oder er ist es geworden. Der Krieg hat die Männer nun einmal verändert. Er war immer ein fröhlicher Junge. Heute ist er ein Mann mit großen Sorgen. Er braucht dich, Julia. Du kannst ihm helfen, und ich bin froh, daß du da bist. Und ich freue mich über deine Kinder. Ich weiß, du hast sie sehr schnell hintereinander bekommen, und das war für dich nicht einfach. Aber ich bin glücklich über deine Kinder, und du solltest es auch sein. Und ich wünschte, du würdest deine Freundin bald wieder fortschicken. Sie wird sich ja nicht auf die Dauer hier einnisten wollen.»

«Bestimmt nicht. Sie ist ein ganz anderes Leben gewöhnt.»
Sie betrachtete mich wieder mit diesem prüfenden Blick.
«Hoffen wir es», sagte sie dann. «Und welche Art von Leben deine Freundin für gewöhnlich führt, ist mir bis jetzt nicht klargeworden. Weißt du es?»

Ich schüttelte den Kopf. «Nein. Ich habe sie ja jetzt erst wieder getroffen. Und sehr viel erzählt sie nicht von sich und ihrem Leben.»

«Das dachte ich mir», sagte die Baronin Cossin.

Sie wandte sich zum Gehen. Ich wollte sie begleiten, doch sie wehrte ab. «Bleib nur noch hier. Wir sehen uns dann beim Abendessen. Es braucht niemand zu wissen, was wir miteinander besprochen haben. Morgen fahre ich zu Margarete. Und es ist deine Aufgabe, die Herrin auf diesem Gut zu sein.» Ich sah ihr nach, wie sie über die Wiese ging, ich war verwirrt, ein wenig auch verängstigt, und ich fühlte mich sehr unsicher. Was hatte Tante Marina gesagt? Es wird Zeit, daß du erwachsen wirst.

Ich setzte mich wieder auf den Steg, stieß mit dem Fuß gegen das Ruderboot, das hier angebunden lag, und streichelte dem Hund über den Kopf.

«Wie findest du das?» fragte ich ihn.

Er sah zu mir auf, er fand die Welt in Ordnung.

Komisch war das schon. Ich hatte Elaine und Joachim in letzter Zeit manchmal beobachtet, direkt beunruhigt hatte es mich nicht. Elaine kokettierte gern, ich brauchte nur an Onkel Ralph zu denken, damals in Lausanne. Und daß sie auf Männer Eindruck machte, wußte ich schließlich auch. Aber Joschi? Na, warum nicht, er war schließlich ein Mann, und wenn er mir gefallen hatte, war nicht einzusehen, warum er einer anderen Frau nicht auch gefallen sollte. Und wenn er mich erobert hatte, warum sollte er eine andere Frau nicht erobern, noch dazu eine so reizvolle Frau wie Elaine. Und dann, wie meine Schwiegermutter eben gesagt hatte, war er ein anderer geworden, kein fröhlicher Junge mehr, sondern ein Mann mit Sorgen. Und mit viel Arbeit. Und eine tanzende Elfe, die noch dazu ewig von Berlin schwärmte, war für ihn keineswegs die passende Partnerin.

Ich stieß noch einmal heftig mit dem Fuß gegen das Boot. War ja alles Unsinn. Nur, wenn es meiner Schwiegermutter aufgefallen war, die sich gerade eine knappe Woche hier aufgehalten hatte, wie sahen es die anderen Leute auf Cossin? Dann dachte ich wieder an Margarete. Sie wünschte sich so sehr ein Kind, und ich hatte ständig Angst, wieder eins zu bekommen. Ich entzog mich Joschis Umarmungen und erwartete, daß er das so einfach hinnahm.

Das Leben war eigentlich verdammt schwierig. Ich gab dem Boot einen letzten Stoß und stand auf.

«Komm, Tell, wir gehen. Wenn das Wetter so schön bleibt, können wir bald schwimmen.»

Tell fand es bereits jetzt schön genug. Mit einem großen Satz sprang er ins Wasser und schwamm eine Runde, kam japsend heraus, schüttelte sich und machte mich tropfnaß. Beim Abendessen erzählte ich davon.

«Ich freu' mich schon aufs Schwimmen.» Ich sah Elaine an und provozierte sie zum erstenmal bewußt. «Weißt du noch, Elaine, wie wir im Genfer See geschwommen sind? War das nicht herrlich?»

«Ja, natürlich, es war wundervoll.»

Nun hatte ich sie bei einer dicken Lüge ertappt. Damals konnte sie nicht schwimmen und mochte nicht einmal ein paar Schritte ins Wasser gehen.

Ich sah sie weder an, noch sagte ich etwas. Ob sie es vergessen hatte, oder log sie mir mit vollem Bewußtsein ins Gesicht? Dann mußte sie sich sehr sicher fühlen.

Ich dachte daran, an Tante Marina zu schreiben. Doch nachdem ich eine Weile vor dem leeren Briefbogen gesessen hatte, fragte ich mich, was ich ihr eigentlich schreiben sollte. Was meine Schwiegermutter gesagt hatte? Das war doch zu albern. Daß Elaine schwindelte? Na, auch schon was.

Also schrieb ich nur, daß es den Kindern wieder besser gehe, auch der Kleine erhole sich langsam, Trudi war schon wieder auf dem Damm, Elaine hatte junge Tauben für uns gebraten, die ganz vorzüglich geschmeckt hatten, auch den Kindern, obwohl Ossi ungern Knoben abnagte, während Kathrinchen es mit Hingabe tat. Das hatte sie wohl von mir. Und dann schrieb ich noch von Margarete und ihrem Kummer. Ist das nicht furchtbar traurig? So beendete ich den Brief.

Im PS fragte ich dann an, wo sie denn dieses Jahr ihren Urlaub verbringen würde. Ich wünsche mir, so schrieb ich, du kämst wieder einmal zu uns. Im Sommer ist es wirklich sehr schön hier.

Tante Marinas Urlaub war immer eine große, vielbesprochene Angelegenheit gewesen. Eine Sängerin mußte sich erholen, und zwar dort, wo die Luft am bekömmlichsten war. Sie reiste immer sehr gern in die Schweiz, an den Vierwaldstätter See. Und ebenso gern an die Ostsee.

Das wäre nicht so weit von uns entfernt, und dann könnte sie doch wieder einmal auf Cossin vorbeischauen.

Das wünschte ich mir im Moment mehr als alles andere.

Sommersonnenwende

Ende Mai hatte ich Geburtstag, Kuchen wurde gebacken, Elaine hatte einen Teller mit bunten Kerzen aufgestellt, siebenundzwanzig Kerzen, die ich ausblasen mußte, so etwas hatten wir noch nie gehabt. Die Kinder fanden es großartig, Kathrinchen hatte ein Gedicht gelernt, das Elaine ihr beigebracht hatte, es kam erstaunlich flüssig über die Lippen meiner Tochter, und sie sagte hingerissen: «Gedichte sind so schön.»

‹Liebe Mami, bleib gesund, auch das Pferd und auch der Hund, Liebe Mami, du sollst lachen, dann woll'n wir dir auch immer Freude machen.›

Na, wenn das kein Gedicht war! Ich war gerührt und schloß Kathrinchen bewegt in die Arme. Ossi fühlte sich ein wenig zurückgesetzt, er hatte ein Bild gemalt, auch unter Elaines Anweisung, das mich auf Melusine zeigte, es war ein geradezu expressionistisches Kunstwerk.

«Du bist einmalig», sagte ich zu Elaine.

Von Joachim bekam ich einen neuen Sattel, denn Melusines Sattel war schon ziemlich brüchig, er stammte noch aus der Vorkriegszeit. Der Sattlermeister aus Hohenwartau hatte ihn angefertigt, nachdem er bei Melusine Maß genommen hatte, er war wirklich ein Prachtstück. Elaine schenkte mir einen Seidenstoff, hellblau mit weißen Tupfen, und versprach, sie werde daraus ein Kleid für mich schneidern.

«Du wirst für mich ein Kleid machen? Eigenhändig?»

«Aber ganz bestimmt. Und so zierlich, wie du bist, wird es eine ganz einfache Sache für mich sein.»

«Das ist knorke», sagte ich und umarmte sie. «Elaine, du bist einfach toll.»

Joachim lächelte wohlgefällig, und Kathrinchen schrie, sie schrie immer, wenn etwas sie bewegte: «Ich will auch ein Kleid haben.»

Auch daran schien Elaine gedacht zu haben. Sie sagte: «Es ist reichlich Stoff vorhanden, ich denke, es wird für ein Kleidchen für dich reichen.»

Elaine war ein Wunder, und ich fragte mich, was wir eigentlich früher ohne sie angefangen hatten auf Cossin. Gleichzeitig hatte ich immer die Warnung meiner Schwiegermutter in den Ohren, aber ich schob sie beiseite. Lange würde Elaine das ruhige Leben auf dem Land bestimmt nicht mehr aushalten. Es wurde Juni, die Sonne schien, das Getreide stand gut, das Gras war gewachsen, und schon kamen die polnischen Schnitter zum ersten Schnitt ins Land, so war es vor dem Krieg gewesen, wie ich wußte, so war es immer noch, daran hatte der Versailler Vertrag nichts geändert. Die Pferde kamen auf die Koppel, Joachim, die Nachbarn und der Förster gingen zur Jagd, die Rehe waren dran.

Und dann erwischte ich Elaine und meinen Mann in inniger Umarmung im Pferdestall, ausgerechnet vor der Box meiner Melusine. Das erboste mich am meisten.

Melusine war auf der Koppel gewesen, ich hatte sie und Fridolin gegen Abend hereingeholt, ihnen etwas Hafer eingeschüttet, dann hatten auch wir zu Abend gegessen, alle zusammen, auch Ossi und Kathrinchen wieder am Tisch. Es war heiter zugegangen, wir lachten vergnügt über etwas, das Ossi sagte, der während seiner Krankheit gewachsen war, nicht nur an Länge, offenbar auch an Verstand. Nächste Ostern würde er in die Schule kommen. Elaine teilte die Suppe aus, schnitt das Fleisch, alles Aufgaben, die sie übernommen hatte und die ich ihr widerstandslos überließ. Ich brachte die Kinder zu Bett, was immer einige Zeit in Anspruch nahm. Ossi war ausgeruht von dem langen Krankenlager und kein bißchen müde, wie er immer wieder versicherte, und seine Schwester, die ihm sonst gern widersprach, echote denselben Text. Ich sah ein, daß es eine Zumutung war, ins Bett zu gehen und einzuschlafen, während es draußen noch nicht einmal dunkelte. Die Zeit der hellen Nächte hatte begonnen, die ich sehr liebte, sie verursachten auch bei mir eine gesteigerte Lebensfreude, die Erde war so lebendig, alles war grün, die Bäume und Büsche blühten, die Lerchen sangen noch spät am Abend. Um diese Jahreszeit fiel es auch mir schwer, ins Bett zu gehen, und ich verstand, daß die Kinder keine Lust zum Schlafen hatten.

«Ihr müßt wieder gesund und kräftig werden», sagte ich. «Ihr wart lange krank.»

«Mir geht's gut», versicherte Ossi, und Kathrinchen schrie: «Mir geht's noch viel guter.»

«Besser», berichtigte ich. «Es muß heißen, mir geht's noch besser.»

Kathrinchen nickte, und vor Begeisterung wiederholte sie den Satz gleich dreimal.

Ich sollte erzählen, und da wir eigentlich mit allen Geschichten und Märchen, die ich kannte, durch waren, erzählte ich von meinem Ritt mit Melusine, und wie gut ihr dann am Nachmittag das Gras auf der Koppel geschmeckt hatte. Das war keine besondere Neuigkeit für die beiden, denn ich war mit ihnen bei der Koppel gewesen, und wir hatten Melusine, dem Kohlfuchs Fridolin und dem alten Nero beim Grasen zugesehen. Die Arbeitspferde hatten es nicht so gut, sie mußten Heu einfahren, und die beiden Braunen waren mit Elaine und Joachim in das Städtchen gefahren; Joachim mußte zur Post und zur Bank, und Elaine wollte verschiedenes einkaufen. Städtchen war übertrieben, bestenfalls war Hohenwartau ein großes Dorf. Immerhin gab es ein paar Läden, ein Postamt, eine Bankfiliale, zwei Wirtshäuser, eine gemütliche Schenke und natürlich Kirche und Volksschule. Und einen ansehnlichen Landhandel, in dem Landwirte so ziemlich alles bekamen, was sie brauchten. Und nicht zu vergessen, jeden Sonnabend Markt, und zweimal im Jahr einen Viehmarkt.

Doktor Werner hatte hier seine Praxis in einem hübschen alten Haus, und seine tüchtige Frau hatte immer zwei Krankenzimmer parat für ernste Fälle, die nicht gleich in das Krankenhaus der Kreisstadt transportiert werden konnten. Es kam vor, daß bei schwierigen Fällen dort auch ein Kind geboren wurde.

Ossi wollte wissen, ob er nun auch bald anfangen dürfe zu reiten.

«Der Papi hat dir versprochen, daß du diesen Sommer reiten lernen darfst. Aber du warst lange krank und mußt erst wieder kräftiger werden.» Ich sah ein, daß ich mich wiederholte, und mein Sohn fand das wohl auch, denn, schon etwas ungeduldig, teilte er mir mit, daß es ihm gutgehe.

Natürlich wollte Kathrinchen auch gern reiten, und als ich sagte, sie sei noch zu klein dazu, gab sie ihrem Bruder einen bösen Blick und behauptete: «Ich kann viel mehr gut reiten als er.»

«Es heißt besser reiten», verbesserte Ossi sie. «Wenn man so dumm ist wie du, kann man gar nicht reiten.»

Sie war wie der Blitz aus dem Bett und stürzte sich mit erhobenen Fäusten auf ihn, ich zog sie energisch zurück und verhinderte eine Schlacht. «Ruhe jetzt! Ihr könnt alle beide nicht reiten, ihr müßt es erst lernen!»

«Aber ich liebe meine Pferde.»

Das tat sie wirklich, und die Pferde liebten sie und ließen sich von ihrer kleinen Hand führen, ohne einen Mucks zu machen. Sie sagte immer: meine Pferde. Und das von allen, auch die Gespanne, die zur Feldarbeit gebracht wurden, waren ‹meine Pferde›.

Die beiden Zimmer, in denen Ossi und Katharina schliefen, lagen nebeneinander, die Tür dazwischen mußte immer offen bleiben. Eigentlich gehörte Jürgen noch in Ossis Zimmer, aber er schlief in meinem Ankleidezimmer, damit ich ihn in der Nähe hatte, denn er war noch immer ein Sorgenkind; blaß und furchtbar klein lag er in seinem Bettchen, in der Nacht wachte er oft auf und weinte.

Er war schon so winzig gewesen, als ich ihn zur Welt gebracht hatte, viel kleiner als die beiden anderen, und er wuchs so schwer, es war mühevoll gewesen, ihn zu stillen, zumal ich bei diesem dritten Kind sehr wenig Milch hatte. Und heute war es mühevoll, ihn zu füttern, er mochte ungern essen, wandte das Köpfchen mit dem spärlichen blonden Haar ab und schloß die Lippen fest.

Jeder mußte das einsehen, auch Joschi, daß mir einfach die Kraft gefehlt hatte für dieses dritte Kind. Ständig machte ich mir Sorgen wegen seiner Lunge, aber Doktor Werner meinte, bis jetzt sei nichts Besorgniserregendes daran zu entdecken, aber dafür sei es auch noch zu früh, man müsse abwarten. Und immer der quälende Gedanke: War ich schädlich für meine Kinder? Wäre es besser, Jürgen nicht im Arm zu halten, nicht zu küssen? War mein Atem Gift für sie?

Dabei fühlte ich mich sehr gut, durchaus gesund, ich trank jeden Tag einen halben Liter Milch, ich gab mir Mühe, viel zu essen, war viel an der Luft und freute mich jeden Tag auf meinen Ritt mit Melusine, und der würde ich jetzt noch einen kleinen Abendbesuch machen.

«Also wollt ihr nun endlich schlafen?»

«Nö», kam es wie aus einem Mund.

Aber da war Trudi zur Stelle. Sie stand an der Tür und sagte: «Lassen Sie man, Frau Baronin, denen erzähle ich gleich noch unsere Geschichte vom Kuhstall, dann schlafen sie bestimmt ein.»

«Au ja», rief Kathrinchen. «Wie eure Kühe weggelaufen sind. Und wie sie dann den ganzen Garten von Oma Pricksen leergefressen haben.»

Sie kannten die Geschichte auswendig, aber sie konnten sie immer wieder hören.

Trudi stammte aus einem Dorf, das jetzt, seit dem Versailler Vertrag, jenseits der Grenze lag, zu Polen gehörte. Darüber konnte sich Trudi immer wieder lautstark erbosen, und wenn sie ihre Familie besuchte, kam sie jedesmal wutentbrannt zurück.

«Soll'n wir uff eenmal Polen sein. So was gibt's doch gar nicht», sagte sie dann. Und ihre Schlußfolgerung war auch hörenswert. «Is' ja nur, weil unser Kaiser weggeloofen is'. Drum.»

Ich überließ die Kinder den einst preußischen und nun polnischen Kühen, und ich hatte den Verdacht, daß Trudi immer neue Varianten in ihre Geschichte brachte. Sie war nämlich nicht dumm, und ihren Geschichten zuzuhören, hatte auch mich schon oft zum Lachen gebracht.

Jürgen schlief, ganz zusammengerollt lag er in seinem Bettchen, das noch immer viel zu groß für ihn war. Er schwitzte ein wenig, ich lockerte die Bettdecke, unsere Decken waren meiner Ansicht nach sowieso viel zu schwer, trocknete vorsichtig seine Stirn und betrachtete ihn ein Weile kummervoll. Die Masern hatten ihm schwer zugesetzt, es würde lange dauern, bis er sich davon erholt haben würde. Nachdenklich blieb ich eine Weile neben meinem kleinen Jungen sitzen. Mein Leben? Ich war festgenagelt, angebunden, es gab keinen Weg zurück in das Leben, das ich mir wünschte. Wünschte ich es mir denn? War nicht auch mein Herz hier gebunden? Ach, Joschi, wie fange ich es bloß an, daß wir uns wieder so verstehen können wie früher. Ich möchte dir so gern zeigen, wie sehr ich dich liebe. Ich will auch alles tun, was von mir verlangt wird.

Ich verließ das Zimmer, stieg die Treppe hinab, unten war keiner mehr zu sehen, das Eßzimmer war leer, das Wohnzimmer, die Halle – alle waren draußen, diese hellen Nächte des frühen Sommers waren voller Verlockung. Mir fiel ein, was die Mamsell mir gestern mit sorgenvoller Miene berichtet hatte. «Das geht man nicht, Frau Baronin, daß die Lotte schon rumpoussiert. Die ist erst fünfzehn. Wenn ihr Vater das merkt, schlägt er sie windelweich.»

«Mit wem poussiert sie denn?» hatte ich gefragt.

«Mit dem Klaus, dem Jungen von Baring.»

«Ach nee», hatte ich darauf gesagt. «Weißt du das bestimmt?»

«Klar weiß ich das. Gestern abend habe ich gesehen, wie sie geknutscht haben, hinter den Fliederbüschen. Ich habe ihr schon Bescheid gesagt. Aber sie hat nur gelacht und den Kopf geschüttelt. Die Haare hat sie sich ja nun ooch abschneiden lassen.» Der letzte Satz war begleitet von einem vorwurfsvollen Blick auf meinen Kopf. Dabei war der gut gelungen, ich hatte mir die Haare gewaschen und dann ganz erfolgreich mit der Brennschere hantiert, ich gefiel mir sehr gut. Da ich am Nachmittag im See geschwommen war, hatte ich das für nötig gehalten.

Richtig, Lotte hatte seit einigen Tagen kurze Haare.

«Wer hat ihr denn die Haare abgeschnitten?» fragte ich neugierig.

«Nu, erst hat sie sich die Zöpfe selber abgeschnitten, die Krott. Und denn war sie bei dem Friseur da, in Hohenwartau.»

Im Städtchen gab es einen Friseur, ich war auch schon einmal dort gewesen. Er hatte begeistert meinen Kopf bearbeitet, war noch mehr begeistert von dem Ergebnis, und ich dachte sehnsuchtsvoll an Herrn Berthold, ja, ja, ja.

Ich schlenderte aus dem Haus und erst mal zu den Fliederbüschen. Dort war niemand. Verständlich. Wenn Lotte mit dem Klaus dort gestern erwischt worden war, würden sie sich heute wohl einen anderen Platz für ein Rendezvous gesucht haben.

Ihr Geschmack war nicht schlecht. Klaus Baring war ein hübscher Junge. Eigentlich schon kein Junge mehr, ein junger Mann, zwanzig vielleicht, und wie mir Herr Baring neulich erzählt hatte, den ich auf einem Ausritt traf, würde Klaus in die Stadt gehen.

«Wirklich, Herr Baring? Wohin denn?»

«Nach Stettin will er. Er möchte im Hafen arbeiten.»

«Im Hafen? Was will er denn da?»

«Was er will, weiß ich ganz genau, Frau Baronin. Zur See fahren möchte er. Klaus ist ganz verrückt auf Schiffe. Er will was von der Welt sehen, sagt er.»

Herr Baring erzählte das ganz gelassen, und ich merkte, daß er keineswegs gegen die Pläne seines Sohnes war, obwohl Klaus der einzige im Hause Baring war.

Wilhelm Baring hatte das Vorwerk gepachtet, das zum Gut gehörte, und das nun schon seit vier Jahren. Joachims Vater hatte das Vorwerk noch selbst bewirtschaftet, das heißt, er hatte einen Verwalter draufgesetzt. Aber Joachim fand, daß es für ihn leichter sei, das Vorwerk einem guten Mann zu verpachten, und den hatte er in Baring gefunden.

Wilhelm Baring kam aus Westpreußen, er hatte dort einen Hof gehabt, der nun auch zu Polen gehörte, und da er nicht für Polen votieren wollte, war er ausgewandert. Nicht weit, gerade bis zu uns. Er war ein gebildeter Mann, sehr belesen, sehr interessiert an allem, was in der Welt geschah, abends saß er und studierte alle Zeitungen, die er erwischen konnte, und ich brachte ihm immer die ‹Berliner Illustrirte› und die ‹Woche›, wenn ich sie ausgelesen hatte. Und nun hatte ich sogar einen Lesezirkel bestellt, zwei Wochen alt, das war billiger als die ganz neuen Nummern, und ich hatte ihm gesagt, daß er die Hefte dann von mir bekommen würde, die dritte Woche sei noch billiger, die würden wir dann übernehmen, doch Wilhelm Baring lehnte ab.

«Vielen Dank, Frau Baronin», sagte er. «Ich freue mich sehr, wenn wir alle diese schönen Hefte bekommen, aber ich möchte sie selber bezahlen.»

Da durfte man nicht widersprechen. Baring war ein stolzer Mann, er wollte nichts geschenkt, und Luise, seine Frau, eine gutgewachsene, hübsche Person, spielte Klavier und las gern Romane, und stolz war sie auch, mit Geschenken mußte man sehr vorsichtig sein. Das Vorwerk wurde tadellos bewirtschaftet, die Pacht pünktlich bezahlt. Außer Klaus hatten sie eine Tochter, die vor zwei Jahren nach Danzig geheiratet hatte, einen Schreinermeister mit eigener Werkstatt und fünf Angestellten. Es war eine große Hochzeit gewesen, wir hatten alle daran teilgenommen, und in diesem Frühjahr hatten die Barings das erste Enkelkind bekommen.

Und nun also wollte Klaus nach Stettin und dann möglicherweise zur See fahren. Unter diesen Umständen war es vielleicht wirklich nicht zu empfehlen, daß sich Lotte mit ihm einließ. Einer, der loszog, um die Welt kennenzulernen, war eine unsichere Sache. Außerdem war Lotte wirklich noch zu jung. Ich blieb eine Weile bei den Fliederbüschen stehen, die wie in einem Rausch in die helle Nacht dufteten. Also was sollte ich nun tun? Die Mamsell erwartete, daß ich mich einmischte, ausgerechnet ich. Wie machte man so was?

Wenn Lottes Vater erfuhr, was sich da abspielte, würde er Lotte windelweich prügeln, hatte die Mamsell verheißen. Das glaubte ich auch, unser Großknecht war so tüchtig wie streng, seine beiden Söhne, jünger als Lotte, konnten manchmal auch nicht auf ihrem Hintern sitzen.

Meine Gedanken spazierten weiter. Hier war mein Leben, hier waren meine Aufgaben, daran gab es nichts zu rütteln. Wenn ich nun alles tat, was man von mir verlangte, vielleicht durfte ich dann jedes Jahr einmal für zwei oder drei Wochen nach Berlin zu Tante Marina fahren. Während ich mir diesen Kompromiß ausmalte, ging ich langsam hinüber zu den Ställen. Drei Wochen Berlin, vielleicht auch vier, und dann eben Pommern. Hinterpommern. Ich wollte Joschi haben, und die Kinder, und Melusine und Tell, und dazwischen immer mal Berlin. War das keine vernünftige Regelung?

Na also, man mußte lernen, sein Leben einzuteilen. War doch gar nicht so schwer.

Mit einer gewissen Sehnsucht dachte ich an meine Schwiegermutter. Wenn sie hier wäre, würde alles viel einfacher sein. Sie würde die richtigen Worte finden, um mit Lotte zu sprechen, und auch Herr Baring würde bereit sein, seinen Sohn zur Ordnung zu rufen.

Ich blieb stehen und blickte in den hellen Himmel hinauf, an dem die Sterne nicht zu sehen waren, nur der Mond, fast voll, behauptete sich.

So in zwanzig oder dreißig Jahren, ob ich dann alle Aufgaben auch so gut meistern würde wie meine Schwiegermutter? Ob sie dann auch Respekt vor mir haben würden?

Zwanzig Jahre, dreißig Jahre, ich begann zu rechnen. Neunzehnhundertfünfundvierzig, neunzehnhundertfünfundfünfzig, wie alt würde ich dann sein? Ein entsetzlicher Gedanke. Ossi konnte schon verheiratet sein und Kinder haben. Kathrinchen natürlich auch. Dann war ich Großmutter. Nein, das durfte nicht wahr sein! Und mein kleiner Jürgen, ob er immer noch so zart und schwach sein würde?

Quatsch. Er würde genauso sein wie die anderen Kinder. Was für Kinder? Na, die, die ich vielleicht noch kriegen würde. Ach, Joschi! Du warst des Kaisers schönster Leutnant. Habe ich je daran gedacht, daß ich an deiner Seite eine alte Frau werden muß?

Das Leben war etwas Ungeheuerliches. Warum hatte man keine Ahnung davon, solange man jung war?

Doch dann wurde es wirklich ungeheuerlich. Ich stand unter der Stalltür, da war Joschi, er hielt Elaine im Arm. Es sah aus wie im Kino, sie beugte sich zurück in seinen Armen, und er küßte sie. Küßte sie lange und leidenschaftlich, das war nicht zu übersehen, und es konnte nicht das erste Mal sein. Sie wehrte sich nicht, und er war ganz und gar bei der Sache. Die Schimmelstute streckte ihren Kopf aus der Box und sah ihnen wohlgefällig zu.

Melusine, du treuloses Luder! Warum beißt du sie nicht? Einen langen, endlos währenden Augenblick lang stand ich wie angenagelt. Ich legte die Hand über den Mund, um einen Schrei zu unterdrücken. Lotte und Klaus Baring, na gut. Und was sollte ich nun tun?

Ich ging rückwärts aus dem Stall wieder hinaus und blieb dann mitten auf dem Hof stehen. Da war der blasse Mond und sonst nichts und niemand zu sehen. Alle unterwegs. Bald war Sommersonnenwende, da war das wohl ganz normal.

Komischerweise dachte ich an meine Schwiegermutter; wenn sie hier wäre, könnte das alles nicht passieren, nicht Lotte und Klaus, nicht Elaine und Joachim. Wenn Margarete doch endlich ein gesundes Kind bekommen würde!

Ich spitzte die Lippen, um zu pfeifen, aber pfeifen konnte ich nicht gut. Also lieber singen. Die Agathe fiel mir ein. ‹Wie nahte mir der Schlummer, bevor ich ihn gesehn...›

Singend trat ich in den Stall. Melusine gluckste mir erfreut entgegen, Elaine und Joachim standen in sittsamer Entfernung neben der Box.

«Oh, nanu», sagte ich, «was macht ihr denn im Stall?»

«Wir haben Melusine besucht», Elaine lächelte mir freundlich entgegen. Sie kraulte Melusine an der Stirn. «So eine Schöne.»

«Faß mein Pferd nicht an», sagte ich wütend.

«Aber Julia!»

Ich trat an die Box. «Keiner darf Melusine anfassen.»

Ich vermied es, Joschi anzusehen. Öffnete die Boxtür, ging zu Melusine hinein und bot ihr die Zuckerstückchen, die ich eingesteckt hatte.

«Entschuldige nur», sagte Elaine. «Ich besuche sie manchmal. Ich glaube, sie kennt mich schon.»

«Sie kennt dich nicht. Und sie will dich gar nicht kennenlernen.»
Ein kurzes Schweigen, dann lachte Elaine.
«Du bist ja eifersüchtig, meine Kleine.»
«Ich bin nicht deine Kleine. Sei nicht albern.»

Ich legte den Kopf an den Hals der Schimmelstute und flüsterte leise mit ihr, Worte, die nur wir beide kannten. Das war mein Pferd, mein Mann, mein Gut.

Ich wartete, ob Joschi etwas sagen würde, aber er sagte nichts. Dafür Elaine.

«Ich würde auch gern wieder reiten», sagte sie in leichtem Ton.
«Wieso wieder?» fragte ich. «Kannst du denn reiten?»
«Es ist lange her. Ich bin als Kind manchmal geritten.»
«Bei Onkel Fedor?»

Nun sah ich sie an, und sie erwiderte meinen Blick sehr direkt.
«Nein. Woanders.»
«Wo?»
«Ach, ich war da mal... ich war da mal zu Besuch bei Freunden in Frankreich.»
«Als Kind? Was für Freunde in Frankreich?»
«Freunde meines Vaters.» Um eine Antwort war sie nie verlegen.
«In Frankreich? Ich denke, dein Vater war Balte.»
«Deswegen kann er doch Freunde in Frankreich haben.» Und nun lief sie zu großer Form auf. «Die gute Gesellschaft im Baltikum war sehr polyglott. Französisch sprachen sie alle in den großen Familien. Russisch natürlich auch. Du weißt ja, daß die baltischen Staaten seit Peter dem Großen zum Russischen Reich gehörten. Mein Vater war Offizier des Zaren.»

Na bitte! Dagegen konnte ich nicht an. Ich sah mich nach Joschi um, ob er nicht etwas dazu sagen wollte. Doch er schwieg, stand jetzt an der Box bei seinem Fridolin.

«Hast du denn wenigstens ein Stück Zucker für ihn?» fragte ich.
«Nein», antwortete er. Sein Haar war zerstrubbelt, also war sie ihm mit zärtlichen Fingern darüber gefahren. Ich hatte das früher auch getan, er hatte weiches dunkles Haar und trug es jetzt etwas län-

ger als in seinem Offiziersdasein. Beinahe hätte ich laut gelacht. Mein braver Joschi! War er auf einmal wieder der Draufgänger wie damals, als es mit uns begann? Ich lachte nicht, ich lächelte nur spöttisch. «Wenn du abends schon eine Visite im Stall machst, kannst du wenigstens ein paar Stücke Zucker einstecken. Ich habe noch welchen. Fridolin bekommt von mir immer etwas, wenn Melusine was kriegt.»

Fridolin wußte das, er streckte mir den Kopf entgegen, ich ging in seine Box und kramte drei Stück Zucker aus der Tasche meines Rocks.

«Dein Herrchen ist wirklich bestusselt», sprach ich dabei, «kommt in den Stall, bringt noch Damenbesuch mit, und du mußt dir das mit ansehen, ohne ein einziges Stückel Zucker. Da mußt du dich nur wundern, was das für komische Leute sind, nicht, Fridolin?»

Oh, ich war gut, ganz Herrin der Situation.

Endlich bekam Joschi den Mund auf. «Die beiden waren auf der Koppel, soviel ich weiß. Das Gras ist ihnen sicher lieber als Zucker.»

«Alles zu seiner Zeit», sagte ich freundlich. «Gras auf der Koppel ist eine Sache, ein Abendbesuch im Stall eine andere, ein bißchen Liebe gehört da schon dazu.»

Ich schmuste eine Weile mit Fridolin, was Melusine ein ärgerliches Gemecker entlockte.

«Sei nicht eifersüchtig, meine Süße. Liebe ist für alle da.»

Eigentlich war das deutlich genug, und wenn die beiden nicht ganz doof waren, mußten sie sich allerhand denken bei meinen Worten. Dann bekam Nero seinen Anteil am Zucker.

Als ich aus seiner Box herauskam, fragte ich Elaine: «Wo denn da?»

«Was meinst du?» fragte sie und wich meinem Blick aus.

«Na, wo du in Frankreich geritten bist?»

«So genau weiß ich das auch nicht mehr. Ich war noch ein kleines Mädchen. Irgendwo im Burgundischen war es.»

«Aha. Und lebte da dein Vater noch?»

Sie zögerte eine Weile, überlegte wohl, was sie damals in Lausanne erzählt hatte.

«Nein, nein, ich glaube nicht.»

«Was heißt, ich glaube nicht? Du mußt doch wissen, wann dein Vater erschossen wurde.»

Ich lehnte an der Wand zwischen den Boxen und kam mir ganz großartig vor. Die Wut war noch da, aber ich war von mir selber so entzückt, daß sie nur noch ein zweitrangiges Gefühl war. In diesem Moment. Tante Marina müßte mich sehen und hören.

Ich muß ihr schreiben, dachte ich, wie ich das gemacht habe.

«Erschossen?» fragte Joachim erstaunt. «Wie kannst du so etwas behaupten? Während der Revolution?»

«Iwo, viel früher. In einem Duell. Hat dir das Elaine nicht erzählt? Wegen ihrer Mutter. Sie hatte zu viele Verehrer. Wenn sie so hübsch war wie Elaine und so gut flirten konnte, braucht man sich nicht zu wundern.»

«Julia, ich bitte dich», sagte er mit gepreßter Stimme, «wie kann man so leichtfertig darüber reden.»

«Es ist so lange her. Und Elaine hat damals in Lausanne ganz schön damit angegeben.»

«Habe ich das?» fragte Elaine. Ihre Stimme war kühl, sie hatte sich gefaßt. Ihr Haar lag geordnet, glatt und schimmernd um ihren Kopf.

«Es hat allen Mädchen jedenfalls sehr imponiert.»

«Na ja, junge Mädchen sind eben so», sagte sie leichthin.

«Und ihre Mutter», fügte ich triumphierend hinzu, «ist anschließend an gebrochenem Herzen gestorben. Stell dir so was vor, Joschi. Eine dramatische Geschichte. Darum ist Elaine Waise. Da war nur noch Onkel Fedor, der Bruder ihrer Mutter. Doch er wollte von Elaine nichts wissen, weil er den Tod seiner Schwester nicht verzeihen konnte. Immerhin hat sie später von ihm geerbt.»

«Du hast ein gutes Gedächtnis», sagte Elaine. Es war nun schon ziemlich dunkel im Stall, doch ich sah das Funkeln in ihrem Blick.

«Habe ich. Wie junge Mädchen eben so sind, sie fanden das höchst sensationell. Ich weiß auch noch, was das Mädchen aus Hamburg sagte, die Hanseatin, wie sie sich immer nannte. Sie hieß Christina. Siehst du, das weiß ich auch noch. Weißt du noch, was sie sagte?»

Elaine schüttelte den Kopf. «Ich nicht. Aber du weißt es offenbar.»

«Ja, sicher. Sie sagte, an gebrochenem Herzen stirbt man nicht.» Ich lächelte. «Die Hanseaten sind eben nicht so empfindlich.»

Joschis Stimme klang streng. «Ich finde die Art, wie du über so eine Tragödie redest, höchst unpassend, Julia.»

«Nun ja eben, da hast du sicher recht», sagte ich friedlich. «Gehn wir?»

Ohne Widerspruch folgte mir das Liebespaar aus dem Stall, die Stalltür ließen wir offen, damit die Pferde genug von der guten Luft abbekamen.

Sie mußten nun Bescheid wissen, daß *ich* Bescheid wußte. Und das würde ihnen wohl den Spaß an nächtlichen Exkursionen in den Stall verdorben haben.

«Was für ein wundervoller Abend», sagte ich, als wir draußen waren, und reckte beide Arme zum Himmel. «Ist es nicht schön hier, Elaine?»

«Sehr schön», erwiderte Elaine lahm.

Und Joschi sagte: «Sehr bemerkenswert, daß du hier auch einmal etwas schön findest.»

«Wir sollten wieder einmal ein paar Leute einladen», sagte ich und betrachtete den Mond, der Himmel dunkelte, die Sterne waren nun zu sehen, noch blaß, aber der Mond war prächtig. Ich hatte ihn immer schon geliebt. Ich wartete jedesmal auf den steigenden Mond, liebte ihn, wenn er voll und rund war, konnte ihn fasziniert anschauen, lange, und bedauerte es, wenn er abnahm, dann ganz verschwand. Das war in Berlin schon so gewesen, wie viel mehr auf dem Land.

«Ein Frühlingsfest. Was meinst du, Joschi?»

«Der Frühling ist nun schon vorbei», erwiderte er.

Wir standen auf dem Hof vor den Stallungen, es war richtig warm, schon fast eine Sommernacht. Und dieser Mond! Ich ließ die Arme sinken. «Ein wunderschöner Abend. Wie wäre es denn mit einem Fest zur Sommersonnenwende?»

«Wir haben keinen Anlaß, ein Fest zu feiern», sagte er. «Denk an Margarete.»

Nun schwiegen wir alle drei, standen da, keiner schien zu wissen, was nun kam. Was von mir kam, denn ich war es, die die Situation beherrschte.

«Ja, da hast du recht. Deine Mutter würde uns das wohl übelnehmen.»

«Es wird das eine oder andere Jagdessen geben», sagte er. «Hier oder beim Ruebensen oder bei Graf Frockau.»

«Jagdessen ist auch ganz hübsch», gab ich zu.

War es nicht. Die Jäger zählten ihre Beute, bliesen sich was, und mir taten die Rehe leid, Großstadtpflanze, die ich war. Dann wurde sehr viel getrunken und gegessen, und sie erzählten sich ihre Jagdabenteuer, Rehe waren nicht so bedeutend, aber die Hirsche mit den großen Geweihen, damit ließ sich gut prahlen. Die kamen jedoch erst später dran. Graf Frockau war in den Karpaten auf Bären gegangen, davon fing er immer wieder an. Und Crantz war in Afrika gewesen, als wir dort noch Kolonien hatten, und hatte von Löwen bis zu Krokodilen so ziemlich alles geschossen, was dort lief und kroch.

Ich wunderte mich manchmal, daß sie überhaupt noch Gewehre in die Hand nehmen mochten, nachdem so viel getötet worden war vor gar nicht langer Zeit. Freilich, die Jagd mußte sein, das sah ich ein. Aber daß man soviel Spaß daran haben konnte, Leben auszulöschen, das verstand ich nicht. Ich konnte nicht schießen, Gott sei Dank, und ich würde es nie lernen.

Bei den Jagdessen würde ich dann unsere näheren und ferneren Nachbarn wiedersehen, durch die Masern der Kinder hatte ich ja ganz isoliert gelebt. Ob Friedrich und Margarete einmal kommen würden oder ob wir von ihnen eingeladen wurden? Joachim war einige Male drüben bei Ruebensen gewesen, ein paar andere hatte er da auch getroffen, die Herren blieben unter sich, die Damen hielten sich fern wegen Ansteckungsgefahr. Was Unsinn war, auf Ruebensen gab es keine Kinder. Beide Söhne waren gefallen.

Sie hatten dort lang und breit über den neuen Reichspräsidenten geredet, denn den hatten wir seit Ende April.

Der Feldmarschall Paul von Hindenburg und von Beneckendorff

war nun der Präsident unserer Republik, und damit schienen sie alle sehr zufrieden zu sein, kein Sattlermeister, kein Sozialdemokrat, ein preußischer General und ein großer Sieger.

Es mußte zweimal gewählt werden, bei der ersten Wahl gab es keine Mehrheit für einen der Kandidaten, die aufgestellt worden waren; sogar ein Kommunist war dabei, wie Joachim mich empört aufgeklärt hatte, doch der war ohne jede Chance.

«Das wäre ja auch himmelschreiend», sagte er. «Ein Kommunist als Staatsoberhaupt Deutschlands.»

Dann hatten sie sich in Berlin an Hindenburg erinnert, der im verdienten Ruhestand in Hannover lebte und nicht die geringste Lust hatte, Reichspräsident zu werden. Aber sie kamen ihm mit Pflicht und Ehre und Verantwortung, da ließ er sich breitschlagen und gewann die Wahl, wenn auch knapp. «Der arme Mann», hatte ich damals im April gesagt, «er ist doch schon so alt.»

«Einen besseren konnten sie nicht finden», belehrte mich Joachim. «Was heißt alt? Er ist der Sieger von Tannenberg, das hat man nicht vergessen. Er hat das Volk auf seiner Seite.»

Der Sieger von Tannenberg. Natürlich wußte ich, was für ein berühmter Mann Hindenburg war. Der große Sieg im August 1914, der die Russen aufhielt. Die russische Dampfwalze, wie das damals hieß.

Wenn er nicht gewesen wäre, damals schon im Ruhestand lebend und dann vom Kaiser geholt, als Not am Mann war, wären die Russen durchgebrochen und hätten auch dieses Land verwüstet, in dem ich jetzt lebte.

Nein, ich hatte nichts gegen Hindenburg einzuwenden, und Joachim und Herr von Ruebensen und alle anderen rundherum waren hochzufrieden mit dem neuen Reichspräsidenten.

Ich verstand nichts von Politik, und eigentlich war es mir egal, wer in Berlin regierte. Mir hatte der Kaiser sehr gut gefallen. Ich war geboren worden, als es ihn gab, ich war mit ihm aufgewachsen, das war eine todsichere Sache gewesen, die niemand angezweifelt hatte. Dann war der Krieg gekommen, der alles veränderte. Nun hatten wir eine Republik. Irgendwie komisch war das schon, so etwas hatten wir noch nie gehabt. Aber in der Schule hatte ich eine Menge über die alten Römer gelernt, die hatten auch eine Republik gehabt. Da ging es umgekehrt, die bekamen erst später einen Kaiser. Wie alt mochte Augustus denn gewesen sein, als er das römische Weltreich regierte?

Der Sieger von Tannenberg war kein Kaiser, aber fast wirkte er so auf mich, wenn ich sein Bild in der ‹Berliner Illustrirten› betrachtete.

«Na gut», sagte ich, «veranstalten wir ein schönes Jagddessen. Die Mamsell wird sich freuen. Hast du so was schon mal erlebt, Elaine?»

«Nein», antwortete sie.

«Dann können wir dir endlich etwas Neues bieten. Falls du dann noch hier bist.»

«Möchtest du denn gern, daß ich abreise?»

«I wo. Ich habe bloß Angst, daß du dich hier zu Tode langweilst.»

«Kommt es dir so vor?»

«Nee, heute eigentlich nicht.»

Ich betrachtete wieder den Mond, ein längeres Schweigen folgte.

«Wenn du reiten lernen willst, wirst du ja gut beschäftigt sein. Wen soll sie denn nehmen, Joschi, am Anfang?»

«Den Nero, denke ich.»

«Noch'n römischer Kaiser, aber ein ziemlich übler, wie ich weiß.»

«Wie kommst du denn jetzt da drauf?»

«Stimmt doch, oder nicht? Aber Nero ist sehr brav.»

Nero war das Pferd meines Schwiegervaters gewesen, nach dem Krieg hatte Joschi ihn geritten, ehe Fridolin kam. Fridolin war jung und konnte ziemlich heftig sein, und als Joschi ihn vor zwei Jahren kaufte, sagte er: «Es ist ein Luxus, eigentlich kann ich mir so ein teures Reitpferd gar nicht leisten.»

Aber seine Mutter, die sonst so sparsam war, widersprach. «Du kannst nicht mehr auf dem alten Gaul durch die Gegend zockeln. Du brauchst ein gutes Pferd.»

Nero war alt, manchmal lahmte er ein bißchen, ein Wickelkind konnte ihn reiten, er ging bestimmt keinen Schritt zu viel und keinen zu schnell. Die Kinder vom Gesinde bewegten ihn, führten ihn am Halfter über den Hof, und nun kam er auch täglich auf die Koppel.

Nicht zu Fridolin. Zwar war Fridolin ein Wallach, aber er betrachtete Melusine als seine Braut und kein anderes Pferd durfte ihr nahekomen, auch nicht ein so alter Herr wie Nero, da verstand Fridolin keinen Spaß. «Wir werden Nero morgen auf der Koppel besuchen», sagte ich zu Elaine. «Da kannst du dich gleich mal mit ihm unterhalten. Joachim wird ein guter Reitlehrer sein.»

«Ich dachte eigentlich, daß du das machen würdest», sagte Elaine sanft. «Dein Mann hat doch so wenig Zeit.»

«Ossi will auch reiten lernen. Er kann es ja auch erst einmal mit Nero probieren.»

«Ossi?» fragte Joachim

«Du hast es ihm versprochen.»

Wir spazierten langsam auf das Haus zu, irgendwie kam es mir vor, als ginge ich neben mir her, ich war nicht richtig unglücklich, doch am liebsten wäre ich weggelaufen. Auf den Mond zu, durch die Nacht, in den Wald, bis zu meinem See. Der Mond spiegelte sich bestimmt im See, ich konnte dort sitzen, solange ich wollte, die ganze Nacht, ein Leben lang, und keiner konnte mir weh tun.

Weh tun, ja, das war es. Sie hatten mir weh getan, und ich war wehrlos. Elaine log, Joschi log, und Lüge war, als ob man mit den Füßen in einen Sumpf geriet, immer tiefer sank man ein, man konnte nicht einmal schreien, man versank, man erstickte. So war mir, und so war mir noch nie gewesen.

«Trinken wir noch eine Flasche Wein?» fragte ich.

«Aber sicher», sagte Joachim, «wenn du willst.»

«Ich muß euch doch noch von Lotte und Klaus Baring erzählen. Ich weiß nicht, was ich da tun soll.»

«Klaus Baring? Was ist mit ihm?»

«Er und Lotte knutschen hinter den Fliederbüschen, hat die Mamsell mir mitgeteilt, und ich müsse dagegen etwas unternehmen.»

«Klaus ist ein ordentlicher Junge.»

«Schon. Aber auch ein ordentlicher Junge ist ein Mann, und Lotte ist erst fünfzehn. Was würde denn deine Mutter tun in so einem Fall?»

«Lotte Bescheid sagen und ein paar ernsthafte Worte mit Herrn Baring sprechen.»

«Genauso habe ich es mir gedacht. Aber mir ist es peinlich, mit Herrn Baring über das Liebesleben seines Sohnes zu sprechen. Vielleicht könntest du das übernehmen.»

«Liebesleben dürfte wohl etwas übertrieben ausgedrückt sein.»

Ich hob die Schultern, wir gingen über den weiträumigen Hof, der hinter dem Gutshaus lag, jetzt waren Leute da, Frauen saßen auf den Bänken unter der großen Linde, die in der Mitte des Hofes stand, auch Kinder waren noch zu sehen, keiner ging gern schlafen in einer so hellen Nacht. Ganz hinten in der Ecke, vom Gutshaus weit entfernt, saßen die polnischen Schnitter auf dem Boden, schweigend, eine geduckte Masse, man hörte keinen Laut von ihnen, aber sicher ließen sie eine Flasche Schnaps kreisen.

«Mein Vater hätte nicht geduldet, daß sie dort sitzen», sagte Joachim zwischen schmalen Lippen.

«Er hätte sie weggejagt?»

«Das wäre gar nicht nötig gewesen, weil sie es nicht gewagt hätten, sich in den Hof zu setzen. Damals.»

«Und wo waren sie? Damals?»

«Draußen bei der alten Scheune, in der sie schlafen. Und sie durften keinen Schnaps haben und nicht rauchen.»

«Ich sehe nicht ein», sagte ich, «warum sie nicht einen Schnaps trinken und eine Zigarette rauchen sollen, wenn sie den ganzen Tag gearbeitet haben.»

«Weil es nicht bei einem Schnaps bleibt. Und was ist, wenn die Scheune in Brand gerät?»

«Na, dann ist es doch besser, sie sitzen hier als in ihrer ollen Scheune.»

«Warum kommen überhaupt polnische Schnitter ins Land?» fragte Elaine. «Gibt es hier nicht genug Leute für die Heuernte?»

«Die Polen sind billiger. Und sie kommen gern, weil sie auf den Verdienst angewiesen sind. Wir müssen sehen, daß wir das Heu so schnell wie möglich reinbringen. Es könnte regnen.»

Eine verregnete Heuernte hatte ich schon mal mitgemacht. Joachim sprach drei Tage lang kein Wort, meine Schwiegermutter hatte einen merkwürdig starren Blick gehabt. Und dann mußte auch noch eins der Arbeitspferde erschossen werden, das bei der rasanten Fahrt vom Feld zum Gut gestürzt war und sich ein Bein gebrochen hatte. Und Anika, unsere beste Milchkuh, hatte ein totes Kalb geboren. Das alles passierte auf einmal, ich erinnerte mich genau.

Übrigens saßen die polnischen Schnitter nicht im Hof, wenn meine Schwiegermutter da war, das fiel mir auf.

«Warum gehst du nicht einfach hin und sagst, sie sollen sich fortscheren?» fragte ich herausfordernd.

«Ich?» Joachim steckte die Hände in die Hosentaschen und zog die Schultern hoch. Wie hatte er das wohl damals gemacht, im Krieg, wenn er seinen Soldaten etwas befehlen mußte? Einen Angriff beispielsweise, der für jeden den Tod bedeuten konnte. War das soviel einfacher gewesen, als ein paar renitente Polen vom Hof zu weisen? Vermutlich waren sie nicht einmal renitent, nur müde.

Es war zweifellos viel leichter des Kaisers Fähnrich, sein Leutnant, sein Oberleutnant zu sein als ein armer Gutsbesitzer in Hinterpommern. Ganz zu schweigen von des Kaisers General.

Wie hatte Hindenburg denn das damals gemacht in Ostpreußen, als er den großen Sieg bei Tannenberg errang? Sicher nicht mit der Haltung und dem Gesicht, das mein Mann in diesem Augenblick darbot. Vermutlich wäre mein schönster Leutnant gar kein General geworden, auch wenn wir den Krieg gewonnen hätten.

Das waren ganz neue Gedanken. Mit meiner Freundin im Stall rumknutschen, das konnte er. Aber sonst war nicht viel los mit ihm.

«Soll ich mal hingehen und sagen, sie soll'n machen, daß sie in ihre Scheune kommen?»

Er lachte laut auf, nahm die Hände aus den Taschen und legte einen Arm um meine Schultern.

«Du, mein kleines Püppchen?»

Kleines Püppchen, das hatte er lange nicht mehr zu mir gesagt. Ausgerechnet heute.

Ich schüttelte seinen Arm ab und sagte zornig: «Warte nur, wenn ich noch eine Weile hier bin, werde ich auch so viel Autorität haben wie deine Mutter. Vor einem müssen sie ja hier Respekt haben.»

Nun war er zornig, ich sah es, obwohl es nun doch langsam dunkel wurde.

«Verdammt noch mal, Julia», begann er, doch Elaine unterbrach ihn sanft: «Streitet euch nicht. Da kommt Karl, der wird das schon machen.»

Unser Großknecht ging breitbeinig über den Hof, auf die Polen zu. Und sie standen auf, noch ehe er bei ihnen war, und trollten sich. Joachim atmete auf.

«Noch drei Tage, wenn das Wetter hält, dann ist erst mal Schluß.»

«Aber zur Ernte kommen sie wieder?» fragte Elaine.

«Ja. Und viel mehr noch als die paar da.»

Karl kam zurück, ging bei uns vorbei, zog die Mütze und verschwand in Richtung seiner Kate. Und wer kam gleich darauf aus einer dunklen Ecke? Lotte. Sie lief eilig, ihr kurzes Haar wehte, sie schien uns gar nicht zu sehen.

«Na, denn beeil dich mal», sagte ich halblaut. «Und was machen wir nun mit ihrem Liebesleben? Du sagst, es ist ein übertriebener Ausdruck. Na, ich weiß nicht. So was kann schnell gehen. Klaus ist ein hübscher Junge. Besser er sticht baldigst in See.»

«In See? Was meinst du damit?»

«Sein Vater hat mir erzählt...»

«Nicht hier», unterbrach mich Joachim. Denn es wurde jetzt still auf dem Hof, so nach und nach verschwanden sie alle, früh um vier mußten sie aufstehen.

Ich erzählte später, als wir bei einem Glas Wein saßen, was Herr Baring mir von seinem Sohn berichtet hatte. Seltsamerweise fand es Joschis Zustimmung.

«Da tut der Klaus recht daran. Wenn er erst mal am Stettiner Haff ist und das Wasser sieht, da kommt er bestimmt nicht zurück. Vom Osternothhafen geht es hinaus aufs Meer. Wißt ihr, daß ich gern zur Marine gegangen wäre?»

Wir wußten es nicht. Elaine sowieso nicht, und ich auch nicht.

«Die Schiffe haben mich schon als kleiner Junge fasziniert. Wir fuhren ja manchmal nach Swinemünde. Und nach Misdroy. Mein Gott, war das ein Leben damals in den Seebädern. Das elegante Berlin war da, wunderschöne Frauen sah man auf der Promenade. Auch Mutter war immer sehr beeindruckt. Übrigens war mein Vater ein begeisterter Schwimmer wie du, Julia. Und am liebsten schwamm er im Meer. Unsere Seen hier bedeuteten ihm nicht sehr viel.»

«Ich war einmal in Bansin», sagte ich, «aber da war ich noch sehr klein und konnte noch nicht schwimmen. Das habe ich ja später erst bei Onkel Ralph gelernt. Mama mochte das Meer nicht. Es war ihr zu groß, und windig war es da auch. Tante Marina fuhr öfter an die See.»

«Und sie hat dich nicht mitgenommen?» fragte Elaine.

«Nee, da kennst du Marina schlecht. Mit Kindern mochte sie sich nicht abgeben, außerdem hatte sie ja wohl immer einen Verehrer dabei.»

«Du meinst, einen Mann, mit dem sie...»

«Sehr richtig. Ich meine einen Mann, mit dem sie ein Verhältnis hatte. Irgendeiner war immer da. Tolle Männer waren das.»

«Und du meinst, daß sie wirklich mit diesen Männern...»

«Nun brich dir bloß keine Verzierung ab. Denkst du, sie kann immer nur von Liebe und Leidenschaft singen, wenn sie so was nicht selbst erlebt?»

«Da hast du eigentlich recht. Man denkt das nur nicht, wenn man sie heute sieht.»

«Wieso?» fragte ich angriffslustig. «Was denkst du denn, wenn du sie heute siehst? Sie ist immer noch eine schöne Frau. Und einen Mann, der sie begleitet, findet sie jederzeit. Früher haben sie sich geradezu gedrängelt, da standen sie geradezu Schlange.»

Ich lehnte mich zurück und trank einen Schluck aus meinem Glas. Es war weißer Wein aus Ungarn, süß und schwer rollte er über meine Zunge.

«Toll war es, als sie wieder einmal aus St. Petersburg zurückkam. Sie hat ja öfter dort gastiert. Ich muß so sieben oder acht gewesen sein. Da kam ihr einer nachgereist, ein echter russischer Großfürst. So was wie deine Fürstin. Der wohnte im Bristol und hatte seine eigenen Diener dabei und seinen Kutscher. Und die Kutsche fuhr jeden Tag vor, der Diener kam und brachte Blumen. Und Pralinen. Abends saß der Fürst in der Oper, wenn Marina sang, ganz Berlin wußte das und nahm regen Anteil daran. Wenn sie ihn heiratet, sagte Mama andächtig, wird sie eine Fürstin. Onkel Ralph lachte dazu. Sie heiratet ihn bestimmt nicht, sagte er. Das war so neunzehnhundertfünf. Da hatten sie in Rußland schon eine Art Revolution, und der Großfürst verschwand für eine Weile Richtung Osten. Marina war Mitte Vierzig. Doch die jüngsten und schönsten Frauen verblaßten neben ihr. Sie war so... so... wie soll ich das ausdrücken», ich nahm einen großen Schluck von meinem Wein, «so voller Glut, so voller Leben.»

«Und wie ging es weiter mit dem Großfürsten?»

«Eines Tages kam er wieder und brachte Somos mit. Das war ein weißer Barsoi, die züchtete er auf einem seiner Güter. Und dann kam ein Reitpferd, ein bildschöner Rappe. Mein Gott, sagte Mama, wo soll das hinführen? Eines Tages schickt er uns noch ein paar Leibeigene ins Haus. Antoinette war entzückt. Sie führte den Hund an einer weißen Leine im Tiergarten spazieren. Ich liebte Somos über alles. Ich bezweifle aber, von heute aus betrachtet, ob er sich in Berlin glücklich fühlte. Er war die große Weite gewöhnt und die Jagd.»

Joachim füllte unsere Gläser wieder, und dabei sah er mich an.

«Ich kann mich an Somos erinnern. Wir sind auch einmal mit ihm spazierengegangen.»

«Ja, ich erinnere mich auch. Das war, als der Leutnant Cossin zum erstenmal auf Urlaub kam, ein kleiner Streifschuß in den rechten Arm hatte ihm dazu verholfen.»

Er nickte. Ich wartete, was noch kam. Er mußte ja auch noch wissen, was auf diesem Spaziergang geschehen war. Aber er schwieg.

«Und was ist aus dem Hund geworden?» fragte Elaine.

«Er starb während des Krieges. Ich weinte tagelang. Der Fürst war auch eines Tages verschwunden, als er merkte, daß er Marina nicht bekommen konnte, weil sie einen anderen Mann liebte.»

«Wirklich einen, den sie liebte?»
«Ja, und ich glaube, es war eine sehr große Liebe. Ein Kollege von ihr. Sie waren ein wunderschönes Paar.»
«War es einer von den Herren, die an dem Abend dabei waren?»
«Iwo. Eine Pracht von einem Heldentenor. Sie sang die Isolde, er den Tristan. Den ganzen zweiten Akt lang hast du gedacht, die beiden lösen sich auf. Und am Schluß dann, wenn sie sterbend auf ihn niedersinkt, es war einfach ungeheuerlich.»
«Den hat sie aber auch nicht geheiratet.»
«Nee, der war verheiratet.»
Joachim machte eine strafende Miene. «Das ist eigentlich nicht gut, was du da als Kind schon miterlebt hast. Natürlich, so ein Künstlervölkchen!»
Ich lachte ihm ins Gesicht. «Künstlervölkchen! So ein Quatsch! Sie waren ganz große Künstler. Und daß ein verheirateter Mann mit einer anderen Frau ein Verhältnis hat, das kommt wohl überall vor. Oder nicht?»
Schweigen. Ich trank mein Glas aus und hielt es Joschi hin.
Er sagte tadelnd! «Du trinkst aber heute viel.»
«Viel? Das ist mein drittes Glas. Schmeckt mir gerade.»
«Und was wurde aus dem Pferd?» wollte Elaine wissen.
«Wir nannten es Tolstoi. Marina konnte ihn nicht reiten, es war ein Hengst. Sie machte sich auch nicht viel aus dem Reiten, sie lenkte lieber einen Wagen. Onkel Ralph versuchte es, aber für den Tiergarten war Tolstoi nicht geeignet, bei jeder Stute, die ihm begegnete, begann er zu steigen. Er kam auf ein Gestüt nach Holstein und wird sicher eine Menge Kinder gezeugt haben. Und dann ist er wohl im Krieg umgekommen, wie so viele Pferde.»
Ich trank mein drittes Glas leer und war ein wenig beschwipst.
Erledigt war gar nichts. Nicht, was ich mit Lotte und Klaus tun sollte, geschweige denn mit den Polen. Ein Fest durfte ich nicht geben, von Tante Marina hatte ich lange nichts gehört, aber ich würde ihr morgen schreiben. Daß sich Elaine und Joschi im Pferdestall küßten, das würde ich ihr mitteilen, und was ich denn nun tun sollte.

Schick sie fort, hatte meine Schwiegermutter gesagt.

Joachim schenkte den Rest der Flasche in unsere Gläser, in mein Glas nur noch ganz wenig.

«Nur noch einen kleinen Schluck, Baron», sagte Elaine.

Ich sagte: «Mach noch eine Flasche auf! Es ist heute so ein Abend.»

Keiner fragte, was für ein Abend das war. Wir saßen in der Halle vor dem Kamin, in dem kein Feuer brannte, schließlich hatten wir Juni. Obwohl es in der Halle immer kühl war, zu jeder Jahreszeit. Ich betrachtete Elaine, die mir gegenübersaß. Sie war heute nicht ländlich gekleidet, sie trug ein Kleid aus zartgelber Seide mit einem runden weißen Spitzenkragen.

«Wo hast du eigentlich deine Perlen?»

«Was für Perlen?»

«Na, die du an dem Abend bei Tante Marina umhattest. Die waren toll.»

«Ach so, die.»

«Hast du sie nicht mit?»

«Nein. Wozu? Auf dem Land gibt es doch keine Gelegenheit, so etwas zu tragen.»

«Warum denn nicht? Wir sind zwar in Hinterpommern, aber wir können auch Feste feiern. Wenn ich das Sommersonnwendfest geben dürfte, könntest du die Perlen ohne weiteres umlegen.»

«Wir haben noch nie ein Fest zur Sonnenwende gegeben», sagte Joschi.

«Warum eigentlich nicht? Deine Mutter hat mir erzählt, dein Vater hat es immer getan.»

«Das war eine andere Zeit.»

«Sicher. Aber wir leben nun einmal in dieser. Müssen wir immer und ewig Trauer tragen, nur weil wir den Krieg verloren haben?»

Er gab keine Antwort. Es war dumm von mir gewesen, das zu sagen. Sein Vater war tot, sein Bruder war tot, und Margarete war krank. Wir durften keine Feste mehr feiern.

Aber er entkorkte wirklich noch eine Flasche, offenbar war es für ihn auch ein besonderer Abend. Mit und ohne Fest, er hatte sich verliebt, und nun saß er mitten in der Bredouille, mein schöner Leutnant.

Es war still im Haus, still und öde, wir saßen da und tranken Wein und logen uns gegenseitig etwas vor. Es war so weit, daß ich wieder einmal alles satt hatte. Elaine konnte ihn haben, so wie er ging und stand, es machte mir nicht das geringste aus.

Konversation mußte sein. Elaine fragte: «Und warum sind Sie eigentlich nicht zur Marine gegangen, Baron?»

«Das hat mein Vater nicht erlaubt. Nur die Kavallerie kam in Frage.»

«Was für ein Quatsch!» rief ich und stand auf. «Baron und so ein Gesäusel. Er heißt Joachim, und sag nun endlich du zu ihm. Das tust du doch, wenn ich nicht dabei bin, oder?»

«Aber Julia!» rief Elaine. «Ich bitte dich.»

Ich hob mein Glas. «Prost! Und nun trinkt mal schön Brüderschaft, sind wir Freunde oder nicht?»

«Du hast einen Schwips», stellte Joachim fest.

«Einen kleinen. So, und nun küßt euch mal.»

Er küßte nur ihre Hand, und Elaine lächelte geziert.

Ich hielt ihm wieder mein Glas hin.

«Du hast genug getrunken», sagte er. «Und ich muß morgen früh raus.»

«Wie du meinst, General.» Ich stand jetzt mit dem Rücken zu dem kalten Kamin. «Gehn wir eben schlafen. Jeder wie und wo er mag.»

«Julia», sagte Joachim und stand ebenfalls auf, «du benimmst dich unmöglich.»

«Ich?» gab ich zurück. Und plötzlich hatte ich das Bedürfnis zu weinen.

Aber ich weinte nicht, dann hätten sie erst recht gedacht, ich sei betrunken.

Ich sah Elaine an. «Wann fährst du zurück nach Berlin?»

Sie wich meinem Blick nicht aus. «Wenn du willst, morgen.»

«Ich helfe dir beim Kofferpacken», sagte ich kühl. «Gute Nacht.»

Nachtgedanken

Ich hätte gern gewußt, was nach meinem gekonnten Abgang passierte. Sahen sie sich in die Augen wie ertappte Sünder oder küßten sie sich? Sagte sie: Es muß ein Ende haben, ich reise morgen. Sagte er: Ich kann ohne dich nicht leben.

Das hatte er damals zu mir gesagt, als ich schließlich von Berlin nach Hinterpommern umsiedelte.

«Ich kann ohne dich nicht leben, mein kleines Püppchen.»

Sagte er: Wir werden uns wiedersehen.

Sagte sie: Ich schäme mich vor Julia. Sie weiß alles.

Vermutlich war ich wirklich zu oft im Theater gewesen. Viel konnte nicht passiert sein, denn Joachim kam gleich nach mir herauf, ich saß am Bettchen bei Jürgen und hielt ihn im Arm, denn er hatte geweint, als ich in das Ankleidezimmer kam.

Nun schluchzte er noch leise vor sich hin, dann schlief er wieder ein.

«Was hat er denn?» fragte Joachim.

«Ich weiß nicht. Er weint manchmal im Schlaf. Vielleicht hat er böse Träume.»

«Denkst du denn, daß ein so kleines Kind schon träumt?»

«Warum nicht? Alle Lebewesen träumen. Er kann mir bloß noch nicht erzählen, wovon er träumt.»

Ich legte Jürgen vorsichtig wieder hin, deckte ihn zu und sah meinen Mann an. Eigentlich mußte er jetzt etwas sagen. Doch er sagte nichts, er ging ins Bad, ich hörte, wie er sich wusch, dann verschwand er im Schlafzimmer. Schweigend. Ich blieb bei Jürgen sitzen. Ich hatte nicht die geringste Lust, mich neben Joschi ins Bett zu legen.

Wenn es ihm einfiel, mir einen Gute-Nacht-Kuß zu geben, was er meistens tat, würde ich ihm ins Gesicht schlagen.

Das war der Rest der Wut, dann wurde ich traurig. Das ging immer so hin und her, mal war ich wütend, dann war mir zum Weinen und dann wieder war mir alles egal. Ganz normal war ich ja wohl auch nicht. Vielleicht sollte ich es zur Abwechslung mit Vernunft versuchen. Er hatte sich in Elaine verliebt, und das war zu verstehen, so wie ich mich benahm. Und sie? Was wußte ich eigentlich von Elaine? Gab es denn keinen Mann in ihrem Leben?

Eine so schöne und temperamentvolle Frau, es war höchst unwahrscheinlich, daß es in all den Jahren nie einen Mann gegeben hatte, den sie liebte. Der sie liebte. Wir hatten über so vieles geredet in den letzten Wochen, über Gott und die Welt, doch nicht über Elaine. Der französische Verlobte konnte nicht der einzige Mann in ihrem Leben gewesen sein. Falls es ihn überhaupt gegeben hatte. Das dachte ich jetzt auf einmal.

Sie log. Alles war Lüge. Der baltische Vater, das Duell, die Mutter mit dem gebrochenen Herzen, und Camille, den sie geliebt hatte. Onkel Fedor hatte es vermutlich auch nie gegeben. Wenn Onkel Fedor ein Bruder ihrer Mutter war und die Mutter war Französin, wie sie immer behauptete, konnte er gar nicht Fedor heißen, denn Fedor war ein russischer Name. Daß mir das früher nie aufgefallen war! Allerdings hatte sie von einer russischen Großmutter gefabelt. War sicher auch gelogen.

Was für schreckliche Gedanken! Ich saß da, blickte beim matten Schein der Nachttischlampe auf das schlafende Kind und fühlte mich über alle Maßen elend. Etwas Neues kam in mein Leben, das ich nie gekannt hatte: Mißtrauen, Zweifel und eine unbestimmte Angst.

Angst wovor? Vor mir selbst, vor diesen Gedanken, die so fremd für mich waren. Ließen sie mich alle allein? Meine Freundin Elaine. Joachim, mein Mann.

Gab es denn keinen mehr, der zu mir gehörte?

Ich mußte mit Joachim sprechen, jetzt gleich.

Er schlief, als ich in unser Zimmer kam. Auch hier brannte noch eine kleine Lampe, ich stand und sah ihn an, sein verwirrtes dunkles Haar, seine Hand, die geöffnet auf meinem Kopfkissen lag, sein Mund, nicht gelöst im Schlaf, sondern hart und abweisend.

Dieser Mund, den ich liebte, seit er mich zum erstenmal geküßt hatte. Das war schon im Krieg, ich war siebzehn, es war Sommer, und er kam von den Schlachtfeldern im Elsaß. Bis dahin hatte ich ihn gerade zweimal gesehen, kurz nach Kriegsausbruch. Es war eine überhitzte, seltsam unwirkliche Atmosphäre, alle waren sie wie besessen von diesem Krieg, es schien, als freuten sich die Menschen darüber.

Nicht Onkel Ralph. Er sagte: «Das gibt eine Katastrophe.»

Bei ihm hatte ich Joachim kennengelernt. Es war der Abschiedsabend für den Sohn eines Anwalts, der am nächsten Tag einrücken mußte. Er fiel dann kurz darauf in Flandern. Onkel Ralph und der Vater des jungen Mannes waren Partner in der Kanzlei, Freunde waren sie überdies. Wegen einer komplizierten Erbschaftsangelegenheit, mit der die Kanzlei befaßt war, befand sich der Partner in New York und war dort vom Kriegsausbruch überrascht worden. Seine Frau hatte ihn begleitet, und darum hatte Onkel Ralph den jungen Mann eingeladen, damit er nicht ganz allein den letzten Abend in Berlin verbringen mußte. Es waren ungefähr zwanzig Leute da, einige kannte ich, die meisten nicht, aber den jungen Fähnrich kannte ich, und er hatte einen anderen Fähnrich mitgebracht, der mir als Baron Cossin vorgestellt wurde.

Tante Marina war nicht mitgekommen, aber Mama war da, und sie sagte: «Mein Gott, wie soll Theo jetzt bloß aus Amerika herüberkommen?»

An sich war das kein Problem, Schiffe verkehrten ja noch, aber man wußte nicht, ob nicht auf See gleich ein heftiger Krieg ausbrechen würde, schließlich hatte der Kaiser ja immer mit seiner Flotte geprahlt, in die soviel Geld investiert worden war. Unheimlich war auch eine neue, ganz und gar nicht vorstellbare Waffe, die Unterseeboote.

Onkel Ralph sagte: «Wenn Theo schlau ist, bleibt er, wo er ist.»

Das erregte allgemeinen Widerspruch, denn sie wollten alle das Vaterland verteidigen, jeder Mann gehörte auf seinen Platz.

Einer von Onkel Ralphs Bekannten lachte. «Das kann er ruhig drüben abwarten. Der ganze Zauber wird nicht lange dauern.»

«Da bin ich leider anderer Meinung», erwiderte Onkel Ralph. Später, wenn ich mich an dieses Gespräch erinnerte, dachte ich immer: ach, wäre Onkel Ralph doch mit nach Amerika gefahren, um diese Erbschaft in Ordnung zu bringen.

Der Baron Cossin sah mich immer wieder an, er lächelte, wenn sich unsere Blicke trafen, und einmal lächelte ich zurück. Die jungen Männer waren in Uniform, und der Cossin sah fabelhaft aus, der Krieg interessierte mich nicht weiter.

Wir hatten kein Wort miteinander gesprochen, doch als Mama und ich uns verabschiedeten, sagte er: «Ich würde Sie gern wiedersehen, gnädiges Fräulein.» Und zu Mama: «Wenn Sie es erlauben, gnädige Frau.»

Mama lächelte geschmeichelt, und ich sagte flapsig: «Kommen Sie mal vorbei, wenn Sie den Krieg gewonnen haben.»

Er kam schon drei Tage später, das heißt, er schickte nach zwei Tagen seine Visitenkarte und ließ anfragen, ob sein Besuch angenehm sei.

«Wer ist denn das?» fragte Tante Marina.

«Ein netter junger Mann», erklärte Mama. «Ein Verehrer von Julia.»

Ich kam mir wichtig vor, ich war sechzehn, und Verehrer hatte ich noch nicht viele gehabt.

Joachim von Cossin erschien dann am nächsten Tag, ein erster Besuch und ein Abschied zugleich, er kam nach dem Westen, wie er berichtete, und mit den Franzosen würden sie bald fertig sein. Wir waren schon durch Belgien in Frankreich einmarschiert, es ging alles so schnell, es geschah so viel auf einmal, im Osten war die Situation bedrohlich, die Russen rückten in Eilmärschen heran, aber da war Hindenburg wohl schon auf dem Weg, um sie aufzuhalten.

Tante Marina sagte an jenem Vormittag, an dem der Baron Cossin seinen Besuch bei uns machte: «Belgien ist ein neutrales Land. Wir hätten das niemals tun dürfen.»

Daraufhin erläuterte ihr der Fähnrich weitschweifig den Schlieffenplan, und warum und wieso wir uns durchaus auf dem richtigen Weg befanden, Frankreich von Belgien aus anzugreifen.

Marina hörte sich das an, dann sagte sie kühl: «Ich kenne den Schlieffenplan. Wer kennt ihn nicht? Die Franzosen kennen ihn auch sehr genau.»

«Das wird ihnen auch nicht helfen», sagte der Baron Cossin großspurig.

Ich kannte den Schlieffenplan nicht, oder hatte ihn bis zu diesem Zeitpunkt nicht gekannt, und richtig zugehört hatte ich sowieso nicht, ich sah den jungen Mann nur an, er war so schön, ich war hingerissen, weil er gekommen war, und das meinetwegen.

Ein Jahr später sah ich ihn wieder.

Da war eigentlich das ganze Fiasko schon zu übersehen, so jedenfalls nannte es Onkel Ralph.

Im Osten war Hindenburg zwar siegreich gewesen, er hatte die Russen geschlagen und aufgehalten, über neunzigtausend Gefangene sollte es gegeben haben, von den Toten sprach man damals noch nicht. Der Schlieffenplan jedoch war gescheitert, die Deutschen hatten Paris nicht erobert, die Fronten erstarrten zum Stellungskrieg, die Soldaten mußten sich in Löcher und Gräben verkriechen.

Der U-Boot-Krieg war in vollem Gange, im Mai wurde ein großer britischer Passagierdampfer versenkt, über tausend Menschen kamen dabei ums Leben, viele Amerikaner darunter. Onkel Ralph sagte: «Monroedoktrin hin oder her, die Amerikaner werden eines Tages in den Krieg eingreifen.»

«Du mit deiner ewigen Unkerei», sagte Mama. «Die Amerikaner geht es gar nichts an, was in Europa los ist.»

Sie war blaß und schmal und hustete gottserbärmlich.

«Du solltest dich für einige Zeit in den Harz zurückziehen, Gusti», empfahl Onkel Ralph. «Ich kenne da ein gutes Sanatorium.»

Mama war im Harz, Tante Marina an der Ostsee, als im August der Baron Cossin einen kurzen Urlaub von der Front bekam, ein kleiner Streifschuß, ein Kratzer nur, wie er tönte, hatte ihm dazu verholfen.

Er war inzwischen Leutnant, und wenn man ihm zuhörte, war alles in bester Ordnung, nur noch eine Frage der Zeit, bis wir siegen würden.

Wir gingen im Tiergarten spazieren, der Barsoi, den der russische Großfürst Tante Marina geschenkt hatte, war dabei, und Joachim sagte: «Was für ein prachtvoller Hund!»

«Ich liebe ihn über alles auf der Welt!» rief ich emphatisch.

«Mehr als die Menschen, Fräulein Julia?»

«Mehr als alle Menschen zusammen.»

«Mehr als mich?» fragte er mit Samtstimme.

«Aber Herr Leutnant! Ich kenne Sie doch kaum.»

Und da küßte er mich, einfach so. Mitten im Tiergarten. Es war eben Krieg, und die Sitten schon verwildert. Vorher hätte man eine Tochter aus gutem Hause nicht im Tiergarten geküßt. Oder doch? Was wußte ich schon davon, wo und wann ein Mädchen zum erstenmal geküßt wird, ich fand es wunderbar, ich wies ihn nicht zurecht, ich ließ mich küssen und küßte ihn wieder. Er brachte mich nach Hause und bekam den obligaten Tee serviert, diesmal von Antoinette, nicht von Tante Marina. Antoinette sah es, als er mich zum Abschied wieder küßte, ziemlich ausführlich sogar.

«Nee, weeßte», sagte sie. «Det jeht zu weit.»

«Wir haben schließlich Krieg», belehrte ich sie.

«Was hat denn det damit zu tun? Wenn det Frau Delmonte jesehn hätte!»

«Hat sie aber nicht. Ist er nicht wundervoll?»

«Wer? Der kleene Leutnant?»

«Er ist der herrlichste Mann, den ich kenne.»

«Wat vastehst denn du schon von die Männer.»

Nun stehe ich mitten in der Nacht vor seinem Bett und sehe ihn an, ihn und seinen Mund. Zehn Jahre ist das her, genau zehn Jahre. Soviel ist passiert, so vieles hat sich verändert, nicht zuletzt dieser Mann.

Da stehe ich und weiß nicht, ob ich ihn noch liebe. So etwas kann es doch gar nicht geben.

Wer hilft mir denn?

Elaine nicht, sie ist nicht mehr meine Freundin.

Mama lebt nicht mehr, aber die könnte mir bestimmt nicht helfen.

Onkel Ralph, ihn vermisse ich am meisten, er wußte immer Rat, er war immer für mich da, er war so klug, so überlegen. Dieser verdammte Krieg! Er hat ihn mir weggenommen, das war das Schlimmste, was mir passieren konnte. Wenn Joachim gefallen wäre und Onkel Ralph wäre dafür am Leben geblieben... Ich bin so gemein, so gemein. Ich legte die Hände an meine Schläfen und blickte aus tränenvollen Augen auf den Schläfer.

Du hast Elaine geküßt, so wichtig ist das wirklich nicht.

Wenn sie morgen abreist, ist alles vergessen. Natürlich kann ich das vergessen. Du hast den Krieg überlebt, du bist mein Mann, ich liebe dich, ich habe die Kinder.

Aber ich kann mich trotzdem nicht neben ihn ins Bett legen. Ich lösche das Licht und gehe zurück zu Jürgen. Im Ankleidezimmer steht ein Sofa, ein bißchen kurz, aber ich bin ja nicht groß, ich werde heute nacht hier schlafen. Und am liebsten möchte ich gar nicht schlafen.

Und ehe ich mir das richtig überlegt habe, ziehe ich die Schuhe aus und gehe aus dem Zimmer, schleiche die Treppe hinunter in die dunkle leere Halle. Da steht noch die halbgeleerte Flasche Wein, die trinke ich aus, dann bin ich wirklich betrunken und werde hier irgendwo einschlafen. Wer zuerst am Morgen kommt, Lotte, Minka, die Mamsell, die finden mich dann hier und wundern sich. Ich fülle den Wein in mein Glas, das dort noch steht, trinke im Stehen einen großen Schluck und noch einen.

Ich kann auch hinausgehen, vorn durch das Portal und dann die Birkenallee entlang, immer weiter, immer weiter, bis nirgendwohin. Ich kann auch hinten hinausgehen auf den Hof, kann mich unter die Linde setzen, oder ich gehe in den Pferdestall und schlafe bei Melusine. Oder ich gehe in den Wald, immer weiter, bis zu meinem See, nur der Mond sieht mich und wird mich begleiten.

«Guter Mond, du gehst so stille...»

Dann schleiche ich die Treppe wieder hinauf und krieche leise und unglücklich in mein Bett.

Liebe – was ist das?

Am nächsten Morgen schlief ich lange. Das Bett neben mir war leer, als ich erwachte. Joachim mußte sehr leise gewesen sein, denn meist hörte ich ihn, wenn er aufstand, schlief allerdings sofort wieder ein.

Mit was für Augen mochte er mich betrachtet haben? Liebevoll? Reuevoll? Oder mit Abneigung?

Ich erinnerte mich genau an alle Einzelheiten des vergangenen Abends. Ob Elaine heute wirklich abreiste? Diese Frage machte mich sofort munter, ich sprang voller Schwung aus dem Bett, geradezu neugierig darauf, wie es nun weitergehen würde. Jürgen lag auch nicht mehr in seinem Bettchen, auch Trudi, sonst nicht eben leise, mußte sich um Rücksicht bemüht haben. Ich ließ mir Zeit bei der Morgentoilette, betrachtete mich lange im Spiegel, bürstete mein Haar, es war gewachsen und reichte mir nun über die Ohren, an den Spitzen lockte es sich leicht. Sah eigentlich hübsch aus, besser als der kurze Bubikopf.

Mein Frühstücksgedeck stand einsam im Eßzimmer, die Kaffeekanne unter einer gewaltigen Haube, trotzdem war der Kaffee nur noch lauwarm. Angenommen, ich ginge in die Küche und verlangte, man solle mir gefälligst frischen Kaffee kochen. Stand mir das vielleicht nicht zu?

Nee danke, ich würde mich hüten, statt dessen lieber einen Bogen um die Küche machen. Die vorwurfsvolle Miene der Mamsell sah ich auch im Geist vor mir. Dies war sowieso ein ständiges Problem, und seit ich in diesem Hause lebte, hatte ich es nicht gelöst. Auf dem Gut standen sie früh auf, für meine Begriffe viel zu früh, ich kam sowieso immer zu spät zum Frühstück, die Langschläferei einer Großstadtpflanze wurde hier nie toleriert.

Als ich den labbrigen Kaffee trank, sah ich die verschlossene Miene meiner Schwiegermutter und den strafenden Blick Margaretes vor mir, jahrelang mußte ich mir schon am Morgen als Außenseiter vorkommen. Manchmal entschuldigte ich mich hastig, manchmal schwieg ich trotzig.

Heute kicherte ich vor mich hin. Sollten sie mir doch alle den Buckel runterrutschen. Wenn sie es nicht verstanden, konnte ich ihnen auch nicht helfen.

Ich war im Haushalt einer Künstlerin aufgewachsen, Tante Marina sang in der Oper, und nach der Vorstellung kam sie selten gleich nach Hause, und wenn sie nicht sang, ging sie auch nicht um zehn zu Bett. Keiner von uns. Schon in relativ jungen Jahren war ich an diesen Rhythmus gewöhnt. In die Schule kam ich sowieso meist zu spät, und obwohl in dieser Privatschule ein ziemlich strenges Regiment herrschte, verhielt man sich in dieser Beziehung mir gegenüber sehr großzügig. Schließlich wußte dort jeder, wer Marina Delmonte war, und wenn ich, schon mit acht oder neun, ausführlich von der Vorstellung erzählte, die ich am Abend zuvor gesehen hatte, lächelte die Lehrerin gütig. Zwar verstand ich noch nicht viel von der «holden Kunst», aber immerhin mehr als die anderen Kinder. Kam dazu, daß ich keine schlechte Schülerin war, ich begriff schnell, war mit Antworten rasch zur Stelle, und über das, was ich nicht wußte, konnte ich sehr gewandt hinwegplaudern.

Die Erinnerung an meine Schulzeit unterhielt mich bestens, während ich mit gutem Appetit frühstückte. Ich blieb ziemlich lange, einsam und allein, im Eßzimmer sitzen, und empfand die Ruhe als wohltuend.

Gut gesättigt stand ich auf, umrundete den langen Eßzimmertisch. In zwei Stunden gab es bereits Mittagessen, sicher gab es nur eine knappe Mahlzeit, Joachim blieb draußen, richtig gegessen wurde erst am Abend. Eine Weile stand ich am Fenster, da gab es auch nichts zu sehen, das Eßzimmer lag an der Ostseite, davor war der Gemüsegarten, und da hielt sich zu dieser Stunde keiner auf. Am besten ging ich wieder hinauf, zog mir die Reithosen an und holte Melusine. Sie war der einzige Mensch, den ich jetzt gern sehen wollte.

Ich betrachtete das Spalier mit den Bohnen und sagte laut: «Die müssen sich Tag und Nacht hier fragen, was sie eigentlich mit mir anfangen sollen.»

Das Gespräch mit meiner Schwiegermutter am See fiel mir ein. Sie war so nett zu mir gewesen, und hier und heute empfand ich es geradezu als eine Belastung. Ich wollte sie doch gar nicht gern haben, doch nun tat ich es auf einmal.

Mit einem Ruck wandte ich mich um. Also los! Mal sehen, wo die Kinder waren, und ob Elaine am Ende schon abgereist war. Natürlich fehlte es mir wieder einmal am würdigen Auftreten. Ich schlich, so leise ich konnte, den Gang entlang, der an den Wirtschaftsräumen vorbei zum Hof führte, um möglichst die Mamsell nicht auf mich aufmerksam zu machen. Dann hörte ich das Geklapper der Nähmaschine aus der Nähstube.

Elaine! Und Kathrinchen bei ihr, wie meist.

«Julia! Gut, daß du kommst. Dein Kleid ist fast fertig. Nur noch eine kleine Anprobe.»

Sie lachte mich an, sie sah hübsch, frisch und ausgeruht aus, keine Rede davon, daß sie ihre Koffer packte.

Ich ließ also gehorsam meinen Kittel fallen und stieg in das gepunktete Hellblaue. Wie nicht anders zu erwarten, saß es wie angegossen. Die Puffärmel fand ich zwar etwas doof, aber sonst war es ganz hübsch.

«Das ist schön, Mami, das ist so schön!» Kathrinchen war hingerissen.

Ich blickte in den etwas mickrigen Spiegel, der hier hing, und nickte.

«Wirklich wunderschön.»

«Heute wird es fertig», sagte Elaine und ging prüfenden Auges um mich herum.

«Und dann kriege ich mein Kleid!» schrie Kathrinchen.

Ich sah Elaine an, sie lächelte unbefangen, und ich hätte nun sagen müssen: Ich denke, du wolltest heute abreisen? Doch ich sagte es nicht, Feigling, der ich war. Möglicherweise spielte der Gedanke eine Rolle, ganz unbewußt, was ich eigentlich ohne Elaine hier anfangen sollte. Auch wenn sie meinen Mann küßte, Hilfe und Unterhaltung war sie eben doch. «Na, dann geh' ich wieder», sagte ich statt dessen, und fügte völlig überflüssigerweise hinzu: «Ich muß mich mal um den Haushalt kümmern.»

Einen Dreck kümmerte ich mich um den Haushalt, ich ging in den Hof, da fand ich Trudi mit Jürgen auf der Bank unter der Linde, sie saß da und hatte den Kleinen auf dem Schoß, wiegte ihn sanft hin und her. Ich ließ mir berichten, was vorgefallen war, alles in bester Ordnung. Ossi war mit Karl zu den Schnittern hinausgefahren.

Dagegen war nichts einzuwenden; wenn Ossi später das Gut übernehmen sollte, konnte er nicht früh genug damit anfangen, sich mit dem Ablauf der jeweils anstehenden Arbeit anzufreunden.

Später, wenn er erst ins Gymnasium ging, würde er sowieso als Pensionsschüler in der Stadt leben müssen und konnte nur die Ferien auf Cossin verbringen. So war es allgemein üblich geworden. Früher hatten sie Hauslehrer auf den Gütern gehabt, und die Jungen kamen dann in eine Kadettenschule. Joachim übrigens nicht, sein Vater, der allem Militärischen ziemlich ablehnend gegenüberstand, hatte nach englischem Muster ein Internat in Stettin für seine Söhne bevorzugt.

Mir fielen meine Gedanken der letzten Nacht ein. Neunzehnhundertfünfzig herum würde Ossi, mein Sohn Otto, der Gutsherr sein, und ich auf dem Altenteil. Nur daß ich nicht hier sein würde. Wenn überhaupt, dann würde ich in Berlin leben. Wo sich mein Mann dann aufhalten würde, bekümmerte mich in diesem Zusammenhang überhaupt nicht, aber wie kalter Regen, nein, wie Schnee, nein, wie kalte Glut überfiel mich ein entsetzlicher Gedanke: Und wenn Tante Marina nicht mehr lebte! An die Stelle gebannt stand ich mitten im Hof und starrte ins Nichts. Sie wäre dann neunzig. Sie würde nicht mehr leben. Und was sollte aus mir werden?

Der helle Tag um mich wurde dunkel, es war, als wäre die Sonne untergegangen. Mein Leben war hier und heute, von der Zukunft konnte ich mir nicht das geringste erhoffen. Nein, mein Leben mußte unbedingt, wenigstens manchmal, in Berlin sein. Tante Marina war so gesund, sie würde noch lange dasein, und an ihrem Leben wollte ich teilnehmen. Ich mußte sie haben, solange und sooft es nur möglich war. Ohne sie...

Wie gehetzt lief ich ins Haus zurück, den Gang entlang, die Küchentür ging auf, ich hörte die Mamsell hinter mir etwas rufen, ich lief weiter.

Koch, was du willst, es ist mir egal. Geht alle zum Teufel!

Die Reithosen, die Stiefel, eine leichte Bluse, und dann landete ich endlich bei Melusine. Sie schnaubte mir freundlich entgegen, sie hatte schon gewartet. Fridolin war nicht da, aber Tell lag vor Neros Box und umwedelte mich begeistert. «Schön, daß du da bist, Tell. Du darfst mitkommen.»

Der Stallknecht war nicht zu sehen, ich sattelte Melusine, dann verließen wir drei den Stall, ein Augenblick der Befreiung, aber ich war nicht fröhlich wie sonst, so schnell ließen sich die trüben Gedanken nicht abschütteln.

Es war sehr warm, fast schwül. Als ich ins Freie kam, sah ich, daß der Himmel sich im Westen verschleierte. Bloß kein Regen, lieber Gott, laß es jetzt nicht regnen. Nächste Woche, bitte, dann freuen wir uns über den Regen.

Ich wußte inzwischen, daß es ein schlechtes Zeichen war, wenn sich der Himmel schon am Vormittag verdüsterte. Es gab Gewitter, die zogen blitzschnell auf, und es gab andere, die brauten sich quälend langsam zusammen, die waren dann besonders schlimm. Wann sie losbrachen, war nicht vorauszusehen.

Wie im Leben, dachte ich, da kann man es auch nicht wissen, manches Unheil kommt plötzlich, anderes schleicht sich heimtückisch heran, nicht so sichtbar wie graue Wolken am Horizont.

Nun war ich glücklich wieder dort angelangt, wo ich in der Nacht aufgehört hatte zu denken.

Mein Mann betrog mich mit meiner Freundin, hatte mich schon betrogen, würde mich betrügen. In seinen Gedanken lag sie schon in seinem Bett. Ganz klarer Fall, absolut töricht, sich etwas vorzumachen. Mein prächtiger Aktschluß in der vergangenen Nacht war glatt verpufft, Elaine dachte nicht daran, abzureisen, sie nähte an dem Kleid für mich, und dann an dem meiner Tochter. In der halben Stunde, die ich in der Nähstube verbracht hatte, war von Abreise keine Rede gewesen, sie schien das glatt vergessen zu haben, sie war Herrin der Situation, nicht ich, wie ich gestern dachte, ich war nichts als ein jämmerlicher Feigling, und nicht mal über meine Gefühle konnte ich mir klarwerden.

Mir wurde eiskalt bei dem Gedanken, daß Tante Marina sterben könnte, das wäre nach Onkel Ralph der schwerste Verlust, der mich treffen konnte, aber ich sah mit einer gewissen Gelassenheit der Möglichkeit ins Auge, daß mein Mann mich betrog.

Und wieder die Frage, die ich mir in letzter Zeit oft gestellt hatte, zuerst in Berlin: Liebe ich Joachim eigentlich noch?

„Liebe – was ist das? Plötzlich wurde mir klar, daß ich keine Antwort auf diese Frage wußte.

Eins nur wußte ich jetzt ganz genau: Was ich damals empfunden hatte, vor genau zehn Jahren, als ich mit dem Leutnant Cossin im Tiergarten spazierenging, hatte mit Liebe nichts zu tun. Bestenfalls war es Verliebtheit gewesen, und vielleicht nicht einmal das, denn ich war nichts als ein dummer Backfisch, der sich wichtig vorkam. Geküßt von einem schönen Leutnant! Wenn man nichts vom Leben wußte, ließ sich das leicht als Liebe bezeichnen.

Was wäre gewesen, wenn kein Krieg gewesen wäre? Müßige Frage. Es war Krieg, und man schrieb Feldpostbriefe. Ich schrieb an ihn, seine Antworten kamen regelmäßig. Zeit zu schreiben, blieb offenbar genug im Schützengraben.

Ich kann es kaum erwarten, dich wiederzusehen, meine kleine Julia. Ich denke Tag und Nacht an dich.

Ich sehe dein Lächeln vor mir, mein kleines Püppchen. Ehe ich einschlafe, halte ich dich im Arm.

Wirst du bei mir bleiben?

Kümmere dich nicht um den Krieg, er wird bald vorbei sein, dann bin ich für immer bei dir.

Sobald ich Urlaub habe, werden wir heiraten, ich habe es meinen Eltern schon mitgeteilt.

Nichts soll uns mehr trennen, mein kleines Püppchen.

Erbarmen mit meiner ahnungslosen Jugend! Mußte das nicht auf ein Mädchen große Wirkung haben, mußte es das nicht Liebe nennen? Mußte es nicht davon erfüllt sein?

«Puppchen, du bist mein Augenstern. Puppchen, hab' dich zum Fressen gern...», so lautete ein Schlager, den man in Berlin sang.

Mama schüttelte den Kopf und sagte: «Na so was!» wenn ich ihr einen Brief vorlas.

Tante Marina sagte: «Püppchen, was für ein Schwachsinn! Fällt dem jungen Mann kein besserer Kosename ein?»

Kein Wort stand in den Briefen, was er vor Verdun erlebte, erlitt, Frauen mußten geschützt und geschont werden, sie durften die böse, harte Wahrheit nicht erfahren.

Doch als ich den Mann geheiratet hatte, weinte er in der Hochzeitsnacht im Schlaf, und ich hielt ihn tröstend im Arm, wie man ein weinendes Kind im Arm hält und tröstet. Wie meinen kleinen Jürgen in der vergangenen Nacht, dessen Träume ich nicht kannte. Aber was mein eben angetrauter Mann in jener Nacht träumte, konnte ich mir damals schon ausmalen.

Onkel Ralph war Ende des Jahres sechzehn eingezogen worden, und als er das erstemal auf Urlaub kam, sprach er ziemlich ungeniert von dem, was sich in französischen Schützengräben abspielte, er schien nicht der Meinung zu sein, daß Frauen geschont werden mußten. Sie sollten ruhig wissen, was geschah, jeder sollte es wissen, jeder sollte den Krieg so hassen wie er. Bei meiner Hochzeit war er nicht zugegen, er gratulierte mir nicht einmal. Ich wußte, es paßte ihm nicht.

Ich sah ihn nie wieder. Er fiel im Frühjahr 1918. Wenn dieser verdammte Krieg nicht so lange gedauert hätte...

Vielleicht, so dachte ich jetzt, hatte ich in jener ersten Nacht, als ich

Joachim tröstete, als ich ihn zärtlich Joschi nannte, ein wenig von dem empfunden, was Liebe war. Was sie sein konnte, sein sollte. Verständnis, Zusammengehören, Trost, Schutz, Hilfe.

Aber später? Keine Spur blieb davon übrig, ich war das ahnungslose Kind wie zuvor.

Ich trauerte mit tiefer Verzweiflung um Onkel Ralph, wie Marina, wie Mama, dieser Verlust überschattete mein Leben, band mich noch enger an Mama und Tante Marina.

Joachim, mein Mann? Joschi, der Geliebte einiger Nächte? Ich war mehr oder weniger darauf gefaßt, daß ich auch ihn nie wiedersehen würde. Ich machte es mir nicht klar, aber ich wußte heute, daß es keine nennenswerte Lücke in meinem Leben bedeutet hätte. Zumal diese ersten Nächte ohne Folgen blieben, ich wurde nicht schwanger, mein Körper war wohl noch nicht bereit dazu.

Manchmal besuchte ich meinen Freund Bobby. Er saß einsam in seinem Käfig im Zoo, Bobby, der große Gorilla, und ich bildete mir ein, er kenne mich und meine Stimme genau.

Ich sagte: «Du kannst froh sein, daß du ein Affe bist, Bobby. Du bist zwar ein Gefangener, aber dir tut keiner was.»

Der Wärter im Zoo kannte mich, denn ich kam oft zu Bobby.

«Na, Kleene», sagte er, «haste wieder mal mit Bobbyn palavert?»

Dann war der Krieg aus, aber Mama war krank, und eines Tages war Joachim wieder da. Er lebte, er war heil und ganz, er umarmte mich voll Leidenschaft, und da passierte es denn auch gleich. Als ich nach Cossin übersiedelte, trug ich schon ein Kind unter dem Herzen, wie es so romantisch in alten Büchern heißt.

Von Anfang an wehrte ich mich gegen alles, was mich umgab. Gegen Hinterpommern, gegen das Gut, gegen meine Schwiegermutter, gegen Margarete, gegen die Mamsell. Nicht gegen Joachim. Jedenfalls nicht gleich. Aber Liebe war das nicht. Ich jaulte pausenlos wegen Berlin, wie sehr ich das Leben dort vermißte und wie öde ich es hier fand.

Eigentlich mußte ich ihnen schrecklich auf die Nerven gegangen sein, und wenn ich sie nicht liebte, warum sollten sie mich lieben?

Liebe – was ist das?

Ich wußte es weniger denn je, ich war auch an diesem schwülen Vormittag im Juni sternenweit davon entfernt. Das wurde mir so klar, als stünde es mit großen Lettern vor mir auf einer Tafel geschrieben. Mir lief der Schweiß über die Schläfen, als ich einen Feldweg entlangritt, und schuld daran war nicht die Hitze, sondern auch das Erschrecken über mich selbst. Und ich war so ehrlich zu mir selbst wie nie zuvor in meinem Leben.

Wem machst du eigentlich einen Vorwurf? Joachim? Elaine? Ach, Joschi, verzeih mir! Mein kleines Püppchen, du hattest recht, mich so zu nennen, viel mehr war ich nicht, und viel mehr bin ich auch heute nicht.

Wir gingen im Schritt, ich ließ Melusines Zügel locker hängen, es war viel zu warm, um zu traben oder zu galoppieren. Unsinnig heiß für Juni.

Melusine war brav wie immer, eine besonders gute Reiterin war ich nun wieder auch nicht, ein wildes Pferd hätte ich nicht bändigen können. Mit Onkel Ralph ritt ich vor dem Krieg auf einem ruhigen Tattersallpferd im Tiergarten spazieren, das kostete weiter keine Mühe. Bisher hatte ich mich geweigert, an den herbstlichen Hubertusjagden teilzunehmen, die vielen Hindernisse, die Pferde aufgeregt und irgendwie fremd, davor hatte ich einfach Angst. Joachim war im vergangenen Herbst das erstemal mit Fridolin mitgeritten, schweißüberströmt kamen sie beide zum Halali, und ich fragte nur: «Na, wie war's?»

«Ging ganz gut», antwortete er großartig. Aber ich sah ihm und Fridolin an, daß es eine gefährliche Tour gewesen sein mußte. Baron Crantz war schwer gestürzt und hatte eine Gehirnerschütterung, und am Abend sagte ich frech zu Joachim: «Was ist bei dem schon viel zu erschüttern?»

«Julia, ich bitte dich», sagte Joachim, doch dann lachte er.

Siehst du, Joschi, manchmal konntest du auch lachen, über das, was ich sagte. Das wirst du wieder tun, und von jetzt an will ich alles richtig machen, ab morgen stehe ich jeden Tag früh um sieben auf.

Wir ritten durch den Wald, dann hielten wir am Waldrand und blickten über die Wiesen, wo die Schnitter am Werk waren.

Wie heiß mußte es ihnen erst sein!

In der Ferne sah ich Joachim auf Fridolin.

«Müssen wir nicht unbedingt hin», erklärte ich dem Hund und dem Pferd, «da stören wir bloß. Aber seht euch den Himmel an! Sieht nicht gut aus. Wenn wir heute ein Gewitter kriegen, Gott soll uns schützen!»

Aber das sahen sie draußen auf den Wiesen wohl auch und würden sich beeilen, fertig werden konnten sie nicht, zwei Tage brauchten sie bestimmt noch, bis das Heu drin war. Wo mochte Ossi sein? Ich sah ihn nicht, auch Karl nicht. Hoffentlich hatte er den Jungen nach Hause gebracht und bei Trudi abgeliefert.

Als wir an meinen See kamen, fand ich, daß nichts wohltuender sein könnte als ein Bad. Badeanzug hatte ich natürlich nicht dabei, eine Koppel gab es hier auch nicht.

«Melusinchen», sagte ich, «es sind nur so ein paar Büsche um die Wiese. Du kannst ausbrechen, wenn du willst. Aber ich rede nie wieder ein Wort mit dir, wenn du wegläufst.»

Erst ritt ich mit ihr ein Stück in den See hinein, damit sie ihre Beine abkühlen konnte, weit durfte es nicht sein, der See wurde sehr schnell tief. Auf der Wiese nahm ich ihr den Sattel und die Trense ab und ließ sie frei. Sie senkte den Kopf und begann zu grasen. Eine Weile beobachtete ich sie, aber sie dachte nicht daran, wegzulaufen. Ich war da, Tell, das Gras, und Fridolin war sowieso nicht zu Hause.

Badeanzug also nicht, aber ich konnte ja vorsichtshalber das Hemd anbehalten, falls sich doch jemand an den See verirrte, einer von den Waldarbeitern, auch der Schäfer kam hier manchmal vorbei, und Herr Baring, aber der hatte sicher noch mit seinem Heu zu tun.

Tell und ich schwammen voll Lust in den See hinaus, er war nicht sehr warm, aber mir genügte es, der Genfer See war viel kälter gewesen.

«Weißt du noch, wie wir im Genfer See geschwommen sind?»

«Ja, es war wundervoll.»

Meine Freundin Elaine, die Lügnerin.

«Jede Wette, Tell, daß sie immer noch nicht schwimmen kann?» In Burgund sei sie geritten, alles Schwindel. Morgen würde ich sie auf Nero setzen, und da würde ich gleich sehen, ob sie schon jemals auf einem Pferd gesessen hatte. Passieren konnte gar nichts, wenn man sie verkehrt rum auf Nero setzte, würde den das auch nicht stören.

Alles Schwindel. Der Vater im Duell getötet, die Mutter an gebrochenem Herzen gestorben, alles Schwindel. Ich glaubte ihr kein Wort mehr. Onkel Fedor, der geheimnisvolle Erbonkel.

Melusine war da, nur ein Handtuch nicht. Ich zog das nasse Hemd aus und hopste eine Weile zwischen den Büschen herum, um trocken zu werden. Inzwischen hatte sich die Sonne bedeckt, der Himmel war grau. Wolken ballten sich nirgends, aber die graue Masse über mir schien aus Stein zu sein, schien immer tiefer zu sinken, nicht der geringste Lufthauch war zu spüren.

Es würde ein hektischer Tag werden, ich machte besser, daß ich nach Hause kam.

Der Stallknecht stand unter der Tür und betrachtete ebenfalls den Himmel.

«Sieht man nicht gut aus», sagte er.

Ich nickte, er sattelte Melusine ab und schüttete Hafer in ihre Krippe. Mit der Koppel würde es heute wohl nichts werden.

Trudi und Jürgen saßen nicht mehr unter der Linde, aber ein paar Frauen standen jetzt im Hof herum und blickten sorgenvoll zum Himmel, es herrschte eine Art Katastrophenstimmung. Gewitter auf dem Land, und das während des Grasschnitts oder während der Ernte. Hatten wir jemals in Berlin Notiz von einem Gewitter genommen?

«Hat ja mal wieder janz schön jehagelt», meinte Antoinette, und Tante Marina summte die Anfangstakte aus ‹Othello›. Der Barsoi, erinnerte ich mich, mochte Gewitter nicht, er bellte wütend den Donner an und schmiegte sich eng an mein Knie.

«Sei nicht albern, Somos», sagte ich. «Wegen so ein bißchen Blitz und Donner.»

Mittlerweile hatte ich gelernt, was Blitz und Donner, Regenguß und Hagel auf dem Land bedeuten.

Die Mamsell stand auch unter der Tür, die in den Wirtschaftsgang führte, und sah nach oben.

«O je, o je», machte sie, und ich steckte mein nasses Hemd schnell in die Tasche der Reithose, denn nach dem Himmel musterte sie mich, mindestens so mißbilligend wie jenen.

«Ist Ossi da?» fragte ich.

«Karl hat ihn vorhin gebracht und ist gleich wieder raus. Mittag kommt keiner rein. Wir essen bloß 'ne Kartoffelsuppe.»

Suppe bei der Hitze. Mir auch egal. Wenn sie nur nicht immer soviel Mehlpampe in die Kartoffelsuppe rühren würde! Einmal hatte ich versucht, ihr klarzumachen, daß die Kartoffeln ja genügten, um die Suppe zu binden.

«Wird ja kein Mensch nich' satt von», war die Antwort gewesen.

«Ossi und Kathrinchen sind mit dem gnädigen Fräulein in der Nähstube. Jürgen ist mit Trudi vorn beim Doktor.»

«Doktor Werner ist da?» fragte ich erstaunt und sauste gleich los.

Ein Blick zum Portal hinaus, dort stand das Auto des Arztes. Er, Trudi und Jürgen waren im Wohnzimmer, und er horchte gerade Jürgens Lunge ab.

«Tag, Herr Doktor», sagte ich. «Ist was los?»

«Nein, gar nicht. Hört sich gut an, alles in bester Ordnung. Nur ein bißchen mehr zu essen solltet ihr dem Kleinen geben.»

«Das sagt sich leicht. Trudi, warum seid ihr denn nicht oben?»

«Der Herr Doktor hat gesagt, er macht das gleich hier unten.»

«Hier stört uns ja im Moment keiner», sagte der Arzt. «Demnächst bringe ich mal ein Stärkungsmittel mit.»

«Doch nicht etwa Lebertran?» fragte ich entsetzt, den kannte ich noch von meiner Kindheit her.

«Ich werde mich hüten. Wir wollen ihm ja Appetit machen und ihm das Essen nicht verekeln. So, alles gut.» Er nahm Jürgen mit beiden Armen hoch und sah ihm befriedigt ins Gesicht. «Braves Jungchen! Und nun zeig mir mal, wie du laufen kannst.»

Er setzte ihn auf den Boden, und Trudi ging gleich in die Hocke und breitete die Arme aus.

Doktor Werner schüttelte den Kopf. «Nicht so, Trudi, laß ihn mal allein und ohne auf stützende Arme zu vertrauen durch das Zimmer laufen.»

Jürgen hat sehr spät laufen gelernt, viel später als die beiden anderen, genau wie auch sein Wortschatz noch gering war. Er dachte auch jetzt nicht daran, durch das Zimmer zu gehen, sondern ließ sich auf den Boden plumpsen. Trudi, die ein Stück entfernt auf dem Boden hockte, hatte offenbar doch die richtige Methode. Doktor Werner nahm ihn an der Hand und zog ihn wieder hoch.

«Komm, wir gehn jetzt mal zusammen zur Mami.»

Das klappte einigermaßen, ich nahm Jürgens andere Hand, und wir marschierten einige Male durch den Raum, eifersüchtig von Trudi beobachtet.

«Er darf nicht nur immer liegen und sitzen, er muß sich bewegen, muß laufen und krabbeln, damit sich seine Beine und seine Lunge kräftigen. Ist das klar, Trudi?»

Trudi nickte, wenn auch nicht ganz überzeugt.

«Was gibt's denn heute zu essen?» wollte der Arzt noch wissen.

«Für uns Kartoffelsuppe», antwortete ich. «Und für Jürgen?»

Ich blickte Trudi fragend an.

«Ich mach 'n Grießbrei», sagte sie eifrig, «mit Himbeersaft.»

«Na ja, Grießbrei», sagte Doktor Werner wegwerfend. «Habt ihr denn noch kein Gemüse im Garten? Das Kind braucht Vitamine.»

Trudi machte ein dummes Gesicht. Was das nun wieder sein sollte, wußte sie nicht.

«Spinat haben wir, aber den ißt er nicht gern.»

«Dann mußt du den Spinat eben ein bißchen verschönern. Ein paar gestampfte Kartoffeln hinein, ein paar geschnittene Möhrchen, da müßtet ihr doch auch schon welche haben, eine Spur Zwiebeln, bißchen gehacktes Ei dazu. Es muß ja nicht nur ein grüner Pamp sein, es muß appetitlich aussehen. Ordentlicher Klecks Butter rein, da wird er es schon essen. Und auch mal in das Gemüse ein Stückchen Kalbfleisch hineinschneiden. Es darf nicht aussehen wie ein Brei, es müssen kleine Brocken sein, und du mußt ihn immer ermuntern, daß er selbst mit seinem Löffel ißt. Das Essen muß ihm Spaß machen, es muß unterhaltsam sein. Verstehst du, Trudi?»

Trudi nickte und nickte, aber die Ratlosigkeit in ihrem Gesicht war nicht zu übersehen.

Doktor Werner jedoch übertraf sich selbst. «Ihr habt doch sicher auch mal eine gute Fleischbrühe auf dem Herd, davon auch einen guten Schluck einrühren. Essen darf nicht eintönig sein. Ein bißchen Hühnerbrust paßt auch dazu.»

«Ich bekomm' direkt Appetit, dasselbe zu essen», sagte ich. «Hört sich an wie bei Wanda.»

«Wer ist Wanda?»

«Die Köchin meiner Tante Marina in Berlin. Die ist auch so phantasievoll. Davon kann ich hier nur träumen.»

Er unterließ es, nach den Kochkünsten unserer Mamsell zu fragen, die konnte er sich wohl vorstellen. Statt dessen sagte er: «Es ist eine Unsitte hierzulande, daß man jedes Gemüse immer nur als separates Gericht zubereitet. Sie sollten einmal, wenn alles Gemüse in ihrem Garten erntereif ist, eine Gemüsesuppe machen aus allem, was da wächst, ein wenig Fleischbrühe dazu, nicht zuviel, damit der Gemüsegeschmack nicht verlorengeht, dann werden Sie sehen, was das für ein Hochgenuß ist. Waren Sie schon einmal in Italien, Baronin?»

Ich schüttelte den Kopf. «Wie käme ich dazu?»

«Aber ich war dort. Die machen dort eine Suppe, die nennt sich Minestrone. Wenn die richtig zubereitet ist, aus wirklich frischem Gemüse, dann könnte ich mich davon ernähren. Sie kippen da zwar noch Käse drauf, also das brauche ich nicht unbedingt. Meiner Frau habe ich das so lange vorgebetet, daß sie jetzt eine hervorragende Gemüsesuppe machen kann. Womit nicht gesagt sein soll, daß nicht gelegentlich ein ordentliches Stück Fleisch darin sein soll. Sie sollten das einmal versuchen, Baronin.»

«Ich weiß nicht, was die Mamsell mit mir machen würde, wenn ich mir erlauben würde, an ihre Kochtöpfe zu rühren. Um dann auch noch so einen dubiosen Mischmasch zu produzieren. Stellen Sie sich vor, es gelingt mir nicht beim erstenmal!»

Ich erntete wieder einmal einen prüfenden Blick aus seinen hellen Augen und verschwieg wohlweislich, daß ich überhaupt noch nie an einem Herd gestanden hatte. Hier war die Mamsell, in Berlin hatte es stets eine Köchin gegeben, Tante Marina betrat die Küche nie, Mama hatte manchmal Kuchen gebacken. Ich konnte vermutlich nicht einmal einen Grießbrei zustande bringen.

Warum versuchte ich nicht einfach, mich gegen die Mamsell durchzusetzen? Ging einfach in die Küche und sagte: «Ich mache jetzt eine Gemüsesuppe.»

Gemüse mußte natürlich auch geputzt werden, den Bohnen die Fäden abgezogen, den Möhren die Haut abgeschabt, und mit dem Spinat mußte sicher auch irgend etwas geschehen. Das alles konnte Lotte machen. Und wenn Elaine in der Küche der Mamsell wirken konnte, warum dann nicht ich?

«Wenn ich das nächstemal nach Hohenwartau komme, werde ich Ihre Frau fragen, wie sie die Gemüsesuppe macht, die Mi... Mi... wie nannten Sie das, Herr Doktor?»

«Minestrone oder Minestra sagen die Italiener. Aber man muß sich gar nicht sklavisch nach einem italienischen Rezept richten, einfach eine Suppe aus verschiedenen Gemüsen, wie man sie gerade zur Hand hat. Und wenn alles im eigenen Garten wächst, um so besser.»

«Minestrone», wiederholte ich. «Klingt hübsch.»

Ob ich je nach Italien kam? Wovon, mit wem? Wann? Tante Marina war mal am Comer See gewesen. Und einmal in Venedig. Von einer Minestrone hatte sie nichts erzählt.

Der Doktor wandte sich wieder an Trudi, die mit offenem Mund unserem Dialog gelauscht hatte, Jürgen saß schon wieder auf ihrem Schoß.

«Was ist denn mit euren Erdbeeren?»

«Die ersten sind schon reif.»

«Siehst du, Trudi, da gibst du dem Jüngchen zum Nachtisch ein paar Erdbeeren, hübsch geschnippelt, aber auch wieder nicht zu klein, und Milch drüber oder Sahne, davon nicht zu viel, damit es auch nach Erdbeeren schmeckt.»

Trudi nickte und nickte wieder, ich sah Entschlossenheit in ihrem Blick.

«Und jetzt zu Ihnen, Baronin», sagte Doktor Werner. «Ihre Haare sind ja ganz naß.»

«Ich war schwimmen. Was ist mit mir?»

«Ich möchte Sie auch mal wieder abhorchen. Verschwinde, Trudi, und mach alles so, wie ich es dir gesagt habe.»

«O Gott», sagte ich, nachdem Trudi und Jürgen das Zimmer verlassen hatten.

«Was ist?»

«Haben Sie nicht gehört? Es hörte sich an wie ferner Donner.»

«Ja, es sieht nicht gut aus. Wie weit seid ihr mit dem Schnitt?»

«Noch zwei Tage mindestens.»

«Bitte, Baronin, ziehen Sie die Bluse aus. Ich möchte auch noch nach Hause kommen, ehe es losgeht.»

«Wollen wir nicht lieber hinaufgehen?»

«Ach wo, ist ja gleich erledigt.»

Ich genierte mich ein wenig, denn unter der Bluse war ich nackt.

«Es ist zwar sehr warm», sagte er denn auch, «aber so ganz ohne was drunter sollten Sie nicht reiten.»

«Mein Hemd ist hier», ich zog den zerknüllten nassen Fetzen aus der Hosentasche. «Ich hatte es im Wasser an, weil ja doch mal einer vorbeikommen kann am See.»

Nun lachte er. «Und unter der Reithose, haben Sie da auch nichts an, Baronin?»

«Doch, doch. Einen Schlüpfer.»

«Und den hatten Sie im Wasser nicht an?»

«Nee. Ein nackter Po ist in der Reithose nicht gerade angenehm.»

«Also ich würde vorschlagen, wenn wir schon dabei sind, Sie ziehen die Reithose ebenfalls aus.»

«Das geht nicht. Erst muß ich die Stiefel ausziehen, und dazu brauche ich den Stiefelknecht.»

«Das mache ich. Setzen Sie sich!»

Ich setzte mich auf den Lieblingssessel meiner Schwiegermutter, er drehte mir den Rücken zu und zog mir sehr geschickt die Stiefel von den Füßen.

Er horchte lange meine Lunge ab, ich mußte laut und leise atmen, mußte den Atem anhalten und manchmal husten. Dann machte er: «Mhm, Mhm!» umfaßte dann mit beiden Händen meinen Brustkorb und drückte ihn zusammen.

«Und?» fragte ich ungeduldig.

«Sehr schön, sehr gut. Kein Geräusch. Reiten tut Ihnen gut, schwimmen auch. Aber sonst gilt für Sie dasselbe wie für den Kleinen: Sie sollten mehr essen. Sie haben zwar ein wenig zugenommen, aber ich kann immer noch jede Ihrer Rippen fühlen. Es dürften ruhig ein paar Pfunde mehr sein.»

«Schmeckt mir eben meist nicht, was es hier gibt. Ich erzählte Ihnen ja schon von Wanda. Sie hätten mal sehen sollen, was ich in Berlin gegessen habe.»

«Das ist ja nun schon eine Weile her.»

«Eben. Das war im März. Aber ich werde meine Freundin mal wieder veranlassen, zu kochen, die kann es ganz gut.»

«Ist Ihre Freundin denn noch immer da?»

«Ja. Es gefällt ihr sehr gut bei uns.»

«Das erstaunt mich aber.»

«Wieso?»

«Als ich damals kam, hatten die Kinder Masern. Und Ihre Freundin kam, um Ihnen zu helfen. Und wissen Sie noch, was Sie zur mir gesagt haben, Baronin?»

Ich blickte ihn unsicher an. «Was denn?»

«Sie lebt in Berlin und tut nur, was ihr Spaß macht. Sie trägt elegante Kleider und geht auf dem Kurfürstendamm spazieren. Und sonst tut sie nichts. So ähnlich war es doch, nicht wahr?»

«Sie haben ein gutes Gedächtnis, Herr Doktor.»

«Mag wohl sein. Da Ihre Freundin nun immer noch hier ist, scheint sie Berlin nicht sehr zu vermissen?»

«Das wundert mich auch.»

«Das wundert mich nicht so sehr. Soviel ich mitbekommen habe, ist sie ja eine ganz praktische und intelligente junge Frau. Nichtstun ist auf die Dauer ein sehr langweiliges Leben. Hier hat sie eine Menge Abwechslung und Unterhaltung. Und offenbar doch auch gewisse Aufgaben, die sie übernommen hat. Sie kocht manchmal, sagten Sie.»

«Ja, das tut sie. Und zur Zeit schneidert sie ein Kleid für mich und dann eins für Katharina. Und reiten lernen will sie auch. Und die Kinder, also die beiden Großen, sind ganz vernarrt in sie.»

Ich sprach wie unter einem Zwang, weil die hellen Augen mich nicht losließen. Ich zog die Bluse wieder an und fügte hinzu: «Mit meinem Mann versteht sie sich auch sehr gut.»

«Aha», sagte er.

Ich knöpfte meine Bluse zu.

«Das klang merkwürdig.»

«Was?»

«Wie Sie eben aha gesagt haben.»

«So? Ich bin mir dessen nicht bewußt. Ihre Freundin versteht sich gut mit Ihrem Mann und mit den Kindern, das ist doch sehr erfreulich. Was stört Sie denn daran?»

«Was soll mich daran stören?» fragte ich gereizt. «Ich war immer ziemlich überflüssig hier, und nun bin ich es erst recht.»

«Sind Sie eifersüchtig?» fragte er in seiner direkten Art.

Ich stieg in die Hose, die Stiefel ließ ich liegen, setzte mich auf die Lehne des Lieblingssessels meiner Schwiegermutter und ließ mir Zeit mit der Antwort.

Er schwieg und wartete.

«Nein», sagte ich.

Er wartete weiter.

«Ein bißchen vielleicht.»

«Sie ist eine ausgesprochen hübsche Frau», sagte er dann. «Ich sah sie neulich mal mit Ihrem Mann im Ort.»

«Aha», sagte nun ich. «Sie wissen also sehr gut, daß sie noch hier ist. Ja, ich weiß, sie ist viel hübscher als ich, und einen richtigen Busen hat sie auch.»

Nun lachte er. «Man soll Frauen nicht vergleichen. So wenig wie Pferde.»

Nun war ich erstaunt. «So wenig wie Pferde?»

«Nun ja, Pferde sind eigentlich alle schön. Nicht hübsch, sondern schön. Schwarz, braun oder weiß, schön sind sie alle. Sie reiten doch eine Schimmelstute, nicht wahr?»

«Meine Melusine, ja. Sie reiten auch, Herr Doktor?»

«Früher einmal. Heute fehlt es mir an der Zeit, und ich bin auf die Karre da draußen angewiesen. Mein Vorgänger fuhr noch einen flotten Einspänner. Der Kruschke – Sie kennen den Bauern Kruschke, Baronin?»

«Natürlich. Joachim sagt, er ist der beste Bauer weit und breit, und er hat besonders schöne Pferde.»

«Richtig. Kruschke sagt jedesmal, wenn ich bei ihm bin, und ich war erst gestern dort, weil seine Frau sich eine ziemlich böse Brandwunde zugezogen hat...» Er unterbrach sich und zog die Stirn in Falten. «Die ganze Hand hat sie sich verbrannt, und hat erst mal nach altem Hausrezept Mehl daraufgeschmiert und auf eine Wunderheilung gewartet. Jetzt ist die ganze Hand entzündet. Ich sag' zu ihr, was glauben Sie, Frau Kruschke, warum ich in dieser Gegend praktiziere? Um das Mehl aus Ihrer Wunde zu kratzen und dann den lieben Gott um Hilfe zu bitten?»

«Es tut bestimmt sehr weh», sagte ich und umfaßte unwillkürlich meine rechte Hand mit der linken.

«Stimmt, es ist die rechte Hand. Und es tut bestimmt sehr weh. Nun wird es eine Weile dauern, bis es heilt. Ja, was wollte ich sagen?»

«Sie wollten sagen, was Kruschke wegen der Pferde sagt.»

«Richtig. Jedesmal, wenn ich komme, rümpft er die Nase. Nun fahren Sie wieder mit dem stinkenden Ding auf den Hof, Doktor. Hätten Sie mal sehen sollen, was unser Doktor für einen schönen Rappen hatte. Für ihn ist mein Vorgänger immer noch unser Doktor.»

«Na, dann sehen Sie mal selber, wie schwer es ist, als Großstadtpflanze hier Wurzeln zu schlagen.»

«Nur, daß wir beide, Sie und ich, hier gebraucht werden.»

«Sie vielleicht. Ich nicht.»

«Das höre ich nicht gern.»

«Ich mache mir nichts vor.»

«Sie leben immerhin schon eine ganze Weile hier. Jedenfalls länger als ich.»

«Ich lebe zwar hier, aber ich bin immer noch... na ja, irgendwie fremd. Meistens habe ich ein Kind gekriegt, das kann einen natürlich beschäftigen. Und nun will ich einfach nicht mehr.»

«Was? Hier leben? Noch ein Kind kriegen?»

«Sie haben doch selber gesagt, ich soll so schnell kein Kind mehr kriegen, nicht? Und Sie sehen doch auch, wie Jürgen ist. Sie müssen doch zugeben, Herr Doktor...» Ich verstummte irritiert.

«Ich habe mit Ihrem Mann über dieses Thema gesprochen, und ich denke, daß er mich ganz gut verstanden hat.»

«Na gut, und wie soll es weitergehen? Ich kann zur Zeit mit meinem Mann nicht... also ich will auch nicht.»

«Juristisch ausgedrückt, würde man sagen, Sie verweigern sich ihm.»

«Darf ich Ihnen nicht etwas anbieten, Herr Doktor? Etwas Kühles zu trinken?»

«Nein, nein, danke, ich fahre jetzt. Gibt es Ärger?»

«Ja, schon. Nicht so direkt. Aber eben doch. Eigentlich nicht richtig. Wir sprechen nicht darüber.»

«Das sollten Sie aber doch. Haben Sie schon einmal von Sigmund Freud gehört?»

Ich blickte unsicher zu ihm auf.

«Ja, ich glaube schon.»

«Es ist immer besser, über Probleme zu sprechen, als sie zu verschweigen. Schweigen kann sehr verletzend sein.»

Er packte seine Tasche ein, und ohne mich anzusehen, fragte er: «Vermuten Sie, daß Ihr Mann an Ihrer Freundin Gefallen findet?»

Unwillkürlich mußte ich lachen. «Das haben Sie sehr vornehm ausgedrückt, Herr Doktor. Jeder Mann würde an ihr Gefallen finden, und warum Joachim nicht. Ich hab' sie ja auch sehr gern. Sie ist intelligent, wie Sie sagten, sie ist hübsch und macht alles prima. Eigentlich, wenn ich ehrlich bin, ist das Leben für mich hier viel angenehmer, seit sie da ist.»

«Ein echtes Dilemma», sagte er, und es klang irgendwie befriedigt.

«So kann man es nennen. Wie macht es eigentlich Baron Crantz?»

Er schloß seine Tasche, sah mich an und lachte laut.

«Er lebt noch in alten Feudalzeiten, würde ich sagen.»

Die unehelichen Kinder des Crantz waren zahlreich, jeder wußte es, auch seine Frau, sie hatte offenbar keine Einwände dagegen.

«Joachim ist nicht der Mann, mit seinen Mägden ins Bett zu gehen», sagte ich.

«Das meine ich auch. Und vielleicht sollten Sie Ihrer hübschen Freundin nahelegen, auf den Kurfürstendamm zurückzukehren.»

«Das habe ich schon getan.»

«Wirklich?» fragte er und reichte mir die Hand.

Ich sah ihm nach, als er mit seinem wackligen Ford durch die Birkenallee rollte. Und in gewisser Weise beneidete ich seine Frau.

Wir aßen die Kartoffelsuppe, und hatten Glück, es kam kein Gewitter, jedenfalls nicht bei uns. Irgendwo würde es niedergegangen sein und Unheil angerichtet haben.

Joachim kam sehr spät, müde und erschöpft, Sorgenfalten im Gesicht. Er aß lustlos, total uninteressiert daran, was er aß. Er wollte noch zum Ruebensen fahren, sie hätten verschiedenes zu besprechen, hatte er kurz mitgeteilt.

Sonst sprach er weder mit Elaine noch mit mir ein Wort, er war deutlich schlechter Laune. Das Opfer wurde Ossi. Der Junge erzählte von einem Spiel, das er nachmittags im Hof mit einigen der Gesindekinder gespielt hatte, da fuhr Joachim ihn an: «Sprich nicht mit vollem Mund. Überhaupt haben Kinder bei Tisch den Mund zu halten.»

«Na, hör mal...», begann ich, aber er gab mir einen so bösen Blick, daß ich verstummte.

«Und nimm den Ellenbogen vom Tisch», das galt immer noch Ossi. Elaine und ich tauschten einen Blick, sagten aber nichts. Es war noch nie vorgekommen, daß Joachim die Kinder während des Essens maßregelte, und reden durften sie jederzeit.

Aber es kam noch schlimmer. Ossi, wohl verwirrt durch den ungewohnten Ton seines Vaters, war ungeschickt, die Gabel rutschte ihm aus der Hand und klirrte auf den Teller.

«Und wenn du dich bei Tisch nicht benehmen kannst, dann ißt du in Zukunft in deinem Zimmer. Verschwinde! Aber sofort!»

Ossi sah ihn fassungslos an, dann mich. Ich holte Luft, doch Joachim ließ mich nicht zu Wort kommen, er schnauzte Ossi an: «Hast du nicht gehört, was ich gesagt habe? Verschwinde!»

Hocherhobenen Hauptes, die Augen voller Tränen, marschierte Ossi aus dem Eßzimmer. Er marschierte wirklich, er schlich nicht wie ein bestraftes Kind. Das imponierte mir.

«Die Haltung deines Sohnes gefällt mir», sagte ich. «Mehr als deine.»

«Ich verzichte auf deinen Kommentar», schnarrte er im schönsten Leutnantston.

«Der wird dir wohl nicht erspart bleiben. Meine Kinder dürfen bei Tisch reden, genau wie ich es durfte.»

«Das war wohl ein Fehler deiner Erziehung, einer unter anderen.»

«Was erlaubst du dir?» rief ich wütend. «Wenn dir nichts Besseres einfällt, als deine schlechte Laune an mir und den Kindern auszulassen, dann verschwindest du am besten auch und begibst dich zu deinem Freund Ruebensen. Ich kann auf deine Gesellschaft heute abend verzichten.» Meine Stimme hob sich. «Und nicht nur heute abend, damit das klar ist, und...»

Ein Blick auf Kathrinchen verschloß mir den Mund. Sie war mindestens so fassungslos wie Ossi, die Augen weit aufgerissen, starrte sie ihren Vater an.

«Bitte sehr!» Joachim warf die Serviette auf den Tisch, erhob sich und verließ das Zimmer, in nicht ganz so tadelloser Haltung wie sein Sohn.

Wir schwiegen.

«Iß weiter», sagte ich dann zu Kathrinchen und bemühte mich um ein Lächeln.

«Der Papi hat nich mal seine Saubiette in den Saubiettenring getan», kam es von ihr, Empörung in der Stimme.

«Das sind keine Manieren, da hast du recht», sagte ich.

Ich steckte noch ein paar Bissen von dem Kaßler in den Mund, ließ die Kartoffeln liegen und nahm vom Sauerkraut eine Gabel voll.

Die Menüempfehlung vom Doktor fiel mir ein. Nichts gegen Kaßler und Sauerkraut, aber meiner Ansicht nach war das ein Winteressen, es gab frisches Gemüse, und Eingemachtes hatten wir in Hülle und Fülle.

Schweigend beendeten wir das Essen, dann hörte ich draußen den Motor von unserem alten Opel aufheulen. Der machte einen Krach, daß man jedesmal dachte, er fliege in die Luft. Geh zum Teufel, dachte ich, du brauchst gar nicht mehr wiederzukommen. Weil du ein schlechtes Gewissen hast und mit dir selber nicht ins reine kommst, bist du unverschämt zu mir und den Kindern. Das hab' ich gern.

Ich legte meine Serviette ordentlich zusammen, schob sie in den Serviettenring, von Kathrinchen aufmerksam beobachtet, dann stand ich auf und bemühte mich meinerseits um Haltung.

«Katharina», sagte ich, «könntest du dich bitte noch ein wenig mit Tante Elaine unterhalten? Ich habe noch etwas zu tun.»

Elaine sah mich an und lächelte.

«Das machen wir», sagte sie. «Soll ich dir Tee warm stellen?»

«Nein, danke. Wir trinken nachher eine Flasche Wein.»

Ossi saß in der äußersten Ecke seines Zimmers auf dem Boden, seinen Teddybär im Arm.

«Hast du noch Hunger, mein Liebling?» fragte ich.

Er schüttelte den Kopf.

Ich setzte mich neben ihn auf den Boden.

«Es tut mir leid», sagte ich. «Der Papi war heute etwas nervös, hast du ja gemerkt. Er hat viel Arbeit. Und dann hatten wir ja auch Angst, es kommt ein Gewitter. Hat Karl dir doch sicher gesagt.»

Er nickte. Er preßte die Lippen zusammen, und ich merkte, daß er auf keinen Fall weinen wollte.

Ich legte meinen Arm um seine Schultern. «Du mußt nicht traurig sein. Du bist mein großer und gescheiter Sohn, und du hast das Recht bei Tisch zu reden, wie alle anderen auch. Das werde ich dem Papi morgen klarmachen. Jeder Mensch hat das Recht zu reden, ob er erwachsen ist oder ein kleiner Junge. Darüber habe ich nämlich auch zu bestimmen. Und nun kommst du mit hinunter und ißt noch deinen Pudding, ja?»

Er schluchzte einmal kurz auf, unterdrückte aber dann die Tränen.

«Ich kann dir den Pudding auch bringen, wenn dir das lieber ist. Aber ich fände es fein, wenn du mitkommst.»

Er schluckte, dann sagte er: «Ich komme mit.»

Hand in Hand gingen wir die Treppe hinunter, fanden Elaine und Kathrinchen in ein eifriges Gespräch vertieft. Worüber wohl? Über die Pferde. Denn Kathrinchen hatte es sich natürlich nicht nehmen lassen, die Arbeitspferde zu besuchen und dabeizusein, wie sie nach der Arbeit in die Schwemme geritten wurden, die sich ungefähr fünf Minuten vom Haus entfernt befand. Unser Flüßchen verbreitete sich dort zu einer ganz ansehnlichen Bucht, und wann immer es möglich war, kamen die Pferde dort am Abend zu ihrem Bad.

«Und die Liese», berichtete Kathrinchen begeistert, «hat geplatscht, das hat nur so gespritzt. So hoch», sie hob beide Arme in die Höhe. «Der Fritz war ganz naß.»

«Das wird ihm sicher gutgetan haben», sagte ich.

Fritz war einer der Söhne von Karl, und es gehörte zu seinen leidenschaftlich verteidigten Privilegien, die Pferde in die Schwemme zu reiten, nur sein Bruder Erich durfte sich an diesem Unternehmen beteiligen.

«Ich möchte auch die Pferde in die Schwemme reiten», verlautbarte Ossi.

«Dazu bist du noch zu klein», sagte die Mamsell, die nun auch zugegen war. Wieviel sie mitgekriegt hatte von dem üblen Auftritt, wußte ich nicht, ich würde mich hüten, sie zu fragen. Jedenfalls stellte sie Ossi eigenhändig eine besonders große Portion von dem Vanillepudding hin, reichlich mit Himbeersaft übergossen.

«Bin ich nicht», konterte Ossi, gab ihr einen schiefen Blick, machte sich dann über den Pudding her.

«Na ja», meinte ich, «man muß das gut überlegen. Fritz ist immerhin zwölf Jahre alt.»

«Mich läßt er auch nie», mischte sich Lotte ein, die dabei war, den Tisch abzuräumen. «Er sagt, das ist nichts für Mädchen.»

«Du hältst den Mund», wurde sie von der Mamsell verwiesen, «kein einer hat nach deiner Meinung gefragt.»

Na also, noch jemand, der einem anderen den Mund verbieten wollte. Ich sprach Lotte direkt an. «Wie alt ist denn der Erich?»

«Neun», sagte sie eingeschüchtert. «Und Fritz läßt ihn auch in diesem Jahr zum erstenmal.»

«Die Pferde sind ganz lieb», schrie Kathrinchen.

«Sie sind lieb», bestätigte ich, «und sie sind müde, wenn sie von der Arbeit kommen. Ich glaube nicht, daß sie dich runterschmeißen würden, Ossi. Vielleicht probieren wir es morgen mal.»

«Aber Frau Baronin», protestierte die Mamsell, «dazu ist er ja nun wirklich noch zu klein. Man wirklich noch. Wenn er...»

«Wir werden es morgen versuchen», beschied ich sie. Und sah befriedigt, daß Ossi der Pudding schmeckte. «Man muß mit allem einmal anfangen im Leben.»

«Das wird dem Fritz aber nicht passen. Bestimmt nich'», fand Lotte.

«Ich werde ihn um Erlaubnis fragen. Hast du denn heute kein Rendezvous?»

Sie wurde rot und lud eilig die Teller auf das Tablett.

«Er is' weg», flüsterte sie dann, nahm das Tablett und verschwand.

«Is' ja man nur gut!» rief die Mamsell ihr nach.

«Haste gesehn?» fragte Kathrinchen ihren Bruder und wies mit spitzem Finger auf das Objekt ihres Mißfallens. «Der Papi hat nich' mal seine Saubiette in den Saubiettenring getan.»

Ich nahm Joachims Serviette, legte sie zusammen, rollte sie und steckte sie in seinen Serviettenring.

«So etwas», sagte ich mit Gouvernantenstimme, «kann auch mal die Hausfrau tun.»

Kathrinchen staunte. «Bist du eine Hausfrau, Mami?»

Elaine lachte. Sie lachte laut und ansteckend.

«Ihr seid wundervoll. Und du bist einfach dufte, Julia.»

«Duufte?» wiederholte Kathrinchen erstaunt.

«So sagt man in Berlin, wenn jemand knorke ist», sagte ich.

Den Ausdruck kannte sie von mir, er gefiel ihr.

«Knorke», sprach sie mir nach. «Du bist knorke, Mami. Und duufte.»

Die Mamsell blickte tadelnd von einem zum anderen, weder knorke noch dufte fanden ihren Beifall.

Ich lächelte sie freundlich an. «Die Mamsell ist auch knorke, denn sie hat den guten Pudding gemacht.»

Das entlockte ihr denn doch ein sparsames Lächeln, aber eine Frage konnte sie sich nicht verkneifen. «Der Herr Baron ist noch mal weg?»

«Er ist weg», bestätigte ich. «Zu Herrn von Ruebensen. Warum gibt es eigentlich keine Erdbeeren zum Nachtisch?»

Ich konnte es nicht lassen, sie zu reizen.

«Soviel sind man noch nicht reif. Und da waren zu Mittag schon welche für Jürgenchen.»

«Hat der Herr Doktor angeordnet. Und nun werden ja wohl auch jeden Tag mehr reif werden.»

«Wo wir heute keine Sonne nich hatten?» Die Mamsell zog den Mund schief. «Und wo die Kinder immer in den Erdbeeren rumstromern!»

Die Kinder waren die Gesindekinder, und sie holten sich recht schnell die reifen Erdbeeren direkt vom Beet.

«Das sollten Sie denn mal verbieten, Frau Baronin.»

Ich stand auf, ohne meinen Pudding gegessen zu haben. Ich haßte Pudding. «Werd' ich nicht. Erdbeeren sind für alle da. Morgen pflücke ich selber welche, und dann kriegen wir abends Erdbeeren mit Sahne, ja?»

Ich wußte sehr genau, wenn meine Schwiegermutter da war, gingen die Gesindekinder nicht in die Erdbeeren, sie warteten, was ihnen zugeteilt wurde.

Ich lachte der Mamsell ins Gesicht. «Dann schick Lotte jetzt mal nach Hause.»

«Muß sie erst abwaschen», knurrte sie. «Gut, daß der Kerl weg ist.» Und damit verließ sie uns.

«Was für'n Kerl?» wollte Ossi wissen.

«Keine Ahnung, wen sie meint. Trinkst du noch deine Milch?» Er blickte mit Abneigung auf das Glas Milch, das vor seinem Platz stand. Was ich verstehen konnte. Milch paßte nicht zum Kaßler, und im Pudding war Milch genug gewesen.

«Lieber 'n Glas Wasser», sagte er.

Später gingen wir in den Hof, der Himmel war dunkel, kein Mond zu sehen, kein Stern.

«Kann immer noch ein Gewitter geben», sagte ich.

«Hoffentlich nicht», sagte Elaine. «Wenn es auf dem flachen Land einschlägt, kann es fürchterlich brennen.»

«Woher willst du denn das wissen? Du bist doch viel mehr eine Großstadtpflanze als ich.»

«Manches weiß ich eben doch. Oder denkst du, ich habe bisher nur in einem Wolkenkuckucksheim gelebt?»

Dieses Wort beschäftigte Kathrinchen, bis sie im Bett lag. Sie versuchte, es nachzusprechen, wollte von mir wissen, was es sei. Schwer zu erklären, glücklicherweise schlief sie dann über meiner Erklärung ein.

Jürgen schlief, Trudi saß an seinem Bett.

«Jetzt geh aber endlich schlafen», sagte ich.

«Wenn er aber wieder weint?»

«Ich bin ja da. Wenn er weint, dann meist erst später in der Nacht.»

«Er könnte ja bei mir schlafen», schlug sie vor.

Ich sah sie nachdenklich an. Ihre Kammer war winzig klein, und eine der Katzen schlief meist auch in ihrem Bett.

«Ich pass' schon auf, Trudi», sagte ich und strich ihr über die Wange. «Geh schlafen!»

Widerwillig verließ sie mein Ankleidezimmer, Jürgen schlief wirklich tief und fest. Ich dachte an Doktor Werner, an alles, was er gesagt hatte über die Ernährung der Kinder. Finster entschlossen straffte ich meine Schultern, ja, ich würde mich jetzt mehr um das Essen der Kinder kümmern, auch um unseres, ob es der Mamsell nun paßte oder nicht. Mittags dicke Kartoffelsuppe und abends Kaßler mit Sauerkraut, und das bei dieser Hitze! Außerdem war das Kaßler ziemlich salzig gewesen, ich war durstig. Im Geiste versuchte ich mich an der Gemüsesuppe. Mi... wie hatte er das genannt?

Dann betrachtete ich mich eine Weile im Spiegel, mein Haar, obwohl heute naß geworden, lockte sich wieder an den Spitzen. Einen Friseur brauchte ich eigentlich nicht. Wenn es Herr Berthold nicht sein konnte, mußte es der aus Hohenwartau auch nicht sein. Andererseits mußte es wieder mal geschnitten werden.

Elaine saß in der Halle, und nun strickte sie auch noch.

«Was machst du denn da?» fragte ich.

«Einen Jumper für Ossi.»

«Für Weihnachten?»

«Für Weihnachten?» fragte sie zurück und blickte von ihrem Werk auf.

«Na, ich meine nur. Du hast dich ja offenbar auf einen längeren Aufenthalt eingerichtet.»

«Ich habe nicht vergessen, was du gestern gesagt hast. Du möchtest gern, daß ich abreise.»

Ich tigerte durch die Halle.

«Ich weiß nicht so recht. Du würdest mir fehlen. Ach, es ist alles so schwierig. Ich hole uns eine Flasche Wein, ja?»

«Wir können doch nicht jeden Abend Wein trinken.»

«Warum nicht? Joachim trinkt bei Ruebensen auch Wein.»

«Ich glaube, sie trinken eher ein paar Schnäpse.»

«Hat er das erzählt? Ja, Ruebensen säuft ziemlich viel. Kann man ja auch verstehen. Seine Söhne sind gefallen. Der eine war achtzehn, der andere einundzwanzig. Dieser verdammte Krieg!»

Ich ging in den Keller und suchte sorgfältig unter den Flaschen. Ein

Mosel, Jahrgang neunzehnhundertelf. Soweit mir bekannt war, ein guter Jahrgang. Für wen oder was sollten wir das aufheben, war gerade recht für hier und heute.

«Joachim braucht den Ruebensen», sagte ich, als ich wieder oben war. «Er ist ein guter Landwirt. Und er weiß vieles, was Joachim nicht weiß. Er hat es einfach nicht gelernt, verstehst du? Und diese modernen Maschinen, die es heute gibt, wir können uns das nicht leisten, Joachim hat es schwer.»

Elaine nickte und strickte.

«Mhm, schmeckt gut», sagte ich, nachdem ich den ersten Schluck genommen hatte. «Oder?»

«Sehr gut. Du bist bei deiner Tante eine Weinkennerin geworden.»

«Nicht nur für Wein. Aber jedenfalls war mein armer toter Schwiegervater ein Weinkenner.» Ich nahm noch einen Schluck und wiederholte: «Dieser verdammte Krieg! Er hat alles kaputtgemacht. Nun sitzt der arme Hindenburg in Berlin und muß dieses Land regieren. Kannst du mir sagen, wie er das machen soll?»

«Seit wann interessierst du dich für Politik?»

«Manchmal lese ich die Zeitung. Oder denkst du, ich bin zu dämlich dazu?»

«Hindenburg repräsentiert das Deutsche Reich. Regieren muß der Reichskanzler und der Reichstag.»

«Vielen Dank für die Aufklärung.»

Ich stand wieder auf und wanderte durch die Halle. Viel mehr als Hindenburg und die Regierung interessierte mich die Frage, wie es hier bei uns weitergehen sollte. Gestern abend war ich so zornig gewesen und so unglücklich, doch davon war eigentlich nichts mehr übrig.

Ich hätte sie fragen müssen: Willst du eigentlich den Rest deines Lebens hier verbringen?

Statt dessen fragte ich: «Weißt du, was Liebe ist?»

Sie ließ Ossis Jumper in den Schoß sinken. «Liebe?»

«Na ja, Liebe. Du wirst doch schon mal davon gehört haben.»

«Es wird sehr viel darüber geredet und geschrieben», sagte sie kühl. «Es wird besonders viel davon gesungen, in Schlagern, in Operetten und auch in Opern, das wird dir deine Tante bestätigen.»

«Das weiß ich. Ich war oft genug in der Oper. Aber im richtigen Leben?»

«Was ist das richtige Leben? Liebe? Ich weiß nicht, ob es sie gibt.»

«Du bist gut. Mal abgesehen von Camille und von dir, deine Eltern sind schließlich wegen Liebe oder was man dafür hält, ums Leben gekommen.»

«Du hast es exakt getroffen, Julia. Was man dafür hält. Sehr oft ist es nichts als Einbildung. Es kann auch eine sehr schöne Illusion sein, doch sie kann einen Menschen vernichten, wenn er sich nicht klarmacht, daß die bunte Seifenblase der Liebe in der Wirklichkeit zerplatzen und im Nichts vergehen kann.»

Ihre Stimme hatte bitter geklungen, sie sah an mir vorbei auf das dunkle Geviert des Fensters, hinter dem in diesem Moment ein Blitz aufzuckte. «Siehst du, jetzt kommt es doch, das Gewitter.»

«Du willst sagen, es gibt gar keine Liebe?»

«Es ist ein Begriff, mit dem wir alle leben. Es gibt Zärtlichkeit, es gibt körperliches Begehren, und es gibt Leidenschaft, das bestimmt. Und es gibt den Wunsch nach Geborgenheit, nach einem schützenden Arm, und nicht nur für eine Frau, es gilt auch für einen Mann, und dann sind es die Kinder, die sich die Menschen wünschen. Aber es gibt auch Eifersucht, Enttäuschung, Ernüchterung, Trennung, das gehört auch zu dem, was du Liebe nennst. Warum sprichst du davon?»

«Ich habe heute den ganzen Tag darüber nachgedacht», sagte ich.

«Du, Julia? Ausgerechnet du. Du lebst in einer glücklichen Ehe, du hast diese reizenden Kinder, du lebst im Schutz und in der Geborgenheit dieses Hauses. Weißt du eigentlich, wie gut es dir geht?»

«Findest du?»

«Zudem bist du in einer liebevollen Atmosphäre aufgewachsen, man hat dich umsorgt und behütet. Du bist die letzte, die an der Liebe zweifeln könnte. Du warst immer von Liebe umgeben.»

Ich stand, sie saß und blickte zu mir auf.

Ich füllte unsere Gläser wieder und sagte: «Ich bin in einer liebevollen Atmosphäre aufgewachsen, da hast du recht. Ohne Vater zwar, aber ich hatte Mama, Tante Marina und Onkel Ralph. Ihn habe ich verloren, Mama auch. Tante Marina ist der einzige Mensch auf der Welt, den ich noch liebe.»

«Julia, versündige dich nicht.»

«Ich spreche jetzt nicht von den Kindern. Das ist eine andere Art von Liebe.»

«Ist es nicht auch eine andere Art von Liebe, die du deiner Tante entgegenbringst, als die, die du für einen Mann empfindest?»

«Sicher. Aber Joachim liebe ich gar nicht mehr.»

Da war es heraus, das ungeheure Wort, das ich bisher nur gedacht hatte.

Zu meinem Erstaunen lachte Elaine.

«Du hast dich heute abend über ihn geärgert, deswegen stirbt die Liebe nicht.»

«Es ist nicht nur heute abend.»

Wenn ich ihr sage, daß ich sie und Joachim gestern abend im Stall gesehen hatte, als sie sich küßten? Ich hatte Hemmungen, das auszusprechen, außerdem würde sie gemerkt haben, daß ich mich gestern abend *auch* geärgert hatte, deutlich genug hatte ich es gezeigt. Und so dumm war sie nicht, daß sie nicht wußte, worüber ich mich geärgert hatte.

«In jeder Ehe kommt es hin und wieder zu einem gewissen Überdruß, für beide Teile. Deswegen muß man nicht gleich die Kardinalfrage nach der Liebe stellen. Außerdem ist eine Ehe sowieso etwas anderes als eine ununterbrochene Liebesgeschichte.»

«Du sprichst weise wie eine alte Großmutter. Als wenn du das so genau wissen könntest.»

«Ich gebe mir Mühe.»

«Weißt du übrigens, daß ich nie Großeltern hatte? Ist doch komisch, nicht? Weil du sagst, meine Kindheit war so schön. Eigentlich gehören Großeltern doch dazu. Mein Vater ist schon als Waise aufgewachsen, und Mamas Eltern lebten auch nicht mehr. Ihre Mutter starb an der Tuberkulose, und ihr Vater...», ich überlegte. «Weiß ich gar nicht.»

«Der Lehrer aus Prenzlau, von dem deine Tante erzählte. Du wirst sie fragen, sie weiß sicher, wann und woran er gestorben ist.»

«Eigentlich ist das ungerecht.»

«Was?»

«Mein Vater. Er hatte keine Eltern und hat sicher keine glückliche Jugend gehabt. Und dann ist er so früh gestorben. Was hat er denn von seinem Leben gehabt?»

«Hast du noch nie darüber nachgedacht?»

«Nein, wirklich nicht. Es wurde auch nie von ihm gesprochen. Mama war das Leben so recht, das sie führte. Ich glaube, einen Mann hat sie nie vermißt. Sie war ja soweit ganz hübsch, aber ich kann mich nicht erinnern, daß sie je einen Freund oder einen Verehrer gehabt hätte. Oder daß sie geflirtet hätte mit einem der Männer, die zu Tante Marina kamen, die Freunde und Verehrer und möglicherweise Liebhaber von Tante Marina genügten ihr vollauf zur Unterhaltung.»

«Da siehst du, wie verschieden die Menschen sind. Die einen suchen immerzu nach der Liebe, wollen sie partout haben, machen sich das Leben schwer damit, wenn sie anders ist, als sie es sich vorstellen, oder wenn sie sie gar verlieren, und für andere spielt die sogenannte Liebe überhaupt keine Rolle. Du weißt nicht, wie die Ehe deiner Eltern war?»

«Keine Ahnung. Das einzige, was ich mir gemerkt habe, Mama sagte manchmal: Er war ein Banause.»

«Ah ja, diesen Ausdruck von dir kenne ich aus Lausanne. Du fälltest damit ein vernichtendes Urteil. Möglicherweise war deine Mutter nicht sehr glücklich in ihrer Ehe. Und ungerecht war sie vermutlich auch. Woher sollte ein Waisenkind ein Kunstkenner beziehungsweise ein Opernkenner sein? Denn das war es doch, was bei euch einzig und allein zählte.»

Ich nickte. «Das stimmt.»

«Und deiner Mutter gefiel das Leben bei ihrer berühmten und

amüsanten Schwester eben besser. Kann ja sein, sie war mal verliebt, dann hat sie dich zur Welt gebracht, und danach hatte sie für den Rest ihres Lebens genug von der Liebe.»

«Kann ich verstehen.»

Elaine lachte wieder. «Ausgerechnet du.»

«Was heißt ausgerechnet ich?»

«Du bist ein zärtliches und anschmiegsames Wesen...»

«Hach!» machte ich.

«Das immer von Liebe umgeben war», fuhr sie fort, «und Liebe für sehr wichtig hält, sonst würdest du nicht darüber reden.»

Es blitzte wieder hinter dem Fenster, und dann donnerte es ziemlich kurz darauf.

«Da haben wir die Bescherung. Ins Bett gehen können wir jetzt sowieso nicht.»

«Reden wir halt noch weiter über die Liebe.» In ihrer Stimme klang Spott.

«Sag du mal was! Wen liebst du denn?»

«Dich zum Beispiel.»

«Mich?»

«Ja, wirklich. Ich bin jetzt so lange mit dir zusammen, viel zu lange, wie du findest, und ich habe dich richtig liebgewonnen.»

Das rührte mich, aber ich konnte mir die Frage nicht verkneifen: «Und Joachim? Liebst du den auch?»

«Ja, den liebe ich auch ein wenig.»

«Das dachte ich mir.»

«Du hast gerade deinen Vater bedauert. Sieh mal, ich bin ja auch so ein armes Waisenkind, und ich lebe hier bei euch zum erstenmal in einer Familie. Noch dazu in diesem schönen Land und in diesem wundervollen alten Haus. Das ist für mich ein ganz neues Leben und... na ja, es gefällt mir. Und deswegen bin ich immer noch da und gehe dir auf die Nerven.»

«Quatsch, du gehst mir nicht auf die Nerven. Aber ich meine, vorher in Berlin oder Lausanne, war denn da niemand, den du geliebt hast?» Langsam blieb mir das Wort Liebe im Hals stecken.

«Vielleicht. Auf jeden Fall nicht so, wie du es meinst.»
Ihr Gesicht verschloß sich, sie nahm Ossis Jumper hoch und strickte weiter.
«Du sprichst nicht gern davon», bohrte ich.
«So ist es. Und über Liebe haben wir nun genug gesprochen. Aber ich werde dir nun etwas erzählen, das dir meine skeptische Einstellung zur Liebe verständlich machen kann. Mein Vater ist nicht im Duell gefallen und meine Mutter nicht an gebrochenem Herzen gestorben. Oder gerade doch. Sie nahm sich das Leben, nachdem mein Vater sie im Stich gelassen hat.»
Ein längeres Schweigen folgte. Ich ging zum Fenster, blickte hinaus in die aufgewühlte Nacht, Blitze zuckten, Donner hallte, und die Birken bogen sich im Sturm.
Ich wandte mich um. «Jetzt hast du mal die Wahrheit gesagt.»
«Du wirst zugeben, daß ich über diese Wahrheit im Pensionat nicht sprechen konnte. Ich hatte mir diese Geschichte, die ich erzählte, nicht nur für die anderen, auch für mich zurechtgelegt, als Trost gewissermaßen.»
«Und Onkel Fedor?» fragte ich fassungslos.
«Onkel Fedor hat es nie gegeben», sagte sie ruhig.
Alles Lüge, alles Lüge. Hatte ich das nicht gestern abend schon gedacht?
Ich hätte sie fragen mögen: Und die Erbschaft von Onkel Fedor? Wo kommt das Geld her, von dem du lebst?
Aber ich war auf einmal wie gelähmt, es war mir unmöglich, zu sprechen, sie mit Fragen zu quälen. Der Widerstreit meiner Gefühle ließ mich verstummen, ich war abgestoßen von ihren Lügen und gleichzeitig erfüllt von tiefem Mitleid. Da ging die Tür auf, die Mamsell kam herein in einem verwegenen langen grauen Nachthemd, die beiden Zöpfe baumelten ihr über den Schultern.
«Das Gewitter», stammelte sie.
«Ja, wir hören es.»
«Ist denn der Herr Baron noch nicht da?»
«Nein. Und ich hoffe, er ist nicht gerade unterwegs.»

«O Gottogott», jammerte die Mamsell. «Wenn ein Blitz einschlägt in das Auto?»

«In ein Auto kann kein Blitz einschlagen», sagte Elaine.

«Vielleicht ist er noch beim Ruebensen», sagte ich. «Ich geh' jetzt mal rauf und sehe nach den Kindern. Ist Karl da?»

«Ja, Karl ist draußen.»

An der Mamsell, die unter der Tür stand, drängelte sich Tell vorbei, mit eingekniffener Rute und tief herabhängenden Schlappohren. Ich kniete nieder. «Komm her, du Held. Ich werde dich beschützen.»

Die Mamsell sagte tadelnd: «'n Gewitter ist kein Spaß nicht.»

«Ich weiß.» Und legte meine Arme um Tells Hals.

«Ich geh' zu den Kindern», sagte Elaine und verließ die Halle. Ich kniete am Boden, Tell im Arm und schaute zur Mamsell auf.

«Geh doch schlafen», sagte ich freundlich. «Dieses Haus hat sicher schon viele Gewitter überstanden. Und was draußen passiert, können wir sowieso nicht ändern.»

Sie schnaubte nur voll Verachtung und entschwand.

«Weißt du, Tell, am liebsten würde ich nachsehen, was die Pferde machen. Aber du würdest ja sowieso nicht mitkommen.»

Oskar, der Stallknecht, war ein zuverlässiger Mann, er war sicher schon bei den Pferden. Dann dachte ich an die Polen, in ihrer alten Scheune, sie hatten mindestens so viel Angst wie Tell. Wenn es stark regnete, verzögerte sich der Schnitt um mehrere Tage, was bedeutete, daß es teuer wurde. Schlimmer noch wäre Hagelschlag im Getreide. Aber vielleicht regnete es nicht zu stark, und es gab keinen Hagel.

Ich seufzte. «In Berlin, Tell, ist Gewitter überhaupt kein Thema. Wenn man nicht gerade aus der Oper kommt, in einem feinen Abendkleid, da ist es lästig. Aber da gibt es Droschken, und da fährt man nach Hause oder zu Lutter und Wegner. Zum Beispiel.»

Wir saßen auf dem Boden, Tell und ich, eng aneinandergeschmiegt, und da wäre ich am liebsten geblieben.

«Liebe!» flüsterte ich ihm ins Ohr. «So 'n Quatsch! Dich liebe ich. Und Melusine. Ob sie viel Angst hat?»

Ich habe dich liebgewonnen, hatte Elaine gesagt. Komisch, ich glaubte ihr das, auch wenn sie Joschi küßte, glaubte ich ihr das. Das Leben war eben manchmal kompliziert.

Das mit ihren Eltern war ungeheuerlich. Ihre Mutter hatte sich das Leben genommen. Ob sie mir das mal genauer erzählen würde? Nein, bloß nicht. Sicher wußte sie es auch gar nicht. Ich durfte nie mehr davon sprechen. Gestern hatte ich im Stall so schnoddrig über ihre Eltern gesprochen. Wie ich das jetzt bedauerte, und heute mein dummes Geschwätz über die Liebe.

Und daß sie mir die Wahrheit erzählt hatte, daran war wohl auch das Gewitter schuld.

Und dann ein böser Gedanke: Wenn es diesmal die Wahrheit war und nicht wieder eine neue Geschichte, die sie sich ausgedacht hatte.

Ich stand auf.

«Bleib hier, Tell. Ich schau bloß mal nach draußen.»

Karl stand unter der Tür, die vom Wirtschaftsgang in den Hof führte, ein ärmelloses Unterhemd in die Hose gesteckt, die unvermeidliche Mütze im Genick.

«Na?» fragte ich. «Wie sieht's aus?»

«Es tut so rum», antwortete er. «Kein Regen. Nur Wind. Kann nicht klarkommen, das Gewitter. Den ganzen Tag schon nicht.»

Dem Gewitter ging es wie mir.

«Ist Oskar bei den Pferden?»

Er nickte. «Klar. Fritz auch. Und Bolke auch.» Bolke war der Kutscher.

Der Wind, fast schon Sturm, fegte über den Hof, wirbelte Staub auf, weder Mensch noch Tier waren zu sehen.

Der Wind war seltsam warm, ganz ungewöhnlich. Vom Meer konnte er nicht kommen. Wenn es einschlug, war der Wind ein Verhängnis. Besser, es regnete endlich.

Der See

Es regnete wirklich nicht in dieser Nacht, keinen Tropfen, das Gewitter verzog sich, die Blitze kamen seltener, der Donner grummelte nur noch in der Ferne.

«Gehn wir schlafen», schlug ich vor.

«Und Joachim? Willst du nicht auf ihn warten?» fragte Elaine.

«Wozu denn? Kann sein, er hat bei Ruebensen abgewartet, bis das Gewitter vorbei ist. Er wird dann schon kommen.»

Aber ich ging mit Karl noch einmal zu den Pferden. Oskar saß bei Nero in der Box und schlief. Karl schüttelte ihn.

«Mach, daß du in die Plautze kommst», sagte er.

Oskar fuhr hoch, erschrak, als er mich sah.

«Schön, daß du dich um die Pferde gekümmert hast, Oskar. Alles in Ordnung, wie ich sehe. Gehn wir schlafen.» Ich küßte Melusine auf die Nase. «Gute Nacht, meine Süße, schlaf schön.»

Elaine war hinaufgegangen, ich hatte auch keine Lust mehr, noch länger mit ihr zu reden. Ossi und Kathrinchen schienen Blitz und Donner nicht mitbekommen zu haben, sie schliefen fest.

Aber Jürgen weinte. Das wurde nun schon fast zur Gewohnheit. Er konnte doch nicht jede Nacht böse Träume haben.

Ich war bleiern müde, meine Füße waren schwer. Ich zog mich aus und nahm dann Jürgen einfach mit in mein Bett. Ich wollte sowieso warten, bis Joachim kam, solange konnte Jürgen bei mir liegen, dabei beruhigte er sich am ehesten.

So geschah es auch, er schlief nach einer Weile wieder, und ich schlief auch ein, ich hörte nicht wie Joachim kam. Das heißt, er war nicht gekommen, jedenfalls nicht in sein Bett, wie ich feststellte, als ich aufwachte. Genau wie am Morgen zuvor, war das Bett neben mir leer und diesmal auch unberührt. Voll Schreck sprang ich auf und rannte wie ich war, im Nachthemd, die Treppe hinunter. Es würde ihm doch nichts passiert sein!

Joachim saß beim Frühstück, es war noch sehr früh, halb sieben, wie ich mit einem Blick auf die große Standuhr feststellte, die ihren Platz im Eßzimmer hatte.

«Nanu?» sagte er. «Wo kommst du denn her, mitten in der Nacht?»

«Wo warst du denn? Bist du jetzt erst heimgekommen?» Ich sah, daß er dasselbe Hemd anhatte wie am Tag zuvor, es war ziemlich zerdrückt und voll dunkler Flecken.

«Ich bin ziemlich spät gekommen oder besser gesagt, sehr früh, da wollte ich dich nicht stören. Vor zwei Stunden etwa, und da habe ich mich in Mutters Zimmer hingelegt.» Mutters Zimmer war in diesem Fall nicht das Schlafzimmer meiner Schwiegermutter, sondern das Wohnzimmer, weil sich meine Schwiegermutter dort am liebsten aufhielt, wenn sie sich mal eine ruhige Stunde gönnte.

«Na so was», sagte ich und öffnete die Tür zum Wohnzimmer. Außer den drei Sesseln, die um den runden Tisch standen, an dem die Baronin Cossin manchmal eine Patience legte, befand sich im Zimmer eine Chaiselongue, darauf lagen ein zerwühltes Kopfkissen und eine Wolldecke.

Ich gähnte, ich war unausgeschlafen, auch für mich war es eine kurze Nacht gewesen. Dann ging ich wieder ins Eßzimmer, goß mir eine Tasse Kaffee ein und setzte mich meinem Mann gegenüber.

«Außerdem hast du mir ja deutlich genug gesagt, daß du auf meine Gesellschaft verzichten kannst», sagte Joachim.

«Stimmt, das habe ich gesagt. Und das habe ich auch so gemeint. Wie du den armen Jungen angestänkert hast, das war gemein.»

«Bitte!» Er hob abwehrend die Hand. «Wir wollen das nicht wieder aufwärmen. Ich hab' andere Sorgen.»

«Was heißt aufwärmen? Wir müssen schließlich darüber reden, denn ich finde...»

Die Tür ging auf, Lotte kam mit dem großen Honigtopf. Wir schwiegen. Lotte flüsterte: «Ich hab' den Honig vergessen.»

«Danke, Lotte», sagte ich und lächelte ihr zu. Sie sah verweint aus. Auch für sie war es offenbar eine kurze Nacht gewesen mit dem ersten Liebeskummer.

Ich hatte auf einmal auch keine Lust, den Ärger vom letzten Abend zu bereden. Ich war müde und würde vielleicht doch noch für eine Stunde in mein Bett zurückkehren.

«Ich verstehe nur nicht, warum du hier unten geschlafen hast. Du hättest ja auch in das Schlafzimmer deiner Mutter gehen können. Da ist doch wenigstens ein richtiges Bett.»

«Hat sich nicht mehr gelohnt. Aber es ist keine schlechte Idee. Ich könnte dort schlafen, solange Mutter nicht wieder da ist. Da dir meine Gesellschaft nicht angenehm ist.»

«Bitte sehr! Mir ist es egal, wo du schläfst.»

Wir blickten uns über den Tisch hinweg feindselig an. Und der Teufel gab mir ein, zu sagen: «Da käme auch noch Elaines Bett in Frage.»

«Das ist eine noch bessere Idee.» Er stand auf, warf wieder einmal die Serviette zerknüllt auf den Tisch.

Ich bereute sofort, was ich gesagt hatte, trank meinen Kaffee aus, essen mochte ich nichts.

«Das Gewitter...», murmelte ich. «Du bist spät gekommen.»

«Es hat eingeschlagen, bei Goosen. Wir sind da noch hingefahren.»

«Ach du lieber Gott! Ist viel passiert?»

«Der Kuhstall und eine Scheune sind abgebrannt.»

«Und die Kühe?»

«Die waren auf der Weide.»

«Gott sei Dank.»

«Es bestand die Gefahr, daß das Feuer auf den Pferdestall übergreift, wir haben die Pferde rausgebracht, sie waren natürlich sehr aufgeregt, eins hat mich auf den Zeh getreten.»

Er hob den rechten Fuß, und ich sah, daß er keine Schuhe trug und der Zeh geschwollen war.

Ich stand auf, trat zu ihm und besah mir den Fuß.

«Zeig mal! Setz dich hin und zeig mir den Zeh!»

«Nicht nötig. Als das Feuer gelöscht war, sind wir zurückgefahren, und Frau von Ruebensen hat mir kalte Umschläge gemacht. Und wir haben noch was getrunken.»

«Und wie bist du hergekommen?»

«Ruebensen hat mich gefahren. Mein Wagen steht noch bei ihm.»

«Willst du dich nicht hinlegen? Ich mach' dir auch Umschläge.»

«Keine Zeit. Ich wasche mich bloß und zieh' mir was anderes an. Von Edward müssen noch so ein Paar alte Sandalen da sein. Die Mamsell weiß vielleicht, wo sie sind, sie hütet ja Edwards Sachen.»

Edwards Zimmer, oben das letzte im Gang, ein schönes großes Eckzimmer, war unverändert, seine Bücher waren da, sein Schreibzeug, auch sonst alles, was ihm gehört hatte. Das war das Werk der Mamsell, und meine Schwiegermutter hatte sie nicht daran gehindert. Die Garderobe ihres Mannes hingegen hatte sie verschenkt.

In Edwards Zimmer stand auch ein schönes, sogar ziemlich breites Bett. Aber dort zu schlafen, das fiel keinem im Haus ein.

Joachim setzte sich jetzt doch, das Stehen fiel ihm offenbar schwer. Ich beugte mich herab, nahm seinen Fuß in die Hand und zog die schmutzige Socke herunter. Der Zeh sah wirklich schlimm aus.

«Wir sollten zu Doktor Werner fahren, das kann nämlich auch gebrochen sein.»

«Sophie meint, gebrochen ist er nicht, nur gequetscht. Das kann unter Umständen schmerzhafter sein als ein Bruch. Du weißt ja, daß sie mal eine Ausbildung in Krankenpflege gemacht hat. Und im Krieg hat sie eine Zeitlang in Stettin in einem Lazarett gearbeitet.»

Sophie war Frau Ruebensen. Sie war genau so tüchtig wie meine Schwiegermutter, nur meist sehr still und bedrückt. Ich hatte sie ja früher nicht gekannt, und kannte sie auch jetzt kaum, sie lebte sehr zurückgezogen. Früher, so hatte man mir erzählt, sei sie eine heitere Frau gewesen, die gern Gäste einlud und alle Feste rundherum besuchte. Das hatte sich geändert, nachdem sie ihre Söhne verloren hatte. Ich ließ vorsichtig Joachims Fuß los.

«Es tut mir leid», sagte ich, und damit meinte ich nicht nur den Zeh, sondern alles. «Kannst du denn wirklich nicht zu Hause bleiben?»

«Ich reite mit Fridolin hinaus, das kann ich auch in den Sandalen. Um zwölf muß ich wieder hier sein, da kommt der Getreidehändler Zorn, mit dem muß ich verhandeln wegen der Ernte.»

«Also gut. Und dann ißt du was, und dann legst du dich hin.»

«Wenn ich einen Verwalter hätte...»

«Karl ist fast so gut wie ein Verwalter. Der wird draußen schon mit allem fertig. Kannst du hinaufgehen, oder willst du dich unten waschen?»

«Es geht schon.» Er stand auf, humpelte zur Tür und dann vor mir die Treppe hinauf.

«Was 'n los? Was 'n los?» schrie die Mamsell, die gerade das Eßzimmer ansteuerte.

«Erzähl' ich dir nachher!» schrie ich zurück.

Oben auf dem Gang trafen wir Elaine, die gerade aus ihrem Zimmer kam, und in meinem Ankleidezimmer stand ratlos Trudi, die durch die offene Tür in das Schlafzimmer spähte und sich nicht hineintraute. Jürgen saß im Bett und krähte vergnügt. Ich bugsierte Joachim ins Badezimmer, dann unterrichtete ich Elaine und Trudi über das Vorgefallene, sagte zu Elaine: «Geh runter und erzähl der Mamsell, was los ist. Und vielleicht bereitest du sie darauf vor, daß sie heute etwas Gutes kochen soll. Oder vielleicht kochst du wieder mal?»

«Mit Vergnügen. Hat er große Schmerzen?»

«Sieht so aus.»

Und zu Trudi: «Nimm Jürgen mit und gib ihm sein Frühstück. Nein, schau erst nach Ossi und Kathrinchen. Falls sie noch schlafen, dann laß sie.»

Sie schliefen keineswegs, und kurz darauf verschwand der ganze Verein nach unten. Die Mamsell, Lotte und Minka waren zunächst mal mit dem Frühstück beschäftigt, und ich begab mich in Edwards Zimmer. Wenn es dort Sandalen gab, fand ich sie auch, denn in diesem Zimmer war es so ordentlich aufgeräumt wie in keinem sonst. Ich sah mich um. Wirklich ein schönes Zimmer, schade, daß es nicht genutzt wurde. Ich setzte mich auf Edwards Bett und strich mit der Hand über die Daunendecke. Er hatte wirklich und wahrhaftig eine Daunendecke, und mir fiel ein, was Joachim erzählt hatte.

«Edward fuhr gern nach Berlin. Und dort kaufte er sich immer ein, was ihm gefiel.»

Ich hatte ihn nicht kennengelernt, er war fünf Jahre älter als Joachim, und er fiel wenige Wochen, nachdem ich geheiratet hatte. Wäre er am Leben geblieben, müßte ich nicht auf Cossin sein.

Wieso eigentlich nicht? Irgendwo mußte Joachim mit Frau und Kindern ja bleiben, denn den Krieg hatten wir so und so verloren, und Joachim wäre ein Mann ohne Beruf gewesen, wie so viele Offiziere in dieser Zeit. Er hätte dann mit seinem Bruder zusammen Cossin bewirtschaftet. Oder er hätte einen Beruf erlernen müssen. Was zum Beispiel? Komisch, darüber hatte ich noch nie nachgedacht, was Joachim eventuell für Talente haben könnte. Studieren? Das wäre teuer gekommen. Wofür interessierte er sich eigentlich? Die Frage hatte sich nie gestellt. Er war gern Offizier gewesen, und möglicherweise ein guter, das wußte ich nicht. Nun war er ein mittelmäßiger Landwirt, der sich Mühe gab, dazuzulernen. Künstlerische Interessen hatte er nicht, im Grunde war auch er ein Banause.

Ich seufzte und stand auf von Edwards Bett. Vielleicht hätte mir Edward sehr gut gefallen. Allein die Bücher in diesem Zimmer sprachen dafür, daß er sich nicht nur für seine Kühe und seine Felder interessiert hatte. Und die Bilder an den Wänden gefielen mir auch. Impressionisten zumeist, wie ich wußte. Farbdrucke natürlich nur, für Originale hatte man kein Geld auf einem pommerschen Gutshof.

Ich nahm die eingerahmten Fotografien in die Hand, die auf einem halbhohen Schrank standen, so was Ähnliches wie Tante Marinas Vertiko. Edward als Knabe, als Jüngling auf einem Rappen, als junger Mann in Uniform. Er sah sehr gut aus, ein ernstes, sehr gesammeltes Gesicht, die Augen ein wenig verträumt.

Nirgends ein Stäubchen, es mußte die Mamsell sein, die hierherkam und Staub wischte. Und die Bilder, die Edward zeigten, standen hier, nicht im Zimmer meiner Schwiegermutter. Ob sie manchmal hierherkam? Wir sprachen nie über Edward.

Wie hätte sie auch mit mir über ihn sprechen können, ich kannte ihn ja nicht. Mit wem konnte sie über die Trauer in ihrem Herzen sprechen? Ihr Mann lebte nicht mehr. Und Joachim? Mit Margarete vielleicht. Und nun auch noch dies ganze Unglück mit Margarete. Und ich hatte mich all die Jahre so blödsinnig benommen, immer gezeigt, wie ungern ich auf Cossin lebte.

Mit einemmal fühlte ich eine tiefe, geradezu zärtliche Zuneigung zu meiner Schwiegermutter, ich würde in Zukunft alles anders machen, sie sollte eine Tochter an mir haben, und meine Kinder sollten sie ein wenig trösten über das, was sie verloren hatte.

Ich sah mich wie erwachend um. Die Sandalen. Ich fand sie sofort, vorn neben der Tür stand der Schuhschrank, und da war alles drin, von den Reitstiefeln bis zu den Sandalen. Ich packte sie, blieb an der Schwelle stehen. Es war das zweitemal, daß ich in diesem Zimmer war, gerade hineingeguckt hatte ich mal, scheu, ängstlich, wenn man so jung war wie ich, als ich hierherkam, da fürchtete man alles, was mit dem Tod zusammenhing. Obwohl ja auch ich von Toten umgeben war.

Aber nun war es Leben. Ich hatte Leben geschaffen, und wenn es denn sein mußte, würde ich noch ein Kind bekommen. Falls meine Lunge wirklich nicht krank war.

Kein Geräusch, hatte Doktor Werner gesagt. Wenn die Ernte vorbei war, würde ich nach Berlin fahren und einen Spezialisten konsultieren, damit ich es genau wußte, und wenn alles gut ist, hörst du, Joschi, dann bekomme ich noch ein Kind, für dich, für meine Schwiegermutter, für Cossin. Ich muß es tun, Edward zuliebe.

Und ich würde nie mehr so häßlich zu Joschi sein.

Ich fand ihn auf dem Sofa im Ankleidezimmer sitzen, er war blaß, er sah müde und elend aus, sein Zeh war rot und dick geschwollen.

«Hier sind die Sandalen. Und nun hör zu, was ich dir sage. Du bleibst hier, und Elaine wird dir Umschläge um den Fuß machen. Ich schaue unten nach dem Rechten, dann hole ich mir Melusine und reite hinaus zu den Wiesen. Ich kann ja schließlich auch sehen, ob sie dort ordentlich arbeiten. Karl wird mir Bericht erstatten.»

«Du, mein kleines Püppchen», sagte er mitleidig.

«Verdammt noch mal ja, ich. Du kannst dann am Mittag Herrn Zorn empfangen und den ganzen Kram mit ihm besprechen, es ist doch absolut blödsinnig, daß du noch eine Entzündung oder sonstwas in den Fuß bekommst. Du hast mitgeholfen heute nacht die Pferde zu retten, und das ist gut so, und nun bist du mal vernünftig und hörst bitte auf mich.»

Ich legte meine Hände auf seine Schultern und drückte ihn nieder auf das Sofa, bis er lag.

«Oder willst du lieber ins Bett?»

«Nein, nein, ich liege hier ganz gut. Ein paar Minuten nur.»

Unten waren sie in hellem Aufruhr, alle im Eßzimmer versammelt, Elaine, die Kinder, Trudi, die Mamsell, Lotte und Minka. Ich blieb an der Tür stehen und berichtete, was in der Nacht geschehen war.

«Wir haben Glück gehabt. Bei Goosen hat es eingeschlagen, alle Tiere sind gerettet. Ich kümmere mich um die Arbeit, und mein Mann bleibt erst mal oben. Elaine, du bist so lieb und machst ihm Umschläge. Und wenn es nicht besser wird, lassen wir anspannen und holen Doktor Werner.»

«Die Pferde sind alle draußen», wandte die Mamsell ein. Das Auto war nicht da, und Autofahren konnte ich sowieso nicht.

«Na gut, dann reite ich eben nach Hohenwartau.»

«Ich verstehe sowieso nicht», sagte Elaine, «warum ihr noch kein Telefon habt.»

Ich mußte unwillkürlich lachen. «Es ist eben eine besonders lange Leitung bis hierher.»

Ich konnte auch zum Ruebensen reiten, das war mit Melusine höchstens eine dreiviertel Stunde, dort hatten sie Telefon. «Ihr benehmt euch alle so anständig wie möglich», sagte ich zu den Kindern, was höchstens für die beiden Großen gelten konnte. «Kein großes Geschrei. Und Ossi, ob es heute klappen wird, daß wir die Pferde in die Schwemme reiten, kann ich nicht versprechen, das siehst du ein, wir verschieben es. Aber vielleicht unterhältst du dich mal mit Fritz und Erich, wenn sie aus der Schule kommen, was sie davon halten. Fritz hat zu bestimmen, nicht? Du wirst es so machen, wie er es sagt.»

Ossi nickte. Er hatte seine Milch getrunken und zwei Brote mit Honig gegessen. Kathrinchen war noch dabei, der Honig tropfte ihr über das Kinn.

«Katharina», sagte ich, «wisch dir den Mund ab. Was glaubst du, wozu wir Servietten haben? Nicht nur, um sie in den Ring zu stecken.»

Gehorsam wischte sie sich Mund und Kinn ab. Sie waren überhaupt alle sehr artig, die Heldentat ihres Vaters und der demolierte Zeh imponierten ihnen sehr.

«Papi hat die Pferde gerettet», sagte Kathrinchen andächtig.

«So ist es. Und nun», ich sah die Mamsell streng an, «gehen wir mal in die Küche.»

Auch sie gehorchte.

Wann hatte ich schon die Küche betreten? Kaum öfter als Edwards Zimmer.

«Was könnten wir heute kochen?» fragte ich. «Irgendwas Leichtes, Gutes, das einem kranken Mann schmeckt.»

Nun machte ich schon einen kranken Mann aus Joachim. Aber es wirkte.

«Ich lass' zwei Hühner schlachten», schlug die Mamsell vor, «und mach' ein schönes Frikassee.»

Ich schluckte. Daß Hühner geschlachtet werden mußten, um sie zu essen, war für mich Großstadtpflanze immer noch ein Problem. In Berlin waren sie schon tot, wenn sie in die Küche kamen. Blieb sich zwar gleich, auch sie hatten irgendwann vorher noch gelebt, ehe Wanda sie in den Topf steckte.

«Gut», sagte ich. «Und dazu Reis und gemischtes Gemüse. Nimmst du eben was von dem Eingemachten. Und bitte sparsam mit dem Mehl.»

Die Mamsell und ich fixierten uns, und sie war nahe daran, mir den Gehorsam aufzukündigen.

Elaine trat neben die Mamsell und legte leicht ihre schmale Hand auf den Arm der Mamsell. «Das machen wir schon, nicht wahr, Wilhelmine?»

Sie hieß Wilhelmine, unsere Mamsell. Wer sprach sie eigentlich je mit Namen an?

«Und nun», sprach Elaine weiter, «brauchen wir erst mal eine Schüssel mit sehr kaltem Wasser und ein paar saubere Tücher. Für die Umschläge.»

Als wir hinaufkamen, lag Joachim auf dem kleinen Sofa in meinem Ankleidezimmer und schlief fest.

«Aber da liegt er ja sehr unbequem», flüsterte Elaine.

«Laß ihn schlafen. Er wird bald aufwachen, denn er liegt da wirklich unbequem. Und dann machst du ihm die Umschläge.»

«Und du?»

«Ich reite jetzt mal los.»

Es verlief alles programmgemäß, ich ritt mit Melusine zu den Wiesen, Karl kam und erstattete mir Bericht, und ich erstattete ihm Bericht. Er wußte Bescheid, er hatte von dem Brand bei Goosen schon gehört, erstaunlich, wie sich alles immer herumsprach.

Plötzlich sah ich Herrn Baring auf uns zureiten, wie sich erwies ebenfalls über alles informiert.

«Wir werden bis mittag fertig sein», sagte er. «Soll ich denn mal hineinfahren nach Hohenwartau und den Herrn Doktor verständigen?»

«Das wäre prima. Ist sicher besser, Doktor Werner schaut sich den Fuß mal an.»

Doch als wir zu der Straße kamen, die nach Cossin führte, Herr Baring begleitete mich, sahen wir den Wagen des Doktors vorbeifahren. Er sah uns auch und winkte. Später erfuhr ich, daß Sophie von Ruebensen ihn angerufen hatte, denn gar so sicher war sie sich ihrer Diagnose nicht.

Herr Baring und ich gingen eine Weile Schritt auf der Straße entlang, wir sprachen über die jetzt fast beendete Arbeit und was als nächstes zu tun war.

«Dann wird der Herr Baron ja wohl nicht mehr zur Jagd gehen können», meinte Baring.

«Nein. Klaus ist abgereist?»

Er wandte mir sein Gesicht zu. «Ich nehme an, die Kleine da bei Ihnen hat es erzählt.»

«Lotte, ja. Sie wissen davon?»

«Ich hab' sie vorgestern abend in dem alten Schuppen, der zwischen dem Gut und dem Vorwerk am Waldrand steht, aufgestöbert. Genaugenommen hat es mein Hund getan. Ich war abends mit ihm unterwegs, und er raste auf den Schuppen zu und winselte vor Freude. Seinem Benehmen nach konnte kein Fremder darin sein. Ich bin wohl gerade noch zurecht gekommen, ehe etwas passiert ist. Das Mädchen ist ja noch ein Kind.»

«Ein recht hübsches Kind. Sie ist fünfzehn.»

«Sie können sich denken, Frau Baronin, daß ich Klaus deutlich die Meinung gesagt habe.»

«Und jetzt ist er so schnell verschwunden?»

«Ich hielt es für das Beste so. Du kannst dich ja einsperren lassen wegen Verführung einer Minderjährigen, habe ich ihm gesagt.»

«Gab es einen großen Krach?»

«Nein. Er hat es eingesehen, und ich glaube, er hat sich geschämt. Ich weiß, daß er eine Freundin in Hohenwartau hat, ein Mädchen, das dort in der Schänke arbeitet. Nicht ganz so brav, aber wenigstens Mitte Zwanzig. Auch das hat mir nicht gepaßt. Aber was soll man machen? Für junge Männer ist das Leben in mancher Beziehung nicht so einfach. Na, jetzt soll er sich erst mal die Hörner abstoßen.»

«Hat er Lotte denn gern gehabt?»

«Ich denke schon, sonst hätte er nicht so vernünftig reagiert.»

«Und Ihre Frau, Herr Baring?»

«Es hat natürlich Tränen gegeben bei dem plötzlichen Abschied. Aber es war ja sowieso geplant, daß er nach Stettin geht. Ich habe ihn gestern mittag zum Bahnhof gefahren.»

«Lotte hat auch geweint, ich habe ihr das heute früh angesehn.»
«Tja, so eine erste Liebe, die nimmt man sehr wichtig.»
Wem sagte er das!
«Ich werde Lotte sagen, daß er sie gern hatte. Und Sie meinen, etwas Ernsthaftes ist nicht passiert?»
«Er hat es mir hoch und heilig versichert.»
«Wie ich Klaus kenne, hat er nicht gelogen.»
«Ja, das denke ich auch.»
Wir trennten uns an der Kreuzung, er zog den Hut, ich hob grüßend die Gerte. Dann nahm ich die Abkürzung durch den Wald, kam auch wieder am See vorbei, aber kein Bad heute, dazu blieb keine Zeit.
Kurz nach zwölf war ich zurück, brachte Melusine in den Stall und ging eilends zum Haus. In gewisser Weise kam ich mir wichtig vor; ich hatte draußen nach dem Rechten gesehen und wie ein erwachsener Mensch mit Herrn Baring über das Liebesleben seines Sohnes gesprochen. Na bitte, ich konnte das also doch.
Doktor Werner war schon wieder fort, er hätte es eilig gehabt, berichtete Elaine, und er sei nicht ganz sicher, ob die Zehe nicht doch angebrochen sei, aber um es genau zu wissen, müsse er röntgen. Er hatte eine Alkohollösung dagelassen für Umschläge, der Fuß solle möglichst ruhig gehalten werden.
«Und wenn er auftritt», sagte Elaine, «muß ein fester Verband gemacht werden. Der Doktor hat mir gezeigt, wie.»
«Na, prima. Da bist du ja wieder mal als Krankenschwester engagiert. Das war schließlich der Grund, aus dem du herkamst.»
Sie blickte mich aufmerksam an. «War das unfreundlich gemeint?»
«Nee, gar nicht. Warum denn? Du siehst ja selber, daß du hier unentbehrlich bist. Wo ist er denn jetzt?»
«Mit Herrn Zorn im Büro. Der Fuß ist verbunden. Nach dem Essen machen wir wieder Umschläge. Und wenn es dir recht ist, gehe ich jetzt in die Küche und kümmere mich um die Soße für das Frikassee.»
«Ist mir sehr recht. Ich muß mich erst mal von oben bis unten waschen, ich bin total verschwitzt. Ist wieder irrsinnig heiß.»

Im Haus war es kühl, was ja im Sommer von Vorteil war, ausgenommen die Küche, in die ich nur kurz den Kopf hineinsteckte. Kathrinchen saß auf dem großen Küchentisch und sah beim Kochen zu. Lotte, die man offensichtlich vom Herd verbannt hatte, stand neben ihr und hatte den Arm um sie gelegt. Sie sah sehr jung und sehr hilflos aus. Nee, wirklich, Klaus, das wäre zu früh gewesen.

Nachdem ich mich gewaschen und ein leichtes Kleid angezogen hatte, ging ich wieder hinunter. Trudi hatte es bei der Hitze auch vorgezogen, im Haus zu bleiben, ich fand sie mit dem Kleinen im Wohnzimmer, und sie machte ein sehr besorgtes Gesicht.

«Jürgenchen hat man überall rote Flecken», sagte sie.

«Was? Lieber Gott, doch nicht schon wieder. Vielleicht kriegt er jetzt noch Scharlach.» Ich besah mir das Kind, wirklich, an den Armen und Beinen und auf seinem kleinen Bauch hatte er winzige rote Pünktchen.

«Warum hast du das denn dem Herrn Doktor nicht gezeigt?»

«Wieso, war er denn da?»

«Sag mal, schläfst du mit offenen Augen?» fuhr ich sie an. «Du mußt es doch gehört haben, wenn sein Auto kommt.»

«Wir war'n ja hinten im Obstgarten, da wo es schattig ist», verteidigte sie sich und bekam sofort Tränen in die Augen. «Und da hab' ich das gesehn mit den Flecken, und da bin ich mit ihm rauf, und Sie war'n nich' da, Frau Baronin, und ich hab' ihn noch mal gewaschen, weil ich ja sah, daß es ihn juckt. Und denn...»

«Der Doktor war vor einer knappen Stunde hier. Er hat den Fuß von meinem Mann untersucht. Wo ist Ossi?»

«Draußen im Hof. Er will warten, bis Fritz und Erich aus der Schule kommen.»

Die Pferde und die Schwemme! Da hatte ich mir ja was eingebrockt. Nur um ihn zu trösten, weil sein Vater ihn so unfreundlich behandelt hatte.

Ich fand Ossi und die beiden Söhne von Karl in ein ernsthaftes Gespräch vertieft vor dem Stall der Arbeitspferde. Fritz blickte mir finster entgegen, sein hellblondes Haar stand mit einem widerspenstigen Wirbel in die Höhe. Er sah seinem Vater geradezu lächerlich ähnlich.

«Mami, Mami!» rief Ossi, als er mich sah. «Fritz sagt, ich muß erst neun Jahre alt sein, vorher darf ich nicht.»

«Hm», machte ich.

«Du hast es mir versprochen.»

Ich machte noch mal «Hm.» Auf welcher Seite lag nun hier meine Autorität?

Fritz schwieg verbissen, sah mir aber unverwandt in die Augen. Sein Bruder bohrte in der Nase und blickte dabei interessiert von einem zum anderen.

«Ich habe dir nichts versprochen, Ossi», sagte ich. «Wir haben davon gesprochen. Und ich sagte, wir müssen Fritz fragen.»

Fritz schwieg weiterhin, löste aber seinen Blick nicht aus meinem. Ich wurde direkt verlegen unter diesem Blick. «Na ja, vielleich hat er ja recht, und du mußt noch ein paar Jahre damit warten. Du wolltest es ja auch erst mal mit dem Reiten versuchen, nicht?»

Und dann kam von Fritz das salomonische Urteil:

«Weil er 'n Baron ist, kann er ja vielleicht schon mit acht.»

Ich mußte lachen. «Gut, Fritz, das ist ein Wort. Wir reden dann später noch mal darüber. Jetzt komm, Ossi, es gibt gleich Mittagessen.»

Ossi ging mit mürrischer Miene neben mir her.

«Du hast es mir versprochen», maulte er.

«Jetzt hör auf, herumzuölen. Ich hab' andere Sorgen, du hast doch gehört, was mit Papi passiert ist. Stell dir vor, eins von den Pferden tritt dir auf die Füße. Was denn dann?»

«Tun die nicht.»

Ich überlegte. Hatte ich es versprochen? Ich wußte nicht mehr genau, wie das Gespräch am vergangenen Abend verlaufen war. «Das nächstemal», sagte ich wütend, «stenografiere ich mit, wenn ich mit dir rede.»

Was Unsinn war, denn ich konnte gar nicht stenografieren. Aber das wußte Ossi glücklicherweise nicht.

«Zeig mir mal deine Arme.»

Er trug ein kurzärmliges Hemd, an seinen Armen war kein einziger roter Fleck. Ich zog das Hemd aus seiner Hose und besah mir seinen Rücken. Auch nichts.

«Was 'n los?» murrte er und steckte das Hemd wieder in die Hose.

«Jürgen hat rote Flecken.»

«Hat er wieder die Masern?» fragte Ossi neugierig und vergaß die Pferdeschwemme.

«Masern kriegt man nur einmal.» Vom Scharlach sagte ich nichts. Ich wußte nur, daß ich vermutlich hysterisch würde, wenn wir jetzt Scharlach ins Haus bekämen.

Die Mamsell wußte eine Erklärung.

«Das kommt von die Erdbeeren», sagte sie triumphierend. «Von dem Doktor seine Erdbeeren. Hat der Herr Baron auch immer gekriegt, wenn er Erdbeeren gegessen hatte.»

Joachim bestätigte mir bei Tisch, daß er als kleiner Junge immer einen Ausschlag bekommen hatte, wenn er Erdbeeren aß. «Das hat so mit sechs oder sieben aufgehört», sagte er.

Also keine Erdbeeren. Pudding und Grießbrei und vielleicht mal von dem eingemachten Apfelmus.

Das Essen war für hiesige Verhältnisse ausgezeichnet, die Soße ohne Mehlklümpchen darin. Joachim aß trotzdem wenig, er trug eine wehleidige Miene zur Schau, und wenn er auftrat, stöhnte er jämmerlich.

Mochte ja wirklich weh tun, nur fragte ich mich im stillen, wie diese Männer wohl mit dem Krieg fertig geworden waren.

«Wie war das Gespräch mit Herrn Zorn?» fragte ich höflich.

«Reden wir nicht davon. Er drückt jetzt schon die Preise, ehe das Getreide geerntet ist.»

Nach dem Essen verzogen sich Elaine, Joachim und die Schüssel mit der Alkohollösung wieder ins Wohnzimmer. Joachim legte sich auf die Chaiselongue, ins Bett wollte er nicht. In meinem Ankleidezimmer lag Jürgen in seinem Bettchen und schlief, Trudi saß bei ihm und schien jeden einzelnen roten Fleck auf seinen Armen zu zählen.

Ich winkte ab, als sie aufstehen wollte, legte den Finger an den Mund und holte mir aus der Schublade meines Toilettentisches mein Schreibzeug. Ich würde jetzt mal Tante Marina schreiben.

Flüchtig erwog ich den Gedanken, noch einmal auf die Wiesen zu reiten. War ja Unsinn. Ging auch nicht schneller, wenn ich da herumstand, und Melusine konnte ich bei der Hitze einen zweiten Ritt nicht zumuten. Auf Fridolin traute ich mich nicht. Karl würde es schon machen. Und Herr Baring schaute vielleicht auch noch mal vorbei, wenn er wirklich heute mittag fertig geworden war mit dem Schnitt, zumal er ja wußte, was mit Joachim los war.

Eine Weile stand ich zögernd mit dem Briefpapier, dem kleinen Tintenfläschchen und dem Federhalter auf dem Gang.

Wohin eigentlich? Im Wohnzimmer, wo der kleine Schreibtisch meiner Schwiegermutter stand, waren Elaine und Joachim. In der Halle mit all den alten Sesseln und Schränken war kein Platz, an dem man schreiben konnte. Die Kinder waren in ihre Zimmer geschickt worden, sie sollten möglichst auch ein wenig schlafen bei der Hitze.

Doch sie schliefen nicht, durch die Tür hörte ich Ossi laut reden, es ging um Fritz und die Schwemme, das Thema war offenbar noch lange nicht erledigt.

Und dann hörte ich Kathrinchen schreien: «Du bist noch viel zu klein.»

Na ja, sicher, sie wäre vor Eifersucht zerplatzt, wenn Ossi wirklich die Pferde hätte in die Schwemme reiten dürfen.

Und dann tat ich etwas Verrücktes. Ich ging bis ans Ende des Ganges und öffnete leise die Tür zu Edwards Zimmer. Hier stand ein schöner großer Schreibtisch, und es war wundervoll still. Eine Weile stand ich und lauschte. Die Mamsell würde doch nicht etwa jetzt heraufkommen? Wann hielt sie wohl ihre Gedenkstunden in Edwards Zimmer?

Aber sie mußte wohl erst Lotte und Minka beim Abwasch überwachen, und dann, das wußte ich, zog sie sich ganz gern auch für ein Stündchen in ihre Kammer zurück und legte die Beine hoch. Doktor Werner hatte ihr das geraten, weil ihre Füße oft geschwollen waren.

Ich blickte auf die Bilder.

«Entschuldige, Edward. Ich hoffe, du hast nichts dagegen, wenn ich eine Weile in deinem Zimmer sitze.»

Es war mir, als lächle der Mann auf dem Bild. Und ich war mir ganz sicher, daß er mir den Eintritt in sein Zimmer nicht verwehrt hätte.

Komisch eigentlich, daß Edward noch nicht verheiratet gewesen war. Es war auch nie die Rede gewesen von einer Verlobung. Es wurde überhaupt nicht von ihm gesprochen. Ich dachte an meine Schwiegermutter und an Margarete, und ich war schrecklich müde.

Dann setzte ich mich, legte den Briefbogen zurecht, tauchte die Feder in das Tintenfaß und begann.

‹Liebe Tante Marina, zur Zeit ist es schrecklich heiß hier. Wenn man bedenkt, daß es ja erst Juni ist. Gestern hatten wir ein Gewitter, ganz schlimm, aber ohne Regen. Und Joachim...› Ich berichtete alles, was geschehen war, hielt auch mit meinen eigenen Leistungen nicht hinter dem Berg, stockte, als ich an die Szene im Pferdestall kam. Ach, Unsinn, das mußte ich ihr nicht schreiben.

Dann kamen die roten Flecken von Jürgen dran.

‹Unsere Mamsell meint, das kommt von den Erdbeeren. Hoffen wir, daß es wirklich so ist. Ich denke, daß unser Doktor morgen wieder vorbeikommt, um nach Joachims Fuß zu sehen, da werde ich ihn fragen. Dabei war es seine Idee, Jürgen sollte Erdbeeren essen, und nicht immer nur Brei. Hast du schon mal etwas von...›, hier stockte ich. Mistrone oder so ähnlich hatte es geheißen, ‹...von einer Gemüsesuppe gehört, die man in Italien ißt? Vielleicht kennt Wanda ein Rezept, dann schick es mir bitte. In zwei Tagen ist Sommersonnenwende, ich hätte gern ein Fest gegeben, aber wir geben keine Feste mehr wegen Margarete und Edward. Und nun, mit Joschis zermatschtem Fuß...›, ich strich das Wort zermatscht wieder aus und schrieb statt dessen, ‹lädiertem Fuß geht es ja sowieso nicht. Elaine ist noch da, und sie ist wirklich eine große Hilfe für mich. Ich hätte es nie für möglich gehalten, daß sie es so lange hier aushält. Sie hat für mich ein Kleid geschneidert, wirklich sehr hübsch. Wo fährst du denn diesmal in Urlaub hin? Könntest du nicht mal wieder zu uns kommen?›

Eigentlich wollte ich noch von Lotte und Klaus Baring schreiben, ließ es aber bleiben, kaum anzunehmen, daß sie das interessierte. Und ich war bleiern müde. Ich stand auf, ging zum Fenster, blickte hinaus, die Sonne gleißte erbarmungslos vom Himmel, und ich dachte an die Schnitter draußen auf den Wiesen. Sie mußten halbtot sein.

Es war ein Eckzimmer, das eine Fenster ging zur Vorderfront, man sah die Birkenallee und die staubige Straße, das andere Fenster blickte auf den Gemüsegarten hinab. Dahinter lagen die Erdbeerbeete, und ich sah die Kinder darin. Ich sollte es verbieten, daß sie sich die reifen Beeren holen. Na, auch egal, wenn wir sowieso Ausschlag davon bekamen.

Und auf einmal lag ich auf Edwards Bett, auf der weichen Daunendecke. Lieber Himmel, ein neuer Blitz mußte vom Himmel herabfahren über mein Sakrileg.

Dann schlief ich ein.

Und ob man es glaubt oder nicht, ich träumte von Edward, den ich nie gekannt hatte.

Er kam zur Tür herein, und ich wußte, daß er es war. Er war viel schöner als mein Leutnant, nein, nicht schöner, ernster, männlicher, er saß am Schreibtisch vor meinem Brief, dann kam er zu mir, saß auf dem Bettrand, und seine Hand berührte meine Stirn. Er sprach kein Wort. Aber ich sah ihn an, und ich war voller Frieden, mehr noch, ich war glücklich. Als ich nach einer Stunde aus tiefem Schlaf auffuhr, war ich ganz verwirrt.

Ich hatte von einem Mann geträumt, den ich nicht kannte. Von einem toten Mann. Und ich wußte nur, daß ich ihn in meinem Traum geliebt hatte.

Ich raffte das Schreibzeug zusammen, untersuchte den Schreibtisch nach meinen Spuren, glättete das Bett und floh aus dem Zimmer.

Im Haus war es still, auch aus den Kinderzimmern kein Laut. Nun schliefen sie also doch.

Was eine Täuschung war. Elaine saß mit Ossi und Kathrinchen unter der Linde, Elaine hatte einen großen Block Papier, sie malte Buchstaben darauf, und die Kinder mußten sie nachmalen.

«Du lernst sie schreiben?» fragte ich.

«Ich lehre sie schreiben», erwiderte sie sanft.

«Und dein Patient?»

«Er ist eingeschlafen.»

«Ich hab' ja gleich gesagt, er soll ins Bett gehen.»

«Wollte er aber nicht. Nein, Ossi. Rauf, runter, rauf, Pünktchen drauf. Rauf und runter genügt nicht.»

«Meinst du, ich muß noch mal zu den Wiesen reiten?»

«Brauchst du nicht. Es ist zwar sehr warm, aber kein Regen, kein Gewitter in Sicht. Karl macht das schon. Vielleicht werden sie heute fertig.»

«Morgen.»

Am Kutschstall, im Schatten unter dem Dach, die Beine hochgezogen, den Kopf auf den Knien, sah ich Lotte sitzen. Ich ging über den Hof zu ihr hinüber.

«Lotte!»

«Ja? Frau Baronin?» Sie sprang auf.

«Du mußt nicht traurig sein. Du bist noch so jung, und du kannst einfach noch nicht eine Geschichte mit einem jungen Mann anfangen. Aber Klaus hat dich sehr lieb.»

Sie schüttelte heftig den Kopf. Und etwas wie Trotz erschien in ihrem Kindergesicht.

«Kann so nicht sein.»

«Doch, ich weiß es. Ich habe heute mit Herrn Baring gesprochen, der hat es auch gesagt.»

Sie sah mich hilflos an, der Trotz war aus ihrem Gesicht gewichen.

«Er sagt das?»

«Ja. Und er sagt auch, daß du ein liebes und ein hübsches Mädchen bist. Aber du bist minderjährig. Klaus macht sich strafbar, wenn er mit dir...», ich stockte, wie nannte man das? «Na ja, wenn er mit dir eine Liebesgeschichte anfängt.»

«Herr Baring hat Klaus rausgeschmissen.»

«Hat er nicht. Du weißt doch, daß Klaus sowieso nach Stettin wollte.»

«Er geht aufs Meer und kommt nie wieder.»

«Vielleicht kommt er wieder, vielleicht auch nicht. Das mußt du abwarten.»

Ihre Augen füllten sich mit Tränen.

«Hast du ihn denn so lieb?»

Sie nickte stumm, und ich legte den Arm um ihre Schultern. «Wenn er dich auch so liebhat, kommt er wieder. Und wenn nicht... Lotte, denk nicht immerzu daran. Liebe ist oft nur Einbildung.»

Das war natürlich ganz dämlich von mir, so etwas zu sagen, sie schüttelte meinen Arm ab und schluchzte: «Aber ich habe ihn lieb.»

«Das ist ein sehr schönes Gefühl, und du darfst es auch behalten. Wollen mal sehen, wie du in einem Jahr darüber denkst.»

«Genauso denke ich», sagte sie mit unvermuteter Leidenschaft. Ich war sechzehn gewesen, als ich des Kaisers schönsten Leutnant kennengelernt hatte. Liebe war es nicht. Aber ein Jahr später...

Sollte ich ihr erklären, wie dieses Gefühl sich ändern konnte?

«Lotte, ich möchte dich etwas fragen. Ein paar Küsse und ein bißchen Knutscherei, ist sonst noch was passiert?»

Sie schüttelte den Kopf.

«Nein, nein, ich weiß schon, was Sie meinen, Frau Baronin.»

«Ja, das meine ich. Ich weiß nicht, ob deine Mutter mit dir darüber gesprochen hat...»

Sie schüttelte wieder den Kopf, die Augen voller Tränen, und das Gesicht eines Kindes.

«Wenn eine Frau einen Mann liebt...», ich stockte wieder, dann fuhr ich mutig fort, «dann kommt es zu einer... einer Vereinigung zwischen Mann und Frau. Mein Gott, du lebst hier auf dem Land und du weißt, wie das geht. Du siehst, wie die Tiere es machen.»

«Die Tiere?» fragte sie fassungslos. «Wie die Tiere es machen?»

«Es ist bei Menschen nicht anders. Sie nennen es Liebe, aber es kommt das gleiche dabei heraus. Eine Frau bekommt ein Kind. Und du bist selber noch ein Kind.»

«Mein Vater würde mich totschlagen», flüsterte sie.

«Das würde ich schon verhindern. Aber sag mir, was war in dem alten Schuppen?»

«Das wissen Sie, Frau Baronin?»

«Was ist geschehen in dem alten Schuppen?»

«Nichts», schluchzte sie. «Klaus hat... er hat mich angefaßt. Aber dann kam sein Vater und hat ihm eine reingehaun.»

«Na, siehst du. Das war für Klaus bestimmt sehr schlimm, aber für dich war es gut, und nun benimmst du dich wie ein vernünftiges Mädchen, heulst nicht mehr, machst deine Arbeit. Darf ich dir einen Rat geben?»

Sie blickte mich aus tränenverdunkelten Augen an und nickte.

«Rede nicht mit der Mamsell oder Minka oder sonst wem darüber. Und sei froh, wenn dein Vater und deine Mutter es nicht wissen. Tu so, als wenn nichts wäre. Und wenn meine Freundin, Fräulein von Janck, in der Küche kocht, solltest du gut aufpassen, nicht so, daß du die Mamsell damit ärgerst, nur so aus dem Augenwinkel, ja?»

Sie verstand vielleicht nicht ganz, doch sie nickte wieder.

«Eines Tages wird eine großartige Köchin aus dir. Ob sich nun Klaus oder ein anderer Mann darüber freuen kann, wird sich finden. Denn ich werde dir noch etwas sagen: Es gibt nicht nur einen Mann auf der Welt für ein hübsches Mädchen. Und ein hübsches Mädchen bist du.»

Ich beugte mich vor und küßte sie auf die Wange, sah ihren vor Staunen weit geöffneten Mund, wandte mich um und ging. Ich hatte es gerade nötig, weise Töne von mir zu geben. Für ein hübsches Mädchen gab es nicht nur einen Mann auf der Welt! Klaus war für sie, was für mich des Kaisers schönster Leutnant gewesen war.

«Ich sehe, du hast dich als Tröster betätigt», sagte Elaine, als ich wieder unter der Linde ankam.

«So was Ähnliches. Wie steht's denn mit dem I.»

«Perfekt. Wir sind beim O.»

«O, O, O», sagte ich albern. «Was wird dir bloß der Lehrer in Hohenwartau noch beibringen, Ossi?»

«Zumindest kann er seinen Namen dann schreiben.»

«Ich will meinen Namen auch schreiben», schrie Kathrinchen.

Nun seufzte Elaine endlich auch einmal. «Das ist sehr viel schwieriger», sagte sie.

«Na, denn viel Spaß. Ich sehe mal nach unserem fußkranken Helden.»

Was natürlich wieder sehr boshaft von mir war. Es gab auch nicht viel zu sehen, Joachim schlief immer noch tief und fest auf der Chaiselongue im Wohnzimmer, den Fuß umwickelt. Er schnarchte sogar ein wenig.

Das war eine Folge der anstrengenden Nacht und der diversen Schnäpse, die sie vor und nach dem Brand bei Ruebensen getrunken hatten.

Sommersonnenwende ging vorbei ohne Fest und ohne besondere Ereignisse, Joachim ging zu keiner Jagd mehr, auch bei uns fand keine statt. Ruebensen kam und brachte das Auto, seine Frau fuhr mit dem Zweispänner, denn sie mußten ja wieder zurückfahren. Es gab ein Fachgespräch über Landwirtschaft, ich servierte keinen Schnaps, sondern Wein und Schinkenbrote, Sophie von Ruebensen besah sich Joachims Fuß und meinte: «Sieht ganz gut aus. Das heilt bald.»

Das fand Doktor Werner auch, und Jürgens rote Flecken hatte er, wenn auch ungern, als Ausschlag in Folge der Erdbeeren diagnostiziert. Inzwischen gab es soviel Erdbeeren, daß wir nicht mehr wußten, wohin damit; die Mamsell, Minka und Lotte, unterstützt von einigen der Gesindefrauen, begannen mit dem Einkochen.

Tante Marina antwortete auf meinen Brief, sie schrieb, daß sie dieses Jahr ihren Urlaub auf einer Insel namens Hiddensee verbringen würde, und ich schrieb postwendend zurück, da sie sich ja dann schon in Pommern befinden würde, sei nicht einzusehen, warum sie nicht noch für einige Zeit zu uns kommen könne.

Der Schnitt war vorbei, die Polen wieder fort, eine kurze Ruhepause trat ein, bis die Ernte begann.

Von weiteren Gewittern und Hagelschlag blieben wir verschont,

Jürgens Ausschlag verschwand, nachdem er keine Erdbeeren mehr bekam. Ich ging fast jeden Tag an meinen See zum Schwimmen, unsere Rehe hatten ihre Ruhe, und meine Schwiegermutter schrieb einen Brief und fragte an, wie es uns denn so ginge und ob wir allein zurechtkämen.

«Hier ist alles unverändert», schrieb sie.

Und dann fand ich Elaine und Joachim wieder in enger Umarmung, diesmal in Elaines Zimmer, was ja nun schon weitaus schwerwiegender war.

Lotte, die sich nun etwas beruhigt hatte, sagte eines Abends nach dem Essen zu mir: «O Gott, ich hab' man vergessen, dem Fräulein die frischen Handtücher zu bringen.»

Eigentlich war das ja Minkas Aufgabe, aber die war sowieso ziemlich faul.

Ich sagte tadelnd: «Handtücher tauscht man nicht am Abend aus. Gib her, ich mach' das.»

Ein Glück, daß Lotte es nicht gemacht hatte.

Elaine und Joachim küßten sich selbstvergessen, aber wenigstens standen sie dabei und lagen nicht, doch es war nur ein Schritt bis zu ihrem Bett.

Ich hatte nicht einmal geklopft, weil ich dachte, Elaine sei unten im Wohnzimmer, ich platzte einfach so ins Zimmer hinein, und diesmal konnte ich mich nicht mit Agathes Arie zurückziehen.

Da standen wir alle drei und sahen uns an.

Und ich sagte völlig blödsinnigerweise: «Deinem Fuß scheint es ja schon wieder sehr gut zu gehen.»

Elaine lachte laut. «Was hat denn das mit seinem Fuß zu tun?»

Ich stand da, die Handtücher über dem Arm und sagte: «Da hast du auch wieder recht.»

Elaine und ich, wir waren eigentlich ganz gelassen. Joachim sah aus wie ein verprügelter Hund. Obwohl ich nicht weiß, wie ein verprügelter Hund aussieht, meine Hunde sind nie verprügelt worden, es war nur so eine Redensart, die mir einfiel.

«Ich bringe neue Handtücher», sprach ich mit Würde. «Minka hat es wieder einmal vergessen. Ich weiß nicht, Joachim, aber wir sollten uns vielleicht eine neue Hausmagd zulegen. Mit Minka wird das nichts, sie ist zu dämlich.»

Joachim sah mindestens so dämlich aus wie Minka. Es brauchte eine Weile, bis ihm eine Antwort einfiel.

«Meine Mutter hat Minka ausgesucht.»

«Ja, ich weiß. Aber man muß ihr alles dreimal sagen und dann klappt es doch nicht. Wenn deine Mutter hier wäre, hätte sie sie längst hinausgeworfen und Ersatz gefunden.»

Wir standen immer noch wie auf einer Bühne herum und schienen auf das passende Stichwort zu warten. Es kam aber keins.

«Also! Hier sind die Handtücher, und dann geh' ich wieder.»

Joachim sagte ärgerlich: «Julia, sei nicht albern.»

«Ich? Was soll ich denn machen? Eine Szene? Dies hier ist Elaines Schlafzimmer, vielleicht will sie mit dir ins Bett gehen.»

Elaine sah mich sehr ernst an und sagte einfach: «Ja.»

«Na siehste! Da will ich nicht weiter stören. Gute Nacht.»

Es war immerhin ein bühnenreifer Abgang, fand ich, als ich die Treppe hinunterstieg, sehr langsam und mit weichen Knien. Das war jetzt das zweite Mal, daß ich die beiden erwischt hatte, vom ersten Mal wußten sie nichts, konnten es vielleicht ahnen, so wie ich mich an jenem Abend benommen hatte. Zweifellos gab es außer diesen beiden Umarmungen, die ich kannte, noch einige mehr, die Pflege von Joachims krankem Fuß war dabei sicher sehr hilfreich gewesen. Und daß sie sich jetzt in ihrem Zimmer getroffen hatten, war ja wohl ziemlich eindeutig. Angenommen ich wäre nicht gekommen mit den Handtüchern, wie wäre es weitergegangen? Ich konnte es mir vorstellen, ohne meine Phantasie groß zu bemühen. Schlimmer allerdings war die Vorstellung, daß Lotte ins Zimmer gekommen wäre.

Ich setzte mich in der Halle unter die Stehlampe und suchte mir aus dem Lesezirkel die ‹Koralle› aus, das war eine neue Zeitschrift, die es erst seit kurzem gab.

Joachim kam bald darauf, stellte sich vor mich hin, die Hände in den Hosentaschen. «Du hast mir nachspioniert», rotzte er mich an.

Wie immer, wenn Leute ein schlechtes Gewissen haben, werden sie frech.

«Wie das?» fragte ich kühl. «Du sagtest beim Essen, du hättest noch im Büro zu tun. Und Elaine war mit den Kindern im Wohnzimmer und spielte ‹Mensch, ärgere dich nicht›.» Ich lachte. «Sehr sinniges Spiel, nicht? Ich war in der Küche, und dann war ich im Keller, um die Vorräte an Eingemachtem zu überprüfen, die Mamsell war dabei, und... ach, ist ja egal. Jedenfalls gab mir Lotte die Handtücher, als ich aus dem Keller kam. Konnte ich ahnen, daß ihr beide in dieser knappen Viertelstunde, die ich weg war, in Elaines Bett landen würdet?»

«Wir waren nicht im Bett», sagte er finster.

«Das habe ich verhindert, tut mir leid. Jedenfalls war es wohl nicht das erste Mal, daß ihr euch so nahe gekommen seid. Du wirst ja bemerkt haben, daß ich nicht sehr überrascht war.»

«Es ist weiter nichts geschehen», sagte er laut, «und das weißt du ganz genau.»

«Schrei nicht, die Kinder sind nebenan. Und wieso, bitte, soll ich das wissen? Da ich nicht zu spionieren pflege, kann ich immer nur per Zufall solche... eh, Zusammenkünfte erleben.»

Ich blätterte in meiner Zeitschrift, er wandte sich um und ging mit hängenden Schultern durch die Halle.

«Es tut mir leid», sagte er.

«Vielen Dank. Das soll wohl eine Art Entschuldigung sein.»

Eine Weile blieb es still, dann stand ich auf.

«Ich muß nach den Kindern sehen, es ist so merkwürdig ruhig nebenan.»

Er drehte sich um, sah mich an, er sah sehr unglücklich aus. «Hast du dich in Elaine verliebt?» fragte ich freundlich. «Sieh mal, ich kann das sogar verstehen, es ist auch meine Schuld. Ich mache dir keinen Vorwurf. Aber es geht nicht, daß du hier im Haus ein Verhältnis mit ihr anfängst. Wenn deine Mutter hier wäre, würdest du es nicht wagen, nicht wahr? Auch wenn du mich nicht mehr liebst, so schuldest du mir doch ein wenig Achtung.»

Ich trat dicht vor ihn hin, und nun kam doch die Wut in mir hoch.

«Ich werde Elaine hinausschmeißen. Aber wenn du sie gern haben möchtest, dann gehe ich.»

«Du liebst mich ja *auch* nicht mehr, Julia», sagte er, und es klang traurig. Das auch in seinem Satz war Antwort genug.

«Stimmt», sagte ich. «Und nun wollen wir das Wort Liebe weiterhin vermeiden. Ich würde vorschlagen, du schläfst ab heute wirklich im Zimmer deiner Mutter. Und was du sonst noch tust, mußt du mit deinem Gewissen abmachen.»

«Das können wir doch nicht machen. Was soll das Personal denn denken?»

«Das ist mir verdammt egal. Du bist der Herr in diesem Haus, und in welchem Zimmer du schläfst, geht das Personal gar nichts an. Du kannst ja sagen, ich schnarche zu laut.»

Ossi war dabei, das ‹Mensch-ärgere-dich-nicht›-Spiel in einzelne Teile zu zerlegen, woraus ich entnahm, daß er verloren hatte. Kathrinchen sah ihm interessiert dabei zu.

«Ein doofes Spiel», führte Ossi zu seiner Entschuldigung an. «Wenn du meinst», sagte ich. «Ein neues kaufe ich jedenfalls nicht.»

Ich nahm den Würfel in die Hand und ließ ihn über den Tisch rollen. Eine Sechs.

«Unglück in der Liebe, Glück im Spiel. Stimmt genau.»

«Was heißt das?» fragte Ossi.

«Das heißt, was es heißt. Und jetzt ab ins Bett.»

«Aber Tante Elaine wollte doch noch...»

«Tante Elaine hat Kopfschmerzen, und das Spiel ist ja nun kaputt.»

Ich würfelte noch mal, und es war wieder eine Sechs.

Wenn das kein Beweis war für meine Situation!

Ich ging noch eine Weile mit den Kindern vor das Haus, es war ein schöner, milder Abend, nicht schwül, es war nun Juli und richtig Sommer. Ich hielt die Kinder an der Hand, Ossi rechts und Kathrinchen links.

«Was machen wir?» fragte Ossi unternehmungslustig.

«Nichts. Wir gehen spazieren, ein Stück die Allee entlang und dann wieder zurück. Es ist so ein schöner Abend.»

«Und dann?»
«Dann gehen wir nach und nach ins Bett.»
«Ich bin aber nicht müde.»
«Aber ich.»
Müde war ich nicht, nur von einer großen Gleichgültigkeit erfüllt.
«Du liebst mich ja auch nicht mehr.»
Nun wußte ich es genau. Ich ihn nicht, und er mich nicht, so war das eben, und von Liebe wurde hinfort nicht mehr gesprochen. Ich konnte sehr weise zu Lotte über ihren Liebeskummer sprechen, und wer sprach mit mir über meinen?

Ich hatte gar keinen. Nur so Kummer an sich. Nicht einmal das, ich war... wie sollte man es ausdrücken? Ratlos war ich. Hilflos. Resigniert.

Die Kinder schienen meine Stimmung zu spüren, auch sie sagten nichts mehr, schweigend kehrten wir nach einer Weile zum Haus zurück.

Joachim stand unter der Tür.
«Wo wart ihr denn?» fragte er.
«Spazieren», klärte Ossi ihn auf. «Ist so 'n schöner Abend.»
Als ich mit den beiden die Treppe hinaufging, kam Elaine gerade herunter.
«Wir gehn jetzt ins Bett», sagte Ossi.
Und Kathrinchen: «Weil wir müde sind.»
«Dann schlaft mal gut», sagte Elaine. Unsere Blicke trafen sich, sie war blaß, und sie sah wunderschön aus.
«Gute Nacht, Elaine», sagte ich freundlich.
«Gehst du auch schon schlafen?»
«Ja, ich bin auch müde. Du kannst mit Joachim nicht mehr ‹Mensch, ärgere dich nicht› spielen, das Spiel ist aus. Kaputt. Aber ihr könnt ein wenig würfeln.»
«Würfeln?»
«Na ja, man kann doch würfeln. Mit und ohne Einsatz, wer die höchsten Augen wirft. Knobeln nennt man das. Kennst du das nicht?»

Ossi hob elektrisiert den Kopf.

«Kenn' ich nicht», sagte er.

«Das machen wir morgen mal.»

Ich saß noch eine Weile an Kathrinchens Bett, Ossi hockte auf dem Fußende, und ich erzählte die Geschichte von ‹Hänsel und Gretel›.

«Die sind doch dumm, die beiden», fand Ossi. «Ich geh' doch nicht zu einer alten häßlichen Hexe ins Haus.»

«Wer sagt denn, daß sie alt und häßlich war?»

«Eine Hexe ist immer alt und häßlich.»

«Das ist nicht gesagt. Es kann auch eine junge, hübsche Hexe gewesen sein.»

Er schüttelte den Kopf. «Das gibt es nicht.»

«Und wenn's doch Sommer war», Kathrinchen hatte ebenfalls Einwände. «Und du sagst, sie ham Beeren gegessen im Wald, und dann schlafen sie im Wald, nich'?»

«Ja, und?»

«Wenn's Sommer war, kann's doch gar keine Lebkuchen geben an dem Haus von der Hexe. Lebkuchen gibt's nur Weihnachten.»

Ich nickte. «Da hast du recht.»

«Und wenn's Weihnachten is', is' Winter. Und da gibt es keine Beeren», schloß sie triumphierend.

Ich nickte wieder. «Da ist was dran.»

Ich nahm mir vor, die Gebrüder Grimm in Zukunft nicht mehr so unkontrolliert nachzuerzählen.

«Ossi, ab in die Kiste.»

Jürgen schlief, wie immer brannte eine abgedunkelte Nachttischlampe. Trudi huschte hinaus, als ich kam.

Eine Weile saß ich auf dem Sofa und wußte nicht, was ich tun sollte. Ich hätte mir ein paar von den Heften des Lesezirkels mit heraufnehmen sollen. Runter ging ich auf keinen Fall mehr, ich wollte sie beide nicht sehen, und reden wollte ich noch weniger.

Dann fiel mir Edward ein. Ich lauschte eine Weile auf dem Gang, alles still, dann schlich ich auf Zehenspitzen zu seinem Zimmer, es war noch nicht dunkel, durch die beiden Fenster kam genügend Licht, so daß ich die Goldschrift auf den Lederrücken der Bücher lesen konnte.

Dann zog ich einen Band Goethe heraus, ‹Die Wahlverwandtschaften›, das hatte ich noch nie gelesen. War sicher eine Bildungslücke. Ich kannte viele seiner Gedichte, und die Stücke hatte ich fast alle gesehen, aber ein Banause war man sicher auch, wenn man seine Romane nicht gelesen hatte.

Ich lag im Bett, hatte mir die Nachttischlampe zurechtgedreht und las, und fand es sehr gemütlich. Im Bett lesen, das hatte ich früher zu Hause immer getan.

Zu Hause, das war Berlin, war Tante Marina. Hier auf Cossin hatte ich noch nie im Bett gelesen, das fiel mir jetzt erst auf. Edward hatte es sicher getan.

Es dauerte vielleicht eine knappe Stunde, da kam Joachim. Er stand unter der Tür und sah mich schweigend an.

«Pst», machte ich, «weck Jürgen nicht auf.»

«Julia, sollten wir nicht miteinander reden?»

«Sollten wir nicht. Jetzt nicht. Nimm deine Sachen und schlaf im Zimmer deiner Mutter. Bitte! Das Bett ist frisch bezogen, es ist alles in Ordnung.» Ich richtete mich auf. «Wenn du es nicht tust, dann schlafe ich dort. Du könntest mich nicht einmal mit Gewalt daran hindern, damit das klar ist. Und mir wäre am liebsten, wenn wir über die ganze Affäre nicht mehr reden würden. Gute Nacht!»

Das Wort vom verprügelten Hund fiel mir noch einmal ein. Oder gab es nicht noch einen anderen, so ähnlichen Ausdruck? Ja, richtig: Wie ein begossener Pudel schlich er hinaus. Was sie nur immer mit den Hunden hatten?

Hänsel und Gretel fielen mir auch wieder ein, Lebkuchen im Sommer, das war wirklich absurd. Wo stand eigentlich bei den Grimms, daß es Sommer war? Ich hatte natürlich die Oper von Humperdinck gesehen, und da war es einwandfrei Sommer, denn die Kinder schliefen im Wald.

«Abends wenn wir schlafen gehn, vierzehn Englein um uns stehn...»

Ich summte die Melodie vor mich hin. Schöne Musik war das. Ob ich wohl jemals mit den Kindern in diese Oper gehen konnte? So in zwei, drei Jahren vielleicht. Das mußte doch großen Eindruck auf sie machen. Und später vielleicht den ‹Freischütz› oder ‹Zar und Zimmermann›. Und der ‹Fliegende Holländer›, den sehr bald. Ich war zehn gewesen, als ich den ‹Holländer› das erstemal sah, und ich war hingerissen. Tante Marina sang die Senta.

Warum kümmerte ich mich eigentlich überhaupt nicht darum, ob die Kinder musikalisch waren? Ganz hinten in der Ecke der Halle stand ein Klavier. Edward hatte darauf gespielt, wie die Mamsell einmal erwähnt hatte. Sonst niemand.

Und ich? Ich hatte doch ganz gut Klavier gespielt? Warum kam niemand in diesem Haus darauf, das Klavier anzurühren?

Elaine hatte einmal ganz am Anfang den Deckel aufgeschlagen und ein paar Töne gegriffen.

«Total verstimmt», hatte sie gesagt.

Vermutlich war es genauso ein Sakrileg, auf dem Klavier zu spielen, wie in Edwards Zimmer zu gehen.

Ich nahm die ‹Wahlverwandtschaften› wieder auf. Bißchen langatmig, aber sicher sehr lesenswert. Wo war ich stehengeblieben, als Joachim ins Zimmer kam?

‹Und was will man von Unglück reden? Ungeduld ist es, die den Menschen von Zeit zu Zeit anfällt, und dann beliebt er sich unglücklich zu finden. Lasse man den Augenblick vorübergehen...›

Ich las weiter. Paßte ja eigentlich ganz gut, von der Ehe und der Liebe war die Rede, na, wie denn auch nicht?

Ob Elaine und Joachim jetzt in einem Bett lagen?

Ich war ziemlich sicher, das nicht. Ich kannte meinen Joschi doch, und auf einmal hatte ich Mitleid mit ihm. Mit ihr nicht. Aber mit ihm. Mein armer schöner Leutnant, was du für Pech hast. Erst hast du den Krieg verloren, und nun bist du mit mir geschlagen. Wir wußten beide nicht, auf was wir uns da eingelassen haben. Aber wenn ich es mir recht überlege, dann ist mir so, als ob ich dich eben doch noch liebe. Ach, zum Teufel mit der Liebe.

Die nächsten Tage umgab mich ein großes Schweigen. Selbstverständlich sprachen wir bei Tisch höflich miteinander, und mit den Kindern und den Leuten, jedoch niemals wenn wir allein waren und niemals über *das* Thema.

Joachims Fuß hatte sich gebessert, er konnte noch keine Reitstiefel anziehen, aber immerhin Halbschuhe, er war im Büro oder ritt mit Fridolin durchs Gelände.

Es hatte Aufsehen erregt, daß wir getrennt schliefen, irgendeine Erklärung war vonnöten, und ich sagte zur Mamsell: «Ich fühle mich nicht sehr wohl, mir ist nachts oft übel. Ich bekomme wohl wieder ein Kind.»

Das war eine unverschämte Lüge, galt aber als plausible Ausrede, denn als ich Jürgen erwartete und mich auch ziemlich elend fühlte, hatte Joachim die letzte Zeit meiner Schwangerschaft im Gastzimmer geschlafen. Auf Anregung meiner Schwiegermutter damals.

«O Gott, o Gott», sagte die Mamsell. «Wenn das man gutgeht!»

Woraus ich entnahm, daß sie mir eine normale Geburt offenbar nicht mehr zutraute.

Ich erzählte Elaine und Joachim, was ich der Mamsell gesagt hatte, sie nahmen es schweigend zur Kenntnis.

Ich war versucht, hinzuzufügen: «Ob dann ich oder Elaine ein Kind bekommt, macht ja nicht so einen großen Unterschied.»

Aber ich sagte es nicht. Die Zeit für kesse Bemerkungen war vorbei.

Elaine dachte noch immer nicht an Abreise, keine Rede davon, daß sie ihre Koffer packte, und eines Tages wußte ich warum. Sie hatte inzwischen alle Stopf- und Näharbeiten übernommen und hatte verkündet, daß sie sich nun auch ein Kleid schneidern wolle. Sie brauchte Stoff, Nähgarn, Stopfwolle und was weiß ich, und eines Tages kutschierte Bolke sie nach Hohenwartau, ohne Joachim diesmal, der nicht nur mir, sondern auch ihr aus dem Weg ging.

Und dann tat ich etwas, was ich noch nie getan hatte: ich spionierte.

Elaine hatte während der ganzen Zeit sehr wenig Post bekommen, und wenn ein Brief kam, war es immer die gleiche Handschrift. Er sei von ihrer Nachbarin, hatte sie mir erklärt, die kümmere sich um ihre Wohnung und berichte, was es denn so gebe in Berlin-Zehlendorf.

Ich hatte mich im stillen schon gewundert, daß Elaine von sonst keinem Menschen Post bekam, ein paar Leute mußte sie schließlich doch kennen.

Nun war vor ein paar Tagen wieder ein Brief gekommen, sie las ihn im Stehen in der Halle, ich kam gerade die Treppe herab und sah, wie sie den Brief zusammenknüllte und in die Tasche ihres Kleides steckte. Sie wandte sich um zu mir, ich tat, als hätte ich nichts gesehen und verschwand in Richtung Wirtschaftsgang. Wir sprachen ja zur Zeit kaum ein Wort miteinander.

An diesem Tag nun, als sie in Hohenwartau war, ging ich in ihr Zimmer und suchte den Brief. Vielleicht hatte sie ihn ja weggeworfen oder im Küchenherd verbrannt. Vielleicht aber auch nicht.

Das Kleid hing ordentlich auf einem Bügel, in der Tasche war der Brief nicht mehr. Ich suchte in den Schubladen, ich schämte mich zwar, aber ich tat es doch.

Ich fand ihn ganz hinten in der mittleren Kommodenschublade, unter Wäsche versteckt, wo auch alle anderen Briefe von der Nachbarin lagen. Ich zog den Brief heraus, glättete ihn ein wenig und las ihn mit Erstaunen und ziemlich verständnislos. Er war sehr kurz.

‹Da Sie ja seit drei Monaten keine Miete bezahlt haben, liebes Fräulein, habe ich das Zimmer vermietet. Ich hoffe, Sie werden die Schuld begleichen, wenn Sie wieder hier sind. Herr M. war hier, schon ein paarmal, und ich habe ihn gefragt, ob er die Miete nicht bezahlen will. Er sagt nein. Wenn Sie schon nicht da sind, und er weiß nicht mal, wo Sie sind, wie kommt er dann dazu, die Miete zu bezahlen. Tut mir leid. Ich hoffe, es geht Ihnen gut. Viele Grüße Lisa.

Kein voller Name, kein Absender.

War das die liebe Nachbarin, mit der sie Ferien in Treuenbrietzen gemacht hatte? Die Kriegerwitwe mit zwei Kindern? Und was für ein Zimmer, es war doch die Rede von einer Wohnung gewesen. Und wer war Herr M.?

Ich knüllte den Brief wieder zusammen und steckte ihn zurück, ordnete die Wäsche darüber. Lag das rosa Hemd oben oder das weiße? Vielleicht merkte sie ja, daß ich in der Schublade gewesen war, das wäre peinlich. Aber ihr mußte es noch viel peinlicher sein mit ihrer ewigen verdammten Lügerei.

Sehr nachdenklich ging ich den Gang entlang zu Edwards Zimmer. Das war meine neueste Manie. Wenn ich allein sein wollte oder einfach nur nachdenken, ging ich in Edwards Zimmer. Ich wußte inzwischen, wann die Mamsell in Edwards Zimmer Staub wischte, immer in den frühen Morgenstunden. Und ich hinterließ keine Spuren, sorgfältig sah ich mich jedesmal um, ehe ich das Zimmer verließ, die Bücher hatte ich so zusammengerückt, daß es nicht auffiel, wenn eins fehlte. Außerdem würde die Mamsell kaum die Bücher näher in Augenschein nehmen. Mit den ‹Wahlverwandtschaften› war ich nicht bis zum Ende gekommen, es war einfach zu umständlich geschrieben, und reichlich exaltiert fand ich es auch, wie die Leute sich benahmen. Verzeihen Sie bitte, Herr Geheimrat. Jetzt las ich ‹Die Buddenbrooks›, damit kam ich besser voran.

Da wir derzeit so schweigend lebten, kam es vor, daß ich mit Edward sprach.

«Verstehst du das? Es war die Rede von einer Wohnung. Jetzt ist es auf einmal ein Zimmer bei dieser Lisa. Und sie hat die Miete nicht bezahlt. Und wer ist Herr M.? Und ist Lisa nun die Witwe mit den Kindern? Keine Adresse. Kann Zehlendorf sein oder auch nicht.»

Wenn sie die Miete nicht bezahlt hatte, bedeutete das, sie hatte kein Geld. Sie konnte es ja auch einfach vergessen haben. Geld brauchte sie ja bei uns kaum. Heute zum Beispiel, wenn sie Stoff und Garn kaufen wollte.

«Woher soll sie auch Geld haben, Edward? Wenn es schon Onkel Fedor nicht gibt, hat sie auch nichts geerbt. Wovon, verdammt noch mal, hat sie denn eigentlich gelebt? Entschuldige, Edward. Ich meine, wovon hat sie gelebt. Wenn Herr M. ihr Freund ist, dann will sie seinetwegen nicht zurückkehren. Sie ist überhaupt wegen ihm auf und davon, ganz klarer Fall. Ich und die Masern kamen ihr gerade recht.

Sie hatte die Nase voll von Herrn M. und verließ Berlin darum Hals über Kopf, und er weiß nicht, wo sie ist. Nur Lisa weiß es und darf es ihm nicht sagen. Stimmt ja soweit alles, sie hat nicht gerade in bewegten Tönen über die Liebe gesprochen. Und darum klebt sie hier fest. Darum! Und wenn sie jetzt nicht mal mehr eine Bleibe hat in Berlin, geht sie erst recht nicht. Nur eins kann ich nicht verstehen, Edward. Wenn sie doch wegen Herrn M. genug hatte von der Liebe, warum knutscht sie jetzt mit deinem Bruder?»

Mir schien, als lächle das ernste Gesicht auf dem Bild ein wenig spöttisch.

Na ja, das ließ sich leicht erklären. Herr M. gefiel ihr eben nicht, oder nicht mehr, dafür Joachim um so besser. «Sie will ihn haben. Kannst du mir sagen, was ich tun soll, Edward?»

Ich fühlte, wie mir das Blut in den Kopf stieg und mich eine wilde, geradezu atemberaubende Wut packte. Diese verdammte Lügnerin! Keine Wohnung in Zehlendorf, die Fürstin gab es vermutlich auch nicht, und wenn Lisa Herrn M. nahegelegt hatte, die Miete zu bezahlen, dann war Elaine vermutlich von ihm ausgehalten worden. Nun wußte ich, wovon sie gelebt hatte, und warum es für sie so außerordentlich angenehm war, auf einem Gut in Hinterpommern auszuharren. Dafür konnte ich ja noch Verständnis aufbringen. Aber daß sie mir meinen Mann wegnehmen wollte, das ging zu weit. Na warte! Die Schonzeit war vorüber! Jetzt würden wir reden. Noch heute.

Es war Sonnabend, und sie kam erst ziemlich spät am Nachmittag aus Hohenwartau zurück, sie verfügte bereits auch sehr souverän über Bolke und die Kutsche.

Ossi und Kathrinchen hatten schon ungeduldig gewartet und sausten vor die Tür, als sie die Kutsche heranrollen hörten. Ich folgte ihnen langsam.

Es war wieder sehr heiß an diesem Tag. Elaine trug ein luftiges weißes Kleid und einen breiten weißen Strohhut. Beides hatte sie nicht angehabt, als sie gegen Mittag gefahren war. Und eine Menge Päckchen befanden sich außerdem in der Kutsche, die von ihr und den Kindern unter lebhaftem Geplauder ins Haus getragen wurden. Mir hatte sie nur flüchtig zugelächelt. Ich trat zu den beiden Braunen und befühlte ihre Hälse, sie waren trocken.

«Ich bin meist Schritt gefahren, Frau Baronin», sagte Bolke. «Es ist sehr warm.»

«Gut, Bolke. Geben Sie den beiden Futter, und heute bringen wir alle Pferde über Nacht auf die Koppeln. Alle Pferde. Am Tag können sie nicht mehr hinaus wegen der Bremsen.»

«Ja, die sind schlimm. War auch unterwegs eine Plage.»

«Haben Sie denn was zu essen gekriegt, Bolke?»

«Das gnädige Fräulein hat mich ins Wirtshaus geschickt und mir ein Essen spendiert. Die Pferde habe ich so lange ausgespannt.»

Er stieg wieder auf den Bock, hob grüßend die Peitsche und rollte ums Haus herum in den Hof.

Sie machte das wirklich fabelhaft, schickte den Kutscher zum Essen, ließ die Pferde ausspannen und ging unterdessen einkaufen. Wenn sie auch die Miete nicht bezahlt hatte, Geld schien sie zu haben.

Elaine hob gerade den Strohhut vom Kopf, als ich in die Halle kam, die Kinder fingen beseligt an, die Päckchen auszupacken, die Mamsell war auch schon erschienen.

Ich wies mit der Hand auf das weiße Kleid und den Hut.

«Sag bloß, du hast die ganze Pracht in Hohenwartau gekauft.»

«Aber ja. Du sagst immer, dort gibt es nichts zu kaufen. Aber dieser kleine Textilladen am Marktplatz ist gar nicht ohne. Das Kleid und der Hut waren im Schaufenster dekoriert auf einer wunderschönen blondgelockten Schaufensterpuppe, und Herr Goldmann, der Inhaber von dem Laden, erzählte mir, daß er all die eleganten Sachen vor wenigen Tagen geliefert bekommen hatte.» Sie lachte. «Aus Berlin, sagte er ganz stolz. Und er war sehr begeistert, daß mir alles ganz genau paßte. Und da habe ich das Kleid gekauft.»

«Ein schönes Kleid», meinte die Mamsell anerkennend.

«Und es hat nur halb soviel gekostet wie in Berlin. Ihnen habe ich auch etwas mitgebracht, Wilhelmine. Kathrinchen, gib mir mal das grüne Päckchen, ja, das da.»

Die Mamsell bekam zwei neue Schürzen, eine blau mit weißer Kante, die andere rot mit weißen Kringeln.

«Nee», sagte die Mamsell, «aber nee! Die sind ja viel zu schade für die Küche. Nee so wat!»

Das war noch nicht alles. In einem größeren Paket befand sich eine prachtvolle kupferne Bratpfanne.

«Ich dachte, wenn wir mal wieder Schnitzel braten.»

Elaine stand da wie die Jungfrau von Orleans, statt der Fahne die große Pfanne in der Hand. «Sehen Sie, Wilhelmine, die ist nicht so schwer wie die eiserne Pfanne, damit hantiert es sich leichter.»

Daß wir gelegentlich Schnitzel brieten, mal paniert, mal mit Rahmsauce, war eine Neuigkeit, die Elaine eingeführt hatte. Gemüse gab es nun ausreichend im Garten, und Elaine fand, wenn wir schönes frisches Gemüse hätten oder eine Schüssel mit Salat, genüge es, wenn jeder noch ein kleines Schnitzel dazubekäme.

Nun war es ja nicht so, daß wir ständig Schnitzel zur Verfügung hatten, denn wir schlachteten unsere Kälber nicht selbst, Gott sei Dank. Aber wenn Volz, der Schlachter, ein Kalb abholte, brachte er uns am nächsten Tag einige Stücke von dem frischen Fleisch, es gab dann nicht wie früher Kalbsbraten, es gab Schnitzel, was den Kindern hervorragend schmeckte.

Ich setzte mich in einen Sessel und streckte die Beine weit von mir. Ganz ohne Zweifel war Elaine viel tüchtiger als ich, ihr gelang, was mir nie gelungen war, neue Moden auch in der Küche einzuführen, sogar im Gemüse befand sich nach und nach sehr wenig oder gar kein Mehl mehr.

Für die Kinder wurde ein neues Spiel ausgepackt, nicht ‹Mensch, ärgere dich nicht›, ein anderes mit lauter Tieren, gewürfelt wurde dabei auch.

«Ich muß es mir erst ansehen», stoppte sie Ossi und Kathrinchen, die es gleich ausprobieren wollten. «Ich weiß noch nicht, wie es geht. Hier, packt das mal aus. Das sind Puzzle, das könnt ihr schon allein. Und das hier», sie hielt ein Buch hoch, «das ist der Struwwelpeter. Soviel ich weiß, befindet sich keiner im Haus. Oder?»

Sie sah mich an, ich hob die Schultern.

«Keine Ahnung.» Am liebsten hätte ich hinzugefügt: Schauen wir bei Edward nach. Er hat sicher einen da stehen. Doch ich würde mein Geheimnis nicht verraten.

Für Lotte hatte sie eine Kette aus grünen Glasperlen mitgebracht, was der Mamsell ein ärgerliches Schnauben entlockte.

Joachim und ich bekamen nichts.

In diesem Augenblick betrat Joachim die Halle. Eilig und ohne nach rechts oder links zu blicken, wollte er vorbeigehen, doch Kathrinchen schrie: «Papi, sieh mal, das feine Kleid!»

Sie wies mit dem Finger auf Elaine, und Joachim blieb stehen und sagte gleichgültig: «Ja? Sehr schön.»

«Und der Hut!» Kathrinchen bestand auf der ganzen Vorstellung.

«Aber das interessiert den Papi doch nicht, Kathrinchen. Du siehst doch, daß er zu tun hat.» Gleichzeitig jedoch setzte sie mit einer anmutigen Bewegung den Hut wieder auf.

Joachim würdigte den Hut keines Blickes, statt dessen sagte er, an niemand direkt gerichtet: «In Zukunft möchte ich darum bitten, daß man mich verständigt, wenn die Kutsche zu einer längeren Fahrt benutzt wird.»

«Oh», rief Elaine erschrocken. «Entschuldige bitte. Ich dachte, Julia hätte dir Bescheid gesagt.»

Ich blieb in meinem Sessel sitzen und sagte: «Ich habe Bolke veranlaßt, mit Elaine zu fahren. Sie mußte mal wieder Stadtluft um die Nase haben. Und du siehst ja, sie hat großzügig eingekauft, nicht nur für sich, auch für die Kinder. Und für die Mamsell.»

Die stand immer noch am gleichen Fleck, hielt in der einen Hand, vorsichtig zur Seite gestreckt, die beiden Schürzen, in der anderen Hand die Kupferpfanne. Es war ein sehenswertes Bild, nun lächelte Joachim ein wenig, doch er sagte: «Trotzdem. Es ist sehr heiß heute, und die Pferde müssen geschont werden, jetzt kurz vor der Ernte.»

«Die Pferde kommen heute nacht auf die Koppel», sagte ich.

«Willst du noch fort? Brauchst du sie?»

«Nein, ich habe zu tun.»

Und damit strebte er zur hinteren Tür, die zu seinem Büro führte. Von dem Spiel, das Ossi ihm entgegenhielt, nahm er keine Notiz.

«Es tut mir leid.» Elaine war ganz zerknirscht, und ich sagte, nachdem Joachim verschwunden war: «Der Herr Baron hat wieder mal schlechte Laune. Kommt», das galt den Kindern, «wir gehen ins Wohnzimmer und schauen uns mal das Puzzle an.»

«Es sind zwei», klärte uns Elaine auf. «Das eine handelt von Hänsel und Gretel und das andere von Schneewittchen.»

Puzzle kannten die Kinder, es befanden sich schon einige im Haus, sie konnten ganz gut damit umgehen, auch allein.

«Ich geh' mich umziehen», sagte Elaine und verschwand nach oben.

Ich sah die Mamsell an. «Die Pfanne ist großartig. Na, und die Schürzen erst, einfach fabelhaft. Heute nur kaltes Abendessen, ja?»

Auch sie trollte sich mit ihren Schätzen.

Im Wohnzimmer war Trudi mit Jürgen, sie hielt ihn wieder mal auf dem Schoß und wiegte ihn hin und her.

«Hast du nicht gehört, was der Herr Doktor gesagt hat? Er soll sich bewegen. Wenn du ihn immer auf dem Schoß hast, wird er nie laufen lernen.»

«Er kann sehr schön laufen. Komm, Jürgenchen, zeig es der Mami mal.»

Sie setzte das Kind auf den Boden, ich streckte die Arme aus, und es kam auf mich zugetappt. Es ging immer noch sehr wacklig, und normal war das nicht für sein Alter. Ossi und Kathrinchen schüttelten die Puzzleteile auf den Tisch meiner Schwiegermutter, Trudi setzte sich interessiert dazu, sie kannte dieses Spiel und mochte es.

Ich setzte mich abseits, ich war lustlos und müde; wenn ich nicht genau gewußt hätte, daß es unmöglich war, hätte ich wirklich vermutet, ich sei schwanger.

Elaine kam nach einer Weile, sie trug ihr grünes Baumwollkleid und bequeme Schuhe.

«Es ist mir sehr unangenehm, daß wir Joachim verärgert haben.»

«Beruhige dich! Er hat ja gesehen, wie du weggefahren bist, und vermutlich ärgert er sich nur, daß du ohne ihn gefahren bist. Schade, daß du das schöne Kleid schon ausgezogen hast.»

«Ja, schade, nicht?» sagte sie lachend. «Ist richtig albern von mir, so ein Kleid zu kaufen. Aber ich hatte einfach Lust, mir wieder einmal etwas Neues zu kaufen.»

«In Berlin tust du das öfter.»

«Allerdings. Aber wozu ich das Kleid hier brauche, weiß ich selber nicht.»

«Kleid und Hut wären gut geeignet, zum Rennen zu gehen. Nach Hoppegarten zum Beispiel. Warst du mal da?»

«Natürlich.»

Mit Herrn M. hätte ich am liebsten gefragt. Doch ich sagte: «Onkel Ralph hat mich ein paarmal mitgenommen. So schöne Pferde. Aber ich konnte es nicht mit ansehen, wie die Jockeys sie geschlagen haben.»

«Das spüren sie gar nicht. Es spornt sie nur an, schneller zu laufen.» Sie war noch nicht fertig mit Joachims Tadel. «Wir sind wirklich langsam gefahren, ganz ruhig. Und über Mittag hat Bolke die Pferde ausgespannt.»

«Er hat es mir erzählt. Und du hast ihm ein Mittagessen spendiert.»

Sie lachte. «Ja, und er war ganz begeistert. Er beschrieb mir auf dem Rückweg, was er gegessen hat. Ein riesiges Stück Kalbfleisch.» Sie hob die Hände und ahmte nach, was Bolke wahrscheinlich mit den gleichen Handbewegungen beschrieben hatte, «und dadrin waren Käse und Schinken eingewickelt.»

«Aha, so eine Art Cordon bleu offenbar. Erstaunlich, daß es so etwas in Hohenwartau gibt.»

«Kann ja sein, der Wirt von dem Gasthof dort hat mal irgendwo gelernt. Ich erinnere mich daran, was du mir von Wanda erzählt hast. Oder er hat einfach ein Kochbuch beziehungsweise seine Frau. Du sprichst immer so abfällig von Hohenwartau, ich finde den Ort ganz reizend.»

«Du hast eine Menge Geld ausgegeben.»

«Nicht so schlimm. Es ist wirklich alles viel billiger als in Berlin. Und wie gesagt, das Kleid und der Hut, das ist natürlich Unsinn. Aber für die Kinder und die Mamsell wollte ich schon lange etwas kaufen.»

Du kratzt dich hier bei allen Leuten ein, hätte ich sagen mögen, warum tust du das? Ist Herr M. so gräßlich, daß du um jeden Preis hierbleiben willst?

«Wollen wir ein Stück spazierengehen?» fragte ich.

«Warum?»

«Na, ich denke, daß wir einiges zu besprechen haben.»

Sie sah erst mich an, dann blickte sie auf die Kinder.

«Die sind beschäftigt, siehst du ja. Wir besuchen erst mal die Pferde, und dann drehen wir eine Runde ums Gelände.»

«Wenn du willst.» Es klang zögernd, denn sie merkte wohl, daß ich so etwas wie eine Aussprache herbeiführen wollte. Wir gingen über den Hof und fanden dort Joachim im Gespräch mit dem Bauern Kruschke und Karl. Vermutlich ging es um Probleme der bevorstehenden Ernte. In wenigen Tagen wurden die Polen wieder erwartet, viel mehr als beim Heu, es ging um die Unterbringung, wie ich wußte, um die Verpflegung und um alles, was damit zusammenhing. Mit dem Weizen würde man beginnen. Kruschke und Karl zogen ihre Mützen, als wir vorbeigingen, Joachim sah uns nicht an. Ich sah, daß er Tell an der Leine hielt. Warum denn das? Wollte er noch in den Wald?

Die Pferde freuten sich über den Besuch, wie immer hatte ich Zucker eingesteckt und verteilte ihn gerecht. Nero ließ den Kopf hängen.

«Na, mein Alter», sagte ich. «Geht's dir nicht gut? Heute nacht kommt ihr raus. Ohne Bremsen, ohne Fliegen und mit schönem saftigen Gras.»

Ich wandte mich zu Elaine um, die bei Melusine stand. «Was ist denn eigentlich aus deinen Absichten geworden, reiten zu lernen?»

«Ich hatte den Eindruck, daß du es nicht so gern siehst. Und Nero? Ich glaube, er wäre ganz froh, wenn sich niemand mehr auf ihn draufsetzt.»

«Ossi vielleicht. Du bringst natürlich ein paar Pfunde mehr mit.»

«Ja, du hast recht. Ich bin dicker geworden, seit ich bei euch bin. Dieses regelmäßige Leben und immer reichlich zu essen, und das immer zur gleichen Zeit, das merkt man schon.»
Die Frage bot sich an. «Hast du denn vorher so ein unregelmäßiges Leben geführt?»
Ich brachte sie mit dieser Frage nicht in Verlegenheit.
«Ja», sagte sie ruhig.
«Immerhin paßt dir das Kleid, das bei Herrn Goldmann im Fenster stand.»
«Zum Glück. Ich wäre sehr blamiert gewesen, wenn es nicht gepaßt hätte.»
«Na ja», sagte ich nicht ohne Bosheit, «er hat natürlich im Hinblick auf pommersche Figuren eingekauft.»
Und ihre Antwort: «Mit deiner Figur kann ich sowieso nicht konkurrieren, Julia. Du bist so grazil wie damals in Lausanne.»
Sie war immer besser als ich, dagegen ließ sich nichts machen. Wir verließen den Stall, gingen über den Hof, weit entfernt von den Männern, die dort immer noch standen, und seitwärts durch das Tor zum Hof hinaus, auf dem schmalen Weg, der zum Wald führte.
«Wo willst du hin?» fragte Elaine.
«Zum Wald. Da ist es kühler.»
Wir gingen eine Weile schweigend auf dem schmalen Waldweg nebeneinander her, ich hatte mir einen Grashalm in den Mund gesteckt und kaute darauf herum. Genauso kaute ich auf dem Problem herum, wie und was ich mit ihr reden sollte. Ich konnte ja nicht sagen, daß ich den Brief gelesen hatte und von Lisa, der nicht gezahlten Miete und von Herrn M. wußte. Und noch immer hatten wir seit jenem Abend, als ich Elaine und Joachim in ihrem Zimmer erwischt hatte, nicht über das gesprochen, was uns alle bewegte, bewegen mußte, und genaugenommen mich am meisten.
Es war für mich eine so alberne und unvorstellbare Rolle, die Rolle der eifersüchtigen oder gar betrogenen Ehefrau, daß ich davor zurückschreckte wie ein Pferd vor einem zu hohen Hindernis.
Ich, Julia, geliebter und verwöhnter Mittelpunkt einer Familie, ei-

ner kleinen Familie gewiß, aber was für einer. Ich, Julia, die Nichte der wunderbaren Marina Delmonte, sollte mich hinstellen und sagen: Laß meinen Mann in Ruhe! Meinen Mann, um den ich nun seit Monaten einen großen Bogen machte. Und den ich nicht einmal mehr liebte, ganz egal, ob er mich nun umarmte oder nicht.

Ich stöhnte unwillkürlich, Elaine blieb stehen.

«Was hast du?»

«Ach, nichts. Es ist alles so schwierig, weißt du.»

Darauf gab sie keine Antwort, und wir gingen weiter. Übrigens war es im Wald nicht sehr kühl, und auch hier schwirrten die Fliegen und die Mücken.

«Du hast vorhin vom Reiten gesprochen», begann sie nach einer Weile. «Es gibt noch einige andere Dinge, die wir vergessen haben.»

«Vergessen?»

«Wir sprachen mal davon, daß wir gemeinsam in die Kirche gehen wollten.»

«Nicht gemeinsam. Ich sagte, daß ich in die Kirche gehen wollte. Und daß ich mit dem Pastor sprechen wollte.»

Ich erinnerte mich auch genau, was ich damals gesagt hatte.

«Es fällt mir auf, daß ihr nie in die Kirche geht.»

«Ich wußte gar nicht, daß *du* in die Kirche gehst.»

«In Berlin nicht, da hast du recht. Aber hier erschiene es mir angemessen.»

«Erschiene es dir angemessen», ähnte ich sie nach. «Ach, hör auf. Mir wird schlecht. Kein Mensch hindert dich daran, hier –», ich betonte das Wort hier, «– in die Kirche zu gehen.»

«Das kann ich nicht allein», sagte sie sanft. «Wir müßten anspannen, und du hast ja gehört, was Joachim heute gesagt hat. Außerdem fände ich es gut, wenn die Kinder gelegentlich in die Kirche gingen.»

Ich mußte die Luft anhalten, denn nun war die Wut wieder da.

«Sag mal, hast du nicht den Eindruck, daß du dir zu viel herausnimmst?»

«Entschuldige. Es war nur so ein Gedanke von mir, als ich heute in der Kirche war.»

«Wo warst du?»

«Ich war ziemlich lange in Hohenwartau unterwegs, ich wollte mich da mal in Ruhe umsehen. Und dann war ich auf dem Friedhof, der ist sehr hübsch...»

«Wie kann ein Friedhof hübsch sein?»

«Hübsch ist ein dummes Wort. Er ist so friedlich und schön, sie haben dort ein Kriegerdenkmal gebaut für ihre Gefallenen, da steht der Name deines Schwiegervaters drauf. Und der Name von Edward.»

«Edward ist nicht tot», sagte ich wütend.

«Was meinst du?» Sie blieb wieder stehen und sah mich an.

«Ach, nichts. Du weißt doch, was die Mamsell mit ihm für einen Kult treibt.»

«Und wie ich dann zur Kirche kam, traf ich den Pastor und sprach ihn an.»

«Das sieht dir ähnlich.»

«Wie meinst du das?»

«Daß du keinen Mann ungeschoren lassen kannst, nicht mal einen Pastor.»

Keineswegs beleidigt, lachte sie laut und fröhlich.

«Er ist ein alter Herr, und er war sehr freundlich und zeigte mir die Kirche. Ich sagte ihm, wer ich bin und wo ich zur Zeit lebe.»

«Und er hatte schon von dir gehört?»

«Hat er.»

«Na, was sage ich denn. Ganz Hinterpommern kennt dich schon. La belle Elaine aus Berlin. Hüte dich nur vor Baron Crantz.»

«Warum?»

«Er ist ein Wüst- und Lüstling. Und seine Frau hat nichts dagegen.»

«Ich sprach von dem Pastor», sagte sie sanft.

«Und für die übrigen Bedürfnisse hast du Joachim.»

«Bedürfnisse ist kein hübsches Wort», sagte sie.

Und wofür hast du Herrn M. gebraucht, hätte ich fragen mögen.

«Und wie ging es weiter mit dir und dem Pastor?»

«Gar nicht. Er hat mir die Kirche gezeigt, und wir haben uns ein wenig unterhalten, und dann spazierte ich durch den Ort, machte meine Einkäufe, und dann holte ich Bolke wieder ab.»

Wir waren bei meinem See angelangt, ein wenig kühle Luft kam von ihm her, die Libellen schwirrten über ihm.

«Oh, wie schön», sagte Elaine.

«Und er hat von seinem Cordon bleu erzählt. Du wirst nie mehr nach Hohenwartau fahren können, ohne Bolke zum Essen einzuladen. Gott sei Dank kann er der Mamsell nicht davon erzählen, er redet nicht mit ihr.»

«Warum nicht?»

«Weiß ich auch nicht. Das ist schon so, seit ich hier bin.»

«Man sollte versuchen, sie zu versöhnen.»

«Ach, hör auf, hier als segnender Engel durch die Gegend zu wallen. Das ist eben so. Möglicherweise sind es Streitigkeiten, die vor meiner Zeit liegen und vor deiner sowieso. Schade, daß ich keinen Badeanzug dabeihabe.» Sehnsuchtsvoll betrachtete ich meinen See.

Wir standen auf dem Steg, und ich stieß mit dem Fuß an das Boot.

«Laß uns ein wenig hinausrudern. Wenn ich schon nicht schwimmen kann, möchte ich die Luft über dem Wasser haben.»

«Wenn du willst. Da kann ich dir beichten, was ich noch getan habe.»

Ich band das Boot los und hielt es fest.

«Los, steig ein!»

Sie tat es vorsichtig und setzte sich auf die Bank am Bug. Ich gab dem Boot einen Stoß und sprang hinein.

«Paß doch auf! Es schwankt ja», rief sie erschrocken.

«Alle Boote schwanken, wenn man sie abstößt. Irgendwie muß ich es ja in Fahrt bringen.» Ich holte die Ruder hervor und benutzte eines davon, um uns weiter abzustoßen. Dann begann ich sacht zu rudern.

«Es gibt auch schöne Fische hier im See. Hast du schon mal geangelt?»

«Nein.»

«Na, ich auch nicht. Aber Oskar und Karl bringen uns manchmal Fische. Jetzt nicht, im Herbst. Hat nur Schwierigkeiten mit der Mam-

sell, die mag keinen Fisch. Es wäre zu gefährlich, meinte sie, wegen der Gräten.»
«Sie denkt vielleicht, daß es für die Kinder gefährlich ist.»
«Unsinn. Kinder müssen auch lernen, Fisch zu essen. Erstaunlich, daß sie was gegen Fisch hat, denn Edward soll viel geangelt haben. Und sonst findet sie ja alles, was Edward getan hat, lobenswert.»
«Wer hat dir erzählt, daß Edward geangelt hat?»
«Joachim hat es mal erwähnt. Du merkst ja selbst, daß sonst niemand hier von ihm spricht.»
«Aber du.»
«Ja, ich. Manchmal.»
«Obwohl du ihn nicht kennst.»
Ich schwieg. Ich kannte ihn, er war ein Freund für mich geworden.
«Sein Name steht auch auf dem Gefallenendenkmal in Hohenwartau.»
«Das sagtest du schon. Du wolltest etwas beichten?»
Mit langen ruhigen Schlägen kamen wir in den See hinaus, ich sah die Fische nach allen Seiten flitzen, kleine und große, das Wasser war so klar, daß man die geschmeidigen Körper deutlich sah.
«Daß du hier schwimmen magst», sagte Elaine, und ein Zug von Ekel erschien in ihrem Gesicht.
«Wieso?»
«Mit all den Fischen.»
«Sie flüchten. Das tun sie genauso, wenn ich hier schwimme.»
«Es könnte dich einer berühren.»
«Hab' ich noch nie bemerkt. Und wenn auch? So ein Fisch ist doch ein sauberes schönes Tier.»
Über dem Wasser waren die Tiere nicht so angenehm. Mücken und Bremsen waren reichlich vorhanden und begleiteten uns ohne Scheu in die Mitte des Sees, wir schlugen beide mit den Händen um uns und klapsten sie, wenn sie auf unseren Armen landeten.
«Das ist eine schöne alte Kirche da in Hohenwartau», sagte Elaine. «Sie stammt aus dem vierzehnten Jahrhundert, hat mir der Pastor erzählt.»

«Ach ja?»
«Wußtest du, daß Pommern 1181 zu Deutschland kam? Kaiser Friedrich I. hat das Land dem Heiligen Römischen Reich Deutscher Nation gewonnen.»
«Das war Barbarossa. Hat dir der Pastor das alles erzählt?»
«Ja.»
«Dann sollten wir nun wirklich mal in die Kirche gehen.»
Und ich ärgerte mich über meine Gleichgültigkeit. Warum erzählte mir der Pastor das nicht? Warum hatte ich nie nach der Geschichte des Landes gefragt, in dem ich nun lebte?

Aber bei Edward gab es viele Bücher darüber, das hatte ich schon gesehen, und die würde ich alle, alle lesen.

Dann fiel mir der Brief ein, nicht der, den ich heimlich gelesen hatte, sondern der, der ganz offiziell mit dem Postboten Hinnerk gekommen war.

«Stell dir vor, Tante Marina hat heute geschrieben. Sie verbringt zwar ihren Urlaub im äußersten Westen von Pommern, auf der Insel Hiddensee, diese Insel sei in Berlin derzeit große Mode, und das will sie sich mal ansehen. Warum sie dann noch ins hinterste Hinterpommern reisen solle, könne sie nicht einsehen. Wie findest du das?»

Elaine lachte. «Klar und deutlich. Da bist du sicher sehr enttäuscht.»

«Das kannst du dir denken. Und weißt du, was sie noch schreibt?»
«Laß hören!»
«Da deine Freundin Elaine noch immer bei dir ist, wie du schreibst, hast du ja unterhaltsame Gesellschaft und brauchst deine alte Tante nicht.»
«Und wie meint sie das?»
«Was weiß ich.»
«Ein wenig ironisch, würde ich denken.»
«Hm. Sie wundert sich, daß du noch hier bist.»
Elaine seufzte. «Wer nicht.»
Ich hätte ja nun sagen können: Ich wundere mich nicht mehr, weil ich weiß, daß du Herrn M. aus dem Weg gehen willst. Aber das

konnte ich nicht sagen, ohne mich bloßzustellen. Statt dessen sagte ich: «Ich könnte ihr natürlich schreiben, daß du hier bist, weil es dir hier viel besser gefällt als in Berlin, die Kinder lieben dich, und du liebst meinen Mann.»

«Mon dieu, Julia. Fang nicht wieder mit der Liebe an.»

«Ich dachte nur, wir müßten mal darüber reden. Aber wenn du nicht willst...»

Wir waren jetzt in der Mitte des Sees, ich zog die Ruder ein und ließ das Boot treiben.

«Was war es denn, was du beichten wolltest?»

Sie ließ eine Hand ins Wasser hängen und lachte.

«Du kennst die Werkstatt, wenn man in unserer Richtung aus Hohenwartau hinausfährt?»

«Du meinst den Schmied?»

«Bolke sagte mir, daß es die Schmiede sei, er hielt an, weil er den Schmied kennt und ein paar Worte mit ihm sprechen wollte.»

Das erlaubte sich Bolke nur bei ihr. Mit uns in der Kutsche würde es ihm nicht einfallen, irgendwo zu halten, um ein paar Worte mit jemand zu sprechen.

Wir hatten einen eigenen Schmied auf dem Gut, das war der alte Ostpreuße, der noch vor dem Krieg zugewandert war, wie ich wußte. Die Geschichte seiner Herkunft war etwas dunkel, ich wußte nur, daß er früher auf Trakehnen gearbeitet hatte, und dort hatten sie ihn aus einem mir unbekannten Grund hinausgeworfen. Mein Schwiegervater hatte ihn aufgenommen, und außer ihm wußte kein Mensch, wie das frühere Leben des Ostpreußen aussah. Edward vielleicht, er hätte es gewußt.

Er blieb immer ein Fremder auf dem Gut, lebte allein in einer Kate mit seinem Schmiedewerkzeug, und es hieß noch immer: Der Ostpreuße beschlägt heute die Gunne und die Liese. Ich hatte mich auch nie danach erkundigt, ob er einen Namen hatte. Aber er war ein guter Schmied.

«Der Schmied in Hohenwartau, er heißt Mielke, hat einen Sohn», erzählte Elaine. «Und der hat neben der Schmiede eine Werkstatt für

Autos. Reparaturen und so. Er war im Krieg, und er hat da ständig mit Autos zu tun gehabt und weiß gut Bescheid damit.»

«Ja, ich weiß», sagte ich gelangweilt. «Er repariert auch manchmal unseren alten Opel.»

«Er gibt auch Fahrstunden.»

«Was gibt er?»

«Du kannst bei ihm Autofahren lernen. Und wenn du es ordentlich gelernt hast, kannst du in Kamin oder in Kolberg oder in einer anderen größeren Stadt eine Fahrprüfung ablegen.»

«Sag bloß, du willst bei ihm Autofahren lernen?»

«Genau das. Ich wollte es in Berlin schon. Ich habe jedenfalls mit Mielke junior ausgemacht, daß er mir Fahrstunden gibt. Er wird mich dazu immer vom Gut abholen. Wäre doch ganz praktisch, ich könnte dann Joachim manche Fahrt abnehmen. Und nach Hohenwartau kommen wir auch leichter. Wenn Ossi nächste Ostern in die Schule kommt, muß ihn ja jemand hineinbringen.»

Jetzt platzte mir der Kragen.

«Sag mal, stimmt es bei dir noch? Willst du eigentlich den Rest deines Lebens bei uns verbringen?»

Das Boot stand nun fast auf der Stelle, Fische waren nicht mehr zu sehen, sie waren geflüchtet.

«Julia», sagte Elaine mit weicher Stimme, «seit wir uns in Berlin getroffen haben, hast du mir erzählt, wie sehr dich das Leben auf diesem Gut anödet. Du möchtest in Berlin leben und nicht hier. Und es ist noch nicht so lange her, da hast du klipp und klar gesagt, du liebst Joachim nicht mehr.»

«Ja, und?»

«Dann laß ihn mir doch», sagte sie in aller Ruhe.

«Wie bitte?»

«Was willst du eigentlich? Du kannst nicht von einem normalen Mann verlangen, daß er auf die Dauer diesen Zustand erträgt. Er braucht eine Frau. Schön, da wir nun davon sprechen, du hast uns neulich abends erwischt und...»

«Ich habe euch schon öfter erwischt», sagte ich finster.

«Na gut, dann weißt du doch, wie es steht. Joachim möchte eine Frau, braucht eine Frau, und ich mag ihn.»

«Es wird wohl schon öfter einen Mann gegeben haben, den du magst, wie du es nennst. Und was erwartest du von mir? Sollen wir eine Ehe zu dritt führen?» Nun hatte ich auch mal einen Geistesblitz, immerhin kannte ich Goethes Stücke. «So wie in der ‹Stella›?»

«Sieh mal, Julia, wir sind doch jetzt unter uns und können in Ruhe darüber reden. Du möchtest in Berlin leben, du möchtest alles haben, was es dort gibt, ins Theater gehen beispielsweise, und du hast diese fabelhafte Tante, sie ist eine großartige Frau, du könntest bei ihr leben, genau so wie du dir das Leben wünschst.»

«Mit einem Wort, du möchtest mich lossein.»

»Ich passe gut hierher, das sagst du doch auch. Ich kann mit den Leuten umgehen, ich kann Joachim bei der Arbeit helfen und...»

«Und du magst ihn? Und er? Mag er dich auch?»

«Es sieht so aus.»

Wir sahen uns starr in die Augen. Dann stand ich auf, mir war heiß geworden, ich strich mir mit beiden Händen das langgewachsene Haar zurück, und es kam mir vor, als träume ich.

«Ja, verdammt noch mal...», begann ich und verstummte. Ich hätte fragen mögen: Was heißt, er mag dich? Hat er zu dir gesagt, daß er dich liebt?

Zum Teufel mit dem ganzen Gequatsche über die Liebe. Hier ging es nicht um Liebe, hier ging es um meine Ehe, um mein Leben.

«Wie stellst du dir das vor?»

«Ganz einfach. Du läßt dich scheiden. Das ist heutzutage kein Problem mehr, wir leben doch nicht mehr im vorigen Jahrhundert.»

«Ich lasse mich scheiden», wiederholte ich doof.

«Das ist nichts als eine Formalität. Du kannst in Berlin bei deiner Tante leben, so wie du es dir wünschst. Wir lassen eine schickliche Zeit vergehen, dann heirate ich Joachim.»

Eine längere Pause trat ein. Das waren tolle Dinge, mit denen ich es zu tun bekam, und das mitten auf meinem See. Eine Frage lag mir auf der Zunge: Hast du das mit ihm besprochen?

Aber ich brachte es nicht über mich, diese Frage zu stellen. «Und die Kinder?» fragte ich schließlich in ihr lächelndes Gesicht hinein.

«Du wirst doch nicht behaupten, daß ich mit den Kindern nicht gut umgehen kann? Ossi und Kathrinchen würden dich bestimmt nicht vermissen.»

Das war der Gipfel! Ich spürte, wie wieder die kalte Wut in mir hochstieg. Ich konnte das Ruder nehmen und in das schöne, freundlich lächelnde Gesicht schlagen.

«Julia, ich spreche doch nur aus, was du mir die ganze Zeit erzählt hast. Das Gut ödet dich an, Pommern ödet dich an, du möchtest in Berlin leben, und von Joachim willst du auch nichts mehr wissen.»

«Falls ich nicht doch ein Kind bekomme», sagte ich, bewegte meine Hüften und begann mit dem Boot zu schaukeln, legte meinen Kopf in den Nacken und blickte in den sanft dämmernden Abendhimmel.

«Wir kommen zu spät zum Abendessen», sagte ich.

«Es gibt ja nur kaltes Abendbrot. Wir reden nur mal so. Es ist ein Vorschlag, Julia.»

«Es ist ein Plan, Elaine.»

«Man kann ja mal darüber sprechen. Warum soll ein Mensch nicht so leben können, wie er es sich wünscht.»

«Da hast du recht. Ich lebe in Berlin bei Tante Marina, und du hier auf dem Gut. Dir gefällt es, jedenfalls zur Zeit; mir gefällt es nicht, ich lasse mich scheiden. Ihr könntet mich ja wenigstens zur Hochzeit einladen.»

Ich stand im Boot und schaukelte immer mehr.

«Ich denke mir, du könntest Jürgen mitnehmen. Im Haus deiner Tante gibt es Personal genug, ein Kindermädchen kannst du engagieren, und in Berlin gibt es gute Ärzte, die dich beraten können, denn der Junge ist zweifellos etwas zurückgeblieben, und Trudi ist sicher nicht der richtige Umgang für ihn.»

Das gab mir den Rest. Niemand durfte etwas über meinen armen kleinen Jungen sagen.

«Du verdammte Hure», sagte ich und begann nun mit beiden Füßen das Boot in Schwingung zu versetzen.

«Julia, was tust du?» rief sie erschreckt.

«Nichts tue ich. Ich denke nur darüber nach, was du gesagt hast.»

Es kostete mich nur Minuten, das Boot zum Kentern zu bringen, es war ein leichtes und kleines Boot.

Es kippte, trudelte noch ein bißchen und legte sich dann friedlich auf den Bauch. Wir lagen im See, ich faßte das Boot, nachdem es sich beruhigt hatte, und hielt mich am Kiel fest. Was für eine Wohltat das kühle Wasser war! Elaine kämpfte verzweifelt damit, denn sie konnte wirklich nicht schwimmen, so wenig wie im Genfer See.

Ich sah ihr ungerührt zu. Ihr langes Haar löste sich, trieb um sie herum, das war sehr praktisch, ich konnte sie an den langen Haaren aus dem Wasser ziehen. Falls ich wollte. Dann mußte sie sich eben hier am Boot festhalten, bis ich Hilfe geholt hatte, denn ob ich das Boot zum Ufer ziehen konnte, war fraglich.

Sie schluckte Wasser, wedelte mit den Armen, schrie um Hilfe, und ich wollte mich gerade abstoßen vom Boot, da hörte ich einen Platsch und dann noch einen.

Joachim. Er schwamm mit langen Stößen auf uns zu, neben ihm Tell.

Na ja, da konnte ich die Rettung seiner zukünftigen Gemahlin ihm überlassen.

Er nahm Elaine von hinten unter den Armen und brachte sie in perfekter Rettungsmanier an Land. Hatte er wohl beim Militär gelernt.

Tell blieb bei mir.

Ich hielt mich immer noch am Kiel des Bootes fest und sagte: «Siehst du, Tell, ich kann ruhig hier ertrinken, kümmert dein Herrchen nicht im geringsten. Dich liebe ich, das ist eine klare Sache. Aber wer liebt mich? Na egal, hör auf zu paddeln, wir schwimmen zurück. Schließlich können wir hier nicht übernachten.»

Joachim machte am Ufer alle möglichen Wiederbelebungsversuche mit Elaine, sie japste, spuckte Wasser, sah aber ganz lebendig aus.

«Du wolltest sie umbringen», sagte Joachim und blickte böse zu mir auf.

«Das Boot ist umgekippt.»

«Ich habe genau gesehen, was du mit dem Boot gemacht hast.»
«Wegen der Bremsen. Die waren so lästig.»

Er nahm Elaine auf die Arme und machte sich auf den Heimweg. «Wenn er sie den ganzen Weg tragen will», sagte ich zu Tell, «hat er allerhand zu tun. Sie ist viel schwerer als sein kleines Püppchen.»

Tell schüttelte sich noch einmal mit Nachdruck.

«Eben. Ich bin auch sehr naß. Und die Schuhe habe ich auch verloren. Wird ein mühsamer Weg durch den Wald. Weißt du, was das war, sein kleines Püppchen? Das war ich.»

Ich ließ mir Zeit mit dem Heimweg, und Tell trollte zufrieden neben mir her. Wir waren beide naß, und das war bei der Hitze ganz angenehm. Nur erwartete ich auf dem Weg durch den Wald, einem Hilfstrupp zu begegnen, der mich aus dem Wasser holen sollte. Aber es kam keiner. Joachim überließ mich meinem Schicksal, allein mitten im See mit dem gekenterten Boot.

Im Haus war alles in hellem Aufruhr, sogar Karl und Bolke waren in der Halle versammelt, nur Joachim und Trudi fehlten, und ich erfuhr von der Mamsell, der Herr Baron habe Trudi mit nach oben genommen, um das gnädige Fräulein ins Bett zu bringen.

«Ins Bett?» fragte ich. «Warum denn das?»

«Wo sie doch beinah ertrunken ist», rief die Mamsell vorwurfsvoll.

«Ich will auch zu Tante Elaine», schrie Kathrinchen.

«Warum soll sie denn ertrinken? Das Boot ist umgekippt, und wir sind ins Wasser gefallen. Deswegen ertrinkt man doch nicht. Erstens kann man sich am Boot festhalten und zweitens können wir schwimmen.»

«Soll ich denn fahren und den Doktor holen?» fragte Bolke.

«Bestimmt nicht. Wir werden das gnädige Fräulein abtrocknen und ihr vielleicht einen heißen Tee servieren, hm?»

Ich blickte die Mamsell fragend an. «Und wenn sie im Bett bleiben will, bringe ich ihr ein paar Stullen hinauf.»

Meine Ruhe wirkte ansteckend, für einen Moment trat Schweigen ein. Ich lächelte Lotte an und wies auf die grüne Kette, die noch auf dem Rauchtisch vor dem Kamin lag.

«Die ist für dich. Das gnädige Fräulein hat sie aus Hohenwartau mitgebracht.»

«Für mich? Wirklich?» staunte Lotte und betrachtete die Kette ehrfürchtig, ohne sie zu berühren.

«Und ich geh' jetzt mal hinauf und schau mir die Wasserleiche an.»

Elaine lag bereits im Bett, bis zur Nasenspitze zugedeckt, Trudi stand mit gefalteten Händen vor ihr, und Joachim stand am Fußende, das Gesicht voller Schweiß, auch sein Hemd war naß. Wenn er sie den ganzen Weg getragen hatte, war das nicht weiter verwunderlich.

«Na, wie geht's denn?» fragte ich. «Hoffentlich bekommst du keine Lungenentzündung bei diesem kühlen Wetter.»

Trudi war sprachlos, und Joachim runzelte finster die Stirn.

«Danke, es geht schon wieder», murmelte sie unter der Decke hervor, die Augen geschlossen.

Vermutlich hat sie ja doch allerhand Wasser geschluckt, und Angst hatte sie auch gehabt. War das nun ein Sieg für mich? Ich wußte in der gleichen Sekunde, daß es meine endgültige Niederlage bedeutete. Ich hatte mich ins Unrecht gesetzt mit diesem scheinbaren Anschlag auf ihr Leben, und sie würde es bestimmt großartig verstehen, die Rolle des unschuldigen Opfers zu spielen.

Besser, wir brachten es gleich hinter uns.

«Trudilein, gehst du mal runter? Die Mamsell kocht Tee. Bring eine große Tasse für das Fräulein herauf. Aber nur du kommst, nicht die ganze Familie. Wo ist Jürgen?»

«Ich habe ihn schon zu Bett gebracht», flüsterte sie, noch ganz verstört.

Als wir allein waren, wiederholte Joachim, was er schon am See gesagt hatte.

«Du wolltest sie umbringen.»

Ich gab ihm keine Antwort, zog die Decke von Elaines Nasenspitze und fragte freundlich: «Hast du den Eindruck, daß ich dich umbringen will, Elaine?»

Wir blickten uns in die Augen, und dann lächelte sie ein wenig.

«Schon möglich», sagte sie.

«Und warum, Elaine?»

Sie antwortete nicht, ich zog die Decke mit einem Ruck tiefer, sie war in ein großes Badetuch gewickelt, ihr nasses Haar lag malerisch über die Kissen gebreitet.

«Warum, Elaine?»

Sie lächelte immer noch und sagte ganz gelassen: «Weil ich dir vorgeschlagen habe, dich scheiden zu lassen.»

Joachim zog die Luft zischend zwischen die Zähne, das kannte ich von ihm in Augenblicken der Erregung.

Ich wandte mich zu ihm und sagte ebenso gelassen: «Nicht, daß ich etwas dagegen hätte, mich scheiden zu lassen. Mich stört nur die Tatsache, daß ihr beide das schon besprochen habt, ohne mich einzuweihen.»

«Julia!» rief er, und das Entsetzen in seiner Stimme war echt, «wie kannst du so etwas vermuten? Ich habe nie daran gedacht, mich von dir scheiden zu lassen.»

«Du hast nicht mit Elaine darüber gesprochen?»

Er trat dicht vor mich hin, hob beschwörend die Hände.

«Nie! Niemals! Wie kannst du so etwas von mir denken. Nur weil wir...»

«Weil wir was?» fragte ich freundlich.

«Dieser Kuß neulich. Das bedeutet doch nicht...»

«Was bedeutet es nicht?» Meine Stimme war laut und scharf, unsere Blicke lagen fest ineinander.

«Daß ich mich von dir trennen will, Scheidung, das ist ja absurd.» Und nun wurde er laut. «In meiner Familie läßt man sich nicht scheiden.»

Das war natürlich ein Argument, gegen das sich nichts einwenden ließ. Lieber wäre mir gewesen, er hätte gesagt: Ich lasse mich nicht scheiden, weil ich dich liebe. Nur dich, mein kleines Püppchen.

Ich sah wieder Elaine an.

«Wie fühlst du dich?» fragte ich.

«Hat sie wirklich gesagt, daß wir... daß ich...»

«Sie ist der Meinung, daß sie besser zu dir paßt als ich und auch geeigneter ist, die Herrin auf dem Gut zu sein. Und darum sei es das Beste, ich lasse mich scheiden und überlasse alles ihr. So war doch dein Vorschlag, nicht, Elaine? Es klang so, daß ich annehmen mußte, du seist mit diesem Plan einverstanden, Joachim.»

«Du kannst das nicht im Ernst geglaubt haben?» Er war total aus der Fassung geraten, er sah aus wie damals, als er mich im Tiergarten küßte, sehr jung und irgendwie... ja, irgendwie unschuldig. «Wolltest du sie deswegen umbringen?»

«Ach, hör auf. Ich wollte sie nicht umbringen, nur vielleicht ein bißchen abkühlen. Ich hätte sie ohne weiteres aus dem Wasser ziehen können. Außerdem kann sie ja schwimmen, du weißt doch, daß wir im Genfer See schon geschwommen sind, und der war weitaus kälter als unser See. Nicht, Elaine? Wir sprachen doch vor einiger Zeit mal davon.»

Nun war ich boshaft, und ich wollte es sein. Die Partie stand nun wieder gut für mich, bloß wollte ich auf einmal diesen billigen Sieg nicht mehr.

«Du wirst zugeben, Joschi, daß eure Küsserei hier im Haus, Hof und Stall auf die Dauer nicht so weitergehen konnte.»

Ich hob abwehrend die Hand, als er etwas sagen wollte. «Schon gut, ich weiß Bescheid.»

Er sollte ruhig annehmen, ich hätte sie noch viel öfter erwischt.

«Aber alles in allem finde ich Elaines Idee nicht schlecht. *Ich* werde mich scheiden lassen. Wir leben nicht mehr im vorigen Jahrhundert, wie Elaine mich aufgeklärt hat, und eine Scheidung ist geradezu modern.»

«Meine Mutter...», begann er.

«Ja, schon gut. Ich kann mir ungefähr vorstellen, was deine Mutter davon hält, aber sie wird sich daran gewöhnen, auch in Hinterpommern leben wir in den zwanziger Jahren des zwanzigsten Jahrhunderts. Wir werden ein paar Tage ganz manierlich vergehen lassen, und dann reise ich ab; ich muß einen Arzt in Berlin konsultieren, das wird jeder hier einsehen. Da ich ja schon die Kunde verbreitet habe, ich sei schwanger, ist das doch ganz plausibel, nicht? Elaine wird hierbleiben, wird sich um dich und die Kinder kümmern, das kann sie ja gut, du bist mit der Ernte beschäftigt, und so nebenbei besprecht ihr mal eure Zukunftspläne.»

«Du mußt verrückt sein, Julia. Ich erlaube nicht, daß du wegfährst.»

«Du hast mir gar nichts zu erlauben. Nichts zu erlauben und nichts zu verbieten. Und du hast sicher nicht den Wunsch, daß sich hier vor aller Augen eine große Szene abspielt. Daß *ich* eine große Szene mache. Ob du es glaubst oder nicht, ich kann das. Ich fahre zu Tante Marina und werde mich mit ihr besprechen.»

Er war nun wütend. «Sie wird derselben Meinung sein wie ich. Sie wird dir schon beibringen, wohin du gehörst.»

«Sie wird der Meinung sein, daß ich tue, was für mich gut ist. So!»

Elaine hatte die Decke wieder hochgezogen, sie war nun wirklich außerordentlich blaß um die Nase, fast tat sie mir leid. «Paß auf, Elaine, ich wickle dich jetzt aus diesem Badetuch und werde es benutzen, um dein Haar zu trocknen. Das ist naß, nicht dein Körper. Unter der Decke ist dir warm genug. Und Joachim geht hinunter und beruhigt das versammelte Volk. Keine Angst, Joschi, ich erdrossle sie nicht mit ihren Haaren. Ach, und da kommt auch Trudi mit dem Tee.»

Elaine zog ein Nachthemd an, sie trank den Tee, und ich trocknete ihr langes schönes Haar, soweit das möglich war.

«Hol ein kleines Handtuch», sagte ich zu Trudi, «das wickeln wir um ihr Haar. Und bring ein neues Kopfkissen mit, das hier ist ja ganz naß.»

«Wo soll ich denn ein neues Kopfkissen hernehmen?» fragte Trudi.

«Aus meinem Schlafzimmer. Da sind zwei Betten und in jedem zwei Kopfkissen. Und dann gehst du wieder hinunter und sagst der Mamsell, sie soll ein paar Stullen zurechtmachen, reichlich Butter, die eine mit Schinken, die andere mit Mettwurst, und die wird das gnädige Fräulein dann essen, damit sie sich völlig erholt.»

Trudi nickte eifrig und entschwand.

«Du bist einmalig, Julia», sagte Elaine, als wir allein waren.

«Ja, nicht wahr? Finde ich auch. Ich hätte doch Schauspielerin werden sollen.»

«Wolltest du das gern?»

«Eigentlich Tänzerin. Und dann Schauspielerin. Und vielleicht auch Sängerin. Tante Marina hat mal angefangen, meine Stimme zu schulen. Alles so wunderbare Möglichkeiten. Und nun werde ich eine geschiedene Baronin aus Hinterpommern sein.»

«Es ist nicht dein Ernst, daß du wegfahren willst.»

«Aber ja. Es ist mein Ernst. Der Gedanke, mich scheiden zu lassen, gefällt mir nicht schlecht. Und nun werde ich dir etwas sagen, und das meine ich wirklich ernst. Ich habe die Nase von dir und von Joachim und von allem hier voll. Ich habe alles satt bis obenhin. Du kannst ihn haben. Ich brauche ihn nicht mehr.»

Trudi kam mit dem Kopfkissen und dem trockenen Handtuch, und bis sie dann von unten kam mit den beiden Stullen, sprachen wir kein Wort mehr, Elaine und ich.

Die Baronin

Elaine bekam wirklich eine Erkältung, obwohl es so warm gewesen war und der See so kalt auch nicht. Aber bis Joachim sie nach Hause geschleppt und Trudi sie entkleidet und ins Bett gesteckt hatte, war doch allerhand Zeit vergangen. Zumal sie mehr am Körper trug als ich, Strümpfe, ein Korsettchen und oben drüber noch einen Unterrock, und alles pitschnaß. Ich hatte unter dem Sommerkleid nichts weiter an als ein Hemd und ein kleines Höschen, Strümpfe trug ich bei so warmem Wetter nie, was Margarete schon immer mit tadelnden Blicken bedacht hatte.

Mein armes Opfer bekam Halsweh, einen Schnupfen und hustete ganz jämmerlich.

«Da siehst du, was du angerichtet hast», sagte Joachim finster, und ich erwiderte ungerührt: «Na, wenn ich sie doch umbringen wollte, ist sie ja noch ganz gut davongekommen.»

In gewisser Weise befriedigte es mich, daß ich trotz der verdächtigen Lunge und dem spillrigen Körper soviel widerstandsfähiger war.

«Sie sind abgehärtet durch das Reiten und das Schwimmen», konstatierte Doktor Werner, der nun doch geholt worden war. Er verordnete Elaine einige Tage Bettruhe, Halswickel und heißen Fliederblütentee, womit wir die Kranke auch ohne seine Hilfe versorgt hatten. Ich pflegte sie aufmerksam, von der Mamsell bekam sie kräftige Brühe und schön mit Mehl angereicherte Gemüsegerichte.

«Dat sag ich man immer, dat is gefährlich mit der Baderei», gab sie als Kommentar dazu. Die Kinder durften wegen Ansteckungsgefahr das Krankenzimmer nicht betreten, was Kathrinchen nicht davon abhielt, halbe Tage bei Elaine zu verbringen.

«Ich steck' mich nicht an», war ihre Meinung, und sie streichelte bewundernd Elaines langes Haar, nun in zwei prächtige Zöpfe geflochten. «Ich muß ihr was erzählen.»

«Warum denn?»

«Sie hat mir auch erzählt, als ich krank war.

«Was erzählst du denn?»

«Hauptsächlich von ihren Pferden», sagte Elaine mit schwachem Lächeln. Sie trug eine Duldermiene zur Schau und schien ihren Zustand zu genießen. Joachim machte nur zweimal einen kurzen Krankenbesuch, er blieb an der Tür stehen, erkundigte sich nach ihrem Befinden, fragte, ob sie etwas brauche, und wünschte gute Besserung, nachdem Elaine mit heiserer Stimme versicherte, sie habe alles, was sie brauche. Julia sei eine perfekte Pflegerin, fügte sie noch hinzu.

Joachim warf mir einen mißtrauischen Blick zu, vermutlich befürchtete er einen neuen Mordanschlag, denn sein nächster Blick galt dem Fläschchen auf Elaines Nachttisch.

«Hustensaft», sagte ich freundlich. «Selbst wenn sie die ganze Flasche austrinkt, würde sie es überleben.»

Er wandte sich um und ging.

Unser Verhältnis war seltsam, eigentlich bestand es gar nicht. Wir sprachen kaum miteinander, und das war ja in der Zeit zuvor auch schon so gewesen, nur gerade das Nötigste in Gegenwart der Kinder und des Personals. Mit keinem Wort erwähnte er das gekenterte Boot und schon gar nicht das später geführte Gespräch am Bett der beinahe Ertrunkenen, bei dem das Wort Scheidung gefallen war. Ich wartete darauf, daß er darauf zurückkäme, doch er schwieg eisern zu diesem Thema, er sah meist an mir vorbei, geschweige denn fand er ein freundliches Wort, und schon gar nicht versuchte er, eine Aussprache herbeizuführen. Er war der personifizierte Unschuldsengel, trug eine ernste Miene zur Schau und ließ mich merken, daß seine Meinung von mir nicht die beste war. Außerdem sahen wir ihn selten, die Ernte hatte begonnen, es gab viel Arbeit, kam er heim, verschwand er in seinem Büro und ließ sich manchmal dort eine kalte Mahlzeit von der Mamsell servieren.

Mit einem Wort: Er strafte mich mit Nichtachtung, und das rief bei mir Bockigkeit, ja, Trotz hervor.

Bitte sehr, wenn du es so haben willst, dann bleibt es eben so. Du brauchst mich nicht, und ich brauche dich nicht, und darum werde ich mich doch scheiden lassen. Nun gerade! Ich ging nach wie vor zum Schwimmen, jetzt erst recht, manchmal mit Melusine und Tell, manchmal nur mit Tell, manchmal allein.

«War es schön in deinem See?» fragte mich Elaine eines Abends mit gütiger Stimme.

«Sehr schön. Er ist wundervoll warm. Und kein Fisch hat mich gebissen.»

«Julia, du bist und bleibst ein Kind», und diesmal klang ihre Stimme mütterlich liebevoll.

«Muß wohl so sein», erwiderte ich. «Willst du noch Tee?»

«Danke, nein, der Tee steht mir bis obenhin. Morgen stehe ich auf.» Und darauf folgte ein wirklich erbarmenswerter Hustenanfall.

«Kommt nicht in Frage», protestierte ich. «Das kann ich nicht verantworten. Mindestens zwei Tage bleibst du noch im Bett.»

Auch sie ein Unschuldsengel, ein blasser schöner Engel, der mit dem Kranksein ganz zufrieden schien.

«Bist du oft erkältet?» fragte ich.

«Nein. Aber ich liege auch selten stundenlang im kalten Wasser.»

Nun wurden schon Stunden aus den paar Minuten, doch ich widersprach nicht. War ich schon ein Unhold und eine potentielle Mörderin, so machte ich es nicht besser, wenn ich mich verteidigte.

«Wie wär's denn mit einem kleinen Cognac, wenn du keinen Tee mehr willst?»

«Ach, ich weiß nicht», sagte sie zögernd.

«Doch, du wirst sehen. Cognac hilft gegen alle Gebrechen körperlicher und seelischer Art.»

Das war die Maxime meiner Schwiegermutter; Cognac befand sich im Haus, wurde aber nur getrunken, wenn einer sich nicht wohl fühlte. Was heißt getrunken, es wurde daran genippt. Ich holte also die Flasche, brachte zwei Gläser mit und schenkte ein. Sie mußte gerade wieder husten, und nachdem sie vorsichtig den Cognac probiert hatte, hörte der Husten auf.

»Siehst du, Cognac ist besser als Hustensaft. Ich lasse dir die Flasche da.«

Ich schenkte mir auch noch einen ein und fragte dann: «Erinnerst du dich, wie wir in Lausanne manchmal Cognac in unsere Zimmer schmuggelten?»

«Oft ist das nicht vorgekommen.»

«Na ja, ein paarmal schon. Mir ist er jedenfalls lieber als das süße Likörzeug.»

«Ich trinke gern Cointreau», sagte sie erstaunlicherweise.

«Ach ja, wirklich? Haben wir nicht im Haus. Aber ich kenne ihn von Tante Marina. Manche der Damen, die sie besuchten, tranken ihn gern.»

Sie lehnte sich zurück und lächelte verträumt zur Zimmerdecke hinauf.

«Ich habe an jenem Abend, ehe wir auf die Reise gingen, auch einen Cointreau getrunken. Zwei sogar. Denkst du noch an jenen Abend?»

«Wie sollte ich nicht. Deinen hochherzigen Entschluß, mir in meiner Notlage zur Seite zu stehen, werde ich nie vergessen.»

«Spotte nicht, Julia.»

«Tu' ich ja gar nicht, ich habe es damals so empfunden und lange danach auch noch.

«Und heute?»

«Genauso. Was daraus geworden ist... na ja, das ist im Leben offenbar so, daß schon ein kleiner Anlaß genügt, und auf einmal läuft alles in anderer Richtung. In diesem Fall waren es die Masern der Kinder.»

«Was verläuft in anderer Richtung?»

«Na, das Leben, ich sagte es doch gerade.»

«Sobald ich gesund bin, reise ich ab.»

«Du nicht. Ich reise ab.»

Sie mußte wieder husten, und ich goß ihr einen neuen Cognac ein und mir auch, man konnte ihn auch trinken, ohne zu husten.

Als ich sie eine Weile später verließ, war ich leicht bedudelt und schlief sehr gut in der Nacht. Das Komische an der ganzen Sache war, darüber mußte ich vor dem Einschlafen nachdenken, daß ich keine Abneigung, keine Feindschaft gegen Elaine empfand. Und sie nicht gegen mich, das wußte ich auch.

Am nächsten Tag erschien unerwartet die Baronin Cossin auf dem Gut. Sie kam in Friedrichs prachtvollem Maybach, mit einem Chauffeur am Steuer. Das war ein anderes Gefährt als unser bejahrter Opel, und es erschien mir durchaus glaubhaft, daß sie an diesem Tag den Weg von Stettin bis zu uns zurückgelegt hatte.

Es war am Spätnachmittag, und sie sagte, sie hätte Margarete nach Stettin gebracht, die sich dort für einige Tage in einer Klinik aufhielt.

Wir waren allein, Joachim war noch draußen, die Mamsell servierte nicht Tee, sondern Kaffee, den meine Schwiegermutter bevorzugte, dazu ein Stück von ihrem Kirschkuchen. Die Baronin aß nur wenige Bissen, und ich sagte: «Die Mamsell wird beleidigt sein, wenn du fast das ganze Stück stehenläßt.»

«Wir haben in Friedrichsfelde fast täglich Kirschkuchen, und du weißt, daß ich mir sowieso aus Kuchen nichts mache.»

«Ja, ich weiß. Ich muß mich gleich mal um das Abendessen kümmern. Wir essen jetzt meist kalt, weil Joachim spät heimkommt.»

«An gutem Essen fehlt es mir nicht. Margaretes Mamsell ist eine Perle.»

Na, wie denn auch nicht!

Zum Glück kam Ossi von draußen, begrüßte die Großmutter mit sichtlicher Freude und machte sich über den Rest des Kirschkuchens her. Er kam zweifellos von einem Treffen mit Fritz und Erich, er hatte sich mit Karls Söhnen gut angefreundet, und wenn er auch die Pferde nicht in die Schwemme reiten durfte, erlaubte Fritz ihm, daß er mitkam und zusah. Das war auch schon was.

«Wo ist Katharina?» fragte die Baronin. «Und wo der Kleine?»

«Jürgen ist mit Trudi hinten im Obstgarten, sie sitzen gern unter dem Walnußbaum, da ist es kühl und schattig.»

«Aber die Fliegen?»

«Ich habe Trudi eine Art Fächer aus großen Blättern gebastelt, den handhabt sie sehr geschickt, sie wedelt sie einfach weg. Und Katharina macht sicher einen Krankenbesuch.»

Besser, ich brachte es gleich hinter mich.

«Wieso? Wer ist denn krank?»

Ich berichtete von dem epochemachenden Ereignis unseres Sturzes in den See, ohne meine Schaukelei mit dem Kahn zu erwähnen.

«Beinahe sind sie alle beide ersoffen», sagte Ossi begeistert, den Mund voller Kirschkuchen.

«Sprich nicht mit vollem Mund», bekam er denn auch zu hören. «Ist das wahr?» fragte sie dann und sah mich streng an.

«I wo. Du weißt doch, daß ich schwimmen kann. Elaine behauptet zwar auch, daß sie es kann, aber weit her ist es damit nicht. Ich hätte sie schon gerettet. Aber Joachim kam mir zuvor.»

Ich berichtete also etwas genauer, Joachims Rettungsaktion, den Transport ins Haus, Elaines Erkältung.

«Sie ist also immer noch da», sagte meine Schwiegermutter nachdenklich.

«Sie wollte gerade abreisen. Aber nun geht es natürlich nicht.»

«Tante Elaine darf nicht abreisen», rief Ossi, nun ohne Kirschkuchen im Mund.

Die Baronin bedachte auch ihn mit einem nachdenklichen Blick.

«So», sagte sie. Weiter nichts.

«Willst du ihr einen Besuch machen?» fragte ich.

«Gewiß nicht», erwiderte sie und stand auf. «Wir wollen nun mal nach Jürgen sehen.»

Selbdritt wandelten wir in den Obstgarten, wo Trudi mit Jürgen wirklich unter dem Walnußbaum saß und ihn wieder, wie immer, sacht hin und her wiegte.

Sie sprang auf, Jürgen im Arm, machte einen Knicks, bekam einen roten Kopf und rief: «Die Frau Baronin!»

Sie hatten alle einen heillosen Respekt vor meiner Schwiegermutter, so war das immer gewesen, und war es mir etwa anders ergangen?

Sie besah sich Jürgen genau, ohne sich auf die Bank unter dem Walnußbaum zu setzen.

«Immer noch klein und schwach», stellte sie fest. «Füttert ihr das Kind nicht ordentlich?»

Trudis Kopf wurde noch röter, und ich erläuterte die Menüvorschläge von Doktor Werner und daß wir nun auch einen Saft hätten, mit Vitaminen darin.

Sie schüttelte ärgerlich den Kopf. «So ein Unsinn! Vitamine haben wir hier gerade genug.»

Trudi staunte still; was Vitamine waren, hatte ich ihr inzwischen erklärt.

«Vitamine, ausreichend zu essen und gute Luft ist da, was fehlt dem Kind?»

Sie legte einen Finger an die blasse kleine Wange, und ich sagte: «Seine Lunge ist in Ordnung, sagt Doktor Werner. Aber es ist wohl meine Schuld.»

«Es ist nicht deine Schuld. Joachim hat sich auch sehr langsam entwickelt und ist erst später gewachsen. Ich habe mir viel Sorgen um ihn gemacht», sagte sie.

Das machte mich vor Staunen stumm. Des Kaisers schönster Leutnant war auch ein Sorgenkind gewesen! Weder ich noch meine Lunge waren schuld daran, daß mein kleiner Jürgen so langsam gedieh.

Wir ließen Jürgen und Trudi unter dem Walnußbaum, gingen zurück durch den Obstgarten, Ossi hopste ungeduldig neben uns her.

«Wenn die Pferde reinkommen», sagte er, «muß ich aber hin.»

«Kannst du ja», sagte ich.

«Ich bin eigentlich hier, um dich abzuholen, Otto», sagte meine Schwiegermutter.

Ossi stand still. «Mich?»

«Ja. Ich habe gedacht, du machst ein wenig Ferien auf Friedrichsfelde. Tante Margarete und Onkel Friedrich würden sich sehr freuen, wenn du kommst.»

Er blieb stehen und staunte. Ich auch.

«Du willst ihn mitnehmen?» fragte ich.

«Er muß doch auch mal ein anderes Gut sehen. Wir haben viel mehr Pferde, Otto, zweiundfünfzig Stück.»

Die Zahl zweiundfünfzig sagte Ossi nichts. Und anderswo war er noch nie gewesen.

Er sah mich an.

«Ist doch prima, Ossi. Du kannst mit dem feinen Auto fahren, und du siehst dir mal Friedrichsfelde an, was sie dort für Pferde haben. Zweiundfünfzig, das sind viele, viele Pferde. Reitet ihr sie auch in die Schwemme?» Ich blickte meine Schwiegermutter an und fühlte mich mindestens so unsicher wie mein Sohn. Wie meinte sie das? Und was wußte sie?

«Selbstverständlich», sagte die Baronin Cossin. «Und ich hoffe, du wirst uns dabei helfen, Otto.»

«Ich darf die Pferde in die Schwemme reiten?» fragte er atemlos.

«Aber sicher. Das tun alle Kinder auf dem Gut.»

«Mami!» Er strahlte mich an.

Ich sagte: «Fritz wird platzen, wenn er das hört.»

«Ich muß ihm das gleich erzählen», rief er und stob davon.

«Deine Einladung ist ein Erfolg», sagte ich nach einer kurzen Pause. Und sie: «Ich habe es nicht anders erwartet.»

Ich schluckte. «Und Margarete? Was ist mit ihr? Du sagst, sie ist in der Klinik?»

«Eine Untersuchung. Sie muß nur ein paar Tage dort bleiben. Es geht ihr etwas besser. Und man hofft ja immer noch...»

Ihre Stimme klang kühl, aber ich sah ihr an, wie groß ihr Kummer war.

Konnte ich jetzt etwa von Scheidung reden? Oder daß ich mit Joachim nicht mehr schlafen wollte. Mein Gott, und ihr Zimmer? Sie würde ja heute hier übernachten.

«Wo ist denn dein Chauffeur?» fragte ich nervös.

«Ich habe ihn der Mamsell anvertraut, sie wird schon für ihn sorgen.»

Ehe wir das Haus betraten, fragte sie: «Du hast doch nichts dagegen, daß Otto mich begleitet?»

«Nein. Bestimmt nicht. Wird gut für ihn sein, mal etwas anderes kennenzulernen.»

«Das dachte ich mir auch», erwiderte sie ruhig.

Der Chauffeur war da, als wir ins Haus kamen, und fragte: «Soll ich denn das Gepäck holen, Frau Baronin?»

Das Gepäck war nur ein ganz kleines Köfferchen, und ich sagte: «Lassen Sie ihn hier stehen. Minka bringt ihn dann herauf. Haben Sie zu essen bekommen?»

«Er heißt Konetzke», sagte meine Schwiegermutter.

«Haben Sie zu essen bekommen, Herr Konetzke?»

«Danke.» Er grinste. «Kaffee und Kirschkuchen.»

«O je», ich grinste auch. «Etwas anderes wäre Ihnen sicher lieber gewesen.»

Und er, ganz freundlich: «Ich esse gern Kuchen.»

Ich mußte gleich in der Küche nachsehen, ob noch etwas von dem Gulasch da war, das wir am Tag zuvor gegessen hatten. Die Mamsell hatte einen Riesentopf davon gemacht, es war sehr scharf gewesen, mit einer dicken Mehlsoße, und wir hatten sehr wenig davon gegessen.

Also das Gulasch und Kartoffeln und irgendein Gemüse. Oder ihr heißgeliebtes Sauerkraut. Ich hatte keine Ahnung, was sie auf Friedrichsfelde aßen und wie verwöhnt Herr Konetzke war.

Aber zuerst mußte das Zimmer hergerichtet, das Bett, in dem Joachim bis jetzt geschlafen hatte, frisch bezogen und seine Sachen weggeräumt werden.

«Weißt du», sagte ich und lachte nervös, «ich finde das ganz gut, wenn Otto mit dir fährt. Ich hatte eigentlich vor, daß er in diesem Sommer schwimmen lernen soll. Aber nachdem das passiert ist mit dem Boot... also eigentlich haben sie jetzt alle ein bißchen Angst vor dem Wasser. Reiten wollte er auch. Und das mit der Schwemme, also daß er die Pferde mit in die Schwemme reiten kann, ist sein größter Wunsch.»

«Das wünschen sich alle Kinder. Und reiten kann er bei uns. Wir haben ein sehr braves Pony, das tut es für den Anfang. Und nun...»

«Bitte, setz dich. Ich freue mich so, daß du da bist.»

Ihren erstaunten Blick übersah ich. «Wollen wir nicht zur Begrüßung einen kleinen Cognac trinken?»

«Einen Cognac? Aber mir geht es gut.»

Ich lachte. «Ich weiß. Hier trinkt man Cognac nur, wenn man sich flau im Magen fühlt, aber du kennst mich ja, bei Tante Marina trinkt man Cognac nur so zum Spaß.»

Der Chauffeur Konetzke stand immer noch da, das kleine Köfferchen in der Hand.

«So stellen Sie es doch hin. Meine Mädchen sind nicht so schwach, daß sie es nicht tragen können. Ich werde dafür sorgen, daß Sie ein gutes Abendessen bekommen.»

Konetzke grinste und stellte den Koffer hin. Und meine Schwiegermutter war klug genug, meinen verwirrten Zustand zu erkennen.

«Lassen Sie den Koffer hier, Konetzke», sagte sie. «Und fahren Sie den Wagen links um die Ecke in den Schuppen. Sie werden es schon finden, sicher steht der Wagen meines Sohnes dort auch.»

«So ist es», nickte ich erleichtert.

«Was ist mit dir?» fragte sie, als wir allein waren.

Meine ganze Angst, meine ganze Scheu, die ich vor ihr empfunden hatte, kehrten zurück.

«Wieso? Was soll mit mir sein?»

Sie ging mir voran in ihr Wohnzimmer, und ich rief empört: «Donnerwetter noch mal, nun steht das Kaffeegeschirr noch immer da!»

Sie setzte sich in ihren Lieblingssessel.

«Was ist mit dir los, Julia?»

«Na, das mit dem umgekippten Boot habe ich dir ja schon erzählt, und Joachim hat einen kaputten Zeh, ein Pferd ist ihm draufgetreten, es ist schon besser, aber...» Ich erzählte von dem Gewitter, dem Einschlag beim Bauer Goosen, Joachims dickem geschwollenem Zeh und was wir dagegen getan hatten. Sie hörte sich das ruhig an. Dann sagte sie: «Ihr habt das Bad im See überlebt, Joachims Zeh ist so gut wie geheilt, was ist mit dir los?»

Und ich war so feige. So unbeschreiblich feige.

«Ich weiß nicht. Vielleicht kriege ich wieder ein Kind. Joachim und ich, also jedenfalls hat er in letzter Zeit in deinem Zimmer geschlafen, und ich muß das erst herrichten lassen, ehe du hinaufgehst. Du würdest dich wundern.»

«Ich wundere mich über gar nichts. Warum soll er nicht in meinem Zimmer schlafen? Du kriegst ein Kind?»

«Nein. Ich weiß es nicht. Ich vermute es nur. Und ich...» Gott, wie war ich feige. Feige und gemein und total verloren. Wem konnte ich mich denn anvertrauen? Dieser schönen, kühlen Frau, die meine Schwiegermutter war, die mich nicht liebte und die ich nicht liebte, auch wenn sie vor einigen Monaten ein paar freundliche Bemerkungen gemacht hatte? Wie eine Elfe, die über die Wiese tanzt, oder so was, hatte sie gesagt. «Ich bin sehr froh, daß du Ossi mitnimmst, ich wollte sowieso mal nach Berlin fahren und einen Arzt konsultieren. Doktor Werner ist ja sehr nett, aber ich muß es jetzt mal genau wissen...»

Was denn eigentlich?

«Ich hole uns einen Cognac», damit rettete ich mich vor ihren skeptischen Augen.

Ich schoß hinaus, holte den Cognac, und dabei traf ich Lotte und Minka, die schon bereitstanden.

«Schnell, das Zimmer der Frau Baronin muß hergerichtet werden, das Bett frisch bezogen, alles weg, was nicht hineingehört.»

Minka sah mich blöde an, doch Lotte nickte.

«Das mach' ich alles», sagte sie.

Als wir eine halbe Stunde später hinaufgingen, sah ihr Schlafzimmer tipptopp aus, ich hätte gar nicht zu erzählen brauchen, daß Joachim dort genächtigt hatte, und erst recht hätte ich mir die Lüge mit der Schwangerschaft ersparen können.

Lügen wirken offenbar ansteckend.

«Es ist so», sagte ich und blickte mich aufmerksam in dem Zimmer um, ob es auch keine Spuren von Joachims Anwesenheit gab, was Unsinn war, denn ich hatte ja erzählt, daß er in letzter Zeit in diesem

Zimmer schlief. «Es ist so, ich bin mir nicht ganz sicher, mit meinem Zustand, meine ich. Es sind da so Unregelmäßigkeiten...»

Das war schon zuviel, über irgendwelche intimen Belange des Körpers sprach man in diesem Haus nicht. Und plötzlich schämte ich mich ganz schrecklich vor ihr, die mich mit ihren großen grauen Augen ruhig ansah. «Nein, ich denke nicht, daß ich ein Kind bekomme. Ich möchte es auch nicht, jetzt noch nicht. Du siehst ja selbst, was für ein schwächliches Kind Jürgen ist. Er hat sich von den Masern so schlecht erholt. Und ich habe immer Angst wegen seiner Lunge.»

«Du sagtest doch gerade, Doktor Werner ist mit seiner Lunge zufrieden?»

«Ja. Und mit meiner auch. Aber ich möchte trotzdem einen Spezialisten in Berlin konsultieren. Du weißt ja, daß damals im März die Absicht bestand, aber ich mußte dann von heute auf morgen zurückkommen. Wegen der Masern. Doktor Werner ist nun der Meinung, daß ich unbedingt doch in Berlin zum Arzt gehen sollte. Und zu einem Frauenarzt ebenfalls.»

Ich verschwieg, was Doktor Werner noch gesagt hatte, ganz kürzlich erst, nach einem Besuch an Elaines Krankenbett. Er hatte wohl unsere Gespräche zu diesem Thema nicht vergessen.

«Ich habe einen Kollegen in Berlin, ein ausgezeichneter Gynäkologe, mit dem sollten Sie sich mal unterhalten, Baronin. Es gibt durchaus einige Möglichkeiten, sich gegen eine unerwünschte Schwangerschaft zu schützen. Und wenn ihr Mann nicht imstande ist, etwas dazuzulernen, dann müssen Sie die Sache selbst in die Hand nehmen. Es ist Ihr Leben, und es ist Ihr Körper, und Sie sind es, die darüber bestimmen muß.»

War es ein Wunder, daß ich Doktor Werner verehrte? Mit ihm konnte man über alles sprechen, er wußte, daß wir getrennt schliefen, Joachim und ich, ihm konnte ich es sagen.

Meine Schwiegermutter lächelte mich an, geradezu liebevoll. «Und du möchtest auch wieder einmal gern zu deiner Tante fahren, nachdem du deinen letzten Besuch plötzlich abbrechen mußtest. Wir wissen ja alle, wie du an ihr hängst. Übrigens siehst du sehr wohl aus.»

Ich errötete unter ihrem Blick und hatte auf einmal das Bedürfnis, meine Arme um ihren Hals zu legen und ihr alles zu sagen, die ganze Wahrheit.

«Ich fühle mich auch sehr wohl. Aber ich habe ein schlechtes Gewissen, wenn ich während der Ernte wegfahre.»

«Eine große Hilfe bist du für Joachim ja sowieso nicht. In dieser Beziehung jedenfalls nicht.» Ich nickte, aber ich kam mir nicht so klein und häßlich vor wie früher bei solchen Bemerkungen.

«Wenn Ossi mit dir fährt, dann ist er ja versorgt und aufgehoben. Und Jürgen wird von Trudi allerbestens versorgt. Und wenn Elaine wieder gesund ist, hat auch Katharina Aufsicht. Sie weicht Elaine nicht von der Seite.»

«Ich wundere mich dennoch, daß deine Freundin noch immer hier ist.»

Ganz ohne Lüge ging es wohl nicht. «Ich sage ja, sie hatte die Absicht, uns zu verlassen, aber durch die Sache im See und weil sie sich erkältet hat...»

«Ja, ja, ich habe schon verstanden. Nun geh, Julia, ich werde mich ein wenig frisch machen und eine halbe Stunde hinlegen. Wir sehen uns beim Abendessen.»

Hin- und hergerissen von meinen Gefühlen, besser gesagt, zwischen Lüge und Wahrheit, verließ ich das Schlafzimmer der Baronin Cossin. Kam nun ganz darauf an, was Joachim berichten würde. Über mich, über Elaine, über den Unfall im See. Gar nichts würde er berichten, denn dann konnte er nicht verschweigen, warum ich Elaine hatte über Bord gehen lassen. Und er würde das Wort Scheidung nicht erwähnen. Und sobald Elaine wieder gesund war...

Auf Zehenspitzen schlich ich zum Ende des Ganges und klinkte leise die Tür zu Edwards Zimmer auf.

«Sobald sie gesund ist, Edward, kann ich wegfahren, einfach so. Ich fahre zu Tante Marina, nicht nach Berlin, sondern auf die Insel. Mit ihr werde ich mich beraten, und sie wird mir sagen, was ich tun soll.» Ich flüsterte, ging weiter auf Zehenspitzen zu seinem Bild. «Ich habe deine Mutter ein wenig beschwindelt, Edward, es ging nicht anders.

Aber wenn ich mir die Lage mal in Ruhe überlege, soweit ich dazu fähig bin, sehe ich es so, daß Joachim und Elaine sich einig darüber werden müssen, was sie wollen. Ich meine, ob sie... Kann ja sein, dein Bruder will sie gar nicht, Edward. Nicht so richtig und für ganz. Sie will ihn haben, und sie will ihn heiraten. Laß ihn mir doch, hat sie gesagt. Das ist schon sehr kaltschnäuzig, findest du nicht auch, Edward? Ich mußte sie einfach in den See schmeißen. Ich bereue es nämlich nicht. Sollen die beiden sehen, was sie dann machen. Sie kann sich um den Haushalt kümmern und um Kathrinchen. Daß Ossi mit deiner Mutter fährt, finde ich ganz gut. Deine Schwester soll ja nur ein paar Tage in der Klinik bleiben. Vielleicht freut es sie dann, wenn Ossi da ist. Kann aber auch sein, es macht sie erst recht traurig. Das weiß man nicht.» Ich zögerte, dann wurde meine Stimme noch leiser, war nur noch ein Hauch. «Ich will dir etwas gestehen, Edward. Der Gedanke an Scheidung – also, ich finde ihn ganz reizvoll. Ich weiß, du bist da anderer Meinung. In eurer Familie gibt es keine Scheidung. Wenn du geheiratet hättest, Edward, und du wärst trotzdem tot... ach Gott, Edward, warum lebst du bloß nicht?»

Ich verstummte. Was redete ich bloß für einen Unsinn? Nicht mit meiner Lunge, mit meinem Kopf schien es nicht ganz zu stimmen.

«Wenn du hier wärst. Oder deine Frau. Ich rede wirklich Stuß, Edward. Ich muß jetzt gehen. Aber es fällt mir wirklich schwer, mich von dir zu trennen.»

Auf der Treppe blieb ich stehen und überlegte. Das Abendessen, ich mußte mit der Mamsell reden. Sie sollte Gurkensalat machen, den aß meine Schwiegermutter gern, und ein paar Eier kochen, kaltes Huhn mußte noch da sein, und zum Nachtisch konnte sie ein Omelett machen, das gelang ihr meist ganz ordentlich, und für den Chauffeur das Gulasch aufwärmen, reichlich Kartoffeln dazu. Und wo würde Joachim heute nacht schlafen? Wie würde er sich benehmen? Hoffentlich würde er nicht so kühl an mir vorbeisehen wie in letzter Zeit.

Unten wartete Lotte auf mich.

«Ist alles recht?» fragte sie.

«Ja, du hast es gut gemacht. Und jetzt gehn wir mal in die Küche.»

Ich fand die Mamsell in einiger Aufregung, daher war sie auch bereit, meine Vorschläge für das Abendessen widerspruchslos zu akzeptieren.

«Wo ist der Chauffeur?»

«Der sitzt draußen auf der Bank im Hof. Hat woll nischt zu tun», kam die knappe Antwort.

«Was soll er denn auch tun? Schließlich ist er von Stettin bis hierher gefahren, das ist Arbeit genug. Du machst ihm das Gulasch und Kartoffeln, und am besten fragst du ihn, ob er lieber Salat dazu will oder Sauerkraut, oder Gemüse.»

«Ich soll den fragen?» empörte sich die Mamsell.

«Na, warum nicht? Er ist heute unser Gast, er soll schließlich in Friedrichsfelde nicht erzählen, auf Cossin kriegt er nicht anständig zu essen, oder?»

Ein Schnauben war die Antwort.

«Er ist ein netter Mann», kam es überraschend von Lotte.

Ich blickte sie erstaunt an, und die Mamsell fuhr sie an: «Du hast gar nischt zu sagen.»

Sieh an, Lotte. Sie schien auf den Geschmack gekommen zu sein, darum fand ich die Bemerkung angebracht: «Fang nicht an, mit dem Chauffeur zu poussieren.»

Lotte kicherte und schien nicht im mindesten verlegen. Der große Liebeskummer? Vorüber, vorbei.

«Du deckst jetzt mal den Tisch, aber ganz fein. Ich werde mir das ansehen», schnauzte die Mamsell.

«Wo ist Minka?» fragte ich.

«Sie macht die Kammer für den zurecht», sagte die Mamsell.

Der Chauffeur war wirklich ein ganz hübscher Mensch, das war mir auch aufgefallen. Gut, daß er morgen wieder abfahren würde. Und wo war eigentlich mein Sohn Otto? Vermutlich bei Fritz und Erich, um die Neuigkeit der bevorstehenden Reise zu verkünden und vor allem, daß er auf Friedrichsfelde die Pferde in die Schwemme reiten durfte.

Ich ging wieder hinauf, diesmal in Elaines Zimmer. Elaine saß im

Bett und sah eigentlich ganz munter aus. Kathrinchen war bei ihr und alle ihre Puppen, ebenso Ossis Teddybär. Sie legten ein Puzzle.

«Euch geht's ja ganz gut, wie es scheint.»

«Mir geht es sehr gut», sagte Elaine. «Ich würde am liebsten zum Abendessen aufstehen.»

«Heute nicht.» Und ich berichtete vom Stand der Dinge.

«Dann bleibe ich lieber heute abend noch hier», sagte Elaine.

«So ist es. Ich habe gesagt, du bist krank, und nun laß es mal dabei. Morgen kannst du voll wieder in deine Pflichten als Hausfrau einsteigen. Ich fahre demnächst nach Berlin und überlasse dir das Feld.» Das sprach ich mit einer gewissen Bedeutung aus, und Elaine sah mich an und lächelte ein wenig.

«Du bist sehr klug, Julia.»

«Das glaube ich nicht. Du bekommst dann auch ein Omelett.»

Daß ich verreisen wollte, überhörte Kathrinchen, oder es interessierte sie nicht, doch Ossis Ausflug in die große weite Welt versetzte sie in maßloses Erstaunen, obwohl ich vorsichtigerweise nichts von der Schwemme auf Friedrichsfelde erzählte.

«Er fährt weg?» fragte sie fassungslos. «Und ich?»

«Du kannst doch Tante Elaine nicht allein lassen. Du mußt ihr helfen. Du fährst das nächste Mal.»

«Mit dem Auto?»

«Ja, sicher.»

Das Puzzle hatte seinen Reiz verloren, sie strebte aus dem Zimmer. Ich hielt sie fest. «Du wäschst dich ordentlich, und dann ziehst du das neue Kleid an, das Tante Elaine gemacht hat. Und du benimmst dich überhaupt ganz musterhaft. Ja?»

Sie nickte und entschwand.

«Und du, Julia?» fragte Elaine.

«Ich benehme mich auch musterhaft. Wie fühlst du dich?»

«Mir geht es großartig. Ich stehe jetzt auf, aber ich komme nicht hinunter, keine Angst.»

Wir benahmen uns alle musterhaft, auch Joachim. Das Essen war einigermaßen gelungen, Joachim erzählte von der Ernte, Kathrinchen im Hellblauen mit den weißen Punkten war wirklich ein Musterkind, nur Ossi, aufgeregt wegen der bevorstehenden Reise, klekkerte etwas Remouladensoße, womit die Eier dekoriert waren, auf das Tischtuch. Er blickte ängstlich seinen Vater an, doch keiner rügte ihn.

Und dann kam die Baronin Cossin mit einer wirklich aufregenden Neuigkeit heraus, nachdem sie geduldig Joachims Berichte über die Erntearbeiten angehört hatte.

«Du bist überfordert, Joachim», sagte sie. «Ich weiß es, Friedrich weiß es auch, und wir sind der Meinung, daß du Hilfe brauchst.»

Sie hob abwehrend die Hand, als er sie unterbrechen wollte. «Wir haben einen sehr tüchigen Eleven auf dem Gut, Herr von Priegnitz. Beste Familie, ein guter Landwirt. Er hat ausgelernt und sucht eine Stellung. Sie hatten zwei Güter, sie liegen in dem sogenannten polnischene Korridor, aber sein Vater hat nicht für Polen votiert und mußte seinen Besitz aufgeben. Es gibt viele solcher traurigen Fälle, das weißt du ja. Ich bin dafür, daß der junge Priegnitz zu dir kommt und dir zur Hand geht. Du kannst ihm vieles überlassen. Er wird für dich so gut sein wie ein Verwalter.»

«Das kann ich mir nicht leisten», murmelte Joachim.

«Kannst du schon. Er stellt keine allzu großen Forderungen, aber er möchte unbedingt auf einem Gut arbeiten, er ist auch nicht ganz mittellos, seinen Eltern geht es nicht schlecht. Ihr müßt nur überlegen, wie ihr ihn ordentlich unterbringt, ich dachte an Edwards Zimmer.»

Mir blieb die Luft weg, auch Joachim blickte seine Mutter entgeistert an.

«Edwards Zimmer? Das kann nicht dein Ernst sein?»

«Wir können nicht für alle Zeit ein Museum daraus machen», sagte sie kühl.

«Die Mamsell wird uns verlassen», warnte ich.

Und ich verlasse euch auch.

Edwards Zimmer, ihr könnt mir diese Zuflucht nicht nehmen.

«Er bringt sein Pferd mit, und ein recht hübsches, gut funktionierendes Auto hat er auch.»

«Wie alt ist er denn?» platzte ich heraus.
«Wieso?» fragte meine Schwiegermutter erstaunt.
«Na, ich meine nur. Scheint ja ein Wunderknabe zu sein.»
«Er ist älter, als Eleven gewöhnlich sind, er ist siebenundzwanzig, er hat den Krieg noch mitgemacht, als Leutnant. Manieren tadellos. Ihr werdet ihn nicht behandeln wie einen Angestellten, sondern wie einen Hausgenossen. Das war bei uns auch so.»
«Und Friedrich?» fragte Joachim und runzelte die Stirn. «Ist er damit einverstanden?»
«Ich habe es mit ihm und Margarete besprochen», erwiderte meine Schwiegermutter in einem Ton, der keinen Widerspruch duldete. «Wie gesagt, Herr von Priegnitz hat ausgelernt, ist ein fähiger Mann, er will in der Landwirtschaft arbeiten und möglichst hier in diesem Land. Du wirst eine große Hilfe an ihm haben, Joachim.»
«Wenn es so ist», sagte mein Joschi resigniert, und ich sah ihm an, daß er nicht ganz glücklich darüber war, solch einen Experten an der Seite zu haben.
Doch ich sagte: «Ich finde das prima.»
Meine Schwiegermutter lächelte mir zu, dann sagte sie, und es klang außerordentlich liebenswürdig: «Ich möchte, daß es euch gutgeht hier. Und ich möchte, daß du dich nicht so abrackerst, Joachim. Seien wir froh, daß wir unser Land behalten haben. Und es wird Zeit», und nun hob sich ihre Stimme energisch, «daß dieser Betrieb hier modernisiert wird.»
Was ich dachte, konnten sie nicht ahnen. Ich dachte: Da hätten wir den Mann für Elaine. «Ist er verheiratet?»
Meine Schwiegermutter sah mich erstaunt an. «Nein. Das hätte ich wohl erwähnt. Ich sprach davon, daß er ein Pferd und ein Auto mitbringt, nicht eine Frau.»
«Na, ich dachte nur», murmelte ich.
Am liebsten hätte ich noch gefragt: Wie sieht er denn aus? Aber diese Frage verkniff ich mir.
Statt dessen fragte ich: «Du sagst, er ist nicht ganz mittellos, und seinen Eltern geht es nicht schlecht, was machen sie denn?»

Die Baronin Cossin betupfte ihre Lippen mit der Serviette, das Omelett war wirklich gut gelungen, ich mußte die Mamsell nachher ausführlich loben. Die Baronin Cossin sagte und lehnte sich zurück: «Das ist eine ganz komische Geschichte. Wie gesagt, die Familie war sehr wohlhabend, und Frau von Priegnitz, also die Mutter von unserem Johannes, stammt aus dem Schwarzwald.»

«Ach nee», sagte Joachim.

«Ihre Eltern haben dort ein sehr schönes großes Hotel. Und dort leben sie jetzt, und da die Eltern schon ziemlich alt sind, haben sie das Hotel übernommen.»

«Und wie ist die Schwarzwälderin zu einem Mann aus Westpreußen gekommen?» fragte ich.

«Es handelte sich wohl um Liebe», sagte meine Schwiegermutter sachlich. «Sie haben sich auf der Grünen Woche in Berlin kennengelernt. Ich kenne die beiden, sie waren vor kurzem bei uns zu Besuch. Sehr sympathische Leute. Aber Johannes will nicht in den Schwarzwald, er will hierbleiben. Er hat noch zwei Schwestern, die sind beide verheiratet, die eine in Berlin, die andere in Baden-Baden. Alles sehr distinguierte Verhältnisse.»

Klang fabelhaft. Joachim bekam so etwas wie einen Verwalter, mit Pferd und einem funktionierenden Auto, und vielleicht konnten wir mal einen Urlaub im Schwarzwald machen. Und möglicherweise fanden wir einen Mann für Elaine.

Am nächsten Tag reiste meine Schwiegermutter mit Ossi ab, Herr Konetzke am Steuer. Die Mamsell schüttelte ihm sogar zum Abschied die Hand, denn er hatte ihr mehrmals versichert, wie gut ihm ihr Gulasch geschmeckt hatte.

Lotte stand neben mir und winkte auch.

«Na, der hat dir wohl gefallen?» fragte ich.

Sie nickte und sagte begeistert: «Ein schöner Mann.»

«Na ja», machte ich. «Und was ist mit Klaus?»

«Der ist doch weg», kam es ziemlich ungerührt von ihr.

Ich seufzte. So war das Leben eben.

Elaine stand auf an diesem Tag, es ging ihr gut, sie übernahm sofort alle anstehenden Arbeiten, manchmal hustete sie noch ein bißchen, die Mamsell brachte immer eigenhändig den Honigtopf auf den Frühstückstisch, sie sagte dabei: «Honig ist gut gegen Husten, und trinken Sie man ordentlich Milch, gnädiges Fräulein, Sie sind ja noch sehr blaß.»

Elaine begab sich auch wieder in die Küche, das Mehl wurde geringer in unserem Gemüse, ich kam mir langsam vor wie ein Besuch. *Ich war der Besuch, nicht sie. Wenn sie hier die Herrin wäre, würden alle ganz zufrieden damit sein.*

«Mit mir ist eben wirklich nicht viel los, Edward», vertraute ich ihm an. «Und ich verstehe es jetzt auch. Ich habe mich gegen alles hier von Anfang an gesträubt, was natürlich dumm war. Und Elaine hat von vornherein alles im Griff gehabt. Kann ja sein, Joachim wird sehr glücklich mit ihr.»

Daraufhin vergoß ich ein paar Tränen, meine Gefühle waren nun einmal widersprüchlich. Und was ich jetzt vor allem brauchte, war Tante Marina.

Herr von Priegnitz kam eine Woche nach dem Besuch meiner Schwiegermutter, aber ich erlebte ihn nicht mehr mit, da war ich schon abgereist.

Vorher richteten wir noch das Zimmer für ihn her, nicht Edwards Zimmer, selbstverständlich nicht, das wagten wir nicht. Aber es gab ja noch mehr Gastzimmer im Haus, zwar hatte Elaine das größte und schönste, aber die anderen waren auch nicht übel. Die Mamsell und ich, nach emsiger Beratung, entschieden uns für das Zimmer, das hinten im Gang, direkt neben Edwards Zimmer lag. Es war groß genug, wir stellten einen kleinen Schreibtisch hinein, der auf dem Dachboden herumstand, staubten ihn sorgfältig ab, statteten ihn mit dem Notwendigsten aus, das Bett war gut, ich probierte es aus, der Schrank war auch groß genug, und ich sagte: «Vielleicht sollten wir einen anderen Spiegel hereinhängen, der hier ist ziemlich fleckig.»

«Ein Spiegel?» fragte die Mamsell empört. «Wozu braucht der denn 'n Spiegel?»

«Er ist ein netter junger Mann, wie die Frau Baronin gesagt hat. Kann ja sein, er guckt mal in den Spiegel, ehe er zum Essen kommt.»

«Und der soll wirklich mit am Tisch essen?»

«Wilhelmine», sagte ich, und nun gebrauchte ich ihren Namen auch mal in seinem vollen Klang, «er hätte heute selber ein großes Gut, wenn jetzt nicht dort die Polen wären. Du weißt doch, daß wir den Krieg verloren haben. Da ist das eben so. Und wirklich, ich bin sehr froh, wenn mein Mann nun ein wenig Hilfe bekommt.»

Daß Herr von Priegnitz so schnell kommen würde, hatte meine Schwiegermutter bestimmt: dann könne er noch während der Ernte Joachim zur Hand gehen.

Auf Friedrichsfelde hatten sie Personal genug, sie bildeten immer drei bis vier Eleven aus, und einen Verwalter hatten sie sowieso. Also konnten sie wohl schmerzlos auf Herrn von Priegnitz verzichten.

«Du mußt sehr freundlich zu ihm sein, Elaine», sagte ich an einem Abend, als wir in der Halle saßen und auf Joachim warteten.

«Ich bin meist freundlich zu allen Leuten», erwiderte sie.

«Ach ja? Gibt es Leute, die du nicht leiden kannst, Elaine?»

Herr M. spukte durch meinen Kopf.

«Allerdings. Die gibt es auch.»

«Na, siehst du. Der junge Mann hat ein schweres Leben. Erst der Krieg, und nun ist sein Gut weg, seine Eltern leben weit entfernt. Auf Friedrichsfelde hat er sich möglicherweise sehr wohl gefühlt. Und nun mußt du dafür sorgen, daß er hier heimisch wird.»

«Ich?»

«Ja, du. Wer sonst? Ich verlasse euch jetzt für einige Zeit.»

«Tante Marina.»

«So ist es.»

Beim Abendessen teilte ich auch Joachim meinen Entschluß mit. Er reagierte unfreundlich.

«Dein Theater habe ich langsam satt, Julia.»

«Wieso Theater? Du weißt, daß ich meinen Besuch bei Tante Marina im März sehr plötzlich abbrechen mußte. Nun möchte ich den Rest haben.»

«Und was möchtest du noch?» fragte er mißtrauisch.

Das überhörte ich.

«Elaine kümmert sich um alles, sie macht das prima. Herr von Priegnitz ist deine Sache, und wie ich das verstanden habe, möchte deine Mutter, daß du gut mit ihm auskommst. Alle sind darauf vorbereitet, daß er kommt. Und es ist deine Aufgabe, Elaine, die Mamsell friedlich zu stimmen und ihm zu helfen, sich hier einzugewöhnen.»

Ich seufzte, nun wirklich etwas theatralisch. «Es ist nicht so einfach für ihn.»

«Und du bist nicht der Meinung, daß dies deine Aufgabe wäre?» fragte Joachim streng.

«Elaine kann es bestimmt besser.»

Kathrinchen blickte von einem zum anderen, wir aßen Rühreier mit Schinken und grünem Salat. Ein wenig Ei hatte sich in ihrem Mundwinkel versammelt, ich blickte sie an, sie nahm die Serviette und wischte es weg.

«Du wirst sehr artig sein, Kathrinchen. Das bist du ja immer, und du hilfst Tante Elaine, ja?»

Sie nickte. «Ich helfe ihr, ganz viel!» schrie sie.

«Und wann kommst du wieder?» fragte Joachim.

«Sobald ihr euch klargeworden seid, wie es weitergehen soll», sagte ich im Ton einer Pythia.

Joachim brachte mich selbst an unsere kleine Bahnstation in Hohenwartau.

«Wann kommst du wieder?» fragte er noch einmal.

«Sobald du weißt, ob du mich haben willst.»

Der Schaffner übernahm mein Gepäck, Joachim küßte mich nicht. Wir sahen uns in die Augen, dann sagte er: «Du machst es dir sehr leicht.»

Woran keiner gedacht hatte von diesen schlauen Leuten: Tante Marina befand sich derzeit nicht in Berlin, es war August, sie machte noch Urlaub.

Darum fuhr ich auch nicht nach Berlin, ich reiste auf die Insel Hiddensee.

Die Insel

Es amüsierte mich während der ganzen Fahrt, daß sie meinten, ich führe nach Berlin, und in Wahrheit fuhr ich ganz woandershin. Ich hatte doch erzählt, wo Marina ihren Urlaub verbrachte. Oder hatte ich nicht? Konnte auch sein, ich hatte nur zu Edward davon gesprochen.

Allerdings war es das einzige, was mich an diesem Tag amüsierte, im übrigen fühlte ich mich sehr belämmert und von Zweifeln geplagt, ob ich nicht lieber hätte bleiben sollen.

Dazu die Unsicherheit, ob sich Tante Marina überhaupt auf dieser Insel befand. Vielleicht gefiel es ihr dort nicht, und sie war längst wieder abgereist, die Küste bot ja viele Möglichkeiten. Und ich wußte nicht einmal, wie das Hotel hieß, in dem sie wohnen könnte. Alles in allem kam ich mir zunehmend töricht vor.

Von Stettin aus fuhr ich nach Stralsund, und dort mußte ich mich beeilen, um das Nachmittagsschiff nach Hiddensee zu erreichen, ich kam nicht einmal dazu, das Rathaus anzuschauen, von dem ich immerhin wußte, daß es sich um ein berühmtes gotisches Bauwerk handelte.

Das Meer war ruhig und spiegelglatt, und die Überfahrt dauerte ziemlich lange, an die drei Stunden, zu lange für meine wachsende Ungeduld. Ich hatte keine Ahnung, wo ich eigentlich hin wollte. Immerhin erfuhr ich auf dem Schiff, die besten Hotels gebe es in einem Ort namens Kloster, und dort würde die Reise sowieso zu Ende sein, weiter ging das Schiff nicht. Zuerst legte das Schiff in Neuendorf an, dann in Vitte, und ich betrachtete ängstlich das flache Land um diese Orte. Wie, wenn Tante Marina sich hier irgendwo aufhielt?

Heute würde ich nicht mehr nach Stralsund zurückkommen, und schon gar nicht nach Berlin.

Doch entzückt betrachtete ich das Bild, das sich mir bot, als wir uns Kloster näherten. Über dem Ort erhob sich ein waldiger Bergrücken, und auf dem Wald droben lag wie ein goldener Mantel die untergehende Sonne.

Am Hafen war viel Betrieb, die Ankunft eines Schiffes lockte offenbar viele Leute herbei. Auf einer Mauer am Kai saß ein junger Mann und spielte auf einer Ziehharmonika, inmitten junger Mädchen, die sangen und lachten und keinerlei Sorgen auf der Welt zu haben schienen.

Sie waren so jung. Und ich?

Ich stand da mit meinen Koffern und wußte nicht wohin. Aber da lungerten ein paar halbwüchsige Jungen herum, die sich wohl mit Koffertragen ein paar Groschen verdienen wollten, die sahen meine Unentschlossenheit und steuerten auf mich zu.

Auf mein Befragen nannten sie das Hotel Hitthim, das sich hier gleich am Hafen befand, und ein Stück entfernt gebe es noch das Hotel Dornbusch, das sei überhaupt das feinste. Von zwei Kavalieren begleitet, von denen jeder einen meiner Koffer trug, suchte ich erst das Hotel Hitthim auf, wo man mir voll Bedauern mitteilte, eine Frau Delmonte wohne nicht im Haus. Im Hotel Dornbusch kam ich nicht dazu, eine Frage zu stellen, da war soeben eine Familie angekommen, die ich schon auf dem Schiff gesehen hatte, Vater, Mutter, ein Sohn, zwei Töchter, die mit großem Getöse die Rezeption füllten, und mit großer Freude, wie es schien, empfangen wurden, allem Anschein nach Stammgäste.

Ich bat die Jungen, meine Koffer einfach in einer Ecke abzustellen, klauen würde hier wohl niemand, auf einer Insel mußte das seine Schwierigkeiten haben. Ich entlohnte die beiden reichlich, sie sagten: ‹Danke ock!› und besorgt fügten sie hinzu, wenn ich keine Unterkunft im Hotel finden würde, war es ‹woll kloar›, daß sie mich weiter transportierten, bis wir eine Bleibe für mich gefunden hätten. Sie würden darum noch eine Weile vor dem Hotel warten.

Ich dankte ihnen, lächelte ihnen zu, dann versuchte ich mich dem jungen Mann an der Rezeption verständlich zu machen, aber der war immer noch voll mit den Ankömmlingen beschäftigt und teilte mir nur kurz mit, das Hotel sei besetzt, kein Zimmer frei.

Ich stand etwas ratlos da, guckte in die Luft und sagte mir, daß es wohl in ganz Pommern, Vor- und Hinterpommern zusammen, keinen dümmeren Menschen gab als mich.

An mir vorbei gingen ein Herr und eine Dame, und er sagte gerade: «Komm, laß uns etwas trinken.» Ohne weiter zu überlegen, folgte ich den beiden. Trinken wollte ich auch etwas und mich eine Weile hinsetzen, dann würde es vielleicht möglich sein, an der Rezeption eine Auskunft zu bekommen, was weiter aus mir werden sollte.

Ich kam in einen gemütlichen Raum, mit Tischen und Sesseln, und als ich den Professor dort sitzen sah, wurde mir sofort leichter ums Herz. Wenn er hier war, konnte Tante Marina nicht weit sein.

Er saß an einem Tisch mit einer blonden Dame, noch drei andere Leute saßen da, ein Mann mit Bart, eine hübsche junge Dame und ein sehr junger Mann mit rabenschwarzem Haar.

Ich näherte mich zögernd, der Professor, der mit dem Gesicht zur Tür saß, entdeckte mich sofort und rief: «Aber da ist ja Julia!»

Die blonde Dame wandte sich um, es war Tante Marina. Goldblond wie früher.

«Na so was!» sagte sie.

Ich blieb stehen, große Erleichterung überkam mich, ich lächelte scheu und machte: «Ach!»

Die Herren standen auf, Tante Marina sagte mit nonchalanter Handbewegung zu mir hin: «Meine Nichte Julia Cossin», weder von großer Überraschung noch von großer Freude war ihr etwas anzumerken. Ich ging zu ihr, beugte mich herab und küßte sie auf die Wange.

«Herr Berthold ist wirklich ein Meister seines Fachs», sagte ich.

«Du sagst es», erwiderte sie.

Der Professor legte liebevoll den Arm um mich und küßte mich auch auf die Wange, die Namen der anderen bekam ich nicht ganz mit, nur daß der Schwarzhaarige einen italienischen Namen hatte, fiel mir auf.

An den übrigen Tischen war man auf uns aufmerksam geworden und blickte zu uns her, aber Aufmerksamkeit der Umwelt hatte Tante Marina noch nie gestört.

«Wo kommst du denn her?» fragte sie.

«Ich bin eigentlich auf dem Weg nach Berlin, und da ich wußte, daß du hier bist...», ich hob die Schultern, »na, da bin ich eben hier gelandet.»

Weitere Fragen stellte sie nicht, nur die eine, unvermeidliche: «Willst du Tee?»

«Ja, gern.» Ein junger Kellner brachte einen Sessel für mich, ich ließ mich hineinfallen, ich fühlte mich unsicher und gleichzeitig so glücklich, endlich in ihrer Obhut zu sein. Nun konnte mir nichts mehr passieren.

Keiner schenkte mir weiter große Aufmerksamkeit, das unterbrochene Gespräch ging weiter, der Mann mit Bart wurde mit Kapitän angesprochen und erzählte von einer Segelpartie, die er an diesem Tag mit der jungen Dame gemacht hatte beziehungsweise hatte machen wollen, aber es sei keine Spur von Wind aufgekommen, so was von Flaute könne man gar nicht beschreiben, und dann befand er sich plötzlich auf einer stürmischen Fahrt um Kap Hoorn, von der er ausführlich berichtete.

Die junge Dame sagte: «Das wäre nichts für mich gewesen, ich werde so leicht seekrank.»

Und der Kapitän sagte: »Das ist auch nichts für Frauen», und tätschelte ihre Hand.

Wenn sie seine Freundin war, gab es da einen enormen Altersunterschied, aber einen Kapitän mit Bart, der um Kap Hoorn gesegelt war, fand man schließlich nicht jeden Tag.

Das registrierte ich so nebenbei, ich fühlte mich warm und erlöst, in keiner Weise mehr verantwortlich, schon gar nicht für mich, trank meinen Tee, und erwiderte das Lächeln des jungen Italieners, wenn er denn einer war.

Tante Marina bemerkte unseren Blick und sagte: «Und Sie, Sandro? Hätten Sie nicht auch einmal Lust zu segeln? Immer wird ja nicht Flaute sein.»

Sandro öffnete seine großen schwarzen Augen noch weiter, zog die Stirn in Falten, und der Professor übersetzte Tante Marinas Worte in fließendes Italienisch. Das konnte er, wie ich wußte.

«Oh, no, no», sagte Sandro und schüttelte sich. «E molto freddo qui, ist mich kalt.»

Das ging so eine Weile weiter, dann trat ein distinguierter älterer Herr an unseren Tisch, Tante Marina machte uns bekannt, es war der Hoteldirektor.

Es entspann sich ein längeres Gespräch darüber, was man mit mir beginnen sollte, denn im Hotel war wirklich kein Zimmer mehr frei.

Ich lehnte mich zurück und wartete ab. Irgend etwas würde ihnen schon einfallen.

Der Kapitän schlug vor, man könne ja in der Pension, in der er wohnte, nachfragen, und die junge Dame sagte: «Aber sie sind ausverkauft, das weißt du doch, Henrik.»

Und Henrik darauf: «Du hast recht, Liebling. Heute sind ja mit dem Mittagsschiff neue Gäste gekommen.»

Der Liebling strahlte mich an. «Henrik kennt viele Leute auf der Insel, wir bringen Sie bestimmt unter. Keine Bange, Sie müssen nicht in einem Strandkorb schlafen.»

Tante Marina gab ihr einen strafenden Blick, sie fand die junge Dame wohl zu vorlaut.

«Schlimmstenfalls können wir in meinem Zimmer ein zweites Bett aufstellen. Nicht wahr?»

Der Hoteldirektor sagte: «Selbstverständlich, gnädige Frau.» Aber er würde eine Unterkunft finden, und mit einem vorwurfsvollen Blick auf den Liebling, fügte er hinzu: «Ich kenne schließlich auch viele Leute hier.»

Es war einfach wundervoll. Ich trank die zweite Tasse Tee, die der Kellner mir einschenkte, ich war hungrig und mir klar darüber, daß ich etwas derangiert aussah nach der langen Reise.

Tante Marina machte dem Disput ein Ende. Sie bat den Hoteldirektor, sich um eine Bleibe für mich zu bemühen, verabschiedete den Kapitän und seinen Liebling mit den Worten: «Wir sehen uns morgen.» Fragte Sandro: «Wo ist eigentlich Rainer?» worauf dieser sich auch folgsam erhob und etwas sagte, was ich mir in etwa übersetzte, er werde sich nach ihm umsehen.

Also war Rainer, der Geiger, auch hier. Tante Marina war jedenfalls nicht nur goldblond, sondern auch mit angemessener Begleitung angereist.

Als wir allein waren, sie, der Professor und ich, fragte sie: «Darf ich fragen, was du hier willst?»

«Och», machte ich.

Sie hob ihr Lorgnon und betrachtete mich.

«Du siehst etwas mitgenommen aus.»

«Es ist ja auch eine lange Reise», verteidigte ich mich. «Ich bin sehr früh von Cossin weg, und dann mit dem Zug nach Stettin, und dann nach Stralsund, und jetzt mit dem Schiff hierher. Und um deine Frage zu beantworten, ich wollte eben zu dir. Ich muß mit dir reden. Und daß du es weißt, ich lasse mich scheiden.»

Sie ließ das Lorgnon sinken und sagte: «Aha!»

«Und frag mich nicht warum, es ist eben so.»

«Aber, mein liebes Kind», sagte der Professor bestürzt.

Und Tante Marina: «Deine Freundin Elaine.»

«Ja, auch. Aber das ist es nicht allein.»

«Wir werden später darüber reden», beschied sie mich. Rief den Kellner mit einem Wink ihrer Augen herbei und orderte: «Dreimal Hennessy.»

Von mir und meiner Scheidung sprachen wir den ganzen Abend nicht mehr.

Ich bekam ein Zimmer in einer kleinen Pension, ziemlich weit vom Hotel Dornbusch entfernt, das Zimmer war bescheiden, immerhin war ein Bett darin und ein Schrank, auf dem Gang befand sich ein Badezimmer, das Wasser war lauwarm, aber ich war zufrieden.

Zum Abendessen kehrte ich ins Hotel zurück, nicht mehr in meinem zerdrückten Kostüm, sondern in Elaines Hellblauem mit den weißen Punkten. Tante Marina sah fabelhaft aus, in Marineblau mit weißem Kragen und dazu der blonde Bubikopf.

«Herr Berthold ist wirklich knorke», sagte ich.

Ich aß das ganze Menü, die Suppe, den Fischgang, dann ein Entrecôte und zum Abschluß ein Sahnetörtchen, und es schmeckte mir großartig.

«Deinem Appetit nach zu urteilen», stellte Marina fest, «hast du keinen großen Kummer.»

«Nur manchmal», sagte ich ehrlich.

Rainer und Sandro speisten mit uns, und ich erfuhr nun, wieso die beiden auf der Insel waren, auf dieser Insel hoch im Norden, die Sandro nicht besonders gefiel, es war ihm einfach zu kalt.

Ich fand es nicht kalt, es war ein schöner milder Abend, ich ging später mit den beiden jungen Männern zum Hafen, und da saß immer noch derselbe, oder vielleicht war es ein anderer, und spielte auf der Ziehharmonika, und viele junge Leute waren dabei, lachten und sangen.

«Das ist doch bald wie in Italien», sagte Rainer, und Sandro schüttelte den Kopf mit Blick auf die Ziehharmonika. Vielleicht spielten sie dort Gitarre oder irgendein anderes Instrument.

Rainer und Sandro kannten sich von Mailand her, Rainer hatte dort bei einem berühmten Maestro studiert, und Sandro ebenfalls, nur bei einem anderen Lehrer; er spielte nicht die Violine, er wollte Sänger werden. Er stammte aus Neapel. Es dauerte auch nicht lange, da fing er ebenfalls an zu singen, trotz der Ziehharmonika, und er sang so schön, auf italienisch natürlich, daß alle anderen verstummten und ihm zuhörten. Der Harmonikaspieler tat sein Möglichstes, um eine einigermaßen passende Begleitung zu liefern.

Rainer und ich saßen abseits auf der Mauer, und Rainer sagte: «Es macht ihn glücklich, wenn er Publikum hat.»

«Na, wenn er Sänger werden will, ist das ja ganz normal. Außerdem hat er wirklich eine schöne Stimme.»

Als Sandro in diesem Sommer nach Berlin kam, war Rainer gerade auf dem Absprung, um Marina und dem Professor nachzureisen. Ein lästiger Husten quälte ihn seit einiger Zeit, und er hoffte, durch die Seeluft würde er ihn loswerden. Nicht nur für einen Sänger, auch für einen Geiger ist Husten eine unbrauchbare Begleitung, und da er im kommenden Herbst und Winter seine ersten Konzerte geben würde, mußte er ihn loswerden.

«Und Sie haben Sandro einfach mitgebracht.»

«Ja. Von Marina Delmonte hatte er gehört und fand es höchst interessant, sie kennenzulernen. Aber es ist ihm hier zu kalt, er ist italienische Temperaturen gewöhnt. Ich finde die Luft herrlich. Diese ganze Insel ist wie ein Zauberland für mich. Ich bin schon überall gewesen, ich kenne jeden Weg. Ich hoffe, Sie werden eine Weile hierbleiben, Baronin, damit ich Ihnen alles zeigen kann.»

«Sie dürfen mir das Zauberland zeigen, Rainer, aber unter der Bedingung, daß Sie Julia zu mir sagen. Nicht Baronin.»

«Gern», sagte er. «Wenn ich darf.»

Er kam mir nicht mehr so schüchtern vor wie im März, als ich ihn bei Tante Marina kennengelernt hatte.

Dann kehrten wir zum Hotel zurück, Tante Marina und der Professor saßen wieder im Salon, diesmal mit anderen Leuten. Wer die nun wieder waren, interessierte mich nicht im geringsten, ich hätte so gern mit Tante Marina gesprochen, allein und in Ruhe, aber sie bot mir dazu keine Gelegenheit, woraus ich ersah, daß sie meine unerwartete Anreise und die Bemerkung, mit der ich mich eingeführt hatte, nicht goutierte. Ich kannte das. Es war so ihre Art, ein unartiges Kind zu behandeln, indem sie es mit Nichtbeachtung strafte. Doch es machte mir nicht viel aus, Hauptsache, ich war bei ihr gelandet, und irgendwann würde sie schon mit mir reden. Jetzt war ich vor allem schrecklich müde, ein langer Tag voller Ungewißheit lag hinter mir. Ich beteiligte mich nicht am Gespräch, die Augen fielen mir fast zu.

«Du solltest schlafen gehen, Julia», sagte sie schließlich, ich stand sofort auf, und sagte reihum gute Nacht. Ein fragender Blick zu

Tante Marina. Sie sagte: «Du kommst zum Frühstück hierher. So gegen halb zehn.»

Eine vernünftige Zeit, ich nickte, der Professor brachte mich und die beiden jungen Männer zur Tür. Auch Rainer und Sandro wohnten nicht im Hotel, sondern in irgendeiner Pension. Der Professor streichelte mir die Wange, sagte: «Schlafen Sie gut, Julia. Nehmen Sie es nicht so schwer. Wird schon werden.»

Rainer und Sandro brachten mich zu meiner Unterkunft, und Rainer fragte: «Ist etwas Unangenehmes geschehen, Baro... ich meine, Julia?»

«Wieso?»

«Verzeihung, ich wollte nicht indiskret sein. Nur weil der Professor das gesagt hat...» Er stockte, seine Neugier schien ihm peinlich zu sein.

«Ach das. Er meint es wohl so allgemein.» Denn den Mut besaß ich nicht, ihm ebenso kühn mitzuteilen: Ich lasse mich scheiden.

«Wirklich, es ist weiter nicht wichtig», fügte ich hinzu. Sandro griff im Gehen nach meiner Hand, es war nun ganz dunkel, und er sang leise: «Giulia, oh, Giulia bella!»

Hörte sich gut an.

«Ist das Meer hier immer so ruhig?» fragte ich.

«Das war nicht das Meer, über das sie gekommen sind, Julia», klärte mich Rainer auf. «Das war der Bodden, der ist meist sehr ruhig. Sie haben ja von den vergeblichen Segelversuchen des Kapitäns gehört. Segeln kann man schon, es ist oft Wind. Aber das Meer ist da sehr ruhig.»

«Eben sagten Sie, es sei nicht das Meer.»

«Es ist die Ostsee auf der Seite, die dem Land zugewandt ist und von den Inseln geschützt wird. Die offene See ist dort», er hob den Arm und wies in die Dunkelheit. «Da kann es ganz schön stürmisch sein. Sie werden es morgen sehen.»

«Ich möchte darin schwimmen», murmelte ich und stolperte in der Dunkelheit über irgend etwas.

«Attenzione, cara», sagte Sandro und faßte meine Hand fester.

Und dann legte er noch den Arm um mich. Das war angenehm, denn mich fröstelte in dem Hellblauen. Sandro hatte schon recht, besonders warm war es nicht.

Sandro küßte mich auf die linke Backe, und der schüchterne Rainer auf die rechte, und so gelangte ich einigermaßen getröstet in mein Bett.

Ich versuchte, noch ein bißchen nachzudenken, vor allem darüber, ob Elaine und Joachim jetzt beieinander in einem Bett lagen, aber ich glaubte nicht daran, jetzt erst recht nicht, nachdem ich weg war. Und eigentlich war es mir auch egal. Dann dachte ich an Ossi, wie es ihm wohl erging auf Friedrichsfelde und ob er schon mit in die Schwemme hatte reiten dürfen, dann an meinen kleinen Jürgen, ob er merkte, daß ich nicht da war, und ob Trudi auch alles richtig machte. Doch, da konnte ich ziemlich sicher sein. An meine Tochter verschwendete ich weiter keinen Gedanken, die befand sich bei Elaine in besten Händen.

Ach, und Melusine! Sie würde mich bestimmt vermissen. Tell bestimmt auch ein bißchen. Über den Verlauf dieses Tages wollte ich auch noch nachdenken und daß Joschi mir nicht mal einen Kuß zum Abschied gegeben hatte. Aber ich war wirklich schrecklich müde.

«Gute Nacht, Edward», murmelte ich. Dann schlief ich ein.

Am nächsten Tag schien die Sonne, der Himmel war von hellem Blau und von rasch ziehenden Wolken belebt.

Was zog man hier wohl an? Ich entschied mich für Rock und Bluse, kehrte aber vor der Tür noch einmal um und zog eine warme Strickjacke aus meinem Koffer, es war wirklich ziemlich kühl und windig. Sicher gutes Segelwetter für den Kapitän und seinen Liebling.

Den Weg zum Hotel fand ich ohne Mühe, es war gar nicht so weit, wie es mir am Abend vorgekommen war.

Im Frühstückszimmer saß der Professor an einem hübsch gedeckten Tisch am Fenster, er erhob sich, küßte meine Hand, fragte, ob ich gut geschlafen hätte, und wir sollten immer schon mit dem Frühstück beginnen, Marina komme sicher bald. Das kannte ich, vor zehn frühstückte sie selten, und zu Hause meist im Bett.

«Sie läßt sich sonst das Frühstück aufs Zimmer bringen», sagte der Professor denn auch, «aber als ich vorhin an ihre Tür klopfte, meinte sie, sie werde heute herunterkommen, meine Gegenwart könne besänftigend wirken.»

«Sie hat sich gestern über mich geärgert, nicht?» Ich inspizierte die reichliche Auswahl von Brötchen auf dem Tisch, den großen Napf mit Butter, die Platte mit Wurst und Schinken und mehrere Töpfchen mit Marmelade und Honig. Ein blondes Mädchen goß mir Kaffee ein, der herrlich duftete.

Auch der Professor musterte befriedigt das Angebot.

«Wir frühstücken meist sehr ausführlich», erklärte er. «Wenn wir am Strand sind, und das Wetter ist schön, gehen wir gar nicht zum Mittagessen, nehmen nur einen kleinen Imbiß, ein Paar Würstchen oder so etwas. Dafür ißt man dann am Abend sehr reichlich, das haben Sie ja gesehen, Julia.»

Die Brötchen waren unbeschreiblich knusprig, fast so gut wie Berliner Schrippen. So etwas bekamen wir auf Cossin natürlich nicht, wer sollte dort für uns Brötchen backen? Früher sollte es im Dorf einen Bäcker gegeben haben, aber der war im Krieg gefallen, und ein neuer hatte sich nicht eingefunden. Und Hohenwartau war zu weit, um von dort Brötchen zu besorgen. Elaine fiel mir ein und ihr Plan mit dem Schmiedesohn. Wenn sie erst Autofahren konnte, würde sie für uns die Brötchen in Hohenwartau holen. Wieso für uns? Für mich doch nicht. Außerdem war es auch mit dem Auto zwanzig Minuten bis Hohenwartau, bißchen weit zum Brötchenholen. Wenn ich erst wieder in Berlin lebte, konnte ich jeden Tag die herrlichsten Schrippen und Knüppel zum Frühstück essen. So!

«Sie hat sich gestern über mich geärgert», wiederholte ich, nachdem ich mein Ei und ein Brötchen mit Mettwurst gegessen hatte. Nun würde ich die Marmelade probieren.

«Das ist wohl zu viel gesagt», der Professor begann schon mit der Besänftigung, zunächst mal bei mir. «Aber es war wohl nicht ganz geschickt, Julia, hier gleich mit einer so massiven Drohung hereinzuplatzen.»

«Drohung? Was meinen Sie damit, Herr Professor? Daß ich gesagt habe, ich lasse mich scheiden?»
«Ja, das meine ich.»
«Aber es ist mein Ernst.»
«Nun erst mal lento, lento», sagte er. «Kommt Zeit, kommt Rat.» Er stand auf. «Und da kommt Madame Delmonte.»
Sie trug ein erbsengrünes Gewand mit langen, weiten Hosen, so etwas hatte ich noch nie gesehen, ich saß, das angebissene Marmeladenbrötchen in der Hand, und starrte sie sprachlos an.
«Du könntest wenigstens guten Morgen sagen», meinte sie, höchst befriedigt von ihrem Auftritt, den auch die anderen Gäste im Frühstücksraum genossen, wie ich bemerkte.
«Was hast du denn da an?»
«Das ist ein Strandanzug. So etwas werden wir für dich auch kaufen.»
Ich blickte mich verstohlen um. Nur noch drei Damen befanden sich im Raum, es war ja auch schon nach zehn, und die waren eigentlich ganz normal gekleidet.
«Danke, mein Kind», sagte sie zu dem blonden Mädchen, das ihr den Stuhl zurechtschob und Kaffee einschenkte. Das Ei wurde gebracht, der Brötchenkorb neu aufgefüllt, ebenso kam eine neue Wurstplatte.
Sie lächelte dem Mädchen zu.
«Ich nehme kein Ei und keine Wurst, nur ein wenig Marmelade.»
«Ein Strandanzug», wiederholte ich respektvoll.
«Das trägt man jetzt an der See, du wirst es öfter sehen. Nicht jeder natürlich kann es tragen. Hier im Hotel wohnen zumeist ältere Leute, die sind sehr konservativ gekleidet.»
Ich schluckte. Goldblondes Haar und ein grüner Strandanzug mit Hosen. Marina Delmonte befand sich wieder einmal auf der Höhe der Zeit.
Sie nahm für die erste Hälfte ihres Brötchens doch eine Scheibe Schinken, entschied sich dann für Kirschmarmelade. Das Frühstückszimmer leerte sich, der Professor, der schon einen Spaziergang ge-

macht hatte, berichtete, daß es ziemlich windig sei und die See sehr bewegt.

«Dann waren Sie also schon am Strand?» Tante Marina nickte befriedigt. «Sehr schön. Wenn es so windig ist, brauchen wir uns ja nicht zu beeilen.»

«Ich sagte, etwas windig», berichtete der Professor.

«Gut, mein Lieber. Meist legt sich der Wind gegen Mittag. Julia muß sich erst an das Klima gewöhnen.»

«Ich will heute im Meer schwimmen.»

«Das kannst du ja. Hast du einen Badeanzug dabei?»

«Natürlich.»

«Hier kann man ohne Badeanzug schwimmen», klärte sie mich zu meinem Erstaunen auf.

«Wirklich?»

«Manche Leute tun es. Berliner natürlich, wer sonst? Es soll sehr gesund sein, heißt es.»

Ich mußte lachen. «Und sehr angenehm. Ich schwimme manchmal auch ohne Badeanzug.»

«So, wo denn?»

«Na, in unserem See.»

«Und was sagt dein Mann dazu?»

«Er weiß das gar nicht. Wenn wir zusammen schwimmen, was sehr selten vorkommt, er hat ja keine Zeit, ziehe ich immer einen Badeanzug an.» Ich gackerte albern. «Nur meine Schwiegermutter hat mich mal erwischt.»

«Da war sie bestimmt sehr empört.»

«Nee, ich glaube nicht. Es ist nämlich komisch.»

«Was ist komisch?»

«Es ist so, ich glaube, sie hat mich ganz gern.»

«Das ist ja ganz was Neues.»

«Ja, ist es auch. Sie war vorige Woche da, und sie hat Ossi mitgenommen nach Friedrichsfelde. Er soll dort Urlaub machen.»

«Urlaub. Wovon?»

«Na, er soll mal ein anderes Gut sehen. Er war noch nie auf Friedrichsfelde, und er darf dort die Pferde mit in die Schwemme reiten. Das ist sein größter Wunschtraum. Bei uns darf er nämlich nicht, Fritz erlaubt es nicht.»

«Wer ist Fritz?»

Tante Marina lehnte sich zurück, ließ sich noch mal Kaffee einschenken und steckte eine Zigarette zwischen die Lippen. Der Professor gab ihr Feuer.

Ich erzählte von Fritz und Erich, von den Pferden, die abends nach harter Tagesarbeit in die Schwemme geritten wurden. Und dann sprach ich noch von Melusine, wie lieb ich sie hatte und was für ein großartiges Pferd sie sei.

Das verzögerte noch eine Weile unangenehme Fragen. Denn inzwischen wußte ich auch nicht mehr so genau, was ich wollte.

«Wenn man dir so zuhört, hast du ja eigentlich ein ganz schönes Leben dort bei euch. Reiten, schwimmen, eine freundlich gesonnene Schwiegermutter.»

«Sie ist jetzt meist nicht da.»

«Und was ist mit deiner Lunge?»

«Sie ist ganz prachtvoll. Sagt Doktor Werner.»

«Was so ein Landarzt eben davon versteht.»

«Er ist kein popeliger Landarzt. Er hat in der Charité gearbeitet. Bei Professor Bier.»

«Und warum ist er jetzt dort bei euch?»

Ja, warum war er jetzt bei uns? So genau wußte ich das nicht. «Es gefällt ihm auf dem Land. Er war schließlich auch im Krieg und hat sicher schlimme Dinge erlebt. Er spricht nicht darüber. Aber einmal hat er gesagt: Ich brauche den weiten Himmel über mir und den Duft unzerstörter Erde.»

Marina nickte. «Hört sich vernünftig an.» Und ohne weiteren Übergang: «Du willst dich scheiden lassen?»

Sie sah mich an über den Tisch, und ich erwiderte ihren Blick mit einem gewissen Trotz.

«Ja.»

«Und warum?»

«Weil ich genug habe von dem weiten Himmel und dem Duft der Erde. Ich sehne mich nach Stadtluft, und der Himmel über Berlin ist mir weit genug.»

«Du kannst mir nicht ins Gesicht sagen, daß dies der einzige Grund ist, aus dem du dich scheiden lassen willst.» Nun klang ihre Stimme streng und hatte sich ein wenig gehoben. Aber wir waren ganz allein im Raum.

Der Professor räusperte sich und sagte vorsichtig: «Aber meine Liebe!»

Das war die weitere Besänftigung, nahm ich an.

«Nein, nicht direkt», murmelte ich.

«Liebst du ihn denn nicht mehr, deinen schönen Leutnant?»

«Ach, hör auf mit dem schönen Leutnant. Das ist er schon lange nicht mehr», auch meine Stimme wurde lauter. «Ich habe dir das in Berlin schon gesagt. Und Liebe? Das Wort Liebe kann ich nicht mehr hören.»

«Aha», machte sie.

Und ich, wütend: «Das ist nämlich keine Oper.»

Darüber mußte sie lachen. «Das Leben auf einem Gut in Pommern, mit einem Mann, der einst ein schöner Leutnant war, der schönste überhaupt, wenn ich mich richtig erinnere, und dazu drei Kinder, nein, das ist wohl keine Oper. Das ist harte Wirklichkeit. Und es ist eine Ehe. Hat dir noch niemand gesagt, daß eine Ehe keine unendliche Liebesaffäre ist?»

«Doch. Das habe ich schon einmal gehört.»

«Liebst du einen anderen Mann? Ach, entschuldige, nichts von Liebe. Möchtest du einen anderen Mann?»

«Um Gottes willen, nein. Wo sollte der denn herkommen?»

Und plötzlich fiel mir Edward ein. Ich liebte einen unbekannten, toten Mann. Aber davon konnte ich nicht sprechen, zu keinem Menschen, nicht einmal zu Tante Marina. Sie würde mich wohl umgehend in eine Klapsmühle bringen lassen.

«Sag mir kurz und klar, was du willst?»

«Können wir nicht jetzt an den Strand gehen?»

«Ja, das wäre doch nicht schlecht», meinte der Professor. «Die beiden Jungen werden schon auf uns warten.»

Ein kurzer Blick von Marina ließ ihn verstummen.

«Was also willst du?»

«Ich will mich scheiden lassen», wiederholte ich trotzig. «Wir leben im zwanzigsten Jahrhundert, und da ist es keine große Sache mehr. Viele Leute lassen sich scheiden, das ist ganz normal.»

«Und deine Kinder?»

«Jürgen kommt mit mir nach Berlin. Und Ossi und Kathrinchen...» Plötzlich bekam ich Tränen in die Augen. Ich starrte aus dem Fenster. Leute promenierten dort, und ich wollte nun endlich an den Strand.

«Und deine Freundin Elaine?» fragte Tante Marina. «Ist sie immer noch auf dem Gut?»

«Sie ist da, und sie findet es prima. Sie macht alles viel besser als ich. Sie kann mit der Mamsell und mit allen anderen, und sie hat mit Joachim ein Verhältnis.»

«Ein Verhältnis?»

«Aber, meine Liebe», sagte der Professor bestürzt. «Julia, mein liebes Kind!»

Diesmal war der Blick geradezu vernichtend, den er sich einstecken mußte. Er schwieg.

«Sie küssen sich», sagte ich.

«Und sonst?»

«Sonst nichts. Jedenfalls nicht, daß ich wüßte. Aber jetzt bin ich ja weg, und da...»

«Und da könnten sie über ein bißchen Küsserei hinausgehen, willst du sagen.»

«Sie küssen sich sehr leidenschaftlich.»

«Woher weißt du das?»

«Ich habe sie zweimal dabei erwischt.»

«Und das ist alles?»

«Es wird nicht alles sein. Ich sage ja, ich habe es zweimal gesehen. Einmal im Stall und einmal in ihrem Zimmer.»

Tante Marina nahm sich eine zweite Zigarette, der Professor gab ihr zwar Feuer, sagte aber unglücklich: «Denken Sie doch an Ihre Stimme, meine Liebe.»

«Was macht es meiner Stimme noch, wenn ich rauche. Ich singe ja nicht mehr.»

«Wir genießen es sehr, wenn Sie singen», sagte der Professor mit sehr bestimmter Stimme. «Denken Sie an Caruso.»

«Er ist an Kehlkopfkrebs gestorben, wie ich weiß», sagte Marina ruhig. «Und er hat wohl etwas früher mit dem Rauchen angefangen als ich. Kaiser Friedrich ist auch an Kehlkopfkrebs gestorben. Hat er eigentlich geraucht?»

Das wußte der Professor nicht, wie er gestand.

«Ich rauche nicht sehr viel», sagte Marina. «Nach dem Frühstück nur eine. Heute wegen Julia eine zweite.»

«Wegen mir?»

«Ich ärgere mich über die Leichtfertigkeit deiner Rede, Julia. Wir leben im zwanzigsten Jahrhundert, und es ist keine große Sache, sich scheiden zu lassen. Gut, dafür mag es schwerwiegende Gründe geben. Dein Mann küßt deine Freundin, im Stall und sonstwo.»

«In ihrem Zimmer», betonte ich.

«Und nun, wenn du fort bist, was passiert da?»

«Es ist mir egal», sagte ich pampig.

«Sie ist im März mit dir gefahren, um dir zu helfen, und wir fanden das alle sehr erfreulich. Jedenfalls Sie, Konrad, haben es so gesehen.»

Der Professor, plötzlich mit seinem Vornamen angesprochen, machte ein verdutztes Gesicht. Einen Namen hatte er natürlich, er hieß Konrad Wohlmut, aber Marina sagte meist Professor oder Professorchen zu ihm, manchmal duzte sie ihn, dann wieder sprach sie ihn mit Sie an. So war sie eben.

«Nun ja», formulierte er vorsichtig, «Julia war betrübt, weil sie so schnell wieder abreisen mußte. Und ihr war ein wenig bange, vor dem, was sie erwartete. Die Kinder hatten Masern und...»

Marina hob die Hand. «Wissen wir alles. Was hat deine Freundin getan, außer deinen Mann zu küssen?»

Ich gab einen präzisen Bericht über das, was Elaine getan und geleistet hatte, sie kam nicht schlecht dabei weg.

Tante Marina blickte mich erstaunt an. «Du hast sie immer noch gern?»

«Ja, irgendwie schon. Aber die Idee, mich scheiden zu lassen, kam zuerst von ihr. Sie sagte: Laß ihn mir doch. Und dann habe ich sie ins Wasser geschmissen.»

Meine Schilderung der Szene auf und in dem See amüsierte Marina köstlich.

«Immerhin hast du deinem Mann die Möglichkeit gegeben, sich als Lebensretter zu fühlen. Und dann war sie auch noch erkältet. Wundervoll! Und nun bist du auf und davon. Und wie geht es weiter?»

«Habe ich doch gesagt. Ich lasse mich scheiden und kann endlich wieder bei dir in Berlin sein. Wenn Joachim dann Elaine heiraten will, bitte sehr.»

«Und wenn er nicht will?»

«Dann läßt er es eben bleiben.»

«Vielleicht will er dich behalten.»

«Schon möglich», sagte ich zu meiner eigenen Überraschung. «Das ist bequemer, schon wegen seiner Mutter. In seiner Familie gibt es keine Scheidung, sagt er. Und ich bezweifle, daß seine Mutter so ohne weiteres einer zweiten Ehe zustimmen würde.»

«Und gewiß nicht einer Ehe mit dieser Elaine», sagte der Professor, «wenn sie von dem Leben erfährt, das diese Frau geführt hat.»

«Psch!» machte Tante Marina.

Ich lächelte freundlich. «Was für ein Leben hat sie denn geführt?»

«Das steht jetzt nicht zur Debatte», wehrte Tante Marina ab.

«Was kann sie denn schon groß für ein Leben geführt haben», sagte ich. «Sie ist in der Welt herumgekommen, und vielleicht hat sie einen Freund.»

«Was weißt du davon?» fragte Marina.

Ich konnte nicht sagen, daß ich heimlich einen Brief gelesen hatte, in dem von einem gewissen Herrn M. die Rede war, der ihre Miete nicht bezahlen wollte.

«Ich denke mir das so», sagte ich. «Jedenfalls ist sie sehr tüchtig und für das Leben auf dem Gut wie geschaffen, jedenfalls bis jetzt. Ha! Sie muß erst den Winter dort erleben. Der dauert lange. Und dann liegt meterhoch Schnee, und es ist sehr, sehr kalt, und man kann nichts, aber auch gar nichts unternehmen. Es gibt kein Theater, kein Konzert, kein Kino, und nicht einmal fein zum Essen kann man ausgehen. Die Männer gehen auf die Jagd, sie schießen Hasen, Wildschweine und Füchse, dann gibt es da oder dort ein Jagdessen, oder wir werden mal irgendwo zum Punsch eingeladen, da fahren wir mit dem Schlitten hin, eingepackt bis zur Nasenspitze. Es ist ein ziemlich ödes Leben, jedenfalls für mich. Bisher war ich ja fast dauernd schwanger, das kann einen ja beschäftigen, aber ich kann auf die Dauer nicht jedes Jahr ein Kind kriegen, nur damit ich mich nicht zu Tode langweile.»

Eine Pause entstand.

«Ich gebe zu, es wäre für mich auch kein Leben», sagte Tante Marina nachdenklich.

«Siehst du!»

«Aber Weihnachten ist doch sicher sehr hübsch auf dem Lande.» Der Professor versuchte es noch einmal mit Besänftigung.

«Sicher. Wir bescheren die Leute auf dem Gut, alle Kinder kommen ins Haus und bekommen Geschenke, wir versuchen Weihnachtslieder zu singen, Joachim spricht ein paar salbungsvolle Worte. Wir fahren auch nach Hohenwartau in die Kirche, das heißt meine Schwiegermutter und ich und Ossi, die beiden Kleinen noch nicht. Früher ist auch immer Margarete mitgefahren.»

«Und Joachim?» fragte Tante Marina.

«Er will nicht in die Kirche gehen. Er kann nach diesem Krieg an keinen Gott mehr glauben.»

Wieder blieb es eine Weile still, dann sagte der Professor: «Wenn es danach ginge, hätten die Menschen niemals an einen Gott glauben können.»

«An einen christlichen Gott, sollten Sie besser sagen, mein lieber Freund», verbesserte ihn Marina.

«Es wird wochenlang vorher gebacken», kam ich auf die Weihnachtsfestlichkeiten in Cossin zurück. «Und sehr viel gegessen, Gänsebraten, und an Silvester Karpfen. Wir stecken Äpfel in die Bratröhre – o ja, aber Weihnachten und Silvester gehen vorbei, und dann ist noch lange Winter. Ich reite mit Melusine im Schnee herum, da friert einem bald die Nase ab. Ich muß ihr schreiben, daß sie das Klavier stimmen läßt. Aber wo bekommt sie einen Klavierstimmer her, kann mir das jemand sagen?»

Die beiden schauten mich verdutzt an, der Professor fragte: «Melusine?»

«Nein, ich meine natürlich Elaine. Es steht ein Klavier bei uns in der Halle, da hat Edward darauf gespielt, und seitdem keiner mehr. Das heißt, ich habe es ganz am Anfang mal versucht, eben wegen der Weihnachtslieder. Aber es ist total verstimmt. Elaine bringt alles fertig, sie wird auch einen Klavierstimmer auftreiben, und wenn sie ihn aus Stettin holt. Wenn sie erst Auto fahren kann...»

«Auto fahren?»

«Sie will das jetzt lernen. Sie meint, es sei praktisch auf dem Land, wenn man es kann.»

«Sie ist sehr aktiv, deine Freundin.»

«Das ist sie.»

«Edward ist doch gefallen, nicht?»

«Gewissermaßen», sagte ich widerwillig.

«Du machst mir einen ziemlich verdrehten Eindruck», sagte Tante Marina tadelnd. «Langsam kommt es mir so vor, als sei es dir ernst mit der Scheidung. Und du bist bereit und willens, alles deiner Freundin zu überlassen, das Gut, deinen Mann, die Kinder, deine Stute?»

«Melusine nicht!» rief ich. «Die kommt zu mir nach Berlin. Ich kann sehr schön im Grunewald reiten. Und Jürgen kommt auch mit. Und eigentlich...»

Auf Ossi und Kathrinchen konnte ich ebenfalls nicht verzichten, und von Tell wollte ich mich auch nicht trennen. Und was wußten sie über Elaine?

Wenn ich mit Tante Marina allein wäre, könnte ich das vielleicht erzählen von dem Brief. Vor dem Professor genierte ich mich.

«Was hat sie denn für ein Leben geführt?»

Tante Marina antwortete ohne große Umschweife.

«Sie ist das, was man eine ausgehaltene Frau nennt, und wie es scheint, war sie nie etwas anderes.»

Ich sagte ungerührt: «So was Ähnliches habe ich mir schon gedacht. Ganz doof bin ich schließlich auch nicht. Na und? Macht das was? Wir leben im zwanzigsten Jahrhundert.»

«Also gerade das hat nun nichts mit dem zwanzigsten Jahrhundert zu tun, das gab es immer schon und früher noch viel mehr», belehrte mich Marina. «Heute nennen sich die Frauen emanzipiert und können arbeiten. Das mußten die meisten sowieso im Krieg schon tun, und erst recht die Frauen heute, die ihren Mann verloren haben. Aber wie es scheint, hat deine Freundin niemals auch nur den Versuch gemacht, einen Beruf zu ergreifen.»

Ich fühlte mich versucht, Elaine zu verteidigen. «Damals in Lausanne, nach dem Krieg, da hat sie doch im Internat gearbeitet. Und sie hätte dort bleiben können und die Mädchen in Französisch unterrichten, wie Madame Legrand ihr vorschlug.»

«Sie hätte, aber sie hat nicht. Außerdem war sie nach dem Krieg nicht in Lausanne.»

«Nicht?»

«Sie war während des Krieges und nach dem Krieg ständig in Berlin.»

«Woher willst du das wissen?»

«Du hast doch selbst erzählt, du hast sie im Theater getroffen.»

«Ja, im Herbst siebzehn, als ich Joachim geheiratet hatte. Da war sie aber nur für ein paar Tage in Berlin, um einen alten Freund ihres Vaters zu treffen.»

Was für ein Unsinn, dachte ich sofort. Daß die Geschichte von ihren Eltern und Onkel Fedor nicht stimmte, wußte ich inzwischen, und es war keine Rede mehr davon gewesen, daß ihr Vater Balte gewesen sei.

«Sie war in Berlin und nirgendwo sonst.»
«Woher weißt du das?» fragte ich noch einmal.
Marina stand auf. «Gehn wir an den Strand, es ist ja bald Mittag. Ich hole nur meine Strandtasche.»
Am Fuß der Treppe, die hinauf zu den Zimmern führte, traf sie das Zimmermädchen, das sofort lossauste, um besagte Strandtasche zu holen.
«Und den Hut, mein Kind!» rief Tante Marina ihr nach. «Vergiß den Hut nicht, er liegt auf dem Stuhl vor dem Toilettentisch.»
Wir standen eine Weile vor der Tür des Hotels, um auf die Strandtasche und den Hut zu warten. Es war nun wirklich schön warm, und ich konnte es kaum erwarten, ans Meer zu kommen. Das, was Rainer den Bodden genannt hatte, sah man von hier aus auch, eine weite, spiegelglatte Wasserfläche, glänzend in der Sonne. Und wirklich, weiße Segel waren darauf zu sehen. Sicherlich kreuzte der Kapitän mit seinem Liebling dort herum. «Wir müssen noch bei meiner Pension vorbeigehen, damit ich meinen Badeanzug holen kann», sagte ich. Denn nackt zu baden, traute ich mich hier denn doch nicht.
«Findest du den Weg?» fragte Marina.
«Sicher.»
Sie summte leise vor sich hin und machte einen zufriedenen Eindruck. Jedenfalls war sie nicht wirklich böse mit mir.
«Kann ja alles so sein», sagte ich. «Elaine schwindelt manchmal. Auch das mit ihren Eltern war Schwindel. Daß ihr Vater im Duell gefallen ist. Sie hat mir selber erzählt, wie es wirklich war. Und Onkel Fedor, von dem sie angeblich geerbt hat, gibt es auch nicht.»
«Wenn sie keine Eltern hat und nichts geerbt und keinen Beruf, da mußt du doch schon mal darüber nachgedacht haben, wovon sie eigentlich gelebt hat in all den Jahren.»
«Warum soll sie nichts gearbeitet haben? So wie sie sich auf dem Gut angestellt hat, so wie sie mit aller Arbeit dort fertig wurde, kann sie nicht nur ein Luxusleben geführt haben. Und da hat sie eben auch mal einen Freund gehabt, der für sie gesorgt hat. So schlimm finde ich das nicht.»

Aber daß sie all die Jahre in Berlin gelebt haben sollte, ohne es mir zu erzählen, das fand ich doch schlimm. Sie war und blieb eine Lügnerin, daran ließ sich nicht rütteln.

«Ich bin nicht kleinlich», sagte Tante Marina. «Frauen, die von einem Mann oder verschiedenen Männern ausgehalten werden, hat es immer gegeben, und ich habe genügend davon gekannt. Zumeist sind es hübsche Frauen, und amüsant müssen sie auch sein. Soweit würde es ja auf deine Freundin zutreffen. Nur hat sie reichlich früh damit begonnen. Sie machte gar keinen Versuch zu einem anderen Leben. Bis jetzt jedenfalls. Dank dir und deinem Wankelmut bietet sich ihr nun ein anderes Leben. Danke, mein Kind.» Das galt dem Zimmermädchen, das die Strandtasche und einen breiten grünen Strohhut brachte, den sich Tante Marina auf ihr goldblondes Haar drückte. «Ich kann ihn natürlich nur tragen, wenn der Wind nicht zu stark weht», erklärte sie mir. «Na, wir werden sehen. Gehn wir erst mal zu deiner Pension. Avanti!»

«Ich hab' schon zweimal gefragt, woher du so profunde Kenntnisse über Elaines Vergangenheit hast.»

Wir spazierten gemächlich auf einem sandigen Weg zum Ortsinnern, nur wenige Leute waren unterwegs, manche, die wir trafen, grüßten, Marinas Strandanzug erregte weiter kein Aufsehen, er schien bekannt zu sein.

«Du erinnerst dich an deinen letzten Abend in Berlin?»

«Klar. Wie sollte ich nicht? Es war ein wunderbarer Abend, abgesehen davon, daß die Kinder Masern hatten und ich am nächsten Tag abreisen mußte. Du hast über Friedrich Ebert gesprochen und daß man die deutschen Meister ehren soll. Jetzt haben wir ja den Feldmarschall Hindenburg als Reichspräsidenten.»

«Das wissen wir. Erinnerst du dich auch noch an Rainer an jenem Abend?»

«Rainer? Ja, schon. Er war total fasziniert von Elaine und hatte für niemand sonst Augen.»

«Siehst du», sagte Marina befriedigt. «Das ist es.»

«Versteh' ich nicht.»

«Rainer ist in Frankfurt an der Oder geboren. Sein Vater war Offizier und fiel gleich zu Anfang des Krieges. Übrigens heißt er eigentlich Rainer Maria, seine Mutter schwärmt für Rilke.»

«Aha. Und?»

«Seine Großeltern, also die Eltern seiner Mutter, sind sehr wohlhabend und bewohnen ein schönes Haus am Tiergarten. Er und seine Mutter kamen oft nach Berlin, weil Rainers Mutter, genau wie du, immer Sehnsucht nach Berlin hatte; sie war eine junge Witwe, die sich bei ihren Eltern, in dem Haus, in dem sie aufgewachsen war, geborgen fühlte. Später zogen sie ganz nach Berlin. Sie hat übrigens wieder geheiratet, Rainers Mutter, sie lebt heute in Lübeck.»

«Sie schweifen ab, meine Liebe», mahnte der Professor.

Tante Marina blieb stehen und musterte ihn strafend. Dabei mußte sie ihren Hut festhalten, der von einem plötzlichen Windstoß erfaßt wurde.

«Wieso? Das gehört zu der Geschichte. Übrigens wohnt Rainer noch heute im Haus seiner Großeltern, bei denen er sich sehr wohl fühlt.»

Der Professor nickte und seufzte. «So ist es.»

«Nun paß auf, Julia. Rainer war damals ein Junge von zwölf oder dreizehn. Sein Großvater hatte einen Freund, ein Bankier, der ebenfalls in einer schönen Tiergartenvilla wohnte, verheiratet natürlich, und der...» Sie unterbrach sich. «Ein sehr gebildeter Mann offenbar, denn wie Rainer erzählte, ging er gern in die Oper und soll mich sehr bewundert haben.»

«Wie könnte es anders sein, meine Liebe», warf der Professor ein.

«Als der Professor den Jungen im März das erste Mal mit zu mir brachte, du warst ja dabei, Julia, wußte ich das alles noch nicht. Und daß Rainer an jenem zweiten Abend so fasziniert war von Elaine, wie du es nennst, hatte den ganz einfachen Grund, daß Elaine ihm bekannt vorkam und er sich den ganzen Abend überlegte, woher er sie kennen konnte.»

«Sie war die Freundin vom Großvater!» rief ich.

«Nicht vom Großvater. Vom Freund des Großvaters.»

«Der Bankier. Kann ich mir kaum vorstellen. Müssen doch schon alte Herren gewesen sein.»

«Der Großvater eines Zwölfjährigen muß nicht unbedingt alt sein. Und ein gutsituierter Bankier kann sich auch mit fünfzig oder sechzig eine hübsche junge Freundin leisten.»

«Damals war sie wirklich noch sehr jung», sagte ich. «Aber sie werden sie kaum mit dem kleinen Rainer bekannt gemacht haben.»

«Gewiß nicht. Er schnappte nur hier und da Gesprächsfetzen auf, zwischen seiner Großmama und seiner Mutter. Wie Frauen eben über so etwas reden. Und dann sah er einmal, als er vom Geigenunterricht kam, den Bankier und ein junges Mädchen in einer Kutsche vorbeifahren.»

«Und ein zweites Mal», berichtete der Professor angeregt, «sah er sie draußen auf der Terrasse eines Lokals an der Havel sitzen. Er war mit zwei anderen Jungen zum Baden hinausgefahren. Zu jener Zeit war er ja nur zu den Ferien in Berlin. Aber da er in Berlin einen guten Lehrer gefunden hatte für seinen Musikunterricht, zog die Mutter dann mit ihm ganz nach Berlin. Er ging dann dort weiter zur Schule.»

«Und an dem Abend bei mir», vollendete Tante Marina, «überlegte er die ganze Zeit, wo er die junge Dame schon einmal gesehen hatte.»

«Aha», sagte ich. «So ist das.»

Ob das Monsieur Garbanow gewesen war? Oder war das schon der nächste, oder gab es den noch nebenbei?

«Rainer hat sich dann erinnert», sagte der Professor, «und mir alles erzählt. Es bedrückte ihn sehr.»

«Warum?»

«Er ist sehr konventionell erzogen», sagte der Professor.

«Na, wenn er doch Künstler ist. Hier sind wir.»

Wir waren vor der Pension Waldesblick angelangt, in der ich wohnte. Man sah von hier aus wirklich auf den bewaldeten Höhenrücken, der sich über dem Ort erhob.

«Dann hol mal deinen Badeanzug. Und bring ein Handtuch mit», sagte Tante Marina.

Während ich meine Sachen zusammensuchte, das Zimmer war inzwischen aufgeräumt, aber ich hatte noch nicht einmal meine Koffer ausgepackt, mußte ich über das nachdenken, was ich eben erfahren hatte, und ich mußte lachen.

Ach, Elaine! Der Bankier, und du warst damals noch nicht einmal zwanzig, dann Monsieur Garbanow, und wer weiß ich noch, und zuletzt dieser M., den du nicht mochtest. Und wer hat dir wohl die Perlenkette geschenkt und die Brosche? Und jetzt möchtest du meinen Joachim heiraten und als tugendhafte Ehefrau auf einem Gut in Hinterpommern leben.

Mich erregte das alles nicht besonders. Nur eins empörte mich: daß sie all die Jahre in Berlin gelebt und mir das verschwiegen hatte. Lausanne war Schwindel, Camille war Schwindel, und daß so viele Männer im ‹Romanischen› sie gekannt und gegrüßt hatten, war nun auch verständlich.

Sie war neunundzwanzig, und sie hatte dieses Leben satt und wollte ein anderes. Ich und die Masern der Kinder kamen ihr gerade recht.

Tante Marina und der Professor blickten mir erwartungsvoll entgegen, als ich kam mit dem Badeanzug und dem Handtuch. «Gibt es hier eigentlich einen Friseur?» fragte ich.

«Selbstverständlich», antwortete Tante Marina.

«Du siehst ja, meine Haare sind ziemlich lang geworden, und ich möchte sie gern geschnitten haben.»

Wir gingen schweigend weiter, und Marina fragte nach einer Weile: «Offenbar beeindruckt dich das nicht sehr.»

«Nee. Irgendwie muß sie ja gelebt haben in all den Jahren. Sie konnte ja Verkäuferin werden bei Wertheim, nicht? Aber ihr gefiel die andere Art von Leben eben besser.»

«Das sind reichlich leichtfertige Ansichten, liebes Kind», sagte der Professor tadelnd.

«Ach, na ja. Jeder muß leben, wie es ihm paßt.»

«Fragt sich nur, ob es ihr heute noch paßt», sagte Tante Marina sachlich. «Sie wird nicht jünger. Aber möchtest du deinen Mann solch einer Frau überlassen?»

«Wenn sie ihm doch gefällt? Er weiß es doch nicht. Von mir wird er es nicht erfahren.»

Tante Marina blickte mich von der Seite an und sagte nichts mehr. Ich kannte sie gut genug, um zu wissen, daß sie sich über das Leben, das Elaine geführt hatte, nicht empörte. Oder kannte ich sie doch nicht gut genug, war sie bürgerlicher, als ich dachte?

Es gehörte harte Arbeit dazu, um eine berühmte Sängerin zu werden. Und noch mehr Arbeit, diesen Platz in der ersten Reihe so lange zu behaupten. Der Vater war Bäckermeister gewesen, und der Stiefvater Lehrer in Prenzlau, und was mochten ihr die Männer bedeutet haben, die sie umschwärmten? Jedenfalls hatte sie immer von selbstverdientem Geld gelebt, und nicht einmal ein russischer Großfürst fand Gnade vor ihren Augen.

Und dann sah ich endlich die See, weit und endlos, mit leicht bewegten Wellen und einer spielerischen Brandung. Marinas Hut flog davon, ich lief ihm nach, ich lachte, ich war glücklich, jetzt würde ich schwimmen, so weit hinaus, wie ich konnte, und weder an Elaine noch an Joachim würde ich noch einen Gedanken verschwenden. Heute nicht, morgen nicht. Jetzt wollte ich einmal so leben, wie es *mir* paßte. In einem Strandkorb saß der Italiener, er hatte einen Jumper an, und darüber noch eine Jacke und um den Hals einen dicken Schal geschlungen. Rainer saß im Sand und sagte: «Na, endlich.»

Der Strandkorb daneben gehörte Tante Marina, ich ging dahinter, warf die Strickjacke in den Sand, ließ Rock und Bluse fallen und schlüpfte in meinen Badeanzug.

«Ich geh' jetzt schwimmen!» rief ich. «Wer kommt mit?»

«Schwimm nicht zu weit hinaus», sagte Tante Marina. «Die Ostsee hat ihre Tücken.»

«Ich pass' schon auf sie auf», sagte Rainer.

Sandro schüttelte den Kopf. «No, no, no!» rief er und zog seinen Schal fester um den Hals.

Es war herrlich, im Meer zu schwimmen, vor mir den fernen Strich des Horizonts, und erst Rainers energisches: «Zurück! Das genügt für den Anfang», konnte mich zur Umkehr bewegen.

Nebeneinander wateten wir über den samtweichen Sandboden, durch die leichte Brandung springend, wieder an Land, und ich leckte voll Entzücken das Salz auf meinen Lippen. «Woher können Sie so gut schwimmen, Rainer?»

«Warum sollte ich nicht schwimmen können?»

«Na, für einen Violinvirtuosen finde ich das ziemlich ungewöhnlich», sagte ich.

Darüber mußte er lachen, und lachend ließ er sich noch einmal in die Brandung zurückfallen.

Und ich setzte mich einfach in die Brandung, mein Haar war sowieso naß, da spielte es keine Rolle mehr.

«Es ist einfach wundervoll hier», sagte ich.

«Diese Insel ist ein Zauberland, und die Ostsee ist ein Traum!» rief er über das Rauschen der Brandung hinweg. «Ich kann mir nicht vorstellen, daß ein Mensch, der Musik macht, das Meer nicht liebt.»

Aufatmend und ein wenig erschöpft stand ich dann neben ihm auf dem weißen, in der Sonne glitzernden Strand.

«An den Havelseen gibt es auch so einen weichen, weißen Sand», sagte er. «Das kennen Sie doch, Julia.»

«Natürlich. Ich war da oft mit Onkel Ralph zum Schwimmen.»

«Na, sehen Sie, ich auch. Und vorher bin ich in der Oder geschwommen. Und wenn ich meine Mutter besuche, sie lebt in Lübeck, dann fahren wir nach Travemünde, und dann schwimme ich dort. Nur ist das Meer dort viel ruhiger als hier, das kommt durch die Bucht. Wir sind ja hier ziemlich weit draußen in der Ostsee.»

Tante Marina konnte so wenig schwimmen wie Elaine, aber sie spazierte immerhin mit nackten Füßen im Wasser entlang. Der Professor blieb im Strandkorb, ebenso Sandro.

Nackte Leute sah ich übrigens nicht, die mußten sich wohl an einem anderen Teil des Strandes aufhalten. Später erfuhr ich, daß es auf dieser Insel eine alte Sitte war, nackt zu baden, aber da es immer Leute gab, die sich darüber empörten, hatte es Anfang der zwanziger Jahre eine Verordnung gegeben, die das Nacktbaden verbot. Nur hielten sich die Nacktbader nicht daran, sie blieben nur etwas abseits.

Ein Zeitungsjunge kam vorbei, und wir kauften für zwanzig Pfennig die neueste Ausgabe der ‹Berliner Illustrirten›, und dann kam ein Mann mit einer Blechwanne um den Bauch, der verkaufte Bockwurst und Brötchen, die aßen wir, dann lief ich mit Rainer am Strand entlang. Am Nachmittag, verhieß er, würden wir droben im Wald spazierengehen bis zum Leuchtturm, von dort aus habe man eine wundervolle Aussicht. Und am Abend könnten wir vielleicht tanzen gehen.

«Tanzen?» fragte ich entzückt. «Können Sie denn tanzen, Rainer?»

«Halten Sie mich für unmusikalisch, Julia?» fragte er empört zurück.

Ein herrlicher Tag! Todmüde sank ich spät am Abend in mein Bett. Zwei Tage später zog ich ins Hotel Dornbusch um, wo es nun ein Zimmer für mich gab, was ich fast bedauerte. Auch wenn es im Hotel komfortabler war, hatte ich mich allein in der Pension sehr selbständig und erwachsen gefühlt.

Ein Tag war schöner als der andere, wir schwammen jeden Tag, Rainer und ich, wir spazierten durch den Wald und den Dornbusch, wir wanderten über die Heide, die übersät war mit kleinen gelben Blümchen, bis in das Dorf Vitte, kehrten in der ‹Heiderose› ein, wo es hervorragenden Kuchen gab. Sandro begleitete uns, er redete ununterbrochen, wenn er nicht gerade sang. Rainer verstand ihn, er sprach gut italienisch, ich bekam nicht viel mit von ihrer Unterhaltung, nur daß Sandro von einem Mann namens Mussolini schwärmte, der Italien regiere. Von dem hatte ich schon gehört.

«Der berühmte Marsch auf Rom», erklärte mir Rainer, «im Oktober zweiundzwanzig. Ich war damals gerade in Mailand und habe es miterlebt. Die Wogen der Begeisterung gingen hoch. Die Faschisten marschierten von Neapel nach Rom, das ist nicht allzuweit, aber für die Italiener war es eine enorme Leistung. Sie sind nun mal sehr begeisterungsfähig. Faschisten, so nennen sich die Anhänger Mussolinis. Immerhin erzwang er den Rücktritt des Kabinetts, und der König beauftragte ihn mit der Bildung einer neuen Regierung. Mein Geschmack ist dieser Mann nicht.» Sandro hatte zwar nicht verstanden, aber Rainers Miene wohl angesehen, was er meinte.

Er riß den Arm hoch und rief: «Il Duce é grandioso.»

Mir konnte es egal sein, wer in Rom regierte, viel bedeutender war es, daß wir fast jeden Abend zum Tanzen gingen und ich zwei gute Tänzer zur Verfügung hatte. Manchmal saßen wir auch am Hafen und sangen mit den anderen jungen Leuten. Ich holte etwas nach, was ich nie gekannt hatte: unbeschwertes Jungsein, und ich vergaß zeitweise, daß ich eine verheiratete Frau mit drei Kindern war.

Der Gedanke hatte etwas Verlockendes, in Zukunft immer so zu leben, viel auf Reisen und einen Verehrer zur Seite. Wovon ich das bezahlen sollte, darüber mochte ich nicht nachdenken. Und die Tatsache, daß ich zwar den Mann durch eine Scheidung loswerden konnte, aber nicht die Kinder, schob ich beiseite. Am dritten Abend küßte mich Sandro sehr leidenschaftlich, und ich erwiderte seine Küsse. Bisher kannte ich keinen anderen Mund als Joachims Mund. Aber an ihn wollte ich nicht denken, auch nicht an die Küsse, die ich vor Melusines Box und in Elaines Zimmer gesehen hatte, und wenn ich doch daran dachte, dann erfüllte mich das befriedigende Gefühl der Revanche. Ich lauschte auf die zärtlichen Worte, die Sandro mir ins Ohr flüsterte, und wenn ich sie auch nicht verstand, gefiel mir ihr Klang.

Eines Abends landete ich mit Sandro sogar in einem Strandkorb, und es war wirklich ein Beweis seiner Zuneigung, daß er sich im Dunkeln in die Nähe der kalten See begab. Die See war zwar still, doch er um so stürmischer, aber Rainer paßte auf mich auf, nicht nur wenn ich schwamm. Er war uns gefolgt, und ich hörte ihn in der Dunkelheit pfeifen, das Motiv aus dem Ersten Satz des Beethoven-Violinkonzerts, und darüber mußte ich so lachen, daß die romantische Szene schnell ein Ende fand. Eine lachende Frau, an der ein Mann gerade herumfingert, kann ihn außerordentlich ernüchtern. Aber ich mußte an den Abend denken, als ich im Hof vor dem Stall versucht hatte zu pfeifen und dann mit Agathes Arie den Stall betrat.

Einmal, oben im Dornbusch, wir waren allein hinaufgestiegen, es war ziemlich windig an diesem Tag, der Himmel von jagenden Wolken bedeckt, nur manchmal blitzte die Sonne durch, sagte Rainer: «Ich hoffe, Julia, Sie halten es nicht für... für...», er suchte nach dem passenden Wort, «für eine Anmaßung, daß ich mich in Ihre Angelegenheiten eingemischt habe.»

Ich wußte sofort, was er meinte, denn ich wartete schon die ganze Zeit, daß er darauf zu sprechen kam.

«In meine Angelegenheiten? Was meinen Sie damit, Rainer?»

Meine gewollt unschuldige Frage täuschte ihn nicht. «Ich nehme an, daß Ihre Tante Ihnen erzählt hat, das von Ihrer Freundin. Ich dachte, Madame Delmonte müßte es wissen.»

«Und was wollten Sie damit erreichen, mit dieser... eh, Aufklärung?»

Ich blickte hinüber zur Insel Rügen, die man von hier aus gut sehen konnte.

«Sie sollten vor diesem Umgang bewahrt werden», stieß er hervor.

«Mein Gott, Rainer, machen Sie es nicht so dramatisch. Ich bin nicht mehr siebzehn.»

«Und hatte ich nicht recht? Sie kommen hier an und sagen, Sie wollen sich scheiden lassen. Diese sogenannte Freundin hat Ihnen Ihren Mann weggenommen. Sie ist sehr geübt auf diesem Gebiet.»

Ich löste den Blick von Rügen, sah ihn an und lächelte. Der Wind wehte stärker, blies sein Haar in die Luft, und meines erst recht. Beim Friseur war ich immer noch nicht gewesen, ich hatte einfach keine Zeit dazu.

«Kann sein, daß sie darin geübt ist, einen Mann zu verführen oder sich verführen zu lassen. Wenn mein Mann... wenn ich Joachim noch so viel bedeuten würde wie früher, dann könnte es gar nicht passieren.»

«Ich glaube, so einfach darf man es sich nicht machen. Jeder Mann ist zu verführen, auch wenn er in einer glücklichen Ehe lebt.»

«Ach ja? Ich nehme an, Sie denken an den Freund Ihres Großvaters.»

«Ja, an den auch. Obwohl er es sehr leichtnimmt.»

«Sie haben mit ihm darüber gesprochen?»

«Ja. Ich bin immer für den geraden Weg.»

Ich strich mein Haar aus der Stirn und hatte auf einmal fast mütterliche Gefühle für den Jungen.

«Mit dem geraden Weg kann man ganz fürchterlich anecken.»

«Nicht bei Onkel Leonhard. Er ist heute ein alter Herr, und er hat etwas... ja, wie soll ich das nennen? Er hat sehr viel Charme. Und Humor. Er bekennt sich zu dieser Episode seines Lebens. Und er sagte, du mußt erst einmal so alt werden wie ich, Rainer, damit du das verstehst. Sie war ein sehr reizendes Mädchen, und sie war ganz allein auf der Welt, es ging ihr schlecht. Ich fand sie weinend in einer kleinen Kneipe in der Mohrenstraße.»

«Weinend?» fragte ich erstaunt. Unmöglich für mich, mir Elaine weinend vorzustellen.

«Sie konnte ihre Zeche nicht bezahlen, so erzählte mir Onkel Leonhard. Es war zu Anfang des Krieges, und sie hatte sich bei einer Konfektionsfirma, die ja in diesem Viertel zuhauf vorhanden sind, um eine Stellung beworben. Aber man hatte sie nicht genommen. Dann war sie zu dem Boudiker gegangen, hatte sich etwas zu essen bestellt, sie hatte wohl Hunger, und dann reichte das Geld nicht. Onkel Leonhard hatte witzigerweise im gleichen Haus einen Kunden, dem er einen Kredit gewährt hatte und den der Mann nicht zurückzahlen konnte. Ein tüchtiger Mann, so erzählte er mir, und ich wollte ihn nicht in die Bredouille bringen, also dachte ich, rede ich mal mit ihm, wie wir das hinbringen könnten. Und dann gingen sie hinunter in die Kneipe, um ein Bier und einen Korn zu trinken. Und da saß das Mädchen und weinte und wurde von dem Wirt ziemlich rüde angeredet. Es war die Situation, die ihn bewegte. Am gleichen Tag, im gleichen Haus, zwei Menschen, die in Geldkalamitäten waren. Bei dem Mädchen war es eine Bagatelle, bei dem Mann ging es um eine größere Summe.»

Wir wandten uns um und begannen durch den Wald abzusteigen. Es war ungeheuerlich, was ich da hörte. Die schöne, selbstsichere Elaine heulend in einer Kneipe, allein in der großen, erbarmungslosen Stadt.

«Anfang des Krieges, sagten Sie, Rainer.»

«Ja, im Winter vierzehn.»

Also war sie wirklich all die Zeit in Berlin gewesen. Immerhin hatte sie sich damals um Arbeit bemüht. In einer Konfektionsfirma, das fand ich gar nicht so dumm, nachdem sie doch so gut nähen konnte.

«Und dann?»

«Er bezahlte ihre Zeche, lud sie ein, noch eine Weile bei ihnen zu bleiben und einen Kaffee zu trinken, und später fuhr er sie in seinem Wagen nach Hause. Er hatte zu der Zeit schon ein großartiges Auto, mein ganzes Entzücken, wenn ich als Junge dorthin kam.»

«Wo wohnte sie denn?»

«Sie hatte ein kleines möbliertes Zimmer, irgendwo hinter dem Alex. Tja, und dort besuchte er sie dann wohl einige Tage später, so in allen Einzelheiten hat er es mir verständlicherweise nicht erzählt. Er mietete ihr eine Wohnung, sorgte für sie, und sie wurde seine Geliebte. Von ihm hat sie übrigens die schöne Perlenkette, die sie an dem Abend bei Ihrer Tante trug.»

«Ach ja? Sie hat sie nicht mehr. Oder jedenfalls habe ich sie nicht bei ihr gesehen. Ich nehme an, sie hat sie verkauft. Hat er sie geliebt?»

«Auf seine Art denke ich schon. Ein kluger, überlegter Mann, sehr wohlhabend, an der Schwelle des Alters – gewiß, warum sollte er sie nicht geliebt haben. Aber er hat sie auf diesen Weg gebracht, nicht wahr?»

«Und wie lange dauerte es?»

«Zwei Jahre. Seine Frau wußte übrigens davon, genau wie mein Großvater und meine Großmutter. Es war sein Sohn, der für das Ende sorgte. Er war Offizier, wurde vor Verdun schwer verwundet, und er nahm seinem Vater das Versprechen ab, dieses unwürdige Verhältnis, so nannte er es, zu beenden.»

«Das hat Ihnen dieser Onkel Leonhard alles erzählt?»

«Ja, nachdem ich ihm von meiner Begegnung mit Elaine berichtet hatte. Es klang etwas wehmütig, was er mir erzählte. Doch alles in allem ist es für ihn eine hübsche Erinnerung.»

«Er hat sie auf diesen Weg gebracht, wie Sie eben sagten, Rainer. Und dann kam der nächste, und dann... na ja.»

Wir schwiegen ziemlich lange, bis wir unten im Ort angelangt waren.

«Sie dürfen sich nicht scheiden lassen, Julia», sagte er, kurz bevor wir zum Hotel kamen.

«Es ist nicht unbedingt wegen Elaine. Da täuschen Sie sich, Rainer.»

«Und warum dann?»

Ich blieb stehen und blickte zum Himmel, immer noch die wilden Wolken, es dämmerte schon, Anfang September.

«Ich weiß auch nicht. Ich fühle mich so... so festgenagelt.»

«Aber Sie lieben Ihren Mann doch.»

«Das weiß ich auch nicht so genau.»

«Wenn Sie frei wären, Julia...» Es war noch hell genug, daß ich sehen konnte, wie er rot wurde.

«Ja, was wäre dann?»

«Ich würde Sie gern heiraten.»

«Ach, Rainer!» Ich schmiegte für einen Moment meine Wange an seine Schulter. «Abgesehen davon, daß ich ein paar Jahre älter bin als Sie, wäre es ziemlich unvernünftig, aus der einen Ehe wegzulaufen, um sich in eine andere zu begeben.»

«Nun, ein Leben an meiner Seite wäre wohl von anderer Art», sagte er selbstsicher. «Es würde vielleicht besser zu Ihnen passen.»

«Ja, da könnten Sie recht haben. Danke für das Angebot. Ich werde darüber nachdenken. Und dann müßten wir Joachim noch mit Elaine verheiraten, denn auf das Gut gehört eine Frau.» Und meine Kinder brauchen eine Mutter, dachte ich, aber das sprach ich nicht aus.

Aber es war ganz und gar unvorstellbar, jetzt, heute oder morgen, daß ich meine Kinder im Stich ließ. Auch das wurde mir an diesem Abend klar.

«Möchtest du deinem Mann nicht wenigstens schreiben, wo du dich aufhältst?» fragte mich Tante Marina am nächsten Tag.

«Nee, wozu? Er denkt, ich bin in Berlin und gut bei dir aufgehoben.»

«Und wenn er dir nun nachgereist ist und dich in Berlin bei mir gesucht hat?»

«Das wäre doch fabelhaft. Da kann er sich mal seinen pommerschen Kopf zerbrechen, wo ich eigentlich bin.»

Sie blickte mich nachdenklich an. «Ich wundere mich über dich, Julia.»

«Es scheint mir so, als hättest du das schon ein paarmal zu mir gesagt.»

Wir waren ausnahmsweise allein an diesem Tag, auf dem Rückweg vom Strand, es war immer noch sehr windig, fast schon stürmisch, die See bockte ungestüm, an Schwimmen war nicht zu denken. Der Professor war schon früher ins Hotel zurückgekehrt, er hatte Kopfschmerzen von dem Wind, auch Sandro hatte sich zurückgezogen, und Rainer war mit dem Kapitän und dem Liebling zum Segeln gegangen, und es war anzunehmen, daß er an diesem Tag Kap-Hoorn-Gefühle bekam, obwohl es auf dem Bodden nie so stürmisch war wie auf der offenen See. Wir standen vor dem Haus, in dem Gerhart Hauptmann wohnte und an dem wir jeden Tag vorbeikamen, wenn wir zum Strand gingen oder vom Strand kamen.

«Ein großer Dichter», sagte Tante Marina. «Ich verstehe, daß es ihm auf dieser Insel gefällt. Die Natur ist hier so unverdorben, man fühlt sich so frei. Ich glaube, ich bin nicht das letztemal hiergewesen.» Sie betrachtete immer noch das Haus. «Ein großer Dichter», wiederholte sie. «Ich liebe seine Stücke. Nein, Julia, ich wundere mich eigentlich nicht über dich. Du bist wie seine tanzende Pippa. Nur bedenke, daß es kein gutes Ende mit ihr genommen hat. Das Leben ist nicht nur Spiel und Tanz. Ich gebe zu, deine überstürzte Ehe war Torheit, und ich habe sie nicht verhindert. Aber wer hätte sie verhindern können, so, wie du dich aufgeführt hast. Der Krieg war natürlich auch schuld daran. In einer normalen Zeit, und wenn Ralph dagewesen wäre, hätten wir dich und Gusti auf Reisen geschickt, oder Ralph wäre selbst mit dir gereist, nach Italien oder nach Frankreich, und da wären dir die Flausen schon vergangen. Und so bist du damals wie ein trunkener Schmetterling in diese Ehe getaumelt, und auf die gleiche Weise willst du heute in eine Freiheit ausbrechen, von der du dir gar keine Vorstellung machen kannst. Wie willst du denn so allein mit dem Leben fertig werden?»

«Aber ich bin doch nicht allein. Ich habe doch dich.»

«Du wirst mich nicht für immer haben.»

Ich überlegte und hoffte, Gerhart Hauptmann würde aus dem Haus treten. Aber er kam nicht.

«Ich könnte vielleicht – einen Beruf haben.»

«Was für einen?»

«Du hast mir mal Gesangsstunden gegeben.»

«Dafür ist es zu spät.»

Den Blick fest auf Gerhart Hauptmanns Haus gerichtet, sagte ich: «Ich könnte auch Schauspielerin werden.»

Sie lachte. «Du bist ein Kindskopf. Du hättest niemals die Kraft und die Disziplin, um eine Künstlerkarriere durchzuhalten.»

Das war hart. «Dann mache ich eben etwas anderes.»

«Und was wäre das?»

«Ich könnte Sekretärin werden.»

«Du kannst weder Schreibmaschine schreiben noch stenografieren.»

«Es kann doch nicht so schwer sein, das zu lernen.»

«Du machst es dir leicht. Von einem Berufsleben hast du eine reichlich kindische Vorstellung.»

«Und ich bin nicht schön und amüsant genug, um eine ausgehaltene Frau zu sein. Ganz abgesehen davon, daß mein Busen zu klein ist.»

«Ich würde dir jetzt gerne eine kleben», sagte sie.

«Was würde Gerhart Hauptmann sagen, wenn er gerade aus dem Fenster schaut.»

«Er ist zur Zeit nicht auf der Insel.»

Auf dem Weg zum Hotel fragte ich: «Weißt du, wie das alles angefangen hat mit Elaine? Rainer hat es mir erzählt.»

Ich berichtete, was ich von Rainer gehört hatte, und sie sagte: «Eine ganz typische Geschichte. Meist ist ein Mann schuld, wenn ein Leben auf diese Bahn gerät. Er wird sie für eine Weile mit Geld ausgestattet haben, und dann war sie für ein normales Leben nicht mehr zu gebrauchen.»

«Sie hat immerhin versucht, eine Stellung zu bekommen.»

«Und warum hat sie es später nicht noch einmal versucht? Im Krieg wurden Frauen in vielen Berufen dringend gebraucht. Eins verstehe ich nur nicht: Wie ist sie in das Internat nach Lausanne gekommen? Wer hat das bezahlt?»

Am nächsten Tag war der Sturm da. Rainer und ich waren allein am Strand, ich blickte hingerissen auf das schäumende Meer. «Es ist herrlich», schrie ich über den Sturm hinweg. «Am liebsten würde ich hineingehen.»

«Das würde ich nicht erlauben», schrie er zurück.

Und was wäre schon groß, dachte ich, wenn das Meer mich fortreißen würde, und ich käme nie, nie zurück.

Hand in Hand gingen wir zurück in den Ort. Rainer war für mich ein Freund geworden, er hatte zwar gesagt, er wolle mich heiraten, aber er machte nicht den Versuch, mich zu küssen. Aber er war mein Freund. Das war etwas Neues, ich hatte nie einen Freund gehabt. Außer Onkel Ralph. Außer Edward. Sie waren tot. Rainer lebte. Angenommen, ich wäre an seiner Seite, wenn seine Karriere begann, dann könnte ich so etwas wie ein Impresario für ihn sein, ein wenig verstand ich von dem Metier.

Der Gedanke faszinierte mich. Es gab eine Menge Möglichkeiten, mit meinem Leben etwas anzufangen, Tante Marina wußte das nur nicht. In Gedanken reiste ich durch die Welt an der Seite eines berühmten Mannes.

Ich tanzte an Rainers Hand dahin, und ich begann zu singen, das Steuermann-Lied aus dem ‹Holländer›.

«Ach, lieber Südwind, blas noch mehr...»

Er lachte und zog mich an der Hand.

«Das ist kein Südwind, das ist Westwind.»

«Na gut, dann dichte ich Wagner eben um.» Und ich sang: «Ach, lieber Westwind, blas noch mehr, dein Brausen gefällt mir sehr.»

Am Abend flirtete ich ausgiebig mit Sandro, der den Schal um seinen Hals nicht mehr ablegte.

«Ist ganz gut, daß Rainer auf dich aufpaßt», sagte Tante Marina, als wir schlafen gingen.

«Sandro kommt ja nach Berlin. Da kann ich immer noch etwas mit ihm anfangen.»

«Was ist etwas?»

«Eine Affäre», erwiderte ich achselzuckend im Ton einer erfahrenen Frau.

«Soviel ich weiß, hast du noch nie eine Affäre gehabt.»

«Na, dann wird es höchste Zeit», sagte ich frech.

Am nächsten Tag regnete es. Und ich hustete. Ich hatte wohl doch zu lange im kalten Meer gebadet.

«Morgen fahren wir nach Hause», bestimmte Tante Marina. Damit waren alle einverstanden.

Wieder in Berlin

Diesmal war es nicht wie im März, als ich so selig und beschwingt durch die Straßen von Berlin gelaufen war und jeden Tag genoß. Diesmal war ich mißgestimmt und nölte herum, so daß Tante Marina eines Tages sagte: «Du erinnerst mich an deine Mutter.» Zunächst beschäftigte mich meine Erkältung, der ich mich willig hingab, ich blieb sogar drei Tage im Bett und ließ mich von Wanda und Else verwöhnen, Marina kümmerte sich kaum um mich, ihre Meinung lautete: «Es ist geradezu lächerlich. Andere Leute sind quietschgesund, wenn sie von der See kommen, du bist krank. Jetzt gehst du mir aber zum Arzt, sobald die Erkältung abgeklungen ist. Was immer euer Doktor da gesagt hat, ich will es nun mal genau wissen.»

Ich hustete und nickte, saß oder lag herum, verließ kaum das Haus, auch nicht, als es mir besser ging, las alle Zeitungen und Zeitschriften, manchmal auch ein Buch, doch am besten unterhielt mich das Grammophon. Im März gab es das noch nicht, denn Tante Marinas Meinung lautete: «Ich mag das Gekreisch in meiner Wohnung nicht.»

Aber nun hatte sie ihre Meinung geändert, jedenfalls teilweise, die Aufnahmen seien besser geworden, erklärte sie mir, manches könne man anhören. Was in ihrem Fall besonders die Stimme von Richard Tauber betraf.

«Wirklich eine schöne, gut geführte Stimme. Er war ein hervorragender Mozart-Sänger, und das hat mich interessiert, weil ich seltsamerweise nie Mozart gesungen habe. Nur einmal, in meiner Anfängerzeit, als ich in Magdeburg engagiert war, die Pamina. Eine schöne Partie, und ich habe sie gern gesungen. Nur hatte ich einen miserablen Tamino, das hat mich bei jeder Vorstellung geärgert, er war klein und dick, ich war einen Kopf größer als er, und er röhrte wie ein sterbender Hirsch. Dabei ist seine Partie wundervoll.»

Und plötzlich begann sie zu singen: «Dies Bildnis ist bezaubernd schön...», und sie sang die ganze Arie makellos bis zu Ende, ihre Stimme klang immer noch rein und klar und bestimmt nicht wie die eines sterbenden Hirsches.

Ich lauschte, in meinen Sessel gekringelt, und war so froh, daß sie sich endlich mal mit mir abgab.

«Und das singt Richard Tauber auf der Platte?» fragte ich.

«Nein, leider nicht. Er singt jetzt hauptsächlich Operette, warum weiß ich auch nicht. Ich kann mir nicht vorstellen, daß er da mehr verdient.»

«Vielleicht macht es ihm Spaß. Gibt ja auch ganz hübsche Musik.»

Ich sagte das mit der gebotenen Vorsicht, denn die Operette genoß kein großes Ansehen in diesem Haus, obwohl Marina Delmonte in ihren Anfängerjahren, als sie noch nicht *die* Delmonte war, sei es nun in Magdeburg oder anderswo die ‹Lustige Witwe› gesungen hatte und auch die Rosalinde in der ‹Fledermaus›. Das wußte ich von Mama. Wir waren übrigens ab und zu ganz gern in eine Operette gegangen, Mama und ich.

Nun lauschte ich also in diesen einsamen Tagen Richard Tauber, er sang mit hinreißendem Schmelz ‹Gern hab' ich die Frau'n geküßt› und noch andere Lieder von Franz Lehár. Dann gab es noch ein paar Platten mit Melodien von Robert Stolz und Paul Lincke. Ich erinnerte mich, daß ich mit Mama während des Krieges in einer Operette von Robert Stolz gewesen war, in der das Lied vorkam ‹Du, du – du sollst der Kaiser meiner Seele sein...› Wie hieß die Operette doch gleich?

Ich sang das Lied vor mich hin, nicht so schön wie Tante Marina, immer noch ziemlich heiser, und anschließend mußte ich husten. Damals war ich von dem Lied tief bewegt, der Kaiser meiner Seele, wer anders konnte das sein als mein schöner Leutnant. Mein Gott, war man blöd, wenn man jung war!

Trotzdem hätte ich das Lied gern noch einmal gehört, doch davon war keine Platte vorhanden. Aber die Noten mußten da sein, ich hatte das doch oft genug gesungen und mich dabei begleitet. Ich stürzte ins Musikzimmer und kramte im Notenschrank. Richtig, ganz unten lag ein Album mit Operettenmelodien, der Kaiser war dabei. Aber spielen konnte ich das jetzt nicht, Tante Marina machte gerade ihr Mittagsschläfchen, und mit meiner Singerei war momentan sowieso nicht viel los. Aber ich nahm mir vor, sobald ich die Erkältung los war und Tante Marina einmal ausgegangen war, das ganze Album durchzuspielen, mit Gesang.

Und dann würde ich noch ein paar Platten kaufen, das Angebot war sehr dürftig. Zwei alte Schlager gab es noch, die ich aus der Nachkriegszeit kannte, ‹Salome› und ‹Davon geht der Mond nicht unter›. Wie die ins Haus gekommen waren, konnte ich mir nicht erklären, Tante Marina hatte sie bestimmt nicht gekauft. Bis ich dann mal Else im Nebenzimmer leise mitsingen hörte. «Davon geht der Mond nicht unter, der geht nicht unter, das scheint bloß so.»

Ich lachte vor mich hin. Ein musikalisches Haus war das eben, da ließ sich nichts dran ändern.

Der Höhepunkt des spärlichen Plattenangebots war zweifellos eine Platte von Caruso mit ‹La donna è mobile›, leider eine schlechte Wiedergabe, die seiner herrlichen Stimme nicht gerecht wurde. Enrico Caruso war vor vier Jahren gestorben, und zu seiner Glanzzeit steckte das Grammophon noch in den Kinderschuhen.

Ich ging in das große Speisezimmer, wo Else Staub wischte. «Haben Sie das Lied vom Mond gekauft, Else?»

«I wo, ick doch nich'. Det hat Frau Lehmann mitjebracht. Und die meisten anderen Schallplatten ooch. Sie hat sehr viele, sagt sie. Weil sie so gern Musik hört.»

Frau Lehmann war Antoinette. Wenn ich sie das nächste Mal sah, würde ich sie fragen, ob sie nicht noch ein paar Platten mitbringen könnte, damit ich mich nicht so gräßlich langweilen mußte.

Manchmal setzte ich mich auch zu Wanda in die Küche, wo ich nicht sehr willkommen war. Sie war nicht so mitteilsam wie unsere Mamsell, immerhin brachte ich sie dazu, von ihrem Urlaub zu erzählen. Sowohl sie als auch Else hatten während Marinas Abwesenheit Ferien gemacht. Das ging ohne weiteres, denn in diesem Hause gab es selbstverständlich auch einen zuverlässigen Hausmeister mit einer ebenso zuverlässigen Frau; die kümmerten sich um die Wohnung, lüfteten, gossen die Pflanzen, zudem kam Antoinette öfter vorbei, um nach dem Rechten zu sehen.

«Du bist zu beneiden», sagte ich zu Tante Marina. «Alle haben dich gern, jeder reißt sich für dich ein Bein aus.»

Sie nickte zustimmend. «Das ist ganz einfach, und das kannst du auch so haben. Man ist freundlich zu den Leuten, ohne sich anzubiedern, und man zahlt gut. Was Antoinette betrifft, das ist so eine Art Lebensgemeinschaft, die wir haben, und daran hat auch ihre Ehe nichts geändert.»

«Und es ist so, weil du bist, wie du bist», ergänzte ich geistreich.

Auch dazu nickte sie. Im übrigen sah ich sie selten, sie war viel unterwegs, wurde eingeladen, traf ihre Freunde, besichtigte die neue Herbstmode, ging auch einmal in die Oper, erklärte aber gleich: «Solange du hustest, kannst du nicht mitkommen. Huster im Publikum sind unerwünscht.»

Wanda hatte nur zehn Tage bei ihrer Familie in Lübbenau verbracht, und als ich fragte: «Warum sind Sie nicht länger geblieben, Wanda? Meine Tante war doch vier Wochen verreist», erwiderte sie kategorisch: «Zehn Tage sind genug. Ist mir zu langweilig dort.»

Ähnlich lautete die Auskunft von Else, die ihre Eltern in Havelberg besucht hatte. «Is bloß so'n Kaff. Wenn man Berlin jewöhnt is, kann man's dort nich aushalten.»

Kein Wunder, daß sich Berlin immer mehr ausbreitete! Was fanden die Leute bloß an dieser Stadt, daß sie alle darin leben wollten? Aber ging es mir vielleicht anders?

Und doch dachte ich viel an Cossin, nicht zuletzt deswegen, weil ich nichts, nicht das geringste, von dort hörte. Das erboste mich, und das war der wirkliche Grund meiner schlechten Laune.

Ich hatte erwartet, Briefe von Joachim vorzufinden, zumindest einige Telegramme – nichts. Es schien ihm total gleichgültig zu sein, wo ich mich befand, wie es mir ging, was aus mir wurde. Und das bewies nun wirklich, daß meine Ehe am Ende war, ganz zu schweigen von der Liebe.

«Na gut, mir soll's recht sein», erklärte ich ihm eines Abends, als ich wieder allein herumsaß, «wenn du es so haben willst. Lassen wir uns eben scheiden, wollte ich sowieso. Und du kannst nicht behaupten, daß du mich je geliebt hast. Ich hoffe, du bist nun glücklich mit Elaine, und sie ist ein ganz falsches Biest, das kannst du ihr von mir ausrichten, sie hätte mir ja wenigstens mal schreiben können. Wie es Jürgen geht, zum Beispiel. Müssen ja großartige Flitterwochen sein, die ihr da verbringt. Daß ihr euch nicht vor den Leuten schämt!» Meine Stimme war laut und wütend, und dann weinte ich.

Ich ging früh zu Bett, konnte nicht einschlafen, ich schlief überhaupt schlecht in letzter Zeit, und wach im Bett liegend, konnte ich mich schon dreimal nicht ausstehen. Früh besah ich mich im Spiegel und gefiel mir überhaupt nicht.

Marina sah meine mürrische Miene und fragte: «Willst du nicht ein bißchen spazierengehen? Es ist schönes Wetter.»

«Keine Lust», murrte ich. Und da fiel die Bemerkung, daß ich sie an Mama erinnerte.

Auf Cossin war die Ernte längst vorbei, der letzte Grasschnitt, dann die Rübenernte. Es wurde geschlachtet, die Martinsgänse sahen ihrem baldigen Ende entgegen. Wie mochten die Birnen und Äpfel in diesem Jahr geraten sein, und hatte Joachim die Ernte einigermaßen gut verkauft? Ach, verdammt, es interessierte mich nicht mehr, ging mich nichts mehr an, ich wollte gar nicht daran denken.

Der Professor kam einige Male am Abend zu Besuch, und ich nahm mich zusammen, da er doch der einzige Mensch war, der mich noch ein wenig leiden mochte, denn seltsamerweise kam von Tante Marina diesmal kein Trost.

«Du mußt nur sagen, wenn du mich gern lossein willst», sagte ich eines Tages mit meiner neuen Lamentostimme.

«Du störst nicht», erwiderte sie kühl.

«Findest du das nicht komisch?»

«Was?»

«Na, einmal könnte sich Joachim doch erkundigen, ob es mich noch gibt.»

«Hast du ihm denn geschrieben?»

«Ich denke nicht daran, ich werde ihm von meinem Anwalt schreiben lassen.»

«Was für einen Anwalt?»

«Soviel ich weiß, braucht man einen Rechtsanwalt, wenn man sich scheiden lassen will. Du kennst doch sicher einen.»

«Nicht nur einen. Vergiß nicht, daß mein Bruder Anwalt war.»

Ach, Onkel Ralph! Wenn er am Leben wäre, würde ich mich nicht so verlassen fühlen. Er würde mich verstehen und mir helfen. Marina mochte mich nicht mehr, das war deutlich zu spüren. «Er hat mich wenigstens liebgehabt», sagte ich verbittert.

«Gewiß.»

«Aber du, du hast mich überhaupt nicht mehr lieb.»

«Liebhaben!» sagte sie voll Verachtung. «Bist du ein kleines Kind oder eine erwachsene Frau?»

«Auch eine erwachsene Frau braucht Liebe.»

«Auf einmal! Du wolltest doch von Liebe nicht mehr reden.»

«Ich meine nicht so eine Liebe. Ich meine Liebe mit dem Herzen.»

«Das ist keine Oper, nicht? Darüber waren wir uns ja klar. Ich könnte mir denken, daß Ralph dich auch nicht mehr liebhaben würde.»

«Warum?»

«Weil du treulos bist.»

«Ich?» schrie ich. «Ich bin treulos?» Dann lief ich aus dem Zimmer und knallte die Tür hinter mir zu.

Das war in diesem Haus nicht üblich, ich mußte mich entschuldigen, jetzt gleich, aber ich warf mich aufs Bett und heulte wieder mal.

«Sie hat ja recht, Edward. Ich bin treulos. Ich habe dich verlassen, ich habe die Kinder verlassen. Aber dein Bruder hat *mich* verlassen, so ist es nämlich. Er will mich nicht mehr, das siehst du doch. Sonst hätte er mich längst geholt.»

Darauf also wartete ich. Und wie sich zeigte, konnte ich warten, bis ich schwarz wurde, er holte mich nicht. Konnten die Kinder nicht wenigstens Masern kriegen? Oder meinetwegen Scharlach. Damit es einen Grund gab, meine Rückkehr zu fordern. Aber nicht einmal das würde nötig sein, Elaine würde spielend auch mit Scharlach fertig werden.

Der Professor kam jetzt immer allein, Rainer hielt sich bei seiner Mutter in Lübeck auf, er probte dort mit dem Orchester, denn in Lübeck würde er sein erstes Konzert geben.

«Ich werde hinfahren», sagte der Professor. «Wollen Sie nicht mitkommen, Julia?»

«Nee», sagte ich pampig. «Ich hab' schon mal gehört, wie jemand Geige spielt.»

«Seine Großeltern werden kommen, und auch Dr. Litten und seine Frau wollen anreisen. Sie kennen Rainer schließlich, seit er ein kleiner Junge war.»

«Leonhard Litten, der Bankier?» fragte Marina. «Ich habe ihn neulich bei dem Empfang in der Britischen Botschaft getroffen. Er sieht immer noch fabelhaft aus. Er muß doch schon weit über Siebzig sein.»

«Er ist zweiundsiebzig. Und viel jünger bin ich auch nicht, meine Liebe.»

Ich hatte aufgemerkt bei dem Namen Leonhard. Das mußte der sagenhafte erste Liebhaber von Elaine sein. Aber ich ließ mir keine Reaktion anmerken. Er hatte Elaine längst vergessen, treulos, wie die Männer waren. Ich dachte nicht daran, zu Rainers Debüt zu fahren.

War er vielleicht nicht treulos? Er sei mein Freund, hatte ich gedacht, und einmal verstieg er sich zu der Bemerkung, daß er mich heiraten wollte. Er hatte mich glatt auf die Schippe genommen. Nichts mehr war von ihm zu hören und zu sehen. Und Sandro war abgereist, ohne sich noch einmal blicken zu lassen.

«Das ist kein Benehmen», sagte ich. «Er konnte doch wenigstens einen Abschiedsbesuch machen.»

«Du warst gerade erkältet», erinnerte mich Tante Marina, «und kein Sänger wird jemand einen Besuch machen, der erkältet ist.»

Der Professor nickte dazu, ich schwieg verbockt. Treulos, erkältet, von keinem geliebt – sie konnten mir alle den Buckel runterrutschen.

Trotzdem aß ich alles auf, was Wanda zubereitet hatte, es gab wieder einmal Ente, diesmal ganz normal gebraten, kein Kaviar als Vorspeise, aber die Ente war knusprig und schmeckte großartig. Essen war derzeit überhaupt mein einziges Vergnügen, vermutlich ging das jedem so, der Kummer hatte.

«Wenn wenigstens Elaine hier wäre», sagte ich, nachdem ich den letzten Bissen in den Mund gesteckt hatte.

Diese Bemerkung stand in keiner Beziehung zu dem Gespräch, das die beiden gerade führten, sie sprachen von einer Aufführung im Deutschen Theater, die sie vor wenigen Tagen besucht hatten.

Marina verstand dennoch ganz genau, was ich meinte. Ihre Antwort lautete: «Das habe ich mir auch schon manchmal gedacht.»

Geradezu eine Wohltat war der Vormittag, den ich bei Herrn Berthold verbrachte, nachdem ich nicht mehr hustete. Er freute sich schrecklich, mich zu sehen, jedenfalls tat er so, staunte, wie lang mein Haar schon wieder geworden war, und verhalf mir abermals zu einem prachtvollen Bubikopf.

Das hob mein Lebensgefühl, wenigstens für diesen Tag, ich fuhr mit der U-Bahn zum Bahnhof Friedrichstraße, spazierte dann durch die Stadt und landete wieder einmal beim Großen Kurfürsten auf der Brücke hinterm Schloß.

«Sie haben es gut, Majestät», sagte ich. «Sie sitzen da oben auf dem schönen Pferd, und jeder bewundert Sie und all die großen Dinge, die Sie vollbracht haben. Sie sind Geschichte, Majestät, und was bin ich? Eine Laus. Und ich habe nicht einmal mein Pferd.»

Dann fiel mir ein, daß man ihn wohl kaum mit Majestät angeredet hatte, er war ja kein König gewesen, sondern ein Kurfürst, und wie sprach man einen Kurfürsten an?

«Entschuldigen Sie, Friedrich Wilhelm», fuhr ich fort, «daß ich Sie belästige. Aber ich bin der einsamste Hund in ganz Berlin, mit mir redet kein Mensch. Und keiner kann mich leiden. Und mit irgendeinem Menschen muß ich doch mal reden.»

Das Wort Hund hatte mich auf Tell gebracht. Ob er mich wohl vermißte? Ach, warum? Sein Leben war abwechslungsreich genug, und alle waren nett zu ihm. Er würde nie so einsam und unglücklich sein wie ich. Keiner auf Cossin war einsam und unglücklich, Joachim schon gar nicht.

Nur ich, hier in meinem geliebten Berlin!

«Hätten Sie das für möglich gehalten, Durchlaucht?»

Er saß auf seinem Roß und blickte stolz in die Ferne, von ihm kam keine Antwort. Ob die Anrede Durchlaucht richtig war, erfuhr ich auch nicht. Aber vielleicht hatte er sich manchmal auch einsam und unglücklich gefühlt mit all der Last und Verantwortung, die auf ihm lag. Wer konnte das heute noch wissen? Heute war er lange tot, nur ein stolzer Mann auf einem stolzen Pferd, und über die Schlacht von Fehrbellin las man nur noch in den Geschichtsbüchern. Oder man sah sie im Theater.

Mein Sohn fiel mir ein. Otto von Cossin. Ossi, mein kleiner Junge. Einmal wollte ich mit ihm hier stehen, hier vor dem Denkmal des Großen Kurfürsten. Nur ich, niemand sonst. Vorher würde ich alles lesen, was in den Geschichtsbüchern über den Großen Kurfürsten stand, Edward hatte sicher genügend Bücher zu diesem Thema in seinem Zimmer. Und dann würde ich es Ossi erzählen.

Vom Brandenburger Tor hatte ich gesprochen, aber nicht vom Großen Kurfürsten.

Ich hörte noch seine Stimme. «Nachgemachte Pferde?»

Ob er noch in Friedrichsfelde war? Oder wieder zu Hause? Und hatte er die Pferde in die Schwemme reiten dürfen? Und war ihm auch bestimmt keins auf den Fuß getreten?

Es war wie ein Griff um meine Kehle, mir stiegen die Tränen in die Augen, wieder einmal. Hatte ich je in meinem Leben so viel geweint?

Alles wegen des Kaisers schönstem Leutnant. Hätte ich ihn doch nie und nimmer gesehen.

«Ich hasse dich», stieß ich zwischen den Zähnen hervor. «Und ich hasse dich, Elaine. Und am meisten hasse ich mich selber.» Ich blickte noch einmal zum Großen Kurfürsten auf.

«Verzeihung, Majestät», flüsterte ich.

Ich blieb bei der Anrede, sie kam mir leicht über die Lippen. Dann trödelte ich Unter den Linden entlang, verhielt den Schritt vor dem Hotel Adlon. Wie, wenn ich einfach hineinginge, in die Bar, und mir etwas zu trinken bestellte?

Aber ich traute mich nicht. Ich war eben doch keine emanzipierte Frau, und im Adlon war ich noch nie gewesen. Wie, um Gottes willen, würde ich denn mit dem Leben fertig werden, wenn ich eine geschiedene Frau war? Und überhaupt, wenn Tante Marina mich so behandelte, wie sie es jetzt tat?

Mir fiel ein, was Mama einmal gesagt hatte: «Marina ist eine große Egoistin. Sie kennt nur sich und ihre Karriere.» Und Onkel Ralph, der dabei war, erwiderte: «Das ist bei jedem großen Künstler so.»

Da war ich noch sehr klein gewesen und hatte es nicht verstanden, doch nun fiel es mir ein. Was konnte ich für Tante Marina sein? Ein Kind, das bei ihr aufgewachsen war. Ein Mädchen, das sie verlassen hatte, kaum daß es dem Kindesalter entwachsen war. Und nun eine Frau, die mürrisch und maulend bei ihr herumsaß, die sich erhalten und ernähren ließ und verlangte, daß man sie liebhatte. Sie brauchte mich nicht, aber ich brauchte sie.

Ich stand da und starrte auf das Hotel Adlon und hatte nicht den Mut, hineinzugehen.

Wir lebten im zwanzigsten Jahrhundert, und es bedeutete gar nichts, wenn eine Frau geschieden war. Die Zeit von Effi Briest war längst vorbei. Na also! Ich würde das auch lernen. Es mußte ja nicht heute sein. Und wenn ich das nächstemal bei Herrn Berthold gewesen war und vielleicht ganz etwas Chices anhatte, würde ich mich auch in die Bar vom Adlon trauen.

«Einen Manhattan, bitte», würde ich zu dem Barmann sagen und mir eine Zigarette anzünden.

So etwas konnte man lernen. Ich übte es auf dem Weg durch das Brandenburger Tor, dann ging ich schräg durch den Tiergarten und kam auf die Tiergartenstraße, und da fielen mir Rainers Großeltern ein und der Bankier mit Namen Leonhard. Hier wohnten die, fein und feudal. Und Elaine hatte ein Zimmer bei einer gewissen Lisa und mußte sich über einen Herrn M. ärgern.

«Ich habe ihn beim Empfang der Britischen Botschaft gesehen, und er sieht immer noch fabelhaft aus.»

Er war zweiundsiebzig, nach der Aussage des Professors. Also war er, ich begann zu rechnen, also war er einundsechzig gewesen, als er Elaine zu seiner Geliebten machte. Ich hatte keine Erfahrung, aber möglicherweise war ein Mann in diesem Alter noch ganz brauchbar. Wozu? Na, mindestens dazu, um ein Mädchen davor zu bewahren, daß es seine Zeche in einer Kneipe nicht bezahlen konnte.

In diesem Augenblick fühlte ich mich Elaine ganz eng verbunden. Was immer sie tat, in diesem Augenblick, an diesem Tag, in dieser Stunde, ich war ihre Freundin. Nicht ihr Feind.

«Ich hasse dich nicht, Elaine», sagte ich laut. «Du hast mir Joschi weggenommen. Aber wenn ich mir immerzu anhören muß, daß ich eine erwachsene Frau bin, besteht ja auch die Möglichkeit, daß er ein erwachsener Mann ist. Oder werden Männer nie erwachsen? Rainer hat gesagt, jeder Mann läßt sich gern verführen. Na gut! Vermutlich jede Frau auch. Bei den Frauen ist es ja immer nur die Crux, daß sie ein Kind bekommen. Ich hab' ja nichts gegen das erste Kind gehabt, und nichts gegen das zweite, aber irgendwann...»

Ich verstummte und blickte zu dem großen Ahorn auf, der über die Mauer einer Tiergartenvilla blickte.

War es meine Schuld, daß Jürgen so ein schwächliches Kind geworden war? Weil ich einfach nicht mehr wollte und nicht mehr konnte, und weil ich mich in meine angeknackste Lunge geflüchtet hatte? Alles, überhaupt alles war meine Schuld. Mir fehlte ein Mensch, mit dem ich hätte sprechen können, aber niemand war für mich da, Tante Marina nicht, der Professor nicht, Rainer und Sandro schon gar nicht, ich war der einsamste Hund in Berlin, wie ich es dem Großen Kurfürsten schon mitgeteilt hatte.

Eines Tages sagte mir Marina, daß ein Termin bei einem bekannten Lungenspezialisten für mich vereinbart worden sei. Natürlich ging ich da ungern hin, erlebte jedoch eine höchst erfreuliche Begegnung.

Der Arzt war ein sympathischer alter Herr, meine Einsilbigkeit störte ihn nicht, er untersuchte mich sehr gründlich und bestätigte dann die Diagnose von Doktor Werner; an meiner Lunge war nichts auszusetzen, nicht der geringste Schatten fand sich.

Er musterte mich wohlgefällig, ich war nicht mehr so furchtbar dünn, denn schon auf Hiddensee hatte ich mehr als sonst gegessen, die Seeluft machte Appetit, und besonders die frisch geräucherten Flundern, die man dort direkt beim Fischer kaufen konnte, hatten mir großartig geschmeckt. Und bei Wanda schmeckte es mir sowieso.

Der Arzt fragte mich nach unserem Doktor, das brachte mich zum Reden, ich erzählte von Doktor Werner, von Cossin, von meinen Kindern und schließlich auch von Melusine.

«Ich habe große Sehnsucht nach ihr.»

«Sie werden ja nun bald wieder nach Hause fahren, und dann haben Sie Ihr schönes Pferd wieder. Im Herbst macht es besonders Spaß zu reiten, über Stoppelfelder und gemähte Wiesen, keine Fliegen und keine Bremsen mehr, die die Pferde belästigen.»

Früher sei er auch viel geritten, erfuhr ich, und eine Weile unterhielten wir uns über Pferde, ich pries Melusines Vorzüge, dann kam Tell dran, und dann war ich plötzlich bei meinem vorigen Besuch in Berlin, als ich so plötzlich abreisen mußte, weil die Kinder Masern hatten. Daß ich mich scheiden lassen wollte, verschwieg ich.

«Und die Kinder haben die Masern gut überstanden?»

«Ja, bis auf den Kleinen. Er ist sowieso etwas schwächlich, und die Masern haben ihn ziemlich mitgenommen. Ohne Doktor Werner wären wir glatt aufgeschmissen gewesen.»

«Werner? Werner?» überlegte er. «So ein großer Blonder mit hellen Augen?»

«Ja, ganz genau.»

Es stellte sich heraus, daß er den jungen Kollegen von der Charité her kannte.

«Er wollte Chirurg werden und assistierte bei Bier», fiel ihm ein. «Sehr begabter junger Mann. Wie kommt er denn nach Pommern?»

«Der Krieg», sagte ich. «Was er erlebte, hat ihn in die Einsamkeit getrieben.» Und ich wiederholte den Satz vom weiten Himmel und der unzerstörten Erde. «Aber einsam ist er bei uns bestimmt nicht, er hat eine Riesenpraxis.»

Der alte Arzt sagte: «Es war für Männer seiner Generation wie ein unverdientes Geschenk, den Krieg zu überleben. Aber all diese verwundeten, sterbenden und toten Männer werden die Überlebenden wohl immer begleiten. Das läßt sich nicht vergessen und nicht verdrängen.»

«Darum wird es auch keinen Krieg mehr geben», sagte ich.

Er hob beide Hände, die Handflächen nach oben.

«Meinen Sie? Die menschliche Torheit ist leider in diesem letzten Krieg nicht mitgestorben.»

«Meine Tante sagt, es gibt nie wieder Krieg. Nicht nach diesem letzten Krieg.»

So waren wir glücklich bei Tante Marina gelandet, er kannte sie selbstverständlich, er hatte sie oft in der Oper gehört, doch ganz besonders schätzte er ihre Liederabende.

«Singt sie denn gar nicht mehr? Das ist schade. Oper ist ja sehr schön, aber das Höchste sind für mich Lieder von Schubert oder Schumann oder Brahms. Ich mag auch moderne Musik sehr gern, zum Beispiel die Lieder von Richard Strauss. Ich erinnere mich, ja, ja, ich erinnere mich ganz genau an einen Liederabend im Beethovensaal, das war schon während des Krieges, da sang sie ‹Und morgen wird die Sonne wieder scheinen...› Ganz wunderbar sang sie das, Ihre Frau Tante, diese Ruhe, dieser lange Atem. Ja, Marina Delmonte. Sehr, sehr schade, daß sie nicht mehr auftritt.»

«Ich werde ihr erzählen, was Sie eben gesagt haben, das hört sie immer noch gern.»

Schließlich wußte der Arzt so ziemlich alles über mein Leben, und ich fühlte mich wie erlöst, daß endlich einmal ein Mensch freundlich und ausführlich mit mir sprach. Nur über etwas hatte ich nicht gesprochen, und das war ihm wohl aufgefallen, denn er fragte mich plötzlich: «Wieso haben Sie eigentlich nichts von Ihrem Mann erzählt, Baronin?»

Konnte ich da vielleicht sagen, ich habe mich von ihm getrennt und werde mich demnächst scheiden lassen? Oder er hat ein Verhältnis mit meiner Freundin und da bin ich abgehauen?

Joachim kam sehr gut weg in meiner Schilderung, seine glanzvolle Vergangenheit als Offizier, seine schwierige Gegenwart als Gutsherr.

«Er wird froh sein, Sie wieder bei sich zu haben, und zwar ganz und gar gesund.»

Er stand auf, und ich auch, es war sowieso eine lange Arztvisite gewesen. Aber da war noch etwas, das ich loswerden mußte.

«Ja, schon. Es ist nur... also, ich habe immer Angst, wieder ein Kind zu bekommen.»

«Wollen Sie denn kein Kind mehr?»

«Ich habe schon drei. Und ich habe sie sehr schnell hintereinander bekommen. Und ich dachte immer, wegen meiner Lunge...»

«Da haben wir keine Bedenken mehr. Aber da Sie nun schon in Berlin sind, warum gehen Sie nicht einmal zu einem guten Frauenarzt, ich kann Ihnen einen nennen, der wird sicher einen Rat wissen, wie man mit ein wenig Überlegung und einigen Hilfsmitteln die Babys besser plazieren kann.»

Darüber mußte ich lachen, und ehe ich ging, hatte er bereits mit dem Gynäkologen telefoniert und einen Termin vereinbart.

Der Besuch

Eines Tages, es war nun schon Ende September, kam ein überraschender Besuch.

Das heißt, erst kam ein Brief. Und nicht etwa mit der Post, ein Bote brachte ihn, morgens um zehn Uhr, die Zeit war gut gewählt, denn zu dieser Stunde wurde gefrühstückt im Haus Delmonte, und das hatte ich sicherlich schon oft genug erwähnt, und sie hatte sich das gut gemerkt.

Der Brief kam von meiner Schwägerin. Ich saß noch am Frühstückstisch, blätterte in der Zeitung, da kam Else herein und überreichte mir den Brief.

«Der Bote ist vor der Tür und wartet auf Antwort», sagte sie.

«Was für'n Bote?»

«Der Mann, der den Brief jebracht hat.»

«Und der will gleich Antwort haben? Na, so was!»

Margarete schrieb, sie sei derzeit in Berlin, wohne im Hotel Adlon und würde mich gern sprechen.

Der Ton war sehr formell: «Ich bitte um Entschuldigung, daß ich Dich so unangemeldet überfalle, aber da ich übermorgen schon wieder abreise, wäre es sehr freundlich, wenn Du morgen nachmittag für mich Zeit hättest. Wir könnten uns im Hotel Adlon treffen oder wo Du sonst gern möchtest, ganz wie es Dir beliebt. Bitte gib mir gleich Bescheid.»

Kein Gruß, nur ihre schwungvolle Unterschrift.

«Na, so was!» wiederholte ich. Dann sah ich Else an. «Der wartet wirklich vor der Tür?»

«Ja. Muß so einer von den Roten Radlern sein.»

«Laß ihn rein in die Diele. Ich muß bloß schnell mit Frau Delmonte sprechen.»

Tante Marina saß im Bett und frühstückte. Ich reichte ihr wortlos den Brief.

Sie las ihn und machte: «So, so!»

«Wie findest du das?» Meiner Stimme war die Verwirrung deutlich anzuhören.

Sie blickte mich über den Rand der Brille gelassen an. «Ganz normal, würde ich sagen. Einer von der Familie muß sich ja mal nach deinem Verbleib erkundigen.»

«Aber ausgerechnet Margarete! Die mich nie leiden konnte.»

«Es ist neuerdings ein Tick von dir, daß du dir einbildest, keiner kann dich leiden.»

«Dazu habe ich allen Grund. Na, und was Margarete betrifft – wie die mich immer behandelt hat. Als wenn ich aus einem Loch gekrochen wäre.»

«Sie wohnt im Adlon. Vornehm, vornehm. Wirst du hingehen?»

«Ins Adlon wollte ich immer schon mal.»

«Ich halte es für besser, wenn du sie hier empfängst. Ich kann euch ja allein lassen. Begrüßen jedoch werde ich sie. Du schreibst jetzt ein paar Zeilen, du freust dich, sie zu sehen, und bittest sie morgen nachmittag um fünf zum Tee. Adresse ordentlich dabei und vorsorglich auch die Telefonnummer, falls sie es sich anders überlegt.»

Margarete überlegte es sich nicht anders, sie kam pünktlich am nächsten Nachmittag um fünf, im dunkelgrauen Mantel und dunkelgrauen Hut, darunter ein Kleid von etwas hellerem Grau, nicht ganz so kurz, wie man es derzeit in Berlin trug, aber auch nicht mehr so lang, wie sie ihre Kleider früher getragen hatte. Um den Hals hatte sie ihre Perlenkette, die ich schon kannte, eine klassische Perlenkette gewissermaßen, nicht so ein Wunderding, wie es Elaine getragen hatte. Sie war nach wie vor eine hübsche Frau, etwas streng und kühl, sie ähnelte ihrer Mutter, doch sie wirkte keineswegs so verhärmt, wie ich es erwartet hatte.

Die Damen begrüßten sich formvollendet, beide waren die Ruhe selbst, nur ich spielte nervös an der Manschette meines veilchenfarbenen Kleides. Es war neu, sehr modisch, das einzige Kleid, das ich mir gekauft hatte, seit ich wieder in Berlin war, und ich hatte unbedingt diese Farbe haben wollen.

Marina zapfte den Tee aus ihrem Samowar, Else servierte Margarete und mir mit einem Knicks die Tassen, Gebäck wurde herumgereicht, Margarete dankte mit einem Kopfschütteln.

«Vielleicht einen kleinen Cognac?» fragte Marina. «Oder Likör?»

«Danke, nein», erwiderte Margarete.

Zunächst wurde Konversation gemacht, über Berlin, die Jahreszeit, die Herbstmode, die Zweite Deutsche Funkmesse, die in diesem September stattgefunden hatte, die Marina natürlich besucht hatte und Margarete, zu ihrem Bedauern, wie sie sagte, versäumt habe. Ich staunte still vor mich hin. Auf Friedrichsfelde wußten sie möglicherweise sogar, was Funk und was ein Radio war.

«Es wohnt sich angenehm im Adlon, nicht wahr?»

«Ja, sehr angenehm.»

Margarete erzählte sodann unbefragt, daß sie sich seit Jahren zum erstenmal wieder in Berlin aufhalte, das letztemal sei sie während des Krieges hier gewesen.

«Die Stadt ist wirklich außerordentlich lebendig, und es ist interessant, die Menschen in ihrer Geschäftigkeit zu beobachten. Gestern habe ich eine Stunde lang bei Kranzler Unter den Linden gesessen. Es war sehr unterhaltsam. So etwas kennen wir auf dem Land nicht. Ich kann schon verstehen, daß es Julia hier gefällt.»

Aha, jetzt kam ich dran. Sie schenkte mir ein sparsames Lächeln, und ich lächelte zurück, nicht zu gequält, wie ich hoffte.

Marina füllte noch einmal die Tassen, diesmal servierte ich, denn Else war hinausgeschickt worden.

Dann kam Marina zur Sache. «Ich nehme an, Baronin, Sie haben mit meiner Nichte etwas zu besprechen. Ich lasse Sie besser allein.»

«Bitte nicht», sagte Margarete. «Mir wäre es lieb, Sie würden bei unserem Gespräch zugegen sein. Es wird nicht lange dauern. Ich habe Julia einen Vorschlag zu machen.»

Wenn das nicht spannend war! Einen Vorschlag hatte sie mir zu machen. Ich rührte unentwegt in meiner Tasse herum, bis ein Blick von Tante Marina mich innehalten ließ.

«Ich will gern hören, welchen Vorschlag Sie meiner Nichte machen wollen.» Marina lächelte liebenswürdig. «Erzählen wird sie es mir sowieso.»

Margarete lächelte ebenso liebenswürdig. «Das denke ich mir.»

Eine kurze Pause entstand. Marina zündete sich eine Zigarette an, was Margarete nun doch einen tadelnden Blick entlockte. Ich nahm meine Tasse, stellte sie wieder hin, weil meine Hand zitterte. Ob Joachim sie geschickt hatte?

Unsinn, Margarete war nicht die Frau, die sich von irgend jemand irgendwohin schicken ließ, auch nicht von ihrem Bruder. Vielleicht eine Botschaft von meiner Schwiegermutter?

Diese Fragen wurden mir sogleich beantwortet.

Margarete, die bisher steif, mit geradem Rücken, auf ihrem Sessel verharrt hatte, lehnte sich zurück, sah weder mich noch Marina an und begann: «Weder meine Mutter noch mein Bruder wissen, daß ich in Berlin bin.»

«Aber doch wohl Ihr Mann?» warf Marina ein. Die Antwort darauf blieb aus.

«Wir wissen allerdings, daß Julia sich scheiden lassen will.» Von Margarete gelassen ausgesprochen, klang es geradezu ungeheuerlich in meinen Ohren.

Kleine Pause.

«Julia will eine Ehe beenden, in der sie sich... nun, sagen wir, nicht sehr wohl gefühlt hat. Und daß sie nicht gern auf Cossin lebte, ist uns bekannt. Wir bedauern das, aber wir sehen ein, daß ihr Leben, das sie zuvor geführt hat, sich nicht mit dem Leben in einem relativ bescheidenen Gutshaushalt vergleichen läßt.»

«Woher weißt du, daß ich mich scheiden lassen will?» platzte ich heraus.

«Joachim hat es meiner Mutter in einem Brief mitgeteilt. Auch, daß du Cossin schon vor einiger Zeit, es sind nun wohl annähernd sechs Wochen, verlassen hast. Und daß du nicht die Absicht hast, zurückzukehren.»

«Das hat Joachim euch geschrieben?»

«Das hat er uns geschrieben.»

Mir stieg das Blut in den Kopf.

«Juristisch nennt man das, glaube ich, böswilliges Verlassen. Oder so ähnlich. Und es ist der Grund für eine schuldige Scheidung.»

«Es heißt schuldig geschieden», verbesserte mich Tante Marina. Na, wo war denn da der Unterschied?

«Hat euch Joachim auch mitgeteilt, warum ich fortgegangen bin? Und warum ich mich scheiden lassen will?»

«Wie ich bereits sagte, lebst du nicht gern auf Cossin. Möglicherweise hat es auch gesundheitliche Gründe, wie er andeutete.»

«Pfhh!» machte ich, meine Unsicherheit war verschwunden. «Mir geht es prima. Besser, als es mir je gegangen ist.»

Sie, die nicht einmal ein Kind bekommen konnte, die unter Depressionen litt, wie ihre Mutter gesagt hatte, maßte sich an, meinen Gesundheitszustand zu kritisieren.

Marina paffte an ihrer Zigarette, blickte von mir zu Margarete, von Margarete zu mir, und ich sah ihr an, daß sie sich bestens unterhielt.

Auf meine Kosten! Das machte mich wütend.

Ich wiederholte: «Und sonst hat euch Joachim nicht mitgeteilt, was meine Abreise herbeigeführt hat? Und warum ich mich scheiden lassen will?»

«Nein», antwortete Margarete abweisend.

«Wenn ich mich also in dieser Ehe nicht ganz wohl fühlte, wie du es vornehm ausgedrückt hast, willst du vielleicht behaupten, daß Joachim sich noch das geringste aus mir macht?»

«Das kann ich nicht beurteilen», sagte sie, Eiseskälte in der Stimme und im Blick.

Marina stand auf. «Das war ein alberner Satz, Julia.»

Sie ging zu dem Schränkchen, in dem sich der Cognac und der Likör befanden, nahm eine Karaffe in die Hand, betrachtete sie sorgfältig, als hätte sie sie noch nie gesehen, füllte dann mit Bedacht eine Cognacschale, wies mit nonchalanter Handbewegung auf die Flaschen und Gläser, sagte: «Bitte, sich zu bedienen», und wandelte mit dem Glas zu ihrem Platz am Vertiko.

«Wieso ist das ein alberner Satz?» fragte ich mit zunehmender Wut.

«Von der Grammatik her.»

«Vielleicht kann man ihn besser formulieren, aber ich denke, jeder kann verstehen, was ich meine. Was heißt denn das, sich in einer Ehe wohl fühlen?» Und nun konnte ich endlich selber mal anbringen, was ich mir schon öfter hatte anhören müssen. «Eine Ehe ist schließlich keine andauernde Liebesaffäre, nicht? Ich finde, ich habe mich in dieser Ehe ganz gut gehalten. Und wie du eben selbst gesagt hast, Margarete, war es für mich ein ungewohntes Leben.»

«Du warst zu jung, ein halbes Kind noch», warf Marina ein, am Vertiko stehend, den Arm aufgestützt, direkt neben dem Orden des Zaren Nikolaus. «Ihr wart beide zu jung.»

Margarete war nicht aus der Ruhe zu bringen. «Ich denke, das trifft es genau. Und deswegen macht auch keiner von uns Julia einen Vorwurf.» Sie sprach nur noch im Pluralis majestatis, sie war genau die eingebildete Ziege, die sie immer gewesen war. «Wir verstehen es. So sehr wir die... eh, Ungelegenheiten einer Scheidung scheuen. Aber ich nehme an, mit Diskretion und einiger Überlegung wird sich das ohne große Belästigung für uns erledigen lassen.»

«So? Wird sich erledigen lassen! Ohne große Belästigung für euch. Und wie sieht die Belästigung für mich aus?»

«Aber es ist doch dein Wunsch», sagte sie kühl.

Ich haßte sie. Oh, wie ich sie haßte! Alle haßte ich, und am meisten Joachim, diesen Feigling, der zu seiner Mutter gelaufen war, um sich Rat zu holen. Und nun hatten sie Margarete losgeschickt.

«Wie immer die Belästigung aussehen wird, ich werde jedenfalls nicht schuldig geschieden», sagte ich bissig.

«Wie meinst du das?»

Darauf schwieg ich. Es war unmöglich, zu sagen, Joachim hat meine Freundin Elaine geküßt im Stall oder sonst noch irgendwo.

Elaine war meine und nur meine Angelegenheit, und es war einfach lächerlich. Ein Kuß war kein Scheidungsgrund, und was immer geschehen war, seit ich Cossin verlassen hatte, ich wußte es nicht. Angenommen, es war mehr daraus geworden als ein Kuß, wer wußte es, wer wollte es beweisen? Sollten vielleicht die Leute vom Gut als Zeugen auftreten, um Joachim einen Ehebruch nachzuweisen?

Tante Marina nahm einen kleinen Schluck von ihrem Cognac und sagte: «Selbstverständlich kann eine Scheidung sehr elegant abgewickelt werden. Man braucht nur gute Anwälte, dann ist es eine Bagatelle. Und schuldig oder nicht schuldig geschieden, Baronin, diese... Indiskretion können wir uns ersparen.»

Sie war auf meiner Seite, Gott sei Dank, sie war endlich wieder auf meiner Seite. «Julia ist nicht angewiesen auf Unterhalt von ihrem Mann, wenn wir nun schon davon sprechen. Sie kann bei mir leben, sie ist nicht allein auf der Welt, und ich kann für sie sorgen. Auch nach meinem Tod kann ich für sie sorgen.»

Große Fermate.

«Ich sagte, Julia war ein halbes Kind, als sie diese Ehe einging, das stimmt nicht, sie war ein Kind. Und daß sie sich nicht von heute auf morgen in Hinterpommern, auf einem relativ bescheidenen Gut, wie Sie es ausdrückten, heimisch fühlen konnte, ist ja wohl verständlich. Ich frage nur, wer hat ihr eigentlich dabei geholfen? Joachim? Sie? Ihre Mutter? Nach allem, was ich von Julia gehört habe, hat man ihr das Leben nicht gerade leichtgemacht.»

Sie war auf meiner Seite. Oh, wie sie auf meiner Seite war.

«So kann man es wohl nicht ausdrücken», sagte Margarete leise, und nun war endlich auch sie ein wenig verunsichert.

«Ich kann nur aus dem schließen, was Julia mir erzählt hat. Ein junges Mädchen, ahnungslos in einer neuen Umgebung, einer ganz fremden Welt und einer großen Verantwortung ausgesetzt, dem es nicht gewachsen war, was sollte man denn da erwarten?» Sie machte eine wirkungsvolle Pause, blickte in ihr leeres Glas, aber keine Antoinette war da, um es nachzufüllen. «Und ein junger Mann, ebenso ahnungslos. Welche Erfahrungen Ihr Bruder während seiner Offizierszeit und während des Krieges gemacht hat, wollen wir beiseite lassen.» Ihre Stimme hob sich. «In puncto Frauen, meine ich.» Wieder eine Pause. «Ich bin gerecht genug, die Schwierigkeiten, denen sich Joachim gegenübersah, nicht außer acht zu lassen. Der Krieg war verloren, er mußte ein neues Leben beginnen, dem er...», und nun eine mütterliche Modulation in ihrer Stimme, «...zweifellos in keiner Weise gewachsen war. Zwei junge Menschen also, möglicherweise guten Willens, aber überrumpelt von Aufgaben, mit denen sie beide nicht fertig werden konnten.»

Ach, Marina! Überrumpelt! Das war das Wort. Du findest es eben immer.

Und dann Elaine, die von gar nichts überrumpelt wurde, die alles spielend schaffte, warum sollte meinem Joschi das denn nicht gefallen?

«Ja», sagte Margarete, lange nicht mehr so kühl wie zuvor. «Ich verstehe das schon. Wenn mein Vater noch gelebt hätte. Oder mein Bruder Edward, dann wäre wohl alles leichter gegangen.»

Sprich nicht von Edward, du nicht. Er gehört mir. Und wenn ich je zurückkehre nach Cossin, dann seinetwegen.

«Das ist es», sagte Marina. «Der Krieg ist nun schon lange her. Aber seine Opfer fordert er immer noch.»

Sie blickte zum Schränkchen, ich stand auf, holte die Karaffe, ging zu ihr und füllte ihr Glas. Dann ging ich zurück, nahm mir selbst einen Cognac, und ohne weiter zu fragen stellte ich Margarete auch ein gefülltes Glas hin.

Und siehe da, sie führte es an die Lippen. Der Punkt, der es auf Cossin erlaubte, einen Cognac zu trinken, war nun wohl erreicht.

«Sehen Sie, Baronin», sprach Tante Marina, «ich habe ein langes Leben hinter mir, mit manchem Auf und Ab, und letztlich mit Erfolg.» Ihr Blick haftete auf den Orden und Lorbeerkränzen. «Und alles, was geschah, habe ich mir selbst zu verdanken. Es war Arbeit. Und ich glaube, Sie wissen, was das ist. Schön, es war auch eine Gabe vom lieben Gott, aber das allein genügte nicht, meine eigene Leistung gehörte dazu. Es ist absolut sinnlos, mein Leben mit Julias Leben zu vergleichen. Man kann kein Leben mit dem Leben eines anderen Menschen vergleichen. Ich meine, daß Julia auf dem richtigen Weg war.» Na, so was, dachte ich wieder einmal. Warum sagt sie das denn? «Sie ist jung genug, und sie hat ihr Leben noch vor sich. Wie sie es gestalten will, um darüber nachzudenken, ist sie jetzt bei mir. Als einen so großen Mißerfolg würde ich ihre Ehe nicht bezeichnen. Sie hat immerhin drei Kinder geboren.»

Wem sagte sie das.

«Darum handelt es sich», stieß Margarete hervor und kippte den Rest von ihrem Cognac.

«Das dachte ich mir», sagte Marina liebenswürdig und löste sich vom Vertiko.

«Wieso?» fragte ich doof.

Margarete kam zur Sache, wenn auch lange nicht mehr so sicher wie zuvor.

«Wenn du dich scheiden läßt, Julia, wirst du wohl kaum mit drei Kindern hier bei deiner Tante einziehen wollen.» Ihr Mund war hart und schmal, als sie Tante Marina ansah. «Ich kann mir nicht vorstellen, daß Ihnen das gefallen würde, gnädige Frau.»

Marina lächelte. «Das kommt darauf an. Was also ist Ihr Vorschlag, Baronin? Der Sie hierhergeführt hat.»

Margarete richtete sich auf. Ich sah, daß ihre Wangen sich gerötet hatten.

«Daß die Kinder zu mir kommen», sagte sie.

Ich starrte sie an. «Meine Kinder?»

«Deine Kinder, ja. Die du verlassen hast.»

«Meine Kinder sind gut versorgt!» rief ich wütend.

«Vom Personal.»

«Soviel ich weiß, sind alle Kinder auf diesen Gütern immer von Personal versorgt worden.» Und der Teufel ritt mich. «Elaine ist schließlich auch noch da.»

Nun war ihr Name endlich mal gefallen, ihr Name, der die ganze Zeit über im Raum stand und den keiner ausgesprochen hatte.

Marina kam zu mir und nahm mir das Glas aus der Hand. «Das

steht hier nicht zur Debatte», sagte sie. «Was also haben Sie mit den Kindern vor, Baronin?»

Margarete sah nun doch verhärmt aus, tiefe Schatten lagen auf ihren Wangen.

«Ich dachte mir...», begann sie.

«Ja?» fragte Marina.

«Ich dachte mir, daß die Kinder zu uns kommen», wiederholte sie. «Nach Friedrichsfelde. Wir haben ein großes Gut. Und wir haben keine Erben. Otto war ja nun schon einige Wochen da, und es hat ihm gut gefallen. Die Kinder könnten bei uns aufwachsen und...»

«Du willst mir meine Kinder wegnehmen?» rief ich erbost.

«Aber Julia! Du willst dich doch scheiden lassen. Und kein Gericht wird dir die Kinder zusprechen, so wie der Fall liegt.»

Es war ziemlich dunkel im Zimmer, Marina ging von einer Stehlampe zur anderen, zog die Schnüre, ein sanftes Licht verbreitete sich im Zimmer. Dann nahm sie selbst die Karaffe und füllte die Gläser.

«Bei einem so wichtigen Gespräch», sagte sie friedlich, «kann man ruhig einmal ein Glas mehr trinken.»

Sie setzte sich wieder in ihren Sessel.

«Wessen Idee ist das, Baronin?»

«Meine. Nur meine», sagte Margarete, und trank wirklich noch einen Cognac.

«Ihr Mann? Ihre Mutter? Sie wissen nichts davon?»

«Mein Mann ist weit davon entfernt, so etwas auch nur zu denken. Otto war ja nun eine Weile bei uns, und Friedrich hat ihn sehr liebgewonnen. Aber nein, so etwas fiele ihm nicht ein. Meine Mutter ist mit Otto nach Cossin gefahren. Aber ich... ich habe mir so gedacht... ich dachte, ich rede mal in aller Ruhe mit Julia darüber.» Auf einmal tat sie mir leid. Sie war so hilflos und so unglücklich, das erkannte ich nun.

Ich nahm wieder das Glas mit dem Cognac in die Hand, ich war kein Kind mehr, nicht mal ein halbes, ich wußte noch nicht, wie ich mit meinem Leben fertig werden sollte, doch möglicherweise war ich viel stärker, als ich dachte. Edward, wie helfen wir deiner Schwester?

Ich sah sie an. «Ossi ist nach Hause gefahren? Mit Herrn Konetzke und dem feinen Automobil? Hat er denn die Pferde mit in die Schwemme reiten dürfen?»

«Jeden Tag.»

«Da war er sicher sehr glücklich. Und Fritz wird sich wundern.»

Eine Pause der Ermüdung trat ein. Ich wußte nun, woran ich war. Meine Scheidung war akzeptiert worden, und Otto als zukünftiger Herr von Friedrichsfelde in Aussicht genommen. Konnte ich damit nicht zufrieden sein? Das war doch alles fabelhaft.

Katharina würde heiraten, vermutlich auch auf ein Gut, und mein kleiner Jürgen durfte Cossin bewirtschaften, falls er nicht lieber Geige spielen wollte.

Waren wir eigentlich alle schon so alt, daß wir nur noch an später dachten? Daran, was in zwanzig oder dreißig Jahren sein würde?

«Sieh mal», sagte Margarete in ganz freundlichem Ton, «es wäre doch für Otto in jeder Beziehung nur von Vorteil. Er kommt Ostern in die Schule, und ihr habt doch nur eine einklassige Schule im Dorf. Bei uns könnte er gleich in eine richtige Volksschule gehen, und wenn er später ins Gymnasium kommt, dann nach Kolberg, das ist auch nicht so weit.»

«In Hohenwartau gibt es eine richtige Volksschule, und wenn meine Freundin Elaine die Fahrprüfung gemacht hat, kann sie ihn dort hinfahren.»

An dieser Stelle lachte Tante Marina.

«Es dürfte nicht so schwer sein, den Jungen, und später das Mädchen, in die Schule zu bringen. Joachim hat ein Auto, Herr von Priegnitz hat ein Auto, und Elaine lernt Auto fahren, also wird immer einer imstande sein, die Kinder zur Schule zu bringen. Während der Ernte sind sowieso große Ferien, da können sie auch mit mir an die Ostsee fahren.»

Ich starrte sie fassungslos an. «Herr von Priegnitz?»

«Hast du das landwirtschaftliche Genie vergessen, das dein Mann jetzt auf dem Gut hat? Er macht alles aus der la main. Oder sind Sie anderer Meinung, Baronin?»

«Herr von Priegnitz ist sehr gut. Und ich denke, daß er für Joachim eine große Hilfe ist», bestätigte Margarete.

«Woher weißt du denn das?» fragte ich Marina.

«Erstens hast du mir davon erzählt, mein Kind. Und zweitens, wenn du dich schon nicht um Cossin kümmerst, muß ich es tun. Ich stehe mit deinem Mann in ständiger Verbindung.» Und der Blick des Triumphes aus ihren großen klaren Augen galt nicht mir, sondern Margarete.

«Du?»

«Aber sicher. Wofür hältst du mich? Für solch eine Törin, wie du es bist? Ich habe ihm schon von Hiddensee aus geschrieben.»

Ich goß mir langsam noch einen aus der Karaffe ein. «Und mich nennst du treulos», murmelte ich.

«Ich möchte nicht, daß du dich betrinkst», sagte sie freundlich. «Baronin, werden Sie mit uns zu Abend essen? Ich habe eine sehr gute Köchin, wie Julia Ihnen bestätigen wird. Wir haben schöne junge Rebhühner, es gibt Kartoffelpüree und Weinsauerkraut dazu, zuvor essen wir ein paar frische Austern, das Dessert ist mir noch unbekannt, aber meiner Wanda ist sicher etwas eingefallen, was uns konvenieren wird.»

Sie hatte es also wieder fertiggebracht, die Harmonie war da, nicht einmal Margarete konnte ihr widerstehen. Und sie hatte es gewußt und darum das Abendessen geplant. Adlon hin und her, besser als bei Wanda konnten die Rebhühner im Adlon auch nicht sein.

«Das eine oder andere haben wir ja wohl noch zu besprechen», fuhr sie freundlich fort. «Und wenn Sie nun schon in Berlin sind, Baronin, sollten Sie Ihren Aufenthalt um einige Tage verlängern. Wir haben sehr gute Ärzte in Berlin. Sie sollten nicht so rasch resignieren. Vielleicht wird der Erbe von Friedrichsfelde doch noch geboren. Abgesehen davon, daß nichts dagegen spricht, daß es Otto eines Tages sein wird. Später.»

Margarete protestierte nicht einmal, als Marina ihr Glas wieder füllte. Drei Cognacs, die hatte sie bestimmt in ihrem Leben noch nie getrunken.

Noch ein Besuch

Der nächste Besuch kam drei Tage später, meldete sich nicht brieflich an, sondern per Telefon. Und kam nicht ins Haus. Die Zeit war auch diesmal sehr geschickt gewählt, nachmittags drei Uhr, da hatte Tante Marina beinahe ihr Mittagsschläfchen beendet, das sie sich angewöhnt hatte, seit sie nicht mehr auftrat. Früher hatte sie sich zu verschiedenen Zeiten hingelegt, um zu ruhen, manchmal erst kurz vor der Vorstellung, manchmal auch gar nicht.

An diesem Tag regnete es, grau und trüb sah der Himmel aus, und ich langweilte mich. Erst hatte ich mich auch ein bißchen hingelegt, aber ich war viel zu unruhig, um zu schlafen. Ich saß vor dem Spiegel in meinem Zimmer, kämmte an meinen Haaren herum und malte mit dem Lippenstift, den ich mir am Tag zuvor gekauft hatte, vorsichtig meinen Mund an. Alle Frauen in Berlin schminkten sich, ich würde es in Zukunft auch tun. Puder benutzte ich sowieso, und Marina nahm immer einen Hauch Rouge für ihre Wangen. Das mußte ich auch mal probieren.

Es klopfte. Es war Else, die mir flüsternd mitteilte, es sei eine Dame am Telefon, die mich zu sprechen wünsche. Geflüstert wurde immer, bevor Tante Marina nicht wieder erschienen war.

«Wer ist es denn?» fragte ich.

«Sie hat ihren Namen nicht genannt.»

Es konnte nur Margarete sein. Also war sie nicht abgereist und wollte nun wissen, wie ich mich entschieden hatte. Entschieden wozu? Ihr meine Kinder zu überlassen? Nie. Ich sprang auf, erfüllt von Tatendrang, gewappnet zum Widerspruch.

Das Telefon befand sich in der Diele, gleich neben dem Eingang, denn Marina wollte in ihren Räumen nicht von der Klingel gestört werden. Darum war auch das Läutwerk des Telefons genauso leise wie die Türklingel, Extraanfertigungen. Die Mädchen in diesem Haushalt mußten gute Ohren haben.

«Wer spricht da?» säuselte ich hochmütig in den Apparat.

«Hallo, Julia», erklang eine sanfte Stimme.

«Elaine!»

«Fein, daß ich dich antreffe. Ich dachte mir, bei diesem Wetter bist du bestimmt zu Hause. Hoffentlich habe ich Madame Delmonte nicht in ihrem Mittagsschlaf gestört.»

«Sicher nicht. Sie wird schon ausgeschlafen haben. Außerdem klingelt es bei uns so leise, daß sie es gar nicht hört. Wo bist du denn?»

«Ich bin in Berlin.»

«Nein! Seit wann denn?»

«Seit gestern abend. Deine Schwiegermutter hat mich vor die Tür gesetzt.»

«Das ist ja allerhand.»

Mein Zeigefinger fuhr über das rotgrüne Muster der Tapete vor meinen Augen. Es war ziemlich dunkel in der Diele, nur ein Wandleuchter brannte.

«Können wir uns sehen?» fragte sie.

«Klar. Komm doch her!»

«Das möchte ich eigentlich nicht. Ich würde gern allein mit dir sprechen. Oder willst du bei dem Wetter nicht ausgehen?»

«Wegen dem bißchen Regen. Ich bin doch nicht aus Zucker. Wo denn?»

«Bei Mampe? Es ist noch früh, da dürfte es noch nicht so voll sein.»

«Na gut, das ist ja nicht weit. Wo bist du denn?»

«Auf dem Postamt am Bahnhof Zoo. Auch nicht weit weg.»

«Ich bin in einer Viertelstunde da.»

Das war etwas übertrieben, es dauerte dann doch fast eine halbe Stunde, schließlich mußte ich mich erst anziehen. Das Veilchenblaue? Nein, nicht gleich angeben, das sandfarbene Kostüm genügte, ich konnte den Regenmantel darüberziehen. Ich zögerte, ehe ich mein Zimmer verließ. Sollte ich Tante Marina Bescheid sagen? Lieber nicht, entschied ich. Vielleicht schlief sie ja noch, beruhigte ich mein Gewissen, und sie würde nur sagen, ich solle Elaine zum Tee mitbringen. Else half mir in den Regenmantel, ich stülpte meinen braunen Filzhut über.

«Sagen Sie bitte Frau Delmonte, daß ich noch eine kleine Besorgung zu machen habe. Ich bin bald wieder da. Wer kommt denn eigentlich heute abend?» Ich flüsterte, und Else flüsterte zurück: «Herr Professor Wohlmut, Herr Dr. Georgi und Fräulein Liebermann.»

Fräulein Liebermann? Wer war denn das? Dr. Georgi, das war der Kunsthistoriker, den kannte ich von früher.

«Ich bin bald wieder da», wiederholte ich.

«Nehmen Sie den Schirm, Frau Baronin», rief Else und hielt mir das schwarze Ungetüm hin. Ich haßte Schirme.

«Danke», sagte ich, klemmte den Schirm unter den Arm und verließ die Wohnung.

Ich war rausgekommen, ohne daß Tante Marina mich erwischte. Langweilig fand ich es nicht mehr.

Während ich den Kurfürstendamm in Richtung Gedächtniskirche entlangstürmte, malte ich mir dramatische Szenen aus.

Meine Schwiegermutter hatte sie vor die Tür gesetzt.

«Verlassen Sie sofort Haus und Hof!» Dazu ein gebieterisch ausgestreckter Zeigefinger.

«Hinaus mit Ihnen, Verruchte!»

Das war nicht der Stil der Baronin Cossin. Ich hatte wohl zu viele Romane gelesen.

Welche Rolle mochte Joachim dabei gespielt haben? Und welchen Eindruck hatte Elaines plötzliche Abreise auf die Kinder gemacht, geschweige denn auf die Leute?

Sie saß an einem kleinen Tisch in der Ecke, als ich kam, sie trug ein himbeerrotes Kleid, sie sah bezaubernd aus und...

«Oh!» sagte ich statt einer Begrüßung. «Du hast dir dein schönes Haar abschneiden lassen.»

Sie strich mit der Hand vorsichtig eine dunkel glänzende Welle zurück. «Heute vormittag. Es wurde langsam Zeit, nicht? Und ich dachte mir, für meinen Einstand in Berlin wäre es geradezu eine symbolische Handlung.»

«Wie meinst du das?»

«Ein neuer Anfang, eine neue Frisur.»

Das kam mir bekannt vor. Hatte nicht Herr Berthold so etwas Ähnliches von einer gewissen Gräfin erzählt?

«Erst mal guten Tag, Julia. Ich danke dir, daß du gekommen bist.»

«Aber das ist doch selbstverständlich.»

Sie strich leicht mit der Fingerspitze über meine Wange. «Du bist wirklich aller Liebe wert», sagte sie leise. «Es hätte ja sein können, daß du mich nicht sehen willst. Wenn ich dir weh getan habe, dann bitte ich dich, mir zu verzeihen.»

Ihre Worte machten mich sehr verlegen. «Och, weißt du... na ja, schon, aber was heißt weh getan. Wenn Joachim sich in dich verliebt hat, dann ist er es, der mir weh getan hat. Du bist eben eine sehr verführerische Frau. Eigentlich hätte ich darüber nachdenken sollen, als wir zusammen nach Hinterpommern fuhren.»

«Deine Schwiegermutter gebrauchte dasselbe Wort. Sie sagte: ‹Sie sind die geborene Verführerin, Elaine.›»

«Sie nannte dich Elaine?»

«Ja, stell dir vor. Bei unserem letzten Gespräch. Sie war nicht feindselig. Ich kann die Gefühle meines Sohnes verstehen, sagte sie, aber Sie verstehen hoffentlich, daß ich für Ordnung in meinem Haus sorgen muß.»

«In meinem Haus? Wieder mal so richtig aufgeblasen, die Frau Baronin.»

«Nun, es ist ihr Haus. Ich kann *ihre* Gefühle verstehen.»

«Gott, seid ihr alle edel», diesmal klang Ärger in meiner Stimme. So weit kam es noch, daß Elaine sich mit meiner Schwiegermutter verstand.

Der Kellner war an unserem Tisch erschienen und fragte nach meinen Wünschen.

«Was trinkst du denn da?»

«Kaffee und einen Mampe Halb und Halb.»

«Na gut, das nehme ich auch.»

Als der Kellner gegangen war, sagte sie: «Ich hoffe, du hast Geld mitgebracht.»

«Was für Geld?»

«Um zu bezahlen, was wir hier trinken. Ich habe nämlich kein Geld mehr. Das letzte, das ich hatte, ist für die Fahrkarte dritter Klasse von Hohenwartau nach Berlin draufgegangen. Und für den Friseur.»

Mir blieb die Spucke weg. «Und was machst du jetzt?»

«Das weiß ich noch nicht.»

Das himbeerrote Kleid hatte ich auch noch nie gesehen. Konnte aber sein, sie war noch mal mit Bolke in Hohenwartau zum Einkaufen gewesen.»

«Und wo wohnst du?»

«In einer kleinen Pension in der Mohrenstraße.»

In meinem Kopf machte es klick. Mohrenstraße – war es nicht da, wo alles angefangen hatte? Sie saß in einer Kneipe und konnte ihre Zeche nicht bezahlen.

«Und wovon bezahlst du das Zimmer in der Pension?»

«Das weiß ich auch noch nicht.»

Ich machte meine Tasche auf und kramte darin herum. Ein oder zwei Mark kullerten lose darin herum. Ich hatte genausowenig Geld wie sie, woher auch? Für meinen Lebensunterhalt war gesorgt, kaufte ich etwas ein, ging die Rechnung an Marina Delmonte, denn ich kaufte nur in Läden, wo man sie kannte.

Elaine sah meine Verwirrung und lächelte. «Das ist für dich eine unvorstellbare Situation, nicht wahr? Na ja, ein paar Groschen habe ich schon noch, es reicht für die U-Bahn und den Bus. Man wird weitersehen.»

Der Kellner brachte, was ich bestellt hatte, ich trank hastig von dem heißen Kaffee und verbrühte mir die Zunge. Elaine öffnete ihre Tasche und holte ein goldenes Zigarettenetui heraus, nahm sich eine Zigarette und steckte sie zwischen die Lippen.

Der Kellner gab ihr Feuer.

«Gib mir auch eine», bat ich.

«Aber du sollst doch nicht...», sie hielt mir das Etui hin, ich bediente mich, bekam ebenfalls Feuer und zog ungeschickt an der Zigarette, unterdrückte einen Hustenreiz.

«Seit wann rauchst du denn?»

«Und seit wann rauchst du? Ich habe dich auf Cossin nie rauchen gesehn.»

«Stimmt. Aber früher habe ich oft geraucht.»

Ihre schmale, langfingrige Hand spielte mit dem Zigarettenetui, dann legte sie es auf den Tisch.

«Ganz mittellos bin ich nicht. Das Ding hier ist ziemlich wertvoll, ich kann es verkaufen. Und die Ringe habe ich auch noch.»

Sie streckte die Finger aus. An der einen Hand der blasse Opal, an der anderen ein ziselierter goldener Ring. Ich kannte sie beide. Ich wies auf die Brosche an ihrem Kragen. «Und die Brosche von der Fürstin.»

Sie nickte und sagte: «Du weißt, daß es kein Geschenk der Fürstin war.»

«Weil es die Fürstin nie gegeben hat.»

«Jedenfalls nicht in meinem Leben», sagte sie ernst. «Es gibt sie, und ich habe von ihr gehört. Darum erzählte ich von ihr.»

«Sagst du eigentlich manchmal auch die Wahrheit?»

«Ich würde es gern tun. Aber soweit es mein Leben betrifft...» Sie schwieg und klopfte die Asche ihrer Zigarette am Rand des Aschenbechers ab.

«Und deine schöne Perlenkette? Hast du sie auch verkauft?»

«Versetzt. Ich brachte es nicht übers Herz, sie zu verkaufen.» Sie schwindelte schon wieder. Der Abend bei Tante Marina, da trug sie die Kette, und am nächsten Tag waren wir früh am Morgen abgereist.

«Wann hast du die Kette denn versetzt? Mitten in der Nacht?»

«Ein Bekannter hat es für mich getan. Ich traf ihn wirklich in der Nacht, ehe wir abreisten.»

«Und wann hat er dir das Geld gegeben?»

«Als er die Kette übernahm. Er wußte ungefähr, was sie wert ist und was er dafür bekommen würde.»

Herr M. Von ihm würde sie die Kette nie wiederbekommen, wenn er nicht einmal die Miete für ihr Zimmer zahlen wollte. Er war böse, daß sie ihn verlassen hatte und später nichts von sich hören ließ. Und sie hatte ihm nicht gesagt, wo sie hinfuhr. Sie mußte ihm irgendein Märchen erzählt haben von einer plötzlichen Reise, und dann war und blieb sie verschwunden. Und jetzt? Würde sie die Verbindung zu ihm wieder aufnehmen?

«Wo ist denn der Pfandschein?» fragte ich.

«Ich nehme an, daß Lisa ihn hat.»

«Wer ist Lisa?»

Ich mußte ihr gerade vorwerfen, daß sie schwindelte. Ich schwindelte noch viel erbärmlicher.

«Meine Nachbarin. Da, wo ich früher gewohnt habe. Ich erzählte dir von ihr.»

Nun hätte ich ja fragen können, warum bist du da nicht gleich hingegangen, und was ist aus deiner Wohnung geworden, aber die Lügerei stand mir bis zum Hals.

«Zum Wohl», sagte ich und trank die Hälfte von dem Halb und Halb.

«Auf *dein* Wohl, Julia.»

«Also, wir können hier trinken und essen, was wir wollen. Wenn mein Geld nicht reicht, rufe ich zu Hause an, und dann bringt mir Else Geld. Ist ja noch Zeit genug. Wir könnten so ein Petit fours essen und dann noch einen Mampe trinken.»

«Was meinst du damit, es ist noch Zeit genug?»

«Abends haben wir Gäste. Aber es wird ja nie vor acht oder halb neun gegessen. Dann kann Else ja schnell mal herspringen. Oder ich nehme mir ein Taxi und fahre selber hin und her.»

«Und was wirst du deiner Tante sagen?»

«Daß ich mit dir bei Mampe sitze, und daß wir nicht bezahlen können, was wir gegessen und getrunken haben.»

«Und was wird sie dazu sagen?»

«Sie wird sich königlich amüsieren. Du kennst sie ja.»

Ich winkte dem Kellner mit den Augen, er schickte uns das Mädchen mit dem Kuchentablett, und wir suchten uns sorgfältig zwei bunte Stückchen aus.

«Sieht ja verlockend aus», sagte ich. «Nimm doch noch eins. Ich muß ja heute abend reichlich essen.»

Denn mir war gerade eingefallen, sie hatte ja vielleicht Hunger, wenn sie kein Geld hatte. Und was wäre, wenn ich sie einfach mitbrächte zum Abendessen?

Aber das traute ich mich denn doch nicht.

«Meinst du, du kannst mir mal der Reihe nach erzählen, was sich auf Cossin zugetragen hat? Und wie geht es den Kindern?»

«Den Kindern geht es gut. Ossi ist seit einigen Tagen wieder da und ist voll Begeisterung über seine Erlebnisse in Friedrichsfelde. Er redet ohne Komma und Punkt. Er hat die Pferde in die Schwemme geritten während der Ernte, jeden Tag. Fritz und Erich grüßt er nur noch mit lässiger Handbewegung aus der Ferne. Kathrinchen kommt kaum mehr zu Wort, ihr Bruder weiß alles besser. Aber sie ist sehr gewachsen. Das Hellblaue wird ihr nächsten Sommer nicht mehr passen. Aber das beste kann ich dir über Jürgen berichten. Er ist auch gewachsen, er läuft sehr selbständig, und er spricht schon sehr gut.» Sie lächelte. «Du wirst es mir hoffentlich verzeihen, aber ich habe mich viel mit ihm beschäftigt.»

«Was soll ich dir denn noch alles verzeihen?» fragte ich unwirsch. «Du hast wie immer alles fabelhaft gemacht. Ich verstehe gar nicht, warum meine Schwiegermutter dich fortgeschickt hat.»

«Sie bleibt nun selbst wieder da.»

«Na, ist ja prima. Da kommt wieder Ordnung in ihr Haus. Weißt du, daß Margarete mir meine Kinder wegnehmen will?»

«Nein, was soll das heißen?»

Ich erzählte ihr wortgetreu, was an dem Nachmittag beim Tee in Marinas Wohnung gesprochen worden war.

«Das ist ja unerhört», ihre Stimme klang empört. «Nein, davon hat kein Mensch ein Wort gesagt.»

«Margarete behauptet, es sei allein ihre Idee und niemand wisse davon. Auch nicht ihre Mutter. Kann ja sein. Sie schwindelt eigentlich nie.»

Das schluckte sie stillschweigend.

«Und ist sie noch da?»

«Ich weiß es nicht. Sie hat gesagt, sie reist am nächsten Tag ab, und wie ich sie kenne, ist sie am nächsten Tag abgereist. Das Abendessen verlief dann sehr friedlich und freundlich, sie kam auf die Kinder nicht zurück. Tante Marina duldete es nicht, und Margarete wollte es offensichtlich auch nicht. Sie sprachen viel über Politik, über Stresemann und so.»

«Die geplante Konferenz der Außenminister.»

«Ja, eben. Margarete weiß ja gut Bescheid. Und ich auch. Ich lese jeden Tag stundenlang die Zeitung.»

«Wirklich?»

«Sieh mich nicht so an, als ob ich doof wäre. Weißt du übrigens, wer Mussolini ist?»

«Natürlich. Wie kommst du denn auf den?»

«Fiel mir gerade ein.» Es würde zu weit führen, ihr auch noch von Sandro zu erzählen. Vielleicht später mal.

«In Berlin gibt es jetzt Leute, die nennen sich Nazis. Und die kloppen sich immerzu mit den Kommunisten. Steht in der Zeitung, ich hab's noch nicht gesehen. Kannst du dich an den letzten Abend bei Tante Marina erinnern? Wo der Diplomat von einem gewissen Hitler sprach? Also ich weiß jetzt, wer das ist.»

«Man schreibt sogar über ihn im Hohenwartauer Blättchen.»

«Kann nicht wahr sein.»

Hohenwartau. Es war mir schon so ferngerückt.

«Da hast du wohl nicht mehr Auto fahren gelernt?»

«Aber ja. Herr Mielke hat mir Fahrstunden gegeben, es ist gar nicht so schwer, und ich kann es schon sehr gut. Ich muß nur noch eine Prüfung machen. Sobald ich Geld habe, werde ich es hier in Berlin nachholen.»

Sobald sie Geld hatte. Wieso denn? Und woher denn?

«Du sagst, du bist gestern aus Hohenwartau abgefahren. Wer hat dich denn da hingebracht?»

«Herr von Priegnitz.»

«Ach, der.»

«Du kannst froh sein, daß ihr ihn habt. Der Mann ist nicht mit Gold zu bezahlen.»

«Du hast dich gut mit ihm verstanden?»

«Ach, ich weiß nicht recht. Er war sehr zurückhaltend mir gegenüber. Er ist ein sehr konservativer Mann. Ich glaube nicht, daß ich ihm gefallen habe. Und ich weiß ja auch nicht, was man über mich in Friedrichsfelde geredet hat.»

«Weder meine Schwiegermutter noch Friedrich, noch Margarete würden vor dem Personal Familienangelegenheiten erörtern», sprach ich voll Würde.

«Ich würde Herrn von Priegnitz nicht zum Personal rechnen. Er ist wie ein Familienmitglied. Kathrinchen liebt ihn heiß und innig. Er hat ein wunderschönes Pferd, und er ist, soweit ich das beurteilen kann, ein großartiger Reiter. Übrigens soll ich dir Grüße von Melusine bestellen.»

«Ach!» machte ich.

«Und Joachim konnte nichts Besseres passieren, als daß Herr von Priegnitz nach Cossin kam.»

Nun war sein Name endlich mal gefallen.

«Sollten wir nicht noch so einen Mampe Halb und Halb trinken?» fragte ich.

«Wenn du meinst. Nur, wie gesagt, wir müssen das auch bezahlen.»

«Ich rufe gleich Tante Marina an.» Das machte mir natürlich Kopfschmerzen. Wie sollte ich ihr das alles erklären, und noch dazu so schnell. Außerdem ging sie nicht gern ans Telefon, sie ließ sich meist nur berichten, was ein Anrufer gesagt oder erbeten hatte. Ob vielleicht Antoinette da sein würde? Es war ja keine große Gesellschaft, nur ein paar Leute, keine Lohndiener, aber sie kam gar zu gern, wann immer es den geringsten Anlaß gab.

«Wie spät ist es denn?» fragte ich.

Elaine blickte auf ihre kleine goldene Uhr, die sie im Handtäschchen hatte. Die kannte ich auch. Ließ sich vielleicht auch verkaufen.

«Halb fünf», sagte sie. «Wann mußt du denn zu Hause sein?»

«Ich muß gar nichts. Ist noch viel Zeit bis zum Abendessen.»

«Hast du denn gesagt, wo du hingehst?»

«Nein, hab' ich nicht. Bin ich ein kleines Kind?»

«Gehst du denn oft allein aus?« fragte sie mütterlich.

«Zum Teufel, nein. Und rede nicht mit mir, als sei ich zwölf Jahre alt.»

«Wollen wir jetzt zur Sache kommen?»

«Was für eine Sache?»

«Dein Mann.»

«Mein Mann, mein Mann! Wer ist das denn? Ich lasse mich scheiden, das weißt du doch.»

«Du läßt dich nicht scheiden. Davon kann überhaupt keine Rede sein.»

«Ach? Du weißt es also wieder mal besser als ich.» Meine Stimme war laut geworden, und Elaine machte: «Pst!», denn das Lokal hatte sich inzwischen gefüllt. Blaue Stunde, das mochten die Berliner.

Der Kellner brachte uns zwei neue Gläser, und ich griff wie zur Rettung nach dem meinen.

«Julia, das ist lächerlich», sagte sie, spielte mit dem Glas, ohne zu trinken. «Joachim war sehr unglücklich, nachdem du fort warst, und er ist es noch. Du hast uns einmal erwischt, als wir uns geküßt haben...»

«Nicht nur einmal.»

«Na gut, ich gebe es zu, ich will auch gar nichts beschönigen, und ich habe dich gebeten, mir zu verzeihen, und ich tue es noch einmal.»

«Ach, hör auf.»

«Du hast keinen Grund, dich scheiden zu lassen. Joachim und ich, wir waren nicht mehr eine Minute allein, nachdem du uns verlassen hast. Wir haben nur einmal darüber gesprochen, draußen, im Stall.»

«Bei Melusine.»

«Richtig. Er bat mich um Entschuldigung. Obwohl er gar keinen Grund dazu hatte.»

«Weil du eine Verführerin bist.»

Sie lachte und nippte an ihrem Glas. «Vielleicht. Aber bedenke bitte, wie du ihn behandelt hast. Ich will ja auch nicht leugnen, daß es ein gewisser Reiz für mich war. Es geht mir eben manchmal mit Männern so.»

Das wußte ich inzwischen.

«Aber du kennst mein Leben nicht.»

Doch, ich kannte es. Wenigstens zum Teil. Ich war nahe daran, rauszuplatzen mit dem, was ich wußte. Onkel Leonhard, der Bankier Litten und zuletzt Herr M.

Aber ich hielt meinen Mund. Es war bestimmt schon nach fünf, und wie lange sollten wir hier noch sitzen.

Tante Marina wußte nun, daß ich weggegangen war, und ich mußte anrufen.

«Es ist doch nicht zu fassen, wie abhängig wir sind», sagte ich statt dessen. «Warum habe ich bloß keinen Beruf erlernt?»

«Weil du sehr jung geheiratet hast.»

«Als halbes Kind oder als ganzes Kind, ich weiß schon, das sagt Tante Marina auch. Aber so alt bin ich noch nicht. Ich kann noch etwas werden.»

«Du brauchst nichts mehr zu werden. Du hast einen Mann, der dich liebt und auf dich wartet. Du hast drei Kinder, die auf dich warten. Und vergiß den Unsinn von einer Scheidung.»

«Das werde ich nicht.»

«Das wirst du.»

«Es war dein Vorschlag, nicht? Du hast gesagt: Laß ihn mir doch. Du hast gesagt: Laß dich scheiden.»

«Das ist wahr. Aber inzwischen weiß ich, daß er mich nicht will. Er will dich.»

«Wieso willst du das wissen?»

«Denkst du, eine Frau merkt so etwas nicht?»

«Eine erfahrene Frau wie du.»

Sie nickte. «Was bedeutet schon ein Kuß? Ein kleiner Flirt? Eine Versuchung kann es sein, für einen Mann genauso wie für eine Frau. Aber der nächste Schritt und der übernächste wird zeigen, ob es mehr ist als eben... nun, eine Versuchung.»

«Und habt ihr ihn getan, den nächsten Schritt und den übernächsten?»

«Nein, Julia.»

«Du willst doch nicht behaupten, daß du ausnahmsweise mal die Wahrheit sagst.»

Ich sah ihr gerade in die Augen, sie wich meinem Blick nicht aus.

«Ich will versuchen, dir etwas klarzumachen, Julia. Ich war in meinem ganzen Leben nicht so glücklich wie diese Monate bei euch auf dem Gut. Es ist vorbei. Ich wußte, daß es nicht lange dauern wird.»

«Das kann nicht sein. Warum hast du denn dann gesagt, ich soll mich scheiden lassen?» Und ich wiederholte noch einmal die kaltschnäuzigen Worte, die mich an jenem Nachmittag auf dem See so empört hatten. «Laß ihn mir doch!»

«Und dann wolltest du mich ertränken.»

«Nein. Denkst du, ich konnte dich nicht aus dem Wasser ziehen?»

«Und wenn der Kahn nun abgetrieben wäre? Und sich nicht so bequem für deine Hand hingelegt hätte?»

«Ich hätte dich auch ohne das Boot an Land gebracht», sagte ich zornig.

«Das bezweifle ich. Wir waren in der Mitte des Sees, und bis zum Ufer ist es ein ganzes Stück. Joachim hat Mühe genug gehabt, und er ist schließlich viel stärker als du. Ich habe mir das noch mal angesehen.»

«Was soll das heißen?»

«Ich bin an den See gegangen, er ist ja ziemlich groß, und wir befanden uns, wie ich eben sagte, ziemlich in der Mitte. Du wärst sicher ans Ufer gekommen, ich wäre ertrunken. Und möglicherweise wäre es für mich ein vorbestimmtes Schicksal gewesen.»

«Was ist denn das wieder für ein Quatsch?»

Sie schwieg eine Weile, blickte an mir vorbei, um ihren Mund erschien ein bitterer Zug, den ich noch nie an ihr gesehen hatte.

«Meine Mutter ist ertrunken», sagte sie dann. «Sie hat sich das Leben genommen.»

Ich starrte sie fassungslos an. Und ich sah sie wieder im Wasser treiben mit den langen aufgelösten Haaren, gurgelnd, Wasser schluckend.

Lieber Gott im Himmel, was hatte ich ihr damit angetan!

«Nein», flüsterte ich.

«Ich glaube, ich habe dir schon erzählt, daß sie sich das Leben nahm. Und das ist nun die Wahrheit, Julia. Du brauchst dich nicht zu wundern, daß ich mich so gut mit dem Leben und der Arbeit auf einem Gut auskannte, denn ich bin auf einem Gut im Baltikum aufgewachsen. Zumindest habe ich die ersten Jahre meines Lebens dort verbracht. Mein Vater, Eugen von Janck, war der Gutsherr. Meine Mutter war die französische Gouvernante, die die Kinder unterrichtete. Als ich geboren wurde, gab es vier; zehn, zwölf, dreizehn und fünfzehn Jahre alt. Es gab noch andere Hauslehrer auf dem Gut, es waren alles Männer, meine Mutter war die einzige Frau unter ihnen, und sie wurde von den Kindern sehr geliebt. Sie war keine Verführerin, eine zarte, kleine Frau, und sie hat meinen Vater wohl sehr geliebt. Ich bin ein uneheliches Kind, doch man hat mich das, als ich klein war, nicht spüren lassen. Die Frau meines Vaters war lange Zeit krank, sie hat weder mir noch meiner Mutter das Leben schwergemacht. Es war eigentlich so, als ob ich richtig zur Familie gehörte.»

Es war ungeheuerlich, was sie in ruhigem, fast unbewegtem Ton erzählte. Und diesmal also die Wahrheit.

«Als Frau von Janck starb, hat meine Mutter wohl erwartet, er würde sie heiraten. Aber er holte sich eine sehr junge Frau, ein Mädchen von einem der Nachbargüter. Das war der Grund, warum sich meine Mutter das Leben nahm.»

«Und du?»

«Ich war neun. Alt genug, um die Tatsache ihres Todes zu begreifen, nicht aber, warum sie es getan hatte. Und schon gar nicht, warum sie es mir angetan hatte. Die neue Frau duldete mich nicht länger auf dem Gut, ich kam in ein Landschulheim und verbrachte dort die nächsten Jahre. Mein Vater hatte mich gern, und er besuchte mich oft, heimlich, wie ich annehme. Ein schlechtes Gewissen hat er sicher auch gehabt. Als ich fünfzehn war, brachte er mich nach Lausanne. Übrigens nenne ich mich zu Unrecht von Janck, er hat mich nie adoptiert. Eigentlich heiße ich Nivoire. Als er mich zu Madame Legrand brachte, trat er dort natürlich unter seinem Namen auf, und ich kann dir nicht sagen, ob Madame Legrand wußte, daß von Janck nicht mein richtiger Name war. Sie und die anderen Damen nannten mich so, und ich gewöhnte mich daran.»

Ich legte beide Hände an die Schläfen. «Das ist ja furchtbar, Elaine. Das kann ich dir nicht glauben.»

«Diesmal mußt du mir glauben, Julia. Aber vielleicht begreifst du nun, warum ich mir die ganzen Lügengeschichten ausgedacht habe. Ich wollte mir selbst damit helfen, auf irgendeine Weise mit meinem Leben und meiner Herkunft fertig zu werden unter all den hochmütigen Mädchen im Pensionat. Und nun will ich dir noch mein letztes Geheimnis verraten. Die Hanseatin hat recht gehabt, ich bin wirklich auf den Namen Helene getauft. Meine Mutter sprach es französisch aus, also Hélène. Aber als ich dann in dem Landschulheim war, es war in der Nähe von Königsberg, da sagten sie Helene zu mir. Später dann, in Lausanne, nannte ich mich Elaine, ich hatte den Namen in einem Roman gelesen, und er gefiel mir. Die Schule da bei Königsberg war sehr gut, ich habe viel gelernt. Auch das», sie lächelte, «worüber du so erstaunt warst. Kochen, nähen, Hauswirtschaft, sogar einiges über Landwirtschaft, Kinderpflege, alles das, was ich bei euch auf dem Gut endlich einmal gebrauchen konnte. Vielleicht hätte ich wirklich bei Madame Legrand bleiben sollen und mich zur Erzieherin ausbilden lassen. Aber der Gedanke an meine Mutter... ich wollte ein anderes Leben haben. Ich wollte mich nicht ausnützen lassen, ich wollte frei sein.»

«Und dein Vater? Warum hat er später nicht mehr für dich gesorgt?»

«Er wurde kurz vor Ausbruch des Krieges von einem Revolutionär ermordet, zusammen mit seinem ältesten Sohn. Die Menschen, besonders die reichen Großgrundbesitzer, lebten damals sehr gefährlich im Baltikum, denn das, was 1917 geschah, kam nicht über Nacht. Schon die erste Revolution, die von 1905, hat viele Opfer gekostet, gerade unter den baltischen Herren. Unruhen, Aufruhr, Hetze gab es schon seit vielen Jahren. Lenin war längst am Werk, er und seine Partei, ganz abgesehen von vielen anderen Rebellen gegen das Zarentum und den Adel. Als wir uns in Lausanne trennten, wußte ich noch nichts vom Tod meines Vaters. Einer meiner Halbbrüder schrieb es mir dann. Wir hatten uns schon als Kinder gut verstanden, er vergötterte meine Mutter und war über ihren schrecklichen Tod tief betroffen.»

«Was ist aus ihm geworden?»

«Er ist gefallen. Auch die anderen Kinder aus der ersten Ehe waren mir nicht feindlich gesonnen. Wilfried, das war der Jüngste, ging nach dem Krieg nach Amerika. Das wieder weiß ich von Carola, meiner Halbschwester. Ich traf sie in Berlin. Sie ist verheiratet und lebt in Paris.» Sie lächelte. «Du siehst, Familie habe ich gar nicht mehr. Und ich stelle noch einmal die Frage, ob du nun verstehst, was das Leben auf Cossin mit dir und deinen Kindern für mich bedeutet hat. Ich wußte ja, daß es nicht für ewig sein konnte, und ich habe es mir selbst zerstört durch meinen törichten Flirt mit Joachim. Es war eine Versuchung, weißt du. Und statt ihr zu widerstehen...» Sie schwieg, hob die Schultern. «Im Grunde, das sollst du auch wissen, bedeutest du mir viel mehr als er.»

Ihre Stimme klang schmerzlich, in ihren Augen glänzten Tränen.

Ich hatte ihr gebannt zugehört. «Also, das muß ich erst mal kapieren. Dein Vater hatte vier Kinder, nicht wahr? Drei Jungen und ein Mädchen. Zwei sind tot, einer ist in Amerika, das Mädchen in Paris.»

«So ist es. Sie waren alle wesentlich älter als ich, aber von ihnen wurde mir nie Feindschaft entgegengebracht. Sie hatten meine Mutter gern gehabt, und sie waren alt genug, um die Tragödie zu begreifen. Und sie konnten alle zusammen die zweite Frau meines Vaters nicht ausstehen. Sie hat übrigens noch zwei Kinder bekommen, 1917 mußten sie fliehen und das Land verlassen.»

«Und was ist aus ihnen geworden?»

«Das weiß ich nicht. Auch von Wilfried habe ich nie wieder etwas gehört. Carola kam schon vor der Revolution nach Berlin, sie hatte ihre Jugendliebe geheiratet, ein Deutschrusse aus Moskau, der ahnte, was kommen würde, darum hatten sie Rußland schon vor der Revolution verlassen. Damals ging es mir noch ganz gut. Ich hatte wirklich eine hübsche Wohnung.»

Onkel Leonhard! Soweit klang alles ganz plausibel.

«Und du hast auch von Carola nichts mehr gehört?»

«Sie wollten in Paris leben. Wovon, wußten sie noch nicht, aber Carola nahm es leicht. Sie war ein heiteres, verwöhntes Mädchen, doch ohne jeden Hochmut, ohne jede Bosheit. Das wird sich schon finden, sagte sie. Vielleicht sind sie später Wilfried nach Amerika gefolgt.»

«Und du hast nie wieder von ihnen gehört?»

«Nein. Die Wohnung mußte ich später aufgeben, und ihre Adresse wußte ich ja nicht, weder in Paris noch in Amerika. Ich fragte später einmal bei Madame Legrand an, ob sie etwas von meinen Geschwistern gehört hatte, denn diese Adresse kannten sie. Aber nichts. Und ich begann ein neues Leben.»

«Und das hast du in Berlin gesucht.»

«Ja.»

Sie suchte Arbeit bei der Konfektion in der Mohrenstraße, saß in einer Kneipe und weinte. Onkel Leonhard sah sie, nahm ihr Leben in seine Hände, es ging ihr gut bei ihm. Wenigstens für einige Zeit.

Aber warum hatte sie sich nicht wenigstens in jenen Jahren, als seine Fürsorge ihr das Leben erleichterte, um eine Ausbildung oder eine Arbeit bemüht. Während des Krieges war das für Frauen nicht schwer.

Nun, sie hatte nicht. Ich stellte diese Frage nicht, weil ich sie mir selbst beantworten konnte. Von Onkel Leonhard bis zu Herrn M. und was sonst noch dazwischen lag, war eben immer ein Mann dagewesen, der für sie sorgte.

«Ich will dich nicht länger mit meiner Lebensgeschichte langweilen», sagte sie, wieder ganz beherrscht, und zündete sich noch eine Zigarette an. «Sag mir lieber, wann du nach Cossin zurückkehren wirst.»

«Gar nicht. Ich lasse mich scheiden.»

Sie lachte. «Du bist und bleibst ein Kindskopf.»

«Ach, hört doch alle auf, mich wie ein unmündiges Kind zu behandeln. Ich weiß schon, was ich will.»

«Darf ich dich noch einmal daran erinnern, daß ich es war, die dir eine Scheidung vorschlug? Von selber wärst du nie auf diesen Gedanken gekommen.»

Da war was dran.

«Und auf einmal bist du gegen eine Scheidung.»

«Julia, es war dummes Gerede von mir. Denk an deine Kinder. Und Joachim liebt dich, er wartet auf dich.»

«Davon habe ich bis jetzt nichts gemerkt.»

«Er ist ganz genau über dein Leben informiert.»

«Ja, über Tante Marina, ich weiß schon. Ich habe das neulich erfahren, als Margarete da war. Sie schreiben sich hinter meinem Rücken. Findest du das vielleicht anständig?»

«Jeder liebt dich, und jeder will dein Bestes.»

«Nur fragt keiner danach, was für mich das Beste ist.»

«Ach, ich denke, Julia, wir wissen es alle ganz gut.» Sie blickte wieder auf ihre kleine goldene Uhr. «Aber du solltest nun wirklich bei deiner Tante anrufen, es ist schon nach sechs.»

«Ich werde nie ein freier Mensch sein», murrte ich.

«Wer ist das schon? Und Freiheit muß man ertragen können. Sie ist ein hartes Pflaster.»

Antoinette war tatsächlich da und auch gleich am Telefon. Nur zwei Sätze waren nötig, dann sagte sie: «Ich komme.» Sie ließ das Taxi vor der Tür warten, setzte sich für einige Minuten ungeniert zu uns und bezahlte unsere Rechnung.

Draußen, auf dem Kurfürstendamm, fragte ich Elaine: «Willst du mir nicht sagen, wie die Pension heißt, in der du wohnst?»

«Ach, wozu? Ich werde bestimmt nicht lange dort bleiben.»

«Elaine!» rief ich und stampfte mit dem Fuß auf. «Ich will wissen, wo du bist und was du tust. Schwöre mir! Gib mir die Hand drauf, daß du anrufen wirst.»

Das müde Lächeln um ihren Mund, der Glanz in ihren Augen. «Ich habe nicht vergessen, was ich auf dem See zu dir gesagt habe.»

«Aber ich! Du bist meine Freundin. Und ich werde dich nie – nie, hörst du, im Stich lassen. Gib mir die Hand und versprich es!»

Sie reichte mir langsam die Hand, doch ihr Blick ging an mir vorbei.

«Wie heißt die Pension? Morgen bringe ich dir Geld.»

Antoinette sah verwundert von ihr zu mir.

«Na, los schon», sagte sie. Und dann formvollendet: «Madame Delmonte macht sich Sorgen um Sie, Frau Baronin.»

«Kann ja sein. Kümmert mich aber im Moment nicht. Elaine, sag es mir sofort, wo du wohnst, oder ich bleibe hier stehen bis morgen früh.»

Sie nannte mir einen Namen, und der konnte stimmen oder auch nicht.

Antoinette sah mich von der Seite an, als wir in die Meinekestraße fuhren, aber sie schwieg.

Was sie dann Tante Marina berichtet hatte, wußte ich nicht. Ich sah Marina nur kurz, bevor die Gäste kamen.

«Es ist kaum anzunehmen, daß du dich mit deiner Schwägerin bei Mampe getroffen hast.»

«Nein. Ich habe mich mit Elaine getroffen.»

Ich erwartete Fragen, aber sie fragte nicht. Sie war sich ziemlich sicher, daß ich ihr alles erzählen würde.

Alles? Die ganze traurige Geschichte von Elaines Leben? Und ich hatte sie in den See geschmissen! Das würde ich mir nie und nie verzeihen.

Auf jeden Fall aber würde ich Tante Marina morgen um Geld bitten. Sie würde wissen wollen, wofür ich es brauchte, und dann mußte ich es ihr doch erzählen. Aber ich war ziemlich sicher, daß sie mir Geld geben würde.

Und gnade dir Gott, Elaine, wenn ich dich in dieser schäbigen Pension nicht finde.

Doch im Laufe des Abends, harmonisch wie immer, hatte ich eine großartige Idee.

«Herr Professor, ich würde doch sehr gern mit nach Lübeck fahren, wenn Rainer seinen ersten Auftritt hat.»

Er war freudig überrascht. «Das ist ja wunderbar, Julia. Da wird er sich freuen.»

«Na ja, ein paar Leute müssen ja klatschen. Wer weiß, wieviel er daneben geigt.»

Tante Marina sah mich erstaunt an. Ich lächelte selbstzufrieden. Ein Kind war ich? Nicht mehr, die längste Zeit war ich das gewesen. Margarete bekam meine Kinder nicht, und mit Joachim würde ich schon irgendwie auskommen. Sogar mit meiner Schwiegermutter. Und Edward war schließlich auch da. Und in Lübeck würde ich Onkel Leonhard treffen, falls er denn wirklich zu Rainers Konzert anreiste.

Das Konzert

Am nächsten Morgen, auf dem Bettrand sitzend, während sie frühstückte, erzählte ich Tante Marina alles, was ich mit Elaine besprochen hatte. Sie unterbrach mich nicht, zog nur einige Male die Brauen hoch, als sich meine Stimme im Eifer des Berichtes immer höher schraubte.

«Diese Begegnung hat dich ziemlich erregt», stellte sie fest, als ich endete und sie erwartungsvoll ansah.

«Ja», gab ich zu und seufzte.

«Deine Schwiegermutter ist eine vernünftige Frau. Ich hoffe, du wirst dich in Zukunft besser mit ihr vertragen.»

«Ich werde mir Mühe geben», versprach ich. Und damit war die Scheidung gestorben und meine Rückkehr nach Cossin beschlossene Sache.

«Es ist also schließlich Elaine, die dir deinen Verstand wiedergegeben hat.»

Sie goß aus dem kleinen Kännchen Kaffee ein und reichte mir die Tasse.

«Aber ich darf vorher noch nach Lübeck fahren zu dem Konzert von Rainer?»

«Du brauchst mich nicht um Erlaubnis zu fragen.»

«Ich möchte wenigstens noch eine kleine Reise machen, ehe ich mein Joch wieder auf mich nehme.»

Sie lachte. «Lübeck ist eine schöne Stadt. Die älteste und bedeutendste der Hansestädte, sie hat heute noch ihre eigene unabhängige Regierung. Also gut, dann fährst du eben mit dem Professor hin.»

Ich wartete. Kannte sie den Namen Litten? Hatte der Professor ihr die Geschichte von Elaines erstem Abenteuer so genau erzählt wie Rainer mir?

Sie schob die Brille auf die Nase und griff nach der Zeitung.

«Du wirst froh sein, mich wieder los zu sein.»

«Ich werde froh sein, wenn du wieder dort bist, wo du hingehörst. Bei deinen Kindern. Aber es steht ja nichts im Wege, daß du mich gelegentlich besuchst.»

Ich trank die Tasse aus und sagte: «Nicht nur Elaine hat mir meinen Verstand wiedergegeben, wie du es nennst. Es war auch das, was Margarete gesagt hat. Ich lasse mir meine Kinder nicht wegnehmen. Und sie hat ja recht, ich kann schließlich nicht mit drei Kindern bei dir einziehen.»

«Zumal du ja einen Beruf erlernen wolltest, nachdem du geschieden bist. Und kein Mensch kann erwarten, daß *ich* drei Kinder aufziehe.»

«Ja, ja, eben. So gesehen war Margaretes Besuch ganz nützlich.»

«Womit nicht gesagt sein soll, daß nicht eins deiner Kinder später Friedrichsfelde übernehmen kann. Falls sie wirklich kein Kind haben wird.»

Sie hob wieder die Zeitung. Ich blieb sitzen.

«Ist noch was?»

«Elaine. Kannst du mir nicht etwas Geld geben? Wir können sie doch nicht einfach ihrem Schicksal überlassen.»

«Sie ist bis jetzt mit sich selber ganz gut fertig geworden. Wie willst du ihr das Geld denn geben?»

«Ich geh' zu dieser Pension da, in der Mohrenstraße.»

«Und du denkst, daß du sie dort findest?»

«Sie hat es versprochen. Wenn sie mich wieder belogen hat, das... das verzeihe ich ihr nie.»

Kurz darauf verließ ich das Haus, hundert Mark im Täschchen, die Tante Marina mir gegeben hatte. Hundert Mark war viel Geld, damit würde Elaine wohl eine Weile auskommen, bis... ja, bis was?

In der Mohrenstraße gab es gar keine Pension. Von Elaine keine Spur, sie war untergetaucht in der großen Stadt, und wenn ich sie nicht zufällig wieder einmal traf, im Theater oder wie zuletzt auf dem Kurfürstendamm, würde ich sie nie wiedersehen.

Ich war erfüllt von Wut und Schmerz und Mitleid, blindlings rannte ich durch die Straßen bis zum Bahnhof Friedrichstraße, und am liebsten hätte ich die hundert Mark in die Spree geschmissen. Wenn ich wenigstens wüßte, wie diese Lisa hieß, wo sie wohnte. Von ihr konnte ich vielleicht erfahren, wer dieser verdammte Herr M. war, und von dem konnte ich den Pfandschein fordern, und mit allem Nachdruck würde ich ihm mitteilen, was ich von ihm hielt, ich, die Baronin Cossin aus Hinterpommern, ich, Julia, kein Kind mehr, erwachsen und voller Tatkraft.

Die Stadt war groß. Wo sollte ich eine Lisa suchen, wo diesen gräßlichen M., und wie leicht war es für Elaine, sich vor mir zu verbergen.

Marina war nicht überrascht

«Das habe ich erwartet. Sie ist trotz allem eine stolze Frau. Sie wird kein Geld nehmen, weder von dir noch von mir. Von einem Mann, das ist etwas anderes. Und sie ist bereit, eine Gegenleistung dafür zu erbringen.»

«Ich hasse sie!» rief ich zornig. «Sie hat mich wieder getäuscht. Sie muß doch wissen, daß ich ihr helfen will. Am liebsten würde ich sie noch einmal ins Wasser schmeißen.»

Marina sah mich nachdenklich an. «Wir wollen hoffen, daß sie nicht von selbst auf so eine Idee kommt. Wenn ihre Mutter es getan hat...»

«Nein, nein», stammelte ich, «das darfst du nicht denken. Dazu hat sie doch keinen Grund. Sie hat kein Kind. Und kein Mann hat sie im Stich gelassen.»

«Woher willst du denn das wissen?» fragte sie nüchtern. «Du weißt jetzt zwar einiges von ihr, aber noch lange nicht alles.»

Das machte mich stumm.

«Möchtest du nicht deinem Mann mitteilen, daß du demnächst nach Hause kommst?» fragte Marina mich nachmittags beim Tee.

«Ich denke nicht daran. Nachdem du einen so regen Briefwechsel mit ihm unterhältst, kannst du es ihm ja mitteilen.»

Lübeck war wirklich eine herrliche Stadt, die Reise und der Aufenthalt dort lenkten mich ein wenig von meinem Kummer ab. Rainer freute sich schrecklich, daß wir kamen, er nahm mich einfach in die Arme und küßte mich. Seine Mutter, die dabei stand, lachte.

«Es freut mich, daß er endlich auch mal eine Frau in den Arm nimmt und nicht nur seine Violine.»

Wir wohnten nicht im Hotel, sondern im Haus seiner Eltern, also im Haus seiner Mutter und seines Stiefvaters, es war ein großes, prächtiges Haus, fast schon ein Schloß, am Ufer der Trave, von einem großen Park umgeben. Rainers Mutter war eine schlanke, dunkelhaarige Dame, sehr anmutig, und der Stiefvater ein bedeutender Mann in Lübeck, ein Reeder und Senator, ein richtiger alter Hanseat.

Ein Glück, daß ich bei Edward ‹Die Buddenbrooks› gelesen hatte, so kam mir die Stadt ein wenig vertraut vor. Rainers Mutter führte uns herum, wir besichtigten die Marienkirche, das Rathaus, die schönen alten Häuser, natürlich das Holstentor, und spazierten durch die engen Gassen des Gängeviertels. Zu meinem Erstaunen erfuhr ich, daß Thomas Mann, obwohl er so schön über diese Stadt geschrieben hatte, sie gewissermaßen weltweit bekanntgemacht hatte, in dieser Stadt nicht beliebt war.

«Man präsentiert sich hier nicht gern», sagte Rainers Mutter.

An einem Tag fuhren wir nach Travemünde und am nächsten Tag ein Stück nach Mecklenburg hinein. Wald, Seen, Wiesen und abgeerntete Felder. Fast ein bißchen wie bei uns in Pommern. Bei uns, dachte ich, und staunte selbst darüber, daß ich es dachte. Und gerade an dem Tag, als wir in Mecklenburg waren, merkte ich, daß ich mich auf meine Heimkehr freute.

Während der ganzen Rückfahrt in die Stadt, sie hatten natürlich auch ein schönes großes Auto, mußte ich mich über mich wundern. Also, ich freute mich. Auf die Kinder, auf das Gut, sogar auf meine Schwiegermutter, und ein bißchen auf die Mamsell. Am meisten auf Melusine.

Und Joachim? Man würde sehen.

Zu dem Konzert kamen noch mehr Leute, Rainers Lehrer aus Berlin, bei dem er Violinunterricht gehabt hatte als kleiner Junge, ein zierlicher alter Herr, und der zweite Lehrer, der ihn in den letzten Jahren unterrichtet hatte, ein Mann mit sehr bekanntem Namen, und es kamen ein paar Mitschüler, auch ein junges Mädchen darunter, das er ebenfalls zum Empfang küßte, etwas ausführlicher als mich. Wer nicht kam, war der Bankier Litten.

Ich fragte den Professor am Abend vor dem Konzert.

«Hatten Sie nicht gesagt, Herr Professor, der Bankier Litten wollte kommen?»

Er musterte mich erstaunt. «Habe ich das gesagt?»

«Ja, das haben Sie gesagt.»

«Olga Litten wollte kommen. Aber soviel ich weiß, fühlt sie sich in letzter Zeit gesundheitlich nicht sehr wohl.»

Frau Litten konnte ich nicht gebrauchen.

«Und Rainers Großeltern?» fragte ich ablenkend. «Kommen sie denn nicht?»

«Sie machen zur Zeit eine Kur in Meran. Und ich denke, Rainer wird in diesem Winter noch in Berlin spielen, da können sie ihn ja hören.»

Und dann kam Onkel Leonhard doch! In letzter Minute gewissermaßen. Er wurde mir kurz vor dem Konzert vorgestellt, und er sah ganz anders aus, als ich mir gedacht hatte. Ein kleiner Dicker mit Glatze, der junge Mädchen begehrlich verführte, so ungefähr hatte er in meinen Gedanken ausgesehen. Doch er war ein großer schlanker Herr, mit sehr ausgeprägten Zügen und schönen dunklen Augen, das Haar eisgrau.

Er gefiel mir sofort.

«Ich freue mich so sehr, daß Sie da sind», sagte ich und schenkte ihm ein strahlendes Lächeln.

Falls er sich darüber wunderte, zeigte er es nicht, erwiderte mein Lächeln und küßte meine Hand.

Natürlich spielten sie das Beethoven-Violinkonzert, und ich fand, Rainer machte seine Sache fabelhaft. Konnte ja sein, er patzte mal, ich konnte es nicht beurteilen, ich sah nur, daß der berühmte Mann, sein zweiter Lehrer, der neben mir saß, einige Male die Mundwinkel senkte. Na ja, jeder muß mal anfangen.

Es gab viel Beifall, Rainer mußte sich mehrmals verbeugen, dann war Pause, die Familie und die Freunde redeten viel, seine Mutter machte ein glückliches Gesicht, und der Senator strahlte Wohlwollen aus. Die siebte Symphonie, die folgte, ging ziemlich ungehört an mir vorbei, denn ich mußte nachdenken, wie es weitergehen sollte.

Ich wußte nur, daß viele Gäste eingeladen waren, daß es ein großes Diner geben würde, aber würde Onkel Leonhard dabei sein? Er war mit Wagen und Chauffeur gekommen, konnte ja sein, er fuhr noch in der Nacht nach Berlin zurück.

Moderne Leute taten so etwas manchmal.

Er blieb da, ich sah ihn schräg über die Tafel, eine wichtige Lübekker Dame saß zu seiner Rechten, und die junge Geigerin, Rainers Mitschülerin, zu seiner Linken. Da hätten sie genausogut mich hinsetzen können.

Das ganze war eine Schnapsidee von mir gewesen! Wie sollte ich das denn machen? Einfach hingehen, nach dem Essen natürlich, und sagen: Ich muß mit Ihnen über Elaine sprechen?

Ich blickte so oft zu ihm hinüber, daß ihm das schließlich auffiel. Unsere Blicke begegneten sich, und ich lächelte. Er lächelte zurück. Und dann senkte ich die Lider, hob sie wieder, und dann lächelte ich wieder, so ein wenig verhangen, wie ich glaubte. Hoffentlich gelang mir das! Ich war nicht so schön wie Elaine, aber wie man das machte, wußte ich auch. Die wichtige Lübecker Dame war ziemlich dick, und die junge Geigerin nicht besonders hübsch. Ich würde ihn sprechen, hier und heute, koste, was es wolle. Darum war ich hier, Rainer in allen Ehren. Ich würde diesen hohen getäfelten Speisesaal und die prachtvollen Räume rundherum nicht verlassen, ohne ihn gesprochen zu haben. Ich dachte darüber nach, was ich sagen würde, wie ich es diplomatisch anfangen könnte, und das beschäftigte mich während des ganzen Essens. Ich bemerkte kaum, was ich aß, und meine Tischnachbarn bekamen kaum eine Antwort von mir.

Es klappte mit dem Blickwechsel. Nach einer Weile sahen wir uns wieder an, nun sah ich, wie er die Augen schmal machte und mich ziemlich lange anblickte.

Ich war richtig stolz auf mich. Ich verfügte über ganz ungeahnte Talente. Ich konnte unter lauter fremden Leuten einen Flirt über die Tafel anfangen. Ich mußte das mal bei Baron Crantz versuchen. Darüber mußte ich so lachen, daß ich mich beinahe verschluckte.

Rainer, der neben seiner Mutter saß, die am Kopfende der Tafel präsidierte, sah und hörte mich lachen.

«Du bist ja so fröhlich, Julia», sagte er laut.

Er duzte mich einfach. Die Hochstimmung eines Künstlers nach einem gelungenen Abend, das kannte ich. Ob ich ihn daran erinnerte, daß er mir mal so etwas Ähnliches wie einen Heiratsantrag gemacht hatte?

«Ich freue mich über deinen Erfolg, Rainer», sagte ich ebenso laut. Ich ließ meinen Blick langsam zurückschweifen, sehr gekonnt, und plazierte ihn wieder bei Onkel Leonhard. Er hatte offenbar schon darauf gewartet. Wir blickten uns eine Weile an, dann ließ ich es gut sein. Es hatte genügt, wie sich herausstellte.

Nach dem Essen verteilte sich die Gesellschaft in die umliegenden Räume, Diener boten Mokka, Cognac, Likör, aber auch Champagner an, es plauderte sich hier und dort, ich sprach eine Weile mit Rainer, mit einem anderen seiner jungen Kollegen, ließ mir von den Finessen des Strichs und Vibrato erzählen, setzte mich nicht, sondern blieb in Bewegung, das Champagnerglas in der Hand. Und dann war er plötzlich an meiner Seite.

«Kennen wir uns, Baronin?» fragte er.

«Nein. Wieso kommen Sie darauf?»

«Ich habe darüber nachgedacht.»

«Sie kennen mich nicht. Aber ich kenne Sie.»

«Und woher?»

«Rainer hat mir von Ihnen erzählt. Er nannte Sie Onkel Leonhard. Das sind Sie doch?»

«Das bin ich für Rainer. Ich kenne ihn, seit er ein kleiner Junge war.»

«Ja, das weiß ich. Sie sind befreundet mit Rainers Großeltern. Schade, daß sie heute nicht hier sein konnten. Sie sind in Meran, wie ich hörte.»

Ich nahm einen Schluck aus meinem Glas, ich war verwirrt und wußte nicht weiter.

«Sie kennen Rainer schon länger?» fragte er.

«Erst seit diesem Jahr. Ich lernte ihn bei meiner Tante kennen. Marina Delmonte, sicher ist Ihnen der Name bekannt.»

«Sie können fragen! Marina Delmonte – was für eine Stimme! Was für eine herrliche Isolde! Wie geht es ihr?»

«Großartig. Ich komme gerade von ihr. Wenn ich in Berlin bin, wohne ich bei ihr. Eigentlich lebe ich auf einem Gut in Pommern. Na ja, da vermißt man manches. Musik vor allem, die Oper, das fehlt mir wirklich.»

Wie kam ich nun zur Sache?

«Rainer kam im März – ja, im März war es, das erste Mal zusammen mit Professor Wohlmut zu meiner Tante. Professor Wohlmut, der Musikwissenschaftler, der da drüben neben dem Kamin sitzt.»

«Ich hatte die Ehre, ihn heute abend kennenzulernen.»

«Professor Wohlmut ist ein alter Freund meiner Tante.»

«Ah ja.»

«Und im August war Tante Marina auf Hiddensee. Der Professor hatte sie begleitet, und Rainer war auch da, er wollte einen lästigen Husten auskurieren. Und ich kam dann auch für kurze Zeit.»

«Eine schöne Insel, das hört man allgemein. Ich bin noch nie dort gewesen, mich zieht es mehr in den Süden.»

«Rainer hatte einen Freund dabei, ein junger Sänger aus Italien, der fand es auch ein wenig zu kühl. Aber er hat eine hübsche Stimme.»

Was für einen Blödsinn ich zusammenquatschte!

Da waren wir also wieder bei den Sängern, Onkel Leonhard sprach von einigen Aufführungen, die er mit Marina Delmonte gesehen hatte, dann kam er auf die Sänger, die heute in Berlin auftraten und die ich natürlich nicht kannte.

Er mußte sich wundern, daß ich auf einmal so befangen war, nachdem ich vorher so offensichtlich über den Tisch hinweg mit ihm kokettiert hatte.

Und dann sah ich die wichtige Dame aus Lübeck auf uns zugesegelt kommen.

«Herr Litten», sagte ich hastig. «Kann ich wohl einen Moment mit Ihnen sprechen?»

«Aber das tun wir ja bereits», meinte er verwundert.

«Allein. Gehn wir nach nebenan, ja?»

Die Lübecker Dame war schon ganz nahe, ich wandte ihr unhöflich den Rücken zu, stellte mein leeres Glas auf das Tablett eines Dieners, der gerade vorbeikam, und steuerte auf eine der hohen, weit geöffneten Türen zu, die in den nächsten Raum führten. Hier waren auch ein paar Leute, aber nicht so viele, und hier waren die Herren, die gern eine Zigarre rauchen wollten.

«Wird der Rauch Sie nicht stören?» fragte Herr Litten höflich.

«Iwo. Ich rauche manchmal auch ganz gern eine Zigarette.»

«Ja, dann», sagte er, zog ein goldenes Etui aus der Tasche, so ähnlich wie das von Elaine, und bot mir eine Zigarette an, nahm sich selbst auch eine.

Ich griff nach dem Etui und nahm es ihm aus der Hand.

«Hübsch», sagte ich. «Ich muß mir so was mal zulegen. Meine Freundin hat auch so eins.» Ich fühlte, wie ich rot wurde, aber ich hob den Blick, er war ein Stück größer als ich, und sah ihm in die Augen.

«Könnte es sein, daß sie es von Ihnen bekommen hat?»

«Bitte? Wie meinen Sie das, Baronin?»

Kopfüber hinein. Wie in meinen See.

«Ich spreche von meiner Freundin Elaine.»

Er zog wieder schmal die Augen zusammen, ich hielt seinem Blick stand.

«Ihre Freundin Elaine», wiederholte er.

Ich zog heftig an meiner Zigarette.

«Sie wissen, von wem ich spreche. Und ich weiß von Rainer, welche Rolle Sie in Elaines Leben gespielt haben.»

«Von Rainer? Aber das ist ja unerhört.»

«Bitte!« sagte ich in flehendem Ton. «Verzeihen Sie ihm diese Indiskretion. Es ist eine lange Geschichte, und sie hat in erster Linie mit mir zu tun. Aber das würde zu weit führen, ich... ja, ich... also, ich weiß auch nicht, wie ich Ihnen das erklären soll. Aber ich bin nur nach Lübeck gekommen, weil erwähnt wurde, daß Sie eventuell hier sein würden.»

«Meinetwegen?»

«Natürlich auch wegen Rainer und wegen des Konzerts, selbstverständlich. Aber ich mache mir soviel Sorgen um Elaine. Und ich dachte, daß Sie vielleicht helfen könnten.»

So. Punkt. Aus.

Ich zog wieder an meiner Zigarette, mußte husten, bekam Tränen in die Augen, er nahm mir vorsichtig die Zigarette aus den Fingern und drückte sie in einem der Aschenbecher aus, die auf dem uns nächststehenden Tischchen standen.

«Was ist mit Elaine?»

«Sie ist wieder in Berlin. Und sie ist ganz allein. Und sie hat keinen Pfennig Geld. Ich wollte ihr helfen, aber sie geht mir aus dem Weg. Ich weiß nicht, wo sie ist.»

«Sie ist wieder in Berlin. Wo war sie denn vorher?»

«Sie war einige Zeit bei uns auf dem Gut. Und da hat sie sich sehr wohl gefühlt. Sie kam mit, um mir zu helfen, weil die Kinder Masern hatten. Oh, sie hat alles großartig gemacht. Sie ist so praktisch. Und so tüchtig. Aber jetzt...» Nein, ich würde ihm nicht erzählen, daß sie Joachim geküßt hatte, und daß ich sie in den See gekippt hatte, das würde ich bestimmt nicht erzählen. Er legte seine Hand unter meinen Ellenbogen und geleitete mich zu einer anderen Tür. Wir kamen in eine Art Wintergarten, und hier waren wir nun wirklich allein.

«Ist es möglich, daß Sie mir das in Ruhe und der Reihe nach erzählen?» fragte er freundlich.

Er wies auf eine Sitzgruppe, darüber standen wirklich und wahrhaftig ein paar Palmen, und das mitten in Lübeck, und ich war nun total durcheinander.

«Ich habe Elaine sehr gern. Und sie hat es nicht leicht, und ich...»

«Setzen Sie sich doch, Baronin.»

Ich setzte mich und schlug die Beine übereinander. Ich trug das schwarze Kleid mit der Silberborte, der Rock war sehr kurz, aber meine Beine waren ja soweit ganz gut gelungen. «Sie müssen Elaine helfen. Wenn nicht Sie, wer denn dann?» sagte ich und versuchte, mich zu beherrschen.

«Sie ist in Berlin, sagten Sie?»

«Ja, seit kurzem. Ich habe sie vor wenigen Tagen getroffen und... aber nun ist sie einfach verschwunden.»

Und dann begann ich von vorn. Der Abend bei Tante Marina, die Masern der Kinder, unsere rasche Abreise, Elaines Hilfe auf dem Gut, ihre nimmermüde Arbeit und wie gut wir uns verstanden hatten, aber nichts von Küssen, nichts von dem See und schon gar nichts davon, daß ich gegangen war, um mich scheiden zu lassen.

Ach, Elaine, ein bißchen schwindeln muß man wohl immer.

«Sie sprach von mir?»

«Mit keinem Wort. Sie erzählte nur von ihrer Kindheit und ihrer mehr als traurigen Jugend. Ich weiß nicht, ob sie Ihnen das auch erzählt hat. Und meine Tante gab mir Geld, ich wollte es ihr bringen. Aber sie ist verschwunden.»

Eine Pause trat ein. Er holte noch einmal das Etui aus seiner Tasche, bot mir an, und ich rauchte die dritte Zigarette meines Lebens. Ein Glück, daß meine Lunge so großartig war.

«Elaine!» sagte er, seine Stimme klang weich. «Sie haben sie offenbar sehr gern, Baronin?»

«Ja. Ich habe nie eine Freundin gehabt. Und wir haben uns ja auch viele Jahre nicht gesehen, seit damals in Lausanne. Ja, ich habe sie sehr gern. Und ich finde, man darf sie nicht im Stich lassen. Auch Sie sollten das nicht tun, Herr Litten.»

Wir rauchten eine Weile schweigend, und mir wurde ein wenig übel. Rauchen mußte man wohl gewöhnt sein.

«Ich kenne die Geschichte ihrer Kindheit und Jugend nicht in der Fassung, die Sie eben berichtet haben, Baronin.»

«Nein, sicher nicht. Ich früher auch nicht. Sie kennen sicher die Geschichte von dem Vater, der im Duell gefallen ist, und von der Mutter, die an gebrochenem Herzen gestorben ist. Man muß das verstehen, sie hat sich das so zurechtgelegt. Ist ja auch schwierig für einen jungen Menschen, mit den bösen Tatsachen fertig zu werden. Sie hat das eben so ein bißchen... ein bißchen garniert.»

Er lächelte. «Ein bißchen garniert. Ja, ich denke, das konnte sie immer schon ganz gut.»

Ich richtete mich auf und sagte heftig: «Aber ich verstehe das.»

Er nahm meine Hand, die auf der Sessellehne lag, hob sie sacht und küßte sie.

«Sie haben ein gutes Herz, Baronin.»

«Hab' ich gar nicht. Ich denke eben bloß darüber nach.»

Ich hustete, er nahm mir wieder die Zigarette aus der Hand und drückte sie auf dem Palmenkübel aus.

«Und Sie sind der Meinung, ich sollte mich um Elaine kümmern.»

«Ja. Der Meinung bin ich. Mit Ihnen hat schließlich alles angefangen.»

Darüber mußte er lachen, und das erboste mich.

«Männer machen sich das Leben leicht, nicht? Ein junges Mädchen erst verführen und dann einfach stehenlassen. Sieh zu, was aus dir wird. Finden Sie das richtig?»

«Sie war ein sehr süßes Mädchen», sagte er. «Und ich denke, ich habe sie für eine Weile gut versorgt.»

«Ja, für eine Weile.» Und nun war ich ärgerlich und nicht mehr ängstlich. «Eine Perlenkette, ein paar Ringe und ein Zigarettenetui und vielleicht noch ein wenig Geld. Damals war Krieg, und dann war Inflation. Sie sitzen warm und sicher in Ihrer Tiergartenvilla, vielleicht haben Sie da auch so ein paar Palmen stehen, und was soll aus ihr werden?»

«Sie täuschen sich, Baronin, wenn Sie denken, daß ich das nicht wüßte. Ich habe sie zweimal gesehen, in guten Restaurants, in Begleitung durchaus ansehnlicher Kavaliere.»

«Ihre Nachfolger, gewissermaßen. Und wie soll das enden?»

«Das kann ich Ihnen ziemlich genau sagen, Baronin», seine Stimme klang hart. «In einem Bordell oder auf dem Strich.»

Das verschlug mir den Atem. So etwas hatte noch nie jemand zu mir gesagt.

«Das ist gemein», flüsterte ich. «Oh, wie ist das gemein!»

Eine Weile blieb es still, in meinen Augen standen Tränen, und ich fragte mich, wo wohl meine Tasche war mit einem Taschentuch. Schließlich nahm ich den Zeigefinger, schniefte, und er griff in die Tasche und reichte mir ein Taschentuch. «Danke», sagte ich unfreundlich, «ich brauche es nicht. Ich werde schon lernen, wie es die Leute auf dem Lande machen, die machen es mit den Fingern.»

Darüber mußte er lachen, nahm das Taschentuch, fuhr mir sanft über die Nase und drückte es mir dann in die Hand.

«Ich fürchte, Sie lernen es nicht, Baronin. Es gibt Dinge, die muß man von Kindheit an gewöhnt sein. Erzählen Sie mir von Ihren Kindern.»

Das erstaunte mich so sehr, daß ich wirklich das Taschentuch nahm und mir die Nase putzte.

«Meine Kinder?»

«Ja. Es interessiert mich. Wir können später wieder von Elaine reden.»

Also erzählte ich ihm von Ossi, von Kathrinchen und von Jürgen. Ziemlich ausführlich sogar. Und während ich sprach, zog sich mir das Herz zusammen, oder was immer es war, was mich so beklommen machte. Meine Kinder! Wie konnte ich sie nur so lange allein lassen. Jürgen lief sehr gut und konnte schon viel mehr sprechen, hatte Elaine gesagt. Und Ossi hatte es in Friedrichsfelde ganz wunderbar gefunden, er durfte die Pferde in die Schwemme reiten. Und Kathrinchen war gewachsen und liebte Herrn von Priegnitz.

«Nächste Woche fahre ich nach Hause», sagte ich. «Und nach Berlin komme ich nur noch ganz selten. Und das nächstemal bringe ich Ossi mit. Er muß den Großen Kurfürsten sehen. Und die nachgemachten Pferde auf dem Brandenburger Tor.» Unter der Tür erschien eine Gestalt in einem langen Kleid, es war unsere Gastgeberin.

«Nanu?» sagte sie. «Was ist denn hier? Ein tête-à-tête?»

«So kann man es nennen», sagte Leonhard Litten und stand langsam auf. «Ich habe mich sehr gut mit der charmanten Freundin Ihres Sohnes unterhalten, gnädige Frau. Wir haben natürlich meist über Musik gesprochen. Wie könnte es anders sein nach solch einem Abend.»

«Ja, ja, ich weiß schon. Die Baronin Julia ist eine große Kennerin dank ihrer berühmten Tante.»

Ich nickte, und ich lächelte. Ich war eine Opernkennerin, einst gewesen. Aber das Beethoven-Violinkonzert kannte schließlich jeder.

«Rainer hat wundervoll gespielt», sagte ich enthusiastisch. «Er wird ganz groß werden.»

«Kann sein», sagte die Frau Senator gelassen. «Und wenn nicht, so ist auch für ihn gesorgt.»

Eine freche Antwort lag mir auf der Zunge, doch ich unterdrückte sie. Ich war Gast in diesem Haus. Harte Arbeit, viel Disziplin gehörten zu diesem Beruf, das wußte ich schließlich. Ich war fast sicher, daß Rainer es begriffen hatte. Das Schlößchen und das Geld seines Stiefvaters blieben ihm immerhin. Aber vielleicht würden der Professor und Tante Marina ihm beibringen, worauf es wirklich ankam. Ich stand ebenfalls auf.

«Es ist herrlich in Ihrem Haus, gnädige Frau», sagte ich liebenswürdig. «Dieser Wintergarten ist eine Pracht. Wie bringen Sie bloß die Palmen über den Winter?»

«Sie können genauso fragen, wie bringe ich sie über den Sommer. Aber es ist ja sehr warm in diesem Raum zu jeder Jahreszeit.»

Das merkte ich jetzt auch. Das Schwarze mit der Silberborte klebte mir am Rücken.

Dann gingen wir wieder hinaus zu den anderen Gästen, ein paar weniger waren es schon geworden. Rainer stand da und strahlte, an seinen Schläfen klebten Schweißtropfen, ich ging zu ihm und legte meine Wange leicht an seinen Frackärmel.

«Du hast es gut gemacht. Toi-toi-toi, Rainer. Wann spielst du in Berlin?»

«Vielleicht im Januar.»

Er legte den Arm um mich und lachte.

Noch einmal blitzte kurz der Gedanke durch meinen Kopf: Eine geschiedene Frau, ganz was Modernes, und ein Künstler, den ich begleitete.

Aber nicht Rainer, der nicht. Da konnte ich auch bei Joachim bleiben. So ein Mann wie Leonhard Litten, der würde mir schon besser gefallen.

Siehst du, Elaine. Es gibt solche und so 'ne Männer, wie sie in Berlin sagen. Und für mich?

Für mich gab es nur den Weg zurück.

Ich sprach ihn dann nur noch einmal kurz, als er sich verabschiedete. Er wollte wirklich noch in der Nacht nach Berlin zurückfahren.

«Aber um Himmels willen, nein», sagte Rainers Mutter, «das können Sie doch nicht tun, Leonhard. Bei diesen staubigen Straßen.»

«Dafür habe ich den Chauffeur», erwiderte er. «Ich setze mich hinten hinein und schlafe. Er hat sich wohl lange genug ausgeruht. Und zu essen bekommen.»

«Selbstverständlich», erwiderte sie leicht gekränkt.

Ich hatte noch zwei Gläser Champagner getrunken und war ein wenig beschwipst.

«Und was geschieht nun?» fragte ich, als er sich zum Abschied über meine Hand beugte.

«Ich werde mich darum kümmern. Man darf sie nicht im Stich lassen, haben Sie gesagt, Baronin.»

«Und wie wollen Sie das anfangen?»

«Das wird sich finden. Ich habe gute Verbindungen. Wie war der andere Name?»

«Ich weiß nicht, wie er sich schreibt. Nivo... Nivoare, irgendso ähnlich.»

«Eventuell werde ich einen Detektiv engagieren.»

Ich sah ihm mit offenem Mund nach. Er würde einen Detektiv engagieren. Auf so eine Idee mußte man erst einmal kommen!

Die zweite Heimkehr

Mitte Oktober fuhr ich zurück nach Hinterpommern, begleitet von Marinas Ermahnungen und Antoinettes Segenswünschen, die mich zum Bahnhof brachten.

«Sei vernünftig, meine Kleine», sagte Tante Marina und küßte mich.

«Bonne chance», wünschte mir Antoinette, soviel französisch sprach sie immerhin, die Nachkommin der Hugenotten.

Ich hatte viel Gepäck, denn diesmal hatte ich mit Marinas Hilfe reichlich eingekauft, um allen etwas mitzubringen, für die Kinder vor allem, für die Mamsell, für Lotte, auch für Minka, falls sie noch da sein sollte. Karl bekam eine neue Pfeife, Bolke und Oskar dicke Schals für kalte Wintermonate, Fritz und Erich bekamen ‹Robinson Crusoe› und ‹Tom Sawyer›, denn Marina hatte gemeint, lesen würden sie ja wohl inzwischen einigermaßen gelernt haben, und das müsse man fördern.

Das größte Paket war auch das Wichtigste, Antoinette verstaute es sorgfältig in meinem Abteil. Das Grammophon! Tante Marina hatte es mir geschenkt und alle Platten dazu, bis auf den Caruso, und Antoinette brachte auch noch Platten mit, doppelt und dreifach eingepackt, denn die Dinger waren ja sehr zerbrechlich.

«Was ist es denn, Antoinette?» fragte ich neugierig.

«Das werden Sie dann schon sehen, Frau Baronin. Aber janz, janz vorsichtig. Geben Sie es nur nicht dem Gepäckträger, tragen Sie es lieber selbst.»

Ich konnte es kaum erwarten, das Grammophon zu Hause vorzuführen. Hoffentlich überstand es den Transport unbeschadet.

Es war ein bedeutender Tag, an dem ich reiste, nur wußte ich das nicht. Ich las es erst später in der Zeitung. An diesem Tag wurde der Locarnopakt unterzeichnet, Aristide Briand und Gustav Stresemann hatten diesen großen entscheidenden Schritt zu einer Versöhnung zwischen Frankreich und Deutschland gewagt, und sie hatten, beobachtet von der ganzen Welt, ein erfolgreiches Ergebnis zustande gebracht. Ihre Namen würden in die Geschichte eingehen.

Es war eine lange und langweilige Fahrt, diesmal war ich allein, hatte keine Elaine, um mich zu unterhalten. Ich sah zum Fenster hinaus, las ‹Die Dame›, nörgelte vor mich hin, denn man konnte es nehmen, wie man wollte, es war eine Niederlage. Ich kam zurück und keiner, auch nicht mein Joschi, hatte gesagt: Komm!

Aber irgendwo, ganz innendrin, hatte ich ein Gefühl der Freude. Gepaart mit erwartungsvoller Spannung, wie es wohl sein würde. Ich dachte auch darüber nach, was erst Margarete und dann Tante Marina gesagt hatten. Es war durchaus möglich, daß Ossi, Otto von Cossin, später Gut Friedrichsfelde übernehmen würde. Oder Jürgen, wenn er nun schon so gut laufen und sprechen konnte. Oder meine Tochter Katharina mit dem richtigen Mann an ihrer Seite.

Du kannst beruhigt sein, Margarete, einen Erben für Friedrichsfelde können wir euch allemal bieten, Kleinigkeit.

Joachim war am Bahnhof wie das letztemal, diesmal mit einem Brennabor, der Wagen des sagenhaften Herrn von Priegnitz, wie ich erfuhr.

Joachim hob mich aus dem Zug, der Schaffner gruppierte das Gepäck um uns herum. Ich zählte es, sagte «danke», der Bahnhofsvorsteher half beim Transport zum Wagen, es war alles genauso wie beim letztenmal.

Nur hatte Joachim mich nicht geküßt, ich ihn auch nicht. Meine erste Frage lautete: «Wie geht's Melusine?»

«Sie wartet huferingend auf dich.»

Darüber mußte ich lachen, er lachte auch, und das war kein schlechter Anfang.

Auf Cossin stürzte es wie ein Wasserfall auf mich herab. Die Kinder, die Mamsell, Trudi und sogar Lotte redeten ohne Atempause auf mich ein, Minka grinste, und ich hatte das wärmende Gefühl, daß alle auf mich gewartet hatten. Ossi war gewachsen, Kathrinchen erst recht, und Jürgen bewegte sich ganz sicher ohne Trudis schützende Arme durch die Gegend.

Und das Grammophon war natürlich ein Riesenerfolg, sogar die Mamsell verstummte, als Richard Tauber sang.

Bis meine Schwiegermutter würdig und gelassen am Kopfende des Tisches Platz nahm, das Kinn hob, dann war Stille, das Abendessen wurde serviert.

Der einzige, der schweigend verharrte, war Herr von Priegnitz, er hatte mich begrüßt, ohne Handkuß, nur mit einem Neigen des Kopfes. Während des Essens bemerkte ich, wie Kathrinchen immer wieder einen flinken Blick zu ihm hinblitzen ließ, sie handhabte Messer und Gabel mit besonderer Sorgfalt, und wenn er sie ansah, lächelte sie.

War ja fabelhaft. Sie konnte das heute schon, was ich mit Onkel Leonhard praktiziert hatte.

Wir tranken den obligaten Tee, und meine Gedanken wanderten zurück nach Berlin, zur Meinekestraße, zu Elaine, zu meinem Gespräch mit Leonhard Litten.

Ich war eine Gefangene, ich würde es bleiben.

Die Freiheit ist ein hartes Pflaster, hatte Elaine gesagt. Ich kannte die Adresse von Leonhard Litten, er kannte meine, und wenn er von sich aus nichts hören ließ, würde ich mich erkundigen, was er erreicht hatte. Auch wenn ich Elaine nie mehr im Leben sah, wollte ich wissen, was mit ihr geschah, wo und wie sie lebte.

Ossi erzählte von seinem Pony, das er auf Friedrichsfelde geritten hatte und das demnächst auf Cossin eintreffen würde. Und dann war er wieder bei den Pferden, die er in die Schwemme reiten durfte. Er redete mit vollem Mund, ein wenig Soße kleckerte auf das Tischtuch, doch keiner rügte ihn.

«Also, die schönste ist Sabina.»

«Sabina?» fragte ich. «Heißt sie wirklich so?»

«Das kommt von Sabinjerinnen, sagt Onkel Friedrich. Das waren alte Römer. Oder eigentlich noch viel mehr alt. Und die ist so schön, Mami. Wie deine Melusine. Noch viel schöner. Und dann hab' ich sie immer in den Stall geführt, und sie hat mich auf die Backe geleckt. Und dann hab' ich mich zu ihr ins Stroh gesetzt, und wir haben noch so ein bißchen was geredet. Über die Welt und so. Und dann hab' ich gesagt, nu schlaf man schön, Sabina. Und sie hat gesagt, ich liebe dich, Ossi. Hat sie gesagt.»

Er blickte sich um, ob einer widersprach. Keiner. Doch, Kathrinchen. Ihre Stirn hatte sich umwölkt.

«So was sagt kein Pferd», wies sie ihren Bruder zurecht. Hilfesuchend blickte sie zu Herrn von Priegnitz. «Nicht, Onkel Kurt? So was sagt 'n Pferd nicht.»

Ich war gespannt, wie er sich aus der Affäre ziehen würde. Er tat es sehr geschickt.

«Doch, Katharina. Ein Pferd kann seine Gefühle sehr genau ausdrücken, es braucht dazu keine Worte.»

Meine Schwiegermutter lächelte gütig, und ich sagte: «Dann wird dich Sabina sehr vermissen, Ossi.»

«Kann ich da wieder hin, Mami?»

Ich lächelte, vielleicht ein wenig schmerzlich. Ich hatte es nicht geschafft, daß er die Pferde in die Schwemme reiten durfte. Ich hielt es für wichtiger, mich scheiden zu lassen.

«Ich will meine Pferde auch in die Schwemme reiten», schrie Kathrinchen.

«Nächsten Sommer darfst du das», sagte ich.

Für eine Weile ging es noch sehr lebhaft zu, die Kinder hatten alle Geschenke ausgepackt und um sich ausgebreitet, die Mamsell konnte sich überhaupt nicht von uns trennen, Lotte und Minka räumten den Tisch ab, Herr von Priegnitz erhob sich und sagte: «Ich darf mich zurückziehen», er neigte den Kopf wieder, für niemand besonderen bestimmt, Kathrinchen blickte ihm enttäuscht nach, und ich fand, er sei ein ziemlich trockener Bruder. Aber so schnell durfte man wohl kein Urteil fällen. Wie es schien, brachte er mir ein gewisses Mißtrauen entgegen, und Elaine hatte ja auch gesagt, sie sei mit ihm nicht sehr vertraut geworden.

Wenn die Baronin Cossin ihn gut fand, Joachim eine große Hilfe an ihm hatte und Kathrinchen ihn liebte, war es ja für den Anfang genug.

«Ihr geht jetzt zu Bett», sagte die Baronin nach einiger Zeit, darauf erhoben sich die Kinder gehorsam, sagten reihum gute Nacht und verschwanden mit Trudi, die schon an der Tür gewartet hatte.

Fast fühlte ich mich versucht, dasselbe zu tun.

Wir drei waren auf einmal allein, und meine alte Scheu wollte zurückkehren.

Aber meine Schwiegermutter sah mich freundlich an. «Erzähl uns doch ein wenig von deinen Erlebnissen in Berlin, Julia.»

«Ach, so viel habe ich diesmal nicht erlebt. Ich bin wenig ausgegangen.»

Was würden sie für Gesichter machen, wenn ich ihnen von meiner Begegnung mit Elaine erzählte? Aber das war meine Geschichte, und sie war noch nicht zu Ende, auch wenn ich hier und heute an diesem Tisch saß. Die Freiheit mochte ein hartes Pflaster sein, aber eine Lust mußte sie auch sein. Ich hatte eine viel zu zaghafte Hand nach ihr ausgestreckt, ich hatte nicht einmal den Saum ihres Mantels berührt, man mußte nach ihr greifen, mußte sie halten, mußte sich an sie klammern, und dann kam es darauf an, was sie mit einem tat und was man mit ihr tun konnte.

Ich hatte nur gespielt mit ihr, hatte von ihr geträumt. Doch die Freiheit konnte kein Traum sein, sie mußte, um Wirklichkeit zu werden, eine harte Tatsache sein, mit der man umgehen konnte. Ob sich das lernen ließ? Ob ich es lernen konnte?

Es war vorbei. Sie war an mir vorübergegangen und würde sich nicht einmal mehr nach mir umblicken.

Ich war eine Törin. Und die Freiheit war nichts weiter gewesen als der Traum eines Sommers. Julia und ihr bunter Traum.

Aber Elaine war es, die mir zu diesem Traum verholfen hatte. Wenigstens einmal im Leben.

Es war ganz still im Zimmer. Ich blickte wie erwachend auf, sah, daß sie mich anblickten, beide. Sie würden nie erfahren, was ich gedacht hatte. Daß ich, zurückgekehrt in dieses Haus, an diesen Tisch, nie weiter von ihnen entfernt gewesen war.

Dann erzählte ich von Lübeck und von Rainers Konzert, ich tat es ausführlich, und die Baronin sagte, es klang sehr nachdenklich: «Beethoven. Ein Violinkonzert. Es muß schön sein, so etwas zu hören. Und zu verstehen.»

«Er hat nur ein Violinkonzert geschrieben. Klavierkonzerte mehrere. Das Violinkonzert ist herrlich.» Und dann sang ich das Motiv aus dem ersten Satz, und Joachim sagte, er habe es früher einmal gehört.

«Ich möchte gern, daß die Kinder das kennenlernen. Irgendwann. Später. Sie sollen nicht ganz ohne Musik aufwachsen. Wie wäre es denn, wenn wir das Klavier stimmen ließen.»

«Es ist gestimmt», sagte Joachim.

Die Frage konnte ich mir ersparen, wer es veranlaßt hatte.

Meine Schwiegermutter sagte: «Auf Friedrichsfelde haben wir einen Flügel. Friedrich spielt recht gut, soweit ich das beurteilen kann. Und er hat Otto ein wenig Unterricht gegeben.»

«Nein?» fragte ich atemlos. «Wirklich? Und wie hat Otto sich angestellt?»

«Friedrich ist der Meinung, er sei sehr musikalisch.»

«Das ist ja wunderbar», sagte ich voll Begeisterung. «Gleich morgen werde ich mich an das Klavier setzen.»

Und dann kam die nächste Überraschung. «Das tut Herr von Priegnitz des öfteren. Zu Katharinas großer Begeisterung.» Meine Schwiegermutter lächelte. «Sie wird ihn später heiraten, hat sie mir anvertraut.»

«Ist ja allerhand, was hier passiert, wenn ich mal für ein paar Wochen den Rücken drehe.»

Meine Schwiegermutter stand auf.

«Ich gehe nach oben», sagte sie. Und dann geschah das Unvorstellbare, sie trat zu mir, legte die Hand auf meine Schulter.

«Ich freue mich, daß du wieder da bist, Julia.»

Joachim und ich blickten ihr schweigend nach.

«Wie findest du das?» fragte ich schließlich und versuchte es mit dem gewohnten saloppen Ton.

«Gut, mein kleines Püppchen.»

Ich gab ihm einen schrägen Blick. «Meinst du mich damit?»

«Nach wie vor.»

Ich stand auf. «Ich möchte Melusine besuchen.»

«Sie wird schon schlafen.»

Sie schlief nicht. Sie stand im Stroh, blickte uns mit ihren großen glänzenden Augen entgegen, gluckerte aber nicht wie sonst. Und nicht einmal ein Stück Zucker hatte ich eingesteckt.

«Das nächstemal», sagte ich und legte meinen Kopf an ihren warmen, glatten Seidenhals.

Und dann küßte mich Joachim. In Melusines Box.

«Ich bin auch froh, daß du wieder da bist.»

«Na ja, vielleicht so ein bißchen. Es ist bequemer für dich.»

Er bog den Kopf zurück, die Arme um mich gelegt. «Weißt du nicht, daß ich dich liebe?»

«Laß uns nicht von Liebe reden», sagte ich.

Im August des nächsten Jahres bekam ich meinen dritten Sohn. Nach der Ernte, im September, wurde er getauft, auf den Namen Edward. Das war mein Wunsch gewesen, und niemand hatte widersprochen, nicht einmal die Mamsell.

Edward, Ralph, Friedrich, ein gesundes, kräftiges Kind. Die Erben für Cossin und Friedrichsfelde waren gesichert. In Edwards Zimmer ging ich nicht mehr, denn ich wußte, daß sich meine Schwiegermutter manchmal darin aufhielt. Aber es kam immer noch vor, daß ich mit Edward sprach. Der Traum von der Freiheit, das war etwas, worüber ich mit ihm sprechen konnte. Aber auch, daß ich mich mit dem Leben in Hinterpommern abgefunden hatte.

Nein, Edward, das ist nicht das richtige Wort. Ich habe angefangen, Cossin und das Land rings als meine Heimat zu betrachten, jeden Tag mehr wird deine Heimat zu meiner, wird mir vertraut, die Menschen und Tiere sind mir nahe, sie gehören jetzt zu meinem Leben, und ich bin bereit, alle Pflichten zu übernehmen und die Verantwortung zu tragen, die von mir erwartet wird. Vor allem sind es die Kinder, die ich liebe und die mir auf diesem Weg helfen. Und nicht zu vergessen, meine Freundin Elaine, die mir gezeigt hat, wo ich hingehöre.